초
요
갱

초요갱

박지영 장편소설

차례

제1부

인연

거대한 두 개의 칼날이 공중에서 느릿하게 춤을 추었다. 서로 마주칠 듯하면서도 아슬아슬하게 피해 가는 것이 보는 이들로 하여금 탄성을 자아내고도 남을 만큼 기이한 묘기였다. 거대한 칼의 모양새는 붉은빛이 도는 초승달을 닮았다. 경칩이 내일이건만 궁궐 담 옆으로는 아직 녹지 않은 눈이 겹겹이 쌓여 매서운 바람을 일으켰다. 때마침 솟아오른 눈바람은 하늘에서 넘실넘실 춤을 추고 있는 칼날 위로 베어져 나갔다. 베어져 나가는 그 줄기줄기는 억울하게 세상을 떠난 원귀들의 한 맺힌 울부짖음이었다.

저잣거리에 있던 사람들이 하나둘씩 모여들었다. 더러 아이가 있는 아낙들은 서둘러 자신의 집으로 발길을 돌렸다. 삼삼오오 모여든 관중은 말소리를 낮춰 수군거렸다. 그중 어떤 이들은 눈살을 찌푸렸고, 또 어떤 이들은 혀를 세게 내찼다.

"서둘러 형을 집행하라!"

거대한 칼춤을 잠시 멈추고 탁주를 벌컥벌컥 들이켜는 망나니들을 향해 의금부도사가 명을 내렸다. 그중 한 망나니가 앞으로 쏠려 내려온 머리를 쓱 걷어 올렸다. 드러난 그의 얼굴은 짐승의 몰골에 가까웠다. 또 다른 망나니는 수염에 묻어 있던 탁주를 손으로 거칠게 쓸어내렸다. 탁주를 머금은 두 망나니의 입에서 입김이 스멀스멀 피어올랐다.

"여기 무슨 구경이라도 났소이까?"

다 해진 갓을 쓴 젊은 선비 하나가 모인 사람들 틈을 비집고 들어섰다. 앞을 보고 있던 노인이 잠시 고개를 옆으로 돌려 선비를 위아래로 훑었다. 그는 노인의 시선이 부담스러워 겸연쩍게 웃었다.

"한양은 처음이라……."

선비는 웃으며 애꿎은 이마를 긁었다. 그를 바라보던 노인의 눈길은 긴 한숨과 함께 다시금 앞으로 향했다.

"저기 형장의 여인은 조선 팔도 최고의 기녀 중에 기녀지."

"기녀요?"

선비는 넋두리 같은 노인의 대답에 깜짝 놀라 되물었다. 그러고 보니, 보통의 형 집행과는 다르게 남녀노소 가리지 않고 많은 인파가 모여 있었다. 옆에 서 있던 사내 하나가 노인의 말을 천천히 받아 이었다.

"한양이 처음이라고 했는가? 그래도 팔도 구석구석 소문이 났으니 알 터인데. 저쪽에 보이는 분이 화의군 나리여. 그리고 이짝은……."

그의 말이 채 끝나기도 전에 어디선가 큼직한 짱돌이 형장을 향해 쏜살같이 날아들었다.

"더러운 연놈들 빨리 죽여라."

짱돌은 형틀에 묶여 있던 가냘픈 여인의 이마에 명중했다. 눈보다 흰 이마에서 붉은 피가 흘러내리자 곳곳에서 신음 소리가 터져 나왔다.

"저, 저, 미친놈!"

고함 소리가 들리는 쪽으로 선비와 사내는 고개를 돌렸다. 도망가는 누군가를 관군이 뒤쫓았다. 선비 옆에 있던 사내는 입맛을 쩝쩝 다시며 한층 격양된 목소리로 남은 말을 마저 내뱉었다.

"왕이 되려고, 형제들을 죽이다 죽이다 이제는 명분이 없어서리, 계집이랑 엮어서 죄를 뒤집어씌우다니. 이런 젠장맞을!"

그는 속에 있던 가래까지 한꺼번에 모아 바닥으로 내뱉었다. 그러고는 바닥에 떨어진 누런 가래를 발로 뭉개버렸다. 잠자코 듣고만 있던 노인이 인상을 찌푸리고 사내를 쏘아보았다.

"그놈의 주둥아리 좀 조심혀! 그러다 뒈질 수가 있어."

노인의 호통에 그는 입을 쑥 내밀었다. 북소리는 점점 빨라졌다. 북소리에 맞춰 망나니들의 칼놀림 역시 빨라졌다. 망나니 하나가 입에 머금고 있던 탁주를 화의군의 얼굴에 사정없이 뿜었다. 화의군은 흘러내리는 탁주 때문에 시야가 흐려왔다. 그러나 그의 얼굴은 어느 때보다 평화로웠다. 다만 자신으로 말미암아 죽음을 면치 못할 여인에게 미안한 마음뿐이었다.

'요갱아, 미안하다! 너를 볼 낯이 없구나.'

화의군은 마지막 힘을 다해 형틀에 묶여 있는 초요갱 쪽으로 고개를 돌렸다. 그녀 역시 겨우 몸을 추슬러 그를 바라보았다. 얼굴은 모진 고신(拷訊)으로 상처투성이었으나 입가에는 옅은 미소가 번졌다.

마지막으로 두 망나니는 서슬 퍼런 칼날에 탁주를 내뱉은 뒤 칼을 하늘 높이 추켜올렸다. 잠시 멈췄던 바람이 칼끝에 달린 방울을 조용히 흔들었다. 형장에 모인 사람들은 숨을 죽였다. 하얀 햇살이 사금파리처럼 조각조각 깨졌다. 형장의 공기가 파르르 떨렸다. 이곳저곳에서 한탄의 소리가 새어 나오는 그때, 망나니의 칼이 화의군의 목 위로 떨어졌다. 붉디붉은 피가 사방으로 튀어 올랐다. 희고 곱게 쌓인 하얀 눈은 점점 붉게 물들었다. 눈바람은 피바람이 되어 사람들의 코끝을 자극했다.

"노인장! 나는 더 이상 못 보겠소. 초요갱의 목이 떨어져 나가는 것을 내 어찌 보겠소. 다 보고 와서 이야기나 해주시오. 주막에 가 있겠수다."

선비 옆에 서 있던 사내가 성큼성큼 사람들을 헤치고 저잣거리 쪽으로 걸어갔다. 곧이어 망나니 하나가 형틀에 묶여 있던 초요갱을 바닥으로 끌어내렸다. 그녀의 두 눈에는 이미 붉은 눈물이 알알이 맺혔다.

"네 이년! 천한 계집 주제에 대죄를 지었으니, 네년은 죽어도 마땅하다. 마지막으로 할 말이 있느냐?"

의금부도사의 우레와 같은 고함에 초요갱은 천천히 고개를 치켜들었다. 그녀의 얼굴은 곧 죽음을 앞둔 사람으로 보이지 않을 만큼 초연해 보였다. 득도를 한다 해도 쉽게 나올 수 없을 것 같은 표정이었다. 비록 살결이 다 비치는 무명 적삼에 치마를 입었으나 초요갱의 얼굴은 한 떨기 동백꽃처럼 아름다웠다.

　"어찌 죄인이 할 말이 있겠소? 어서 죽여주시오!"

　푸르디푸른 하늘만큼이나 청량한 목소리가 형장 구석구석으로 퍼져나갔다. 처음에 손가락질하던 아낙들마저 흐르는 눈물을 옷소매로 훔쳤고, 모인 사람들은 애처롭고 쓸쓸한 표정으로 그녀의 마지막을 지켜보았다.

　"형을 집행하라!"

　명이 떨어지자 망나니들은 독에 남아 있던 탁주를 번갈아 가며 들이켰다. 그들의 입을 타고 누런 탁주가 흘러내렸다. 입 주변에 묻은 탁주를 팔목으로 쓰윽 문지른 망나니는 조금 전과 같이 푸우 하고 내뱉더니 칼을 하늘 높이 추켜올렸다. 칼끝에 달린 방울이 조용히 움직였다. 초요갱은 두 눈을 살포시 감았다. 묵직한 칼은 바람을 세차게 가르며 내려왔다. 모인 관중은 칼이 내려옴과 동시에 안타까움의 비명을 터뜨렸다. 수십 명의 비명 소리는 이미 오래전 건너온 망각의 강 너머로 그녀를 다시금 데려다 놓았다.

　"저 계집아이를 잡아라! 어서 저년을 잡아, 어서!"

　솔숲에서 몇 마리의 새들이 푸드덕하며 붉은 노을 위로 솟구쳤다. 고요했던 숲은 장정 서너 명의 목소리로 삽시간에 소란스러워졌다.

열 살이 갓 넘어 보이는 계집아이가 이마에 식은땀을 흘리며 솔숲을 가로질러 부리나케 달리고 있었다. 동지를 넘긴 지 얼마 되지 않아서인지 솔숲은 어느새 어둠이 짙게 내려앉았다. 앞도 분간하기 어려운 숲을 계집아이는 죽어라고 달리고 또 달렸다. 그런 계집아이의 뒤를 서너 명의 장정이 바짝 쫓고 있었다.

정신없이 얼마나 달렸을까? 신고 있던 짚신은 잃어버린 지이미 오래였고, 조막만 한 발등 위에는 핏방울이 송골송골 맺혔다. 숨이 턱 끝까지 차오를 즈음 계집아이는 그 자리에 우뚝 멈춰 섰다. 그곳은 끝이 보이지 않을 만큼 깊고 깊은 절벽 앞이었다. 절벽 아래에서 차가운 바람 한 줄기가 세차게 올라왔다. 계집아이는 절벽과 장정들을 번갈아 보며 거친 숨을 몰아쉬었다. 뒤따라오던 장정들도 계집아이가 멈춘 것을 확인하고 천천히 다가갔다.

"네 이년! 살고 싶으면 이리 와라! 쥐방울만 한 년이 어찌나 빠른지."

앞서 걷던 사내 하나가 마른침을 손바닥에 내뱉었다. 그는 침을 쓱쓱 비비며 능글맞은 표정으로 계집아이 곁에 한 걸음 다가섰다. 아이는 천천히 물러났다. 아이의 발아래 있던 잔돌과 모래가 계속해서 절벽 아래로 떨어졌다. 떨어진 잔돌은 계곡을 훑으며 쏠려 내려갔다. 그 소리는 마치 비명처럼 소름 끼치게 들렸다. 계집아이는 두려움에 온몸이 사시나무처럼 떨렸다. 드디어 사내와 아이의 거리가 한 뼘으로 좁아졌다. 사내는 계집아이를 잡아채기 위해 팔을 뻗었다. 아이가 자신을 향해 덮쳐오는 사내의 팔을 피하기 위해 뒤로 조금 물러서던 순간이었다.

"아악."

계집아이의 한쪽 발이 절벽 아래로 미끄러지면서 몸이 뒤로 기울어졌다. 막 떨어지려는 순간 몸을 날린 사내가 아이를 재빠르게 낚아챘다.

"이년이 미쳤나?"

소리를 지를 여유도 없이 계집아이는 차가운 바닥으로 내동댕이쳐졌다. 바닥에 널브러져 있는 계집아이를 확인하고 나서야 사내도 안도의 한숨을 내쉬었다. 곱게 빗어 내렸던 아이의 머리카락이 댕기가 끊기면서 사방으로 흩날렸다.

"밤이 너무 깊었어. 어서 이년을 데리고 내려가자고."

말이 끝나기 무섭게 그는 계집아이의 멱살을 사정없이 움켜잡았다. 아이는 있는 힘을 다해 발버둥을 쳐보았지만 그러면 그럴수록 사내는 더욱더 멱살을 틀어쥐었다.

계집아이가 어디론가 끌려가던 그 시각, 숲 속에는 또 다른 그림자들이 있었다.

"벌써 몇 번째 같은 자리를 돌고 있는 건지! 나 참, 어허!"

긴 활을 들고 있는 앳된 얼굴의 사내와 화살통을 메고 죽은 새끼 멧돼지를 질질 끌며 뒤따르고 있던 사내가 마치 약속이라도 한 듯 갑자기 멈췄다. 두 사내 모두 이마에는 땀이 알알이 맺혀 있었다.

"대군 나리! 이, 이 일을 어찌합니까요?"

대군은 이마에 맺힌 땀을 훔쳐내며 함께 온 사내에게 미안하다는 듯 연신 난처한 웃음을 지어 보였다.

"그래도 허탕은 아니지 않느냐? 하하."

그는 머쓱하게 웃으며 바닥에 축 처져 있는 멧돼지를 발로 툭툭 찼다. 어이없는 대군의 모습에 화살통을 메고 있는 사내는 혼잣말처럼 투덜댔다.

"이런 상황에서도 대군 나리께서는 웃음이 나오실까?"

사내의 질타 어린 말에도 대군은 뒤통수를 벅벅 긁어대며 웃음을 멈추지 않았다.

"아우와 한 내기만 아니었어도……. 그나저나 이 숲은 보기와 달리 꽤나 깊구나. 오도 가도 못하게 되었고, 무엇보다 지금까지 잘 따라오던 말마저 도망가버렸으니, 이런 낭패가 또 있나."

대군은 들고 있던 활을 바닥에 팽개치며 털썩 주저앉았다.

"배가 고파서 더 이상은 못 가겠다. 칠석이 너도 그만 여기 앉거라. 네가 내려가자 할 때 들을 것을. 미안하게 됐구나!"

그는 자신의 옆자리를 손바닥으로 툭툭 치며 칠석을 올려다보았다. 칠석은 그제야 메고 있던 화살통을 바닥에 내려놓고는 털썩 주저앉았다. 한참 동안 그들 사이에는 간간이 내뱉는 한숨을 제외하고는 침묵만이 깊게 내려앉았다.

"아! 이제 쉴 만큼 쉬었으니, 그만 길을 찾아보자꾸나."

침묵을 먼저 깬 것은 대군 쪽이었다. 칠석이 그를 따라 막 일어나려는데 멀리서 사람 소리가 어렴풋이 들려왔다.

"대군 나리! 사람 소린뎁쇼. 살았습니다요. 하마터면 얼어 죽는 건 아닐까 했는데."

사람 소리가 들려오자 칠석은 한층 들뜬 목소리로 소리가 나는 쪽으로 몸을 돌렸다. 대군 역시 그런 칠석의 뒤를 따라나섰다.

"잠깐 기다려보거라."

대군은 칠석의 어깨를 힘껏 붙들었다. 갑작스레 어깨를 잡힌 칠석은 더 이상 앞으로 나가지 못하고 대군과 함께 그 자리에 앉아 몸을 숨겼다.

"대군 나리!"

"조용히 하여라."

방금 전과 다르게 대군은 잔뜩 긴장한 눈빛이었다. 그의 시선을 따라 칠석 또한 눈길을 돌렸다. 서너 명의 장정이 횃불을 나눠 들고는 산길을 줄지어 내려가고 있었다. 맨 나중에 자리 잡은 사내는 어린 계집을 둘러메고 낑낑대며 대열을 따랐다.

"저건, 여자아이가 아니냐?"

"맞습니다요."

사내의 어깨에 얹혀 있던 계집아이가 발버둥을 치기 시작했다. 소리를 지르는 듯도 싶었으나 입에 재갈이 물려 있어 소리가 밖으로까지 새어 나오지는 못했다. 그렇지 않아도 요즘 도적 떼가 시도 때도 없이 나타나 부녀자들을 납치해 간다 하여 도성 안팎으로 민심이 흉흉하던 참이었다.

"활을 이리 가져오너라!"

"대군 나리, 어찌하시려고요!"

"어서!"

장난기 가득했던 목소리는 어느새 근엄해져 있었다. 칠석은 눈치를 보며 들고 있던 활을 대군에게 건넸다. 그는 최대한 소리가 나지 않게 조심스레 일어났다. 그러고는 재빠르게 활시위에 화살을 꽂은 후, 횃불을 든 사내를 향해 팽팽하게 겨누었다.

'피융.'

활시위를 떠난 화살은 바람을 가르며 곧장 뻗어나갔다. 곧 횃불 하나가 바닥으로 떨어졌다.

"아!"

외마디 비명 소리와 함께 사내 하나도 바닥으로 꼬꾸라졌다. 순식간에 일어난 일에 우왕좌왕하는 소리가 사방에서 봇물처럼 터져 나왔다.

"누구냐?"

바닥에 떨어진 횃불을 다른 사내가 집어 들고는 어두운 숲 속을 이리저리 비췄다. 그 횃불은 대군과 칠석의 얼굴에 어른거렸다. 온 숲에 그림자가 넘실거렸다.

"칠석아, 검을 이리 다오!"

칠석은 이미 두려움에 거의 정신을 놓고 있었다. 대군은 그런 그의 손에서 검을 빼앗았다. 칠석은 입을 벌린 채 바닥에 힘없이 주저앉았다. 대군은 검을 힘껏 틀어쥐고는 한 치의 망설임도 없이 그들을 향해 뛰었다. 검을 들고 세차게 뛰어오는 그의 모습에 당황한 사내들은 너 나 할 것 없이 옆구리에 깊숙이 찔러 두었던 칼을 꺼내 들었다. 대군의 검 솜씨도 보통은 아니었지만 덩치가 큰 장정들을 당해내기에는 역부족이었다. 그러나 대군은 끝까지 포기하지 않았다. 서슬 퍼런 칼날이 그를 막 덮치려는 순간이었다.

"이분이 뉘신지 알고 이러는 것이여! 다들 사지가 찢겨져 죽고 싶은 것이다냐?"

칠석은 큼직한 돌로 앞에 서 있던 사내의 뒤통수를 사정없이 내리쳤다. 사내의 정수리에서는 붉은 피가 흘렀다. 칠석 역시 자신이 한 일에 너무 놀란 나머지 들고 있던 돌을 바닥에 힘없이 떨어뜨렸다.

"나리! 괜찮습니까요?"

칠석은 대군의 등 뒤에 찰싹 붙어 섰다. 장정들은 그 둘의 주변을 병풍처럼 에워쌌다. 겁먹은 칠석의 눈은 두려움으로 가득 찼다.

"네놈들은 도대체 뭐 하는 놈들이냐?"

계집아이를 둘러멘 사내가 무리 틈에서 천천히 걸어 나오며 말했다. 늑대처럼 무서운 눈빛을 가진 사내였다. 횃불이 그의 눈을 비출 때마다 희번덕거렸다.

"어린 여자아이를 납치하는 네놈들이야말로 뭐 하는 놈들인지 모르겠으나, 그 아이를 풀어준다면 목숨만은 살려주마!"

무서운 사내의 눈빛에도 대군은 전혀 흔들리지 않았다. 오히려 당당하게 호통쳤다.

"지금 나보고 살려준다 했느냐? 이런 쥐방울만 한 녀석이. 네 놈의 대담한 의기만큼은 내 크게 사겠다만……."

사내는 자꾸만 미끄러져 내려오는 계집아이를 바짝 둘러메고는 옆에 있던 수하에게 눈짓을 보냈다. 명령을 받은 사내는 검을 꺼내 들고 천천히 대군과 칠석의 앞으로 다가서더니 그들을 향해 내려쳤다. 그러나 대군은 용케도 손에 들고 있던 검으로 자신을 향해 달려드는 칼날을 막아냈다.

"나를 죽여라! 허나 여기 있는 내 수하와 그 아이는 살려서 보내주거라. 부탁이다!"

"대, 대……."

칠석은 고개를 흔들며 울먹였다. 하지만 대군은 전혀 두려워하지 않았다.

"헛소리, 집어치워!"

사내가 대군을 향해 칼을 겨눴다. 대군은 자신을 향해 내려오는 칼날을 똑바로 쳐다보며 어금니를 꽉 깨물었다. 그때였다. 바람을 가르는 소리와 함께 검을 들고 있던 사내가 바닥으로 꼬꾸라졌다. 꼬꾸라진 사내의 등에는 화살이 꽂혀 있었다. 화살을 피해 뿔뿔이 흩어지던 다른 사내들도 곧 쓰러졌다.

"대군 나리! 괜찮으십니까?"

관복을 입은 사내가 단숨에 뛰어왔다. 그 사내가 급하게 찾은 이는 다름 아닌 조선의 적통 왕자 평원대군이었다. 대군은 깜짝 놀라 소리가 나는 쪽으로 고개를 돌렸다. 그곳에는 내금위 총사

관 김우열이 서 있었다. 사위를 경계하는 그의 눈빛이 매우 날카롭게 빛났다.

"칠석이 네 이놈! 대군 나리를 어찌 이런 위험에 빠뜨리는 것이냐?"

우열의 말에 칠석은 억울하다는 듯 울상을 지었다. 평원대군 역시 자신 때문에 곤경에 빠진 칠석을 보며 미안한 듯 옅은 미소를 보냈다.

칠석과 우열을 뒤로하고 대군은 뭔가를 찾는 듯 두리번거렸다. 마침내 숲 기슭에 웅크리고 있던 계집아이가 눈에 들어왔다.

"대군 나리! 전하께서 찾아 계시옵니다."

천천히 기슭으로 걸음을 옮기는 평원대군을 향해 김우열은 자신이 이곳에 온 연유를 말했다.

"아바마마께서?"

대군은 자신의 뒤를 따르던 김우열을 향해 무심결에 대답을 내뱉으며 숲 기슭으로 점점 다가갔다. 대군이 움직이자 우열 역시 그 뒤를 바짝 따랐다. 그러자 그의 칼끝에 묻어 있던 핏방울이 조금씩 떨어졌다. 그 검을 의식이라도 한 듯, 대군은 손을 들어 올려 더 이상 오지 말라는 신호를 보냈다. 김우열은 평원대군의 손짓에 어쩔 수 없이 그 자리에 우뚝 멈춰 섰다.

"괜찮은 것이냐?"

숲 기슭에 웅크리고 있던 계집아이를 향해 대군은 조심스레 말을 건넸다. 그가 다가갈수록 웅크리고 있던 계집아이 역시 점점 물러났다. 더 이상 물러날 데가 없자 두려움에 어깨가 가냘프게 떨렸다. 헝클어진 머리카락에는 나뭇잎이 뒤섞여 있었고, 맨발에는 피가 말라붙어 있었다. 대군은 계집아이의 발을 바라보았다. 그의 눈길에 계집아이는 얼른 치마 사이로 두 발을 감추었다. 대군은 계집아이를 보고 있자니 마음이 아려왔다. 계집아이의 얼굴은 눈물과 콧물로 범벅되어 있었고, 마치 세상의 모든 두려움이 그 얼굴에 서려 있는 것만 같았다.

"겁내지 말거라. 난 나쁜 사람이 아니란다."

상처를 살피기 위해 대군은 한쪽 무릎을 꿇었다. 어두워서 잘 보이지 않던 상처들이 더욱 선명하게 눈에 들어왔다. 그는 계집아이를 일으켜 세우기 위해 팔을 잡았다.

"아!"

심한 통증을 느낀 아이는 자신도 모르게 신음을 내뱉었다.

"이런! 팔을 베었구나."

평원대군은 깜짝 놀라 계집아이의 팔을 조심스레 살폈다. 칼날에 베인 곳에서 선홍빛의 피가 흘러내렸다.

"많이 아프겠구나!"

걱정스레 말을 하는 대군의 입에서는 단내가 났다. 그는 서둘러 이마에 매고 있던 금색 띠를 풀어 계집아이의 팔을 감았다.

"나리, 저기……."

칠석은 대군의 곁으로 다가가 반대 방향을 향해 손짓을 했다. 그가 가리키는 곳으로 고개를 돌리니, 산길을 따라 수십 개의 횃불이 넘실댔다.

"나 때문에 여러 사람이 고생하고 있구나. 이 아이는 나와 함께 있다가는 자칫 어려움에 처할 수 있으니, 칠석이 네가 데리고 먼저 산을 내려가거라. 산을 내려가면 반드시 의원에게 들른 후, 사는 곳까지 데려다주어야 한다. 알겠느냐?"

칠석은 대군의 말에 입을 내밀며 계집아이를 내려다보았다.

"우열이! 미안하지만, 말을 좀 빌려주게나. 그리고 이 아이에 대해서는 아무 말도 하지 말아주게. 벗으로서 내 그대에게 부탁함세."

대군의 부탁에 김우열은 가볍게 고개를 끄덕였다. 그는 자신이 타고 온 말을 칠석에게 내주며 산 아래로 내려가는 길을 가르쳐주었다. 부축을 받아 가면서도 계집아이는 계속해서 평원대군을 바라보고 있었다. 그 눈빛은 조금 전과는 다르게 고마움을 담은 눈빛이었다. 대군은 그런 계집아이를 향해 환하게 웃었다. 그 웃음에서는 이제 더 이상 아무 일도 일어나지 않을 것이라는 믿음 같은 것이 느껴졌다. 칠석은 계집아이를 태우고 우열이 가르쳐준 길로 서서히 사라졌다. 그 뒷모습을 평원대군과 김우열은 아무 말도 하지 않은 채 지켜보았다.

설렘

붉었던 하늘이 점점 어두워질 무렵, '춘향각'은 손님을 맞이하기 위해 청사초롱을 내걸었다. 봄바람이 살랑거리며 청사초롱을 가볍게 흔들고 있었다.

"행랑아범, 우리 다래 못 봤소?"

노인이 손에 묻은 먼지를 털어내며 고개를 절레절레 흔들었다.

'도대체 어디 갔단 말이냐, 도대체?'

여인은 노인을 뒤로하고 저잣거리를 향해 걸음을 재촉했다. 비록 기방에서 허드렛일을 하는 여인이었으나, 그 미모는 춘향각의 어느 기녀 못지않게 아름다웠다. 그렇게 두어 식경이 흐를 무렵 저잣거리로 나섰던 여인이 기방으로 다시 돌아왔다. 그녀는 곧 울음이라도 터뜨릴 듯 얼굴이 잔뜩 부어 있었다.

"뭣들 하는 게야? 곧 손님들이 모여들 터인데."

단정하게 빗은 머리를 매만지며 천천히 대청마루로 걸어 나온 이는 다름 아닌 춘향각의 주인이자 장악원 여악(女樂) 행수인 유어당이었다. 이제는 나이가 많아 제자들을 길러내고 있지만, 조선 팔도에서 그녀를 따라올 춤꾼은 그 어디에도 없었다.

"행수 어르신!"

"다래에게 무슨 일이 있는 게야?"

다래 어미의 얼굴이 심상치 않음을 느낀 유어당은 다급히 물었다. 다래 어미는 떨리는 목소리로 대답했다.

"다래가 식전부터 보이지 않습니다, 행수 어르신! 어찌합니까요, 어찌?"

"뭣이라? 이 시각까지 들어오지 않았단 말이냐?"

그제야 다래 어미는 두 다리에 힘이 풀렸는지 털썩 마당에 주저앉아 눈물만 흘렸다. 유어당 역시 현기증이 일어나 서둘러 기둥을 짚었다. 다래는 유어당이 아끼고 아끼는 아이였다. 다래가 다섯 살 되던 해였던가. 그날 유어당은 춘향각 뒤뜰 정자에서 한참 가무 수련 중이었다. 춤을 유심히 지켜보던 다래가 그녀를 따라 천천히 춤을 추기 시작했다. 대부분의 동작을 따라 할 만큼 어린아이치고는 춤사위가 예사롭지 않았다.

"행랑아범! 행랑아범!"

유어당은 중간 대문을 향해 고함을 질렀다. 행랑아범은 손님 맞을 준비로 분주히 움직이다 유어당의 부름을 듣고 쏜살같이 달려왔다.

"행수 어르신, 부르셨습니까요?"

"행랑아범! 당장 일꾼들을 풀어서 저잣거리를 훑어 다래를 찾게. 또한 아범은 범사골에 사는 맹인 약재상을 만나보게. 서둘러야 될 것이야."

며칠 전, 가무 수련을 끝낸 다래가 유어당을 찾아왔다. 다래는 구해야 할 약재가 있다며 그녀에게 도움을 청했다. 이유인즉, 다래 어미는 오래전 머리를 심하게 다친 일이 있었는데, 그 때문인지 기방 일을 하다가도 까무러치기 일쑤였다. 다래는 어린 나이임에도 좋다는 약재가 있으면 그것을 구해 와 제 어미에게 먹이곤 했다.

"퍼뜩 댕겨오겠습니다요!"

행랑아범은 머리를 조아려 대답하고 서둘러 대문을 빠져나갔다. 그제야 망연자실하며 바닥에 널브러져 있던 다래 어미가 걱정 가득한 눈빛으로 그녀를 올려다보았다.

"지난번처럼 약재를 구하러 갔을 게야. 그러니……."

"행수 어르신! 행수 어르신! 큰일 났습니다요."

유어당의 말이 채 끝나기도 전, 방금 대문을 나섰던 행랑아범이 놀란 토끼 눈을 하고는 숨이 넘어갈 듯 뛰어 들어왔다. 행랑아범의 눈길은 곧 대문 쪽으로 향했다. 그녀들은 아범의 시선을 따라 대문을 바라보자마자 동시에 비명을 내질렀다.

"다래야! 어찌 된 것이야?"

다래는 행랑아범과 함께 나간 기방 머슴의 등에 축 처진 채로 업혀 있었다. 유어당은 너무 놀라 버선발로 대청마루에서 뛰어 내려왔다. 다래의 얼굴은 온통 멍이 들어 있고, 두 발을 싸맨 하얀 천 위로 붉은 피가 옅게 비쳤다. 다래 어미는 그런 딸의 얼굴을 쓸어내리며 눈물을 흘렸다.

"행랑아범, 어찌 된 일이야?"

"그것이 말입니다요, 다래가 문간 옆에 쓰러져 있었습니다."

행랑아범은 초조한 듯 메마른 두 손을 비볐다. 비벼대는 두 손이 맞부딪치며 '쇄쇄' 거친 소리를 냈다. 유어당은 어쩔 줄 모르고 서 있는 행랑아범을 다그치듯 말했다.

"행랑아범은 어서 의원을 불러오게."

"알겠구먼요, 행수 어르신!"

그제야 정신이 든 다래가 힘겹게 자신의 어미를 불렀다.

"어머니!"

다래의 손과 발은 꽁꽁 얼어 얼음장 같았다. 다래 어미는 딸의 손을 부여잡고 숨죽여 울었다. 무슨 말을 해야 할지, 어떻게 해야 할지 그저 막막하기만 할 뿐이었다. 그런 다래 어미의 마음을 알기라도 한 듯, 유어당은 다래를 업고 있던 머슴을 향해 말했다.

"다래를 안으로 들여라! 어서!"

머슴은 재빠르게 다래를 방으로 옮겼다. 다래 어미와 유어당도 머슴의 뒤를 따라 들어갔다.

평원대군을 태운 보교(네 기둥에 지붕을 씌우고 장막을 두른 가마)가 어느새 궐문 앞에 다다랐다. 수문장들이 예를 갖춰 대군을 맞았다. 그는 강녕전이 있는 내전으로 발걸음을 옮겼다. 평원대군의 뒤를 이어 계양군이 궐문 안으로 들어섰다. 계양군은 앞서 걷는 대군을 물끄러미 바라보았다. 누군가의 등을 바라보는 일은 은밀하거나 측은하거나 둘 중 하나이다. 계양군의 경우 은밀함에 가까웠다. 그의 눈은 마치 오물이라도 본 것처럼 구겨졌다.

'평원?'

그들에게는 수많은 형제와 누이가 있었다. 그러다 보니, 무슨일을 하더라도 늘 서로가 비교 대상이 될 수밖에 없다. 특히나계양군은 부왕의 신임을 독차지하고 있는 평원대군이 죽을 만큼 미웠다. 왕자라 하여 같은 왕자가 아니었다. 적통의 '대군'과적통이 아닌 '군'으로 나뉘었다. 자신의 능력이 아무리 평원대군보다 앞선다 하여도 결코 그를 이길 수 없었다. 부왕은 칭찬은커녕 오히려 자신의 공까지 빼앗아 평원대군에게 주었다. 계양군의 입장에서 평원대군은 없어졌으면 싶은, 아니 없애고 싶은 인물이었다.

언제부터인지 모르겠지만 계양군은 마음을 감추고 납작 엎드려 있는 법을 배웠다. 언젠가 권력을 갖게 되는 날, 감추었던 발톱을 드러낼 때까지 계양군은 속이 빈 사람처럼 그저 허허 웃으리라 마음을 다잡았다.

"형님, 평원대군 형님!"

앞서가던 평원대군을 계양군이 힘껏 불렀다. 부르는 소리가어찌나 우렁찬지 대궐의 구석구석이 쩌렁쩌렁 울릴 정도였다. 계양군은 성격이 화통하고 용모 또한 남자다워 어딜 가나 여인들의 시선을 한 몸에 받았다.

"계양군이 아니십니까?"

평원대군은 자신을 부르는 소리에 고개를 돌렸다. 계양군이 평원대군 옆으로 바짝 다가섰다.

"형님! 며칠 전, 저와 했던 내기 때문에 그 위험한 곳을 가셨습니까? 혹여 이 일로 아바마마께서 진노하시지는 않으실지 심히 걱정되옵니다."

사실 계양군은 평원대군을 위험에 빠뜨리기 위해 내기를 가장한 계책을 꾸몄다. 하지만 무사한 것을 보니 실망스러움을 감출 수 없었다. 계양군은 짧은 한숨과 함께 애써 태연한 척, 평원대군에게 걱정하는 말을 건넸다. 하지만 그의 마음과는 다르게 평원대군은 웃으며 어깨를 가볍게 두드려주었다.

"괜찮습니다. 어쩔 수 없는 일이 아닙니까?"

둘은 강녕전을 향해 빠르게 걸음을 옮겼다. 멀리 그들의 모습이 보이자 내관은 뛰어와 반갑게 맞이했다. 내관을 따라 그들은 부왕이 있는 곳으로 들어섰다.

"찾아 계시옵니까?"

상소문을 찬찬히 훑어보고 있던 부왕이 고개를 들어 앞에 앉은 그들을 바라보았다. 읽고 있던 상소문을 돌돌 말아 옆으로 밀어놓으며 부왕이 말했다.

"이리들 가까이 와 앉으라!"

두 사람은 부왕의 곁으로 한 걸음 더 다가와 다소곳이 무릎을 꿇었다.

"임아! 간밤의 일은 어찌 된 것이냐?"

부왕의 말에 평원대군은 무척이나 송구스럽다는 표정을 지었다. 그것을 눈치챈 계양군이 먼저 말을 꺼내려 했으나, 평원대군은 그를 향해 고개를 저었다.

"아바마마, 걱정을 끼쳐드려 송구하옵니다. 답답하여 사냥을 나간다는 것이 숲의 깊이를 제대로 알지 못해 그리되었사옵니다. 모두 소자의 불찰이옵니다."

"사냥이라. 임이 네가 사냥을 나갔더란 말이냐? 글만 읽던 네가? 하하하."

사냥을 나갔다는 평원대군의 말에 부왕은 한참을 껄껄대며 웃었다. 강녕전의 무거웠던 침묵은 부왕의 웃음소리로 일순간 산산조각 나 방 안 곳곳에 뿔뿔이 흩어졌다.

"송구하옵니다."

평원대군의 얼굴은 다과상 위에 얹힌 홍시만큼이나 붉었다. 계양군은 자신을 위하는 평원대군이 소름끼치도록 역겨웠다.

"너희는 한 나라의 왕자이니라. 항상 몸가짐을 조심, 또 조심해야 한다. 알겠느냐?"

부왕의 훈시를 들은 그들은 동시에 고개를 끄덕였다. 계양군은 내심 부왕이 어젯밤 일을 좀 더 거론해주길 바랐다. 평원대군을 향해 꾸지람이라도 했더라면 계양군의 속이 좀 풀렸을 터인데, 앉아 있는 지금도 부왕은 계속해서 평원대군만 바라보고 있을 뿐 계양군 자신에게는 눈길조차 주지 않았다. 그도 그럴 것이 평원대군은 부왕과 왕후의 소생으로 적통 자손이며 아비의 신임을 한 몸에 받고 있던 터였다. 반면 계양군의 어미인 신빈 김씨는 내자시 소속의 공노비 출신이었다. 한마디로 비천한

28

신분이었다. 이것이 내내 계양군의 마음을 분노케 하였다. 비록 왕족이기는 하나 반쪽짜리 왕자로 늘 왕실의 눈치를 보며 지내야 하는 자신의 처지가 싫었다.

"명심, 또 명심하겠사옵니다."

그들은 부왕을 향해 예를 갖추고 또박또박 대답했다. 대답이 끝나기를 기다린 부왕은 진지한 표정으로 둘을 바라보았다.

"내 너희를 급하게 찾은 것은……."

그들은 부왕의 말을 자세히 듣기 위해 신경을 곤두세웠다.

"하명하소서!"

"내 함평에게 은밀하게 시킨 일이 있다. 너희 둘은 함평을 도와 그 일을 완성토록 해야 하느니라. 기무(機務 : 비밀로 지켜야 할 중요한 일)이니 절대 밖으로 새어 나가서는 아니 된다. 무슨 말인지 알아듣겠느냐?"

부왕은 한문이 아니라 조선만의 독창적인 글을 창제하고 싶다는 뜻을 그들에게 은근히 내비쳤다. 그 후 많은 대화가 오간 후에야 그들은 강녕전을 나올 수 있었다.

'조선의 글이라.'

학문을 좋아하는 평원대군의 입장에서도 부왕의 말은 거의 불가능에 가까워 보였다. 글을 창제한다는 것은 어쩌면 대외적으로 명나라와 전쟁까지 불사해야 할 만큼 엄청 위험한 일이었기에 더더욱 걱정되었다.

"형님!"

무거운 침묵을 먼저 깬 것은 계양군이었다. 평원대군은 너무 깊게 생각에 빠진 나머지 부르는 소리를 듣지 못했다.

"형님! 뭘 그리 골몰히 생각하십니까?"

계양군은 좀 더 단호히 말소리를 높여 그를 불렀다. 그제야 평원대군은 계양군을 향해 고개를 돌렸다.

"아, 아닙니다!"

평원대군은 계양군에게 속내를 털어놓을까 하다 금세 그만두었다. 좀 더 지켜보고 난 후에 말을 꺼내도 늦지 않겠다는 판단에서였다.

"형님! 그나저나 이놈이 내기에서 졌으니, 좋은 곳으로 모시겠습니다."

내기라는 말에 평원대군은 며칠 전 계양군과 장난삼아 한 이야기가 떠올랐다. 서책만 파고드는 평원대군과 달리 호방한 성격의 계양군은 무슨 일을 하든지 간에 거침이 없었다. 그런 계양군이 자신을 글만 읽는 서생이라 빈정댔으니, 평원대군 입장에서는 무슨 수를 내서든 이번 기회에 계양군의 콧대를 꺾어놓고 싶었다. 그래서 두 왕자가 한 내기는 다름 아닌 사냥이었다. 계양군은 얼마 전, 솔숲에서 멧돼지 새끼를 놓쳤다고 했다. 그때 놓친 멧돼지를 누가 먼저 잡아 올 것인가가 두 왕자의 내기였다. 사실 계양군은 내기를 가장하여 평원대군을 위험에 빠뜨릴 생각이었다. 보기와는 달리 숲이 깊어 자칫 길을 잃거나 낙상할 수 있기에 사고사로 꾸미기에는 여러모로 최적의 장소였다. 계양군에게는 평원대군만 없다면 부왕의 사랑을 독차지할 수 있을 것이라는 막연한 기대감이 있었다. 그러나 그 계획과는 달리 진짜 멧돼지를 잡아 올 줄은 꿈에도 몰랐다.

"괜찮습니다."

평원대군은 목숨이 바람 앞 촛불처럼 위태롭던 지난밤, 두려움에 떨던 그 계집아이의 얼굴을 떠올리며 고개를 가로저었다. 계양군은 그런 그의 앞에 바짝 다가섰다.

"형님! 괜찮다니요. 제가 싫습니다. 내기는 내기이니, 저에게도 기회를 주셔야지요. 화의군도 부르겠습니다."

계양군의 거침없는 말투에 더 이상의 거절도 아무 소용없어 보였다. 조만간 다시 만날 것을 약조하고 평원대군과 계양군은 각자의 길로 나섰다.

평원대군은 궐을 나와 사저(私邸 : 개인의 저택)로 돌아가는 보교에서조차도 솔숲에서 구해준 계집아이의 얼굴이 떠올랐다. 두려움이 가득 담긴 눈동자로 자신을 바라보던 아이.

'그 아인 괜찮을까?'

한번 떠오른 생각은 끊이지 않고 꼬리에 꼬리를 물었다. 그러는 사이 보교는 대문 앞에 도착했다.

"대군 나리!"

보교에서 막 내려서려는 찰나, 칠석이 대군을 향해 뛰어오고 있었다. 가뜩이나 계집아이가 궁금했던 참이라 뛰어오는 칠석이 은근히 반가웠다. 하지만 표정에는 드러내지 않았다.

"어서! 들어가자꾸나."

계집아이의 이야기를 좀 더 조용히 들을 요량으로 발 빠르게 사랑채로 들었다. 칠석은 그런 대군의 뒤를 졸졸 따라 안으로 들어섰다.

"그 아이는 괜찮은 것이냐?"

평원대군은 자리에 앉자마자 칠석을 다그쳤다. 칠석은 그런 평원대군을 바로 보지 못하고 바닥만 바라보고 있었다. 분명 무슨 일이 있는 눈치였다.

"왜 대답이 없는 것이냐? 어서 말해보아라!"

"그것이 말입니다요."

한참을 뜸만 들이던 칠석이 자세를 바로잡으며 천천히 입을 떼었다.

"의원께서 다친 팔을 시료하기 위해 저고리를 벗겨야 하니 잠시 나가 있으라 하여……. 마침 고때 이놈의 배에서 신호가 오는 바람에 뒷간에 변을 보고 왔읍죠. 한데 긴장을 한 탓이라 그런지 평소보다 조금 오래 있었던 것이. 여하튼 이놈이 뒷간에서 나왔을 때는 이미 계집아이가 돌아가고 난 뒤였습니다요. 어이구! 대군 나리, 송구하옵니다요."

칠석은 주먹으로 자신의 머리통을 소리가 나도록 쥐어박으며 구시렁구시렁하느라 여념이 없었다. 대군은 저도 모르게 짙은 한숨을 몰아쉬었다. 종일 그 아이 생각에 아무 일도 못 했던 평원대군의 얼굴에는 실망의 기색이 역력했다. 칠석은 대군의 마음을 아는지 모르는지 저린 다리를 어찌지 못하고 엉덩이를 들썩들썩하며 대군의 눈치를 살피고 있었다. 칠석은 그만 일어났으면 하는 눈빛으로 대군을 보았다. 그는 칠석의 마음을 읽고서야 말을 꺼냈다.

"알았으니, 너는 그만 물러가 쉬도록 하여라. 고생했느니라."

저린 다리를 겨우 추슬러 일어서며 침을 코에 연신 묻혀대는 칠석이 막 방문을 나서려는 찰나였다.

"칠석아!"

"부르셨습니까요?"

방문 손잡이를 슬며시 놓으며 돌아서서 대군을 향해 고개를 조아렸다. 평원대군은 그런 칠석을 향해 깊게 숨을 들이켰다.

"내가 너에게 부탁할 것이 있다. 날이 밝는 대로 그 아이의 행방을 좀 알아보아라. 은밀하게 말이다. 알겠느냐?"

평원대군의 말에 칠석은 두 눈을 동그랗게 치켜떴다.

"예?"

천한 계집아이 때문에 숲에서 자신과 대군의 목숨이 자칫 위험할 뻔했는데도 그 계집아이를 찾아달라는 대군의 말이 칠석은 도무지 이해되지 않았다.

"어찌 대답이 없는 것이야?"

칠석이 머뭇거리자 평원대군의 목소리가 조금 높아졌다.

"알겠습니다요."

화들짝 놀란 칠석이 얼떨결에 답을 하고 서둘러 밖으로 나갔다. 평원대군은 칠석이 나간 후에 서책을 덮고 바로 자리에 누웠지만 그 아이의 얼굴이 쉬이 사라지지 않았다. 칠 년 전 열 살의 나이로 내자가 생기고 난 후, 단 한 번도 다른 여인에게 눈길을 돌려본 적이 없었던 그였기에 처음으로 느끼는 설렘이 낯설게만 여겨졌다.

수양딸

"다래는 좀 괜찮은 게야?"

잠시 밖으로 나갔던 유어당이 다시 들어왔다. 의원이 다녀간 후 다래의 호흡이 많이 안정되어 있었다. 행랑아범을 시켜 알아본 결과 유어당의 예상대로 다래는 이른 시각에 범사골 맹인 약재상을 찾아갔다. 그는 다래가 기방에서 우연하게 손님들이 하는 이야기를 듣고는 '진황'이라는 약재를 찾았다고 했다. 하여 그는 다래에게 '진황은 머릿속에 들어앉아 있는 염증을 낮게 하는 데 효능이 있다. 마침 오늘 마포나루터에 명나라에서 물건을 가득 실은 배가 들어오니, 운이 좋으면 구할 수 있을지도 모른다'라는 말을 건넸던 것이다. 범사골에서 마포나루터까지는 하루 반나절이 족히 걸리고도 남을 거리였다. 그러나 산을 넘어간다면 하루면 충분했다. 아마 다래는 산을 넘다 흉악한 놈들을 만났던 모양이었다. 다래가 넘은 산은 겉으로 보는 것과 달리 실제로 들어가보면 골이 깊고 자칫 길을 잃는다 하여 사람들의 발길조차 뜸한 곳이었다. 그런 곳에 겁도 없이 계집아이 혼자 들어갔으니, 이리 목숨이 붙어 있는 것만으로도 천운임은 분명했다.

"다래야, 어찌 그리 무모한 것이야. 이 못난 어미가 뭣이 그리 중하다고."

유어당의 말을 전해 들은 다래 어미는 딸의 상처를 어루만지며 흐르는 눈물을 훔쳤다. 그런 모습을 애처롭게 바라보던 유어당은 떨고 있는 다래 어미의 어깨를 툭툭 두드리며 쓸어내렸다. 그런 어미의 마음을 아는지 모르는지 다래는 악몽을 꾸고 있는 듯 미간이 심하게 일그러졌다.

"행수 어르신!"

다래 어미는 유어당에게 뭔가를 말하려다 주저하는 모습이었다. 다래 어미가 처음 이곳 춘향각에 몸을 의탁했을 때, 유어당은 그녀가 자신과 다른 신분의 여인임을 눈치채고 있었다. 큰 객주를 운영하다 보면 사람의 분위기로 그 사람의 지위 정도는 맞출 수 있는 재주가 생기게 마련이다. 머리를 심하게 다쳐 사경을 헤매던 다래 어미가 기적처럼 깨어났을 때, 그녀는 방 안 깊숙이 몸을 숨기고 바르르 떨었다. 유어당은 그녀의 눈동자에서 죽음보다 더 무서운 두려움을 보았다.

지금 그때보다 더한 공포가 다래 어미를 휘어 감고 있었다. 마치 고양이에게 쫓기는 생쥐처럼 위태로워 보였다. 몇 번이나 말하기를 주저하던 그녀가 드디어 조심스레 입을 떼었다.

"행수 어르신! 드릴 말씀이 있습니다."

방 안 가득 내려앉아 있던 침묵을 다래 어미가 단박에 깨뜨렸다.

"말해보게나."

잠들어 있는 딸아이의 얼굴을 힐끔 보는 다래 어미의 얼굴은 그 어느 때보다 초조했다.

"자리를 좀 옮겨주시지요."

둘은 평소 잘 사용하지 않는 기방 깊숙한 곳으로 자리를 옮겼다. 유어당은 아랫것을 시켜 마당 주위로 그 누구도 얼씬거리지 못하게 명을 내렸다. 다래 어미는 한참이나 방바닥을 내려다보았다. 긴 침묵이 점차 지루해질 즈음 뭔가를 결심한 듯 다래 어미가 입을 열었다.

"행수 어르신! 다래를 수양딸로 거두어주십시오."

그녀는 유어당 앞에 무릎을 꿇고 앉아 흐느꼈다. 유어당은 그런 다래 어미의 행동에 적지 않게 당황한 표정이었다.

"도대체 무슨 일인 게야? 어찌하여 다래를 수양딸로 거두어달라는 것이냐? 이미 다래는 내 딸이나 마찬가지거늘."

"그것이……."

다래 어미는 말하기에 앞서 서러움이 파도처럼 밀려오는 것 같았다. 그녀의 눈에는 점차 눈물이 차올랐다.

"말해보아라. 어찌 이러는 게야?"

"이년의 지아비는 본디 함길도 포도청 포도대장이었사옵니다. 한데……."

나오던 말이 잠시 막혔다. 잊어버렸던, 아니 잊고 싶었던 기억이 다시 떠오르자 그녀는 목구멍에 설움이 철썩 달라붙어 더이상 말을 할 수 없었다.

"한데?"

유어당은 끊겼던 다래 어미의 말을 잇기 위해 급히 말꼬리를 잡았다. 그제야 다래 어미는 숨을 삼켜 막혔던 목구멍을 겨우 뚫었다.

"그 당시 관찰사로 막 부임한 김판돌이라는 자가 이년의 미색을 탐하여 호시탐탐 기회를 엿보다 이년의 지아비에게, 이년의 지아비에게 역모죄를 뒤집어씌웠습니다."

방 안에는 한순간 정적이 감돌았다. 따뜻했던 공기는 금세 식어 그녀들의 주변을 맴돌았다. 유어당 역시 어떤 말을 해야 할지 실로 난감한 상황이 아닐 수 없었다.

"아무리 역모라 하나 없는 죄를 어찌 만들어내느냐 말이다."

유어당은 다래 어미의 말이 도저히 믿기지 않았다. 다래 어미는 다시 천천히 입을 떼었다.

"길주 호장 지영우라는 자는 이년의 지아비와 둘도 없는 벗이었사온데, 청주에서 폐세자 양녕대군에 대한 난언을 퍼트려 관군에게 쫓기게 되었지요."

'지영우라면?'

불현듯 유어당의 뇌리에 아주 오래전 기억 하나가 스쳤다.

권력을 한 손에 틀어쥐고 태어난 행운의 왕세자 이제(李禔). 그는 다름 아닌 폐세자 양녕대군이었다. 권좌를 손아귀에 거머

쥔 그는 커갈수록 점차 부왕인 태종의 기대에 어긋나기 시작했다. 학문보다는 사냥을, 정치보다는 여색을 더욱 가까이했다. 양녕대군이 폐세자가 된 결정적인 계기 또한 바로 '어리'라는 여인과의 염문이었다.

유어당은 춘향각 비밀의 방인 자운당에서 혈기 왕성한 양녕대군과 어리의 만남을 몇 번이나 목격한 적이 있다. 당시 그녀는 춘향각에서 기녀 수업을 한창 받고 있었다. 어리는 중추 관직에 있던 곽선의 첩이었는데, 세자인 양녕대군이 그녀와 간통한다는 사실이 부왕의 귀에 들어감으로써 세자에서 하루아침에 폐세자가 되었다. 한 나라의 세자가, 그것도 다른 사내의 첩인 여인과의 불미스러운 일이다 보니, 도성 안팎을 넘어 명나라까지 떠들썩하게 만들었던 사건이었다. 하지만 문제는 그 이후부터였다. 양녕대군은 비록 폐세자의 신분이었지만, 정치적으로는 상당히 위협적인 인물이었다. 신하들은 그에게 티끌만 한 문제가 보이기라도 하면 격렬하게 탄핵했다. 당시 한양을 중심으로 양녕대군의 측근인 박광과 지영우의 만남이 은밀히 자주 이루어지고 있었는데, 그 은밀한 움직임이 이루어지던 곳이 바로 이곳 춘향각이었다. 기녀 수업이 한창인 유어당은 스승을 따라 한 번씩 그들의 은밀하고 위험한 이야기가 오고 가는 곳에 동석하여 술을 따른 적이 있다. 그때 마주했던 사내가 바로 지영우였던 것이다. 그러고는 꽤 오랜 세월이 흘러 지영우는 양녕대군이 즉위하면 백성들이 자애로운 덕을 받게 된다거나 양녕대군이 병권(兵權)을 장악하려 한다는 등의 난언을 퍼트려 처형되었다.

유어당의 짧은 신음 소리를 뒤로 다래 어미의 이야기가 다시금 이어졌다.

"지영우라는 자가 죽을 고비를 서너 차례 넘기며, 함길도로 이년의 지아비를 찾아왔습죠. 그것이 관찰사의 눈에 띄었고, 가뜩이나 권력과 여색에 눈이 먼 관찰사에게는 좋은 기회였을 것입니다. 그 일로 말미암아 이년의 지아비는 역모라는 죄목으로 포도청 옥사에 감금되어 의금부 압송을 기다리고 있었습니다. 한데, 그날 밤 누군가가 은밀하게 보낸 자객에게 목숨을 잃었사옵니다."

유어당은 다래 어미의 속사정을 들으면 들을수록 도저히 헤어날 수 없는 미궁 속으로 빠져드는 것만 같았다. 의금부로 압송되기로 한 죄인이 왜? 누구에게? 무엇 때문에? 물음이 또 다른 물음을 줄줄이 낳았다.

"자객이라니? 그 무슨……."

놀란 눈으로 되묻는 유어당의 물음에 다래 어미의 눈에는 눈물이 차곡차곡 차올랐다.

"그날 이년은 지아비가 있는 옥사로 몰래 찾아갔지요. 다행히도 지아비와 친한 아전이 옥사로 가는 길을 터주었습니다. 어쩌면 마지막이 될지도 모르는 지아비의 얼굴을 단 한 번만이라도 더 보고 싶었습니다. 지아비는 저를 보자마자 딸아이의 댕기부터 찾았지요. 댕기만이 살길이라는 알아들을 수 없는 말과 함께……. 댕기는 옥사로 잡혀 오는 길에 홍문에게 건넸으니, 반드시 찾으라는 말을 남겼사옵니다. 이것이 제가 본 지아비의 마지막 모습이었습니다."

"홍문이라는 자는 또 누군 게야?"

다래 어미는 한꺼번에 자신의 모든 이야기를 꺼내려니 숨이
찼다. 하지만 그녀의 얼굴은 그 어느 때보다 편안해 보였다.

"홍문은 지아비가 데려온 사내이온데, 오갈 데가 없어 어렸
을 때부터 포도청에서 함께 지내왔습니다."

유어당은 오장육부의 마지막까지 채워져 있던 숨을 모조리
끄집어내기라도 하듯 깊고도 긴 한숨을 쭉 내뱉었다. 으레 한숨
이라는 것은 모조리 내뱉고 나면 시원할 법도 한데, 어찌된 것
이 더욱 답답하기만 했다.

"댕기는 결국 못 찾은 게로군."

유어당의 미간이 좁아졌다. 그사이 다래 어미는 남은 이야기
를 마저 꺼냈다.

"그 후 이년은 아전의 손에 이끌려 옥사를 쫓기듯 빠져나왔
지요. 그러고는 아마 두어 식경이 흘러갔을 겝니다. 검은 옷을
입은 자객 하나가 안채로 들어와서는 듣도 보도 못한 서찰의 행
방을 캐물었사옵니다. 그것이 무엇인지, 어떤 건지 모른다고 하
자 저와 다래를 죽이기 위해 검을 들더이다. 그런데 때마침 관
찰사 김판돌이 보낸 추노꾼들에 의해 이년과 다래의 목숨은 부
지하게……."

결국 다래 어미는 말을 끝내 잇지 못했다. 유어당은 고개를
푹 숙여 흐느끼는 그녀가 안쓰럽고 불쌍해 보였다. 가냘픈 여인
으로 이렇게 큰일을 당한 그녀를 따뜻하게 안아주고 싶었다. 그

러나 한편으로는 두렵고도 무서웠다. 이들을 받아들임으로써 자신에게 닥칠 위험이 너무나 컸다. 그렇다고 무서운 세상 속으로 내치기에는 그들과 함께한 세월과 정이 그만큼 크고도 깊었다. 늘 쫓기며 마음 놓고 잠 한숨 편하게 못 잤을 모녀를 그저 품에 넣고 지켜주고 싶은 것 또한 유어당의 마음이었다. 그녀의 얼굴에는 좀체 찾아볼 수 없던 묘한 감정이 드러나 있었다. 마치 절대로 열어서는 안 될 금단의 방을 열어버린 것 같은 표정이었다.

"그래서 자네가 추노꾼으로 보이는 사내들이 기방에 모습을 보이면 그리 기겁을 하며 사라졌던 게야. 다래에게 어미라 부르지 말라 한 것도 그래서였던 거고."

"행수 어르신!"

어렵사리 버티고 있던 다래 어미가 바닥으로 엎어지며 서럽게 울음을 토해냈다. 그동안 그 누가 알세라 말 못 하고 꽁꽁 숨겨놔야만 했던 덩어리들이었다. 그녀가 좋다는 약재를 먹어도 병세가 더욱 악화되었던 이유였다.

"이년은 어찌 되든 상관없사옵니다. 허나 다래만큼은, 우리 다래만큼은 이년처럼 도망자로 살게 하고 싶지 않습니다. 혹여 저리 된 것이 이년을 쫓는 추노꾼들의 짓이 아닐까 하여 오장육부가 녹아내리옵니다."

유어당은 가냘픈 어린 새처럼 두려움에 떨고 있는 다래 어미를 연민의 눈길로 바라보았다. 얇은 창호지를 사이에 두고 대나무가 오후 햇살에 따라 천천히 일렁거렸다. 그녀는 창호지 너머로 흔들리는 그림자를 한참 동안이나 내다보았다.

"되도록 기방을 드나드는 사내들과 부딪치지 않도록 내 조치를 취해놓음세. 자네 말처럼 다래를 수양딸로 삼겠으나, 그 아이를 기적에 올리는 것은 좀 더 생각해봄세. 나는 다래를 기녀보다 예인으로 키웠으면 싶다네. 이곳 춘향각 기녀로만 살기에는 그 아이의 재주가 너무도 출중하단 말이지."

한동안 꾹꾹 참았던 서러움이 다래 어미의 볼을 타고 흘러내렸다. 유어당의 따뜻한 말 한마디에 얼어 있던 그녀의 마음이 춘삼월 봄눈 녹듯 사르르 녹아내렸다. 눈이 녹은 자리에는 언젠가 꽃이 피고 나비가 날아들 것이라는 막연한 희망이 다래 어미의 가슴에도 샘솟았다.

평원대군은 온종일 서책을 보는 둥 마는 둥 했다. 그렇게나 좋아하는 글이 단 한 자도 눈에 들어오지 않았다. 온종일 계집아이의 얼굴만이 눈앞에 어른거렸다. 떠올리지 않기 위해 수십 번도 더 서책을 뒤적였지만 그럴수록 아이의 얼굴은 더욱 선명해져갔다.

'내가 왜 이러는 것이지?'

대군은 서책을 덮었다. 어차피 책을 펴고 있어도 아무것도 보이지 않았다. 그저 가슴만 답답할 뿐이었다. 답답한 마음에 바람이라도 쐴 요량으로 창문을 열어젖혔다.

"칠석아! 칠석이 게 있느냐?"

평원대군이 부르자 칠석은 뒤뜰을 지나 헐레벌떡 뛰어와서는 그의 앞에 고개를 숙였다.

"나리, 부르셨습니까요?"

대군은 뭔가를 말하려다 금세 입을 굳게 다물었다. 한참이 지나도 아무 말이 없자 칠석은 힐끔 대군을 올려다보며 고개를 갸우뚱했다.

"저기, 대군 나리!"

답답함에 칠석은 그만 평원대군을 크게 불렀다. 그제야 그의 시선이 칠석에게로 옮겨졌다.

"어째 좀 찾아보았느냐?"

칠석은 머리를 긁적이며 개미 움직이는 소리보다 더욱 작은 목소리로 옹알거렸다. 대군은 칠석의 옹알거리는 목소리를 자세히 듣기 위해 앞쪽으로 몸을 기울였다.

"그것이 말입니다요, 몇 날 며칠을 알아보고 다녔지만…….
나리! 차라리 이놈이 벌을 받겠습니다요."

그의 말을 겨우 알아들은 평원대군은 나지막이 한숨을 몰아쉬었다. 혹시나 하는 기대감이 역시나 하는 실망감으로 돌아오니 온몸의 기운이 다 빠져나가는 것만 같았다. 대군은 칠석을 더 이상 잡아둘 명분이 없어 가보라며 손짓을 보냈다. 칠석은 이제는 살았다는 표정으로 냅다 머리를 조아리고 쏜살같이 중간 대문을 넘어 사라졌다. 평원대군은 황급히 대문을 빠져나가는 칠석을 물끄러미 바라보았다. 그것은 한 여인을 향한 그리움과 연민의 눈빛이었다. 곧 서책으로 눈길을 옮겼지만 마음은 그어느 때보다 무거웠다. 눈에 들어오지도 않는 책을 덮은 대군은 복잡한 머리도 식힐 겸 대문을 나섰다.

그 시각, 다래는 상처가 거의 아물어감에도 불구하고 몇 날 며칠 자리에만 가만히 누워 있으려니 좀이 쑤셨다. 스승인 유어 당과 어미가 번갈아가며 매시간 보러 오니 밖으로 쉽게 나갈 수 도 없었다. 무엇보다 위험했던 순간 자신을 구해주었던 사내의 얼굴이 떠오르지 않아 마음이 답답했다.

'따뜻한 손길, 부드러운 말투, 시원한 웃음. 다 기억이 나는 데, 어찌 얼굴이 떠오르지 않을까? 어디 사는지 정도는 알아야 고맙다는 말 한마디는 전할 터인데.'

얼굴도 떠오르지 않는 사람에게 자꾸 끌리는 것이 부끄러워 웃음이 터져 나왔다.

"뭐가 그리 좋아서리 실실 쪼개고 있당가?"

깜짝 놀란 다래가 급히 웃음을 거두고 서둘러 자리에서 일어 났다.

"두향아!"

다래와 함께 유어당에게 악기를 배우고 있는 동기생인 두향 이었다. 다래는 두향임을 알고서는 씩 잇몸을 드러냈다. 두향은 가져온 탕약을 다래에게 건네며 요란스레 자리에 앉았다.

"괘안은 것이여? 우째 된 년이, 스승님과 아짐이 올매나 니년 을 걱정혔는지 알어, 몰러?"

약을 쭉 들이켠 다래는 쓴맛에 오만상을 찌푸렸다. 두향은 그 런 다래를 바라보며 자신도 미간을 구겼다.

"미안! 미안해!"

빈 사발을 건네받은 두향이의 손을 다래가 왈칵 달려들어 잡았다. 두향은 다래의 돌발 행동에 화들짝 놀라며 잡힌 손을 빼냈다.

"왜 이러는 것이여?"

"두향아! 넌 내 하나밖에 없는 벗이야."

두향은 눈썹을 추켜올리며 눈꺼풀을 서너 번 깜빡였다. 다래는 그런 두향의 두 눈동자를 뚫어지게 바라보았다.

"나가 참말로 다래, 니년의 부탁은 절대루 들어주지 않을 것이여."

두향은 그 어느 때보다 단호하게 말을 내뱉었다. 하지만 그것도 잠시, 기방 서쪽으로 난 쪽문이 삐걱대는 소리와 함께 빼꼼히 문이 열렸다. 열린 틈새로 곧이어 계집아이의 얼굴이 비쭉 튀어나왔다.

"두향아, 고마워! 그냥 바람만 쐬고 올게. 두 분이서 하도 극성맞게 감시를 해대는 바람에. 헤헤."

다래가 대문 밖으로 빠져나왔다. 두향의 눈썹 사이가 심하게 일그러졌다. 늘 알면서도 다래에게 번번이 당하는 자신이 한심하다는 표정이었다.

"콧구녕에 바람만 넣고 후딱 댕겨와야 혀. 스승님이나 아짐이 아시는 날에는 나가 병풍 뒤에서 향냄새를 맡아야 될지도 몰령께."

"금방 다녀올게!"

다래는 웃으며 두향을 향해 손을 흔들어 보였다. 두향은 그런 다래를 쏘아보았다.

"나가 꽃댕기 땜시 이러는 거 아녀. 알제? 진짜 퍼뜩 와야 혀."

다래는 고개를 아래위로 세차게 끄덕였다. 두향은 주변을 재차 확인하고서야 대문을 닫았다. 다래는 그제야 두 눈을 감고 숨을 깊이 들이마셨다. 며칠 만에 맡아보는 바깥공기인지!

엇갈림 그리고 재회

저잣거리는 여전히 볼 것, 즐길 것으로 넘쳐났다. 평원대군은 이런저런 구경을 하다 보니, 답답했던 마음이 한꺼번에 날아가는 것만 같았다.

"오호라! 이제 시작하는 모양이군."

큰 구경거리가 난 듯 물건을 팔다 말고 상인들은 너나 할 것 없이 시장의 넓은 터로 몰려가기 시작했다. 다래 역시 꽹과리 소리를 따라갔다. 때마침 거처로 발길을 옮기려던 평원대군 또한 장구 소리를 따랐다. 오색 깃발이 나부끼는 가운데 사람들이 모여들자 꽹과리를 두드리는 이의 손놀림이 점차 빨라졌다. 채가 보이지 않을 만큼 빨라 마치 꽹과리 혼자서 소리를 내는 것처럼 보이기까지 했다. 사당패에서 가장 어린 소년이 나와 덩치가 큰 사내의 목말을 타고 공을 하늘로 띄웠다가 받는 묘기를 선보였다. 모여든 사람들은 자리를 빼앗길세라 앞다투어 밀치며 바닥에 앉았다. 다래는 팔짱을 끼고 구경하는 아낙들의 틈바구니에 끼어 넋을 잃고 사당패 놀이를 지켜보았다.

아슬아슬한 줄타기는 사당패 놀이 중 최고로 칠 만큼 가장 볼 만한 것이었기에 사람들이 더욱 많이 모여들었다. 어느 정도 사람들이 모이자 머리에는 초립을 쓰고 붉은 저고리를 입은 젊은 사내가 줄 위에 올랐다. 날렵한 그의 몸동작에 이곳저곳에서 박수가 터져 나왔다. 사내가 고수로 보이는 자에게 농을 건네자 고수 역시 받아쳤다. 둘의 우스갯소리 사이로 꾀꼬리 울음소리를 닮은 태평소가 터져 나왔다. 소리에 맞춰 장구, 꽹과리, 아쟁이 그 뒤를 이었다. 여러 개의 악기는 하나의 음이 되어 신명 나게 연주되었다. 줄 위의 젊은 사내는 큰 부채를 활짝 폈다. 그러고는 부채를 들고 어깨춤을 덩실덩실 추며 줄 위로 한 발 뗴었다. 가늘디가는 줄 위에서 나비처럼 날았다가 앉았다. 보는 이들의 애간장이라도 녹이려는지 떨어질 듯, 떨어지지 않았다. 묘기가 무르익을수록 모인 이들의 어깨는 더욱 덩실거렸으며 웃음소리 또한 떠나지 않았다. 줄 위의 젊은 사내에게 더러는 엽전을 넘기기도 하고 또 어떤 이들은 먹을 것을 내어놓기도 했다. 모두 자신이 줄 위에 서 있는 것처럼 탄성과 안도의 함성을 지르며 박수를 치느라 여념이 없었다. 평원대군 역시 넋을 잃고 줄 위에 선 사내를 바라보다 반대편에서 박수를 열심히 치고 있는 한 계집아이가 눈에 들어왔다.

'저 아이는?'

평원대군의 눈동자가 점점 커졌다. 분명 숲에서 자신이 구해준 그 아이였다. 그토록 궁금했고, 그토록 찾아 헤맸던 그 아이.

그는 서둘러 군중 속을 빠져나와 반대편으로 달음박질쳤다.

"다래야!"

한참 넋을 잃고 서서 줄 타는 것을 바라보던 다래의 어깨를 누군가가 쳤다. 두향이었다.

"두향아."

화들짝 놀라는 다래를 향해 두향이 혀를 찼다.

"야가! 야가! 참말로 큰일 났당께. 스승님께서 니를 찾는단 말이여. 콧구녕에 바람만 넣고 오라고 했더만……. 에휴! 니년 땜시 나까즉 경을 치게 생겨버렸단 말이여."

두향은 다래를 향해 입술을 꽉 깨물었다. 다래는 끌려가다시피 사람들 틈새를 비집고 나왔다. 반대편에 겨우 도착한 평원대군은 목구멍까지 차오른 숨을 여러 번 나눠서 내뱉으며 모인 사람들 틈새로 들어갔다.

'이쯤이었는데.'

대군은 두리번거리며 찾았지만 계집아이는 어느 곳에서도 보이지 않았다. 그는 더 이상 찾는 것을 포기하고 실망한 기색으로 그곳을 빠져나왔다.

'잘못 본 것인가?'

터벅터벅 걷는 발길에는 안타까움이 묻어 있었다. 대군은 바닥에 드리워진 자신의 그림자를 밟으며 길을 걸었다. 한참을 그렇게 바닥을 보던 그의 발아래로 꽃댕기가 바람결에 날아와 떨어졌다. 대군은 피할 겨를도 없이 그만 댕기를 밟았다. 기운이 빠진 그는 그것을 주울 생각도 하지 않고 못 본 척, 가던 길을 갔다.

"저기요!"

자신을 부르는 소리였지만 평원대군은 듣지 못한 채 그저 발길을 앞으로 한 걸음 한 걸음 떼었다.

"저기요! 거기요!"

대군은 그제야 자신을 부르는 소리라는 것을 알아채고 뒤를 돌아보았다. 노란 꽃댕기를 내밀고 있는 한 계집아이가 눈에 들어왔다. 멀리 떨어져 곳에 서 있었지만 아이는 화가 단단히 나 있는 듯 보였다.

"남의 귀한 댕기를 밟았으면 사과를 하는 게, 사람의 도리지요. 양반네 자제분들은 예의가 없는가 봅니다."

평원대군은 계집아이를 향해 가볍게 고개를 숙였다.

"미안하게 되었소. 변상할 터이니."

"이것아, 고마 가장께! 아따 참말로, 이럴 때가 아니란 말여."

뒤늦게 뛰어온 두향이가 다래의 소매를 잡아끌었다. 다래는 그런 두향의 손길을 뿌리쳤다.

"잠깐만! 오늘 산 댕기가 엉망이 되었잖아. 변상해준다니 받아 가야지."

다래는 두향을 뒤로한 채, 성큼성큼 대군이 있는 곳으로 다가섰다. 다래의 얼굴이 가까워지자 그의 두 눈동자가 점점 커지면서 반짝였다.

"넌, 넌."

50

평원대군은 자신도 모르게 크게 웃었다. 어찌나 웃음소리가 큰지 지나가는 사람들이 힐끔거리며 쳐다보았다. 다래는 자신을 보며 실소를 터뜨리는 사내의 행동에 괜스레 기분이 언짢았다. 상한 마음을 그대로 드러내기라도 하려는 듯 다래는 볼에 바람을 잔뜩 집어넣은 채, 대군을 쏘아보았다. 한참을 뚫어지게 보던 다래의 뇌리에 번쩍이는 뭔가가 스쳤다.

"다친 팔은 좀 괜찮은 것이냐? 이런 곳에서 만날 줄이야."

그제야 사내의 얼굴 위로 숲 속에서의 일이 겹쳐 흘렀다.

"그때, 숲에서, 나를……."

다래의 물음에 대군은 손가락으로 자신의 오른쪽 팔을 가리키며 눈을 찡긋했다. 그렇게 그들은 서로 알아보았다. 대군은 그때나 지금이나 따뜻한 눈빛을 보냈다.

"어여 가자니께."

뒤따르던 두향이 다래 곁으로 다가와 소매를 잡아당겼다. 다래는 그런 두향과 평원대군을 번갈아 보았다. 그때였다. 평원대군이 다래의 손을 낚아채어 앞으로 내달렸다.

"두향아! 늦지 않게 갈게. 스승님께 잘 말씀……."

다래의 목소리가 멀어져갔다. 두향은 뭔가에 얻어맞은 듯, 한동안 우두커니 서 있었다.

"다, 다래야."

그렇게 한참을 뛴 다래와 평원대군이 멈췄다. 차오르는 숨을 고르며 서로를 바라보았다. 그제야 둘은 손을 마주 잡고 있다는 사실을 알아차렸다. 다래는 부끄러움에 슬그머니 평원대군의 손을 놓았다.

"진짜 다행이다. 다래가 너의 이름인 게야? 아까 네 벗이 너를 그리 부르더구나!"

방금 전까지의 진지함은 어디로 가고 대군은 장난기 가득한 얼굴로 다래를 보았다. 그와 반대로 다래는 조금 전까지의 당당함은 어디로 갔는지, 부끄러움에 얼굴을 붉혔다.

"위험에 처한 저를 구해주신 이 은혜를 어찌 갚아야 할지."

"다래라."

대군은 다래의 말을 듣는 둥 마는 둥 혼잣말로 그녀의 이름을 읊어보았다. 부르면 부를수록 입안에서 꽃이 피어나는 것만 같았다. 다래의 얼굴에는 아직까지도 그날의 상처가 조금 남아 있었다. 상처 사이로 보이는 다래의 얼굴은 그 또래의 다른 여자아이들보다 더욱 성숙해 보였다. 미색 또한 눈에 띄었다.

"음, 음."

자신의 말을 듣지 않고 골똘히 생각에 잠긴 대군을 향해 다래는 헛기침을 두어 번 했다. 그제야 정신을 차린 그는 급히 말을 내뱉었다.

"아, 아니. 네가 다치지 않았다니 그것만으로도 되었다."

다래의 얼굴은 인품과 덕을 겸비해서 청아하고 수려했다. 평소에 미색을 가까이하지 않던 평원대군은 뭔가에 홀린 듯 다래를 향한 눈길을 좀처럼 거둘 수가 없었다. 다래는 자신의 얼굴을 빤히 바라보는 대군의 눈길이 너무나 뜨겁게 느껴졌다.

"제 얼굴에 뭐라도 묻었는지요?"

다래는 이마를 세게 문질렀다. 바라보는 대군의 눈길이 부담스럽고 창피해 그저 피하고 싶은 마음뿐이었다. 무엇보다 심장이 너무나 세차게 울려 혹시나 그에게 들리지 않을까 걱정이 앞섰다.

"아, 아니. 그게 말이다, 그런 게 아니라……."

당황한 나머지 대군은 급히 일어나려다 정자 기둥에 세게 이마를 찧었다. 순간 별이 번쩍했고, 이마를 감싸 쥐었다. 아픈 것보다 부끄러웠다.

"괜찮으신지요?"

다래는 깜짝 놀라 서둘러 자리에서 일어났다.

"다래야! 괜찮다, 괜찮으니라."

얼떨결에 평원대군은 다래의 이름을 입에 올리고 말았다. 그는 일생일대의 위기 상황이라도 모면하려는 듯 큰 소리로 웃었다.

"하하하. 내가 안 하던 실수도 네 앞에서 저지르게 되는구나. 참! 내 이름은 임이다, 이임!"

평원대군은 도포 자락을 탁탁 털며 일어났다. 대군의 머릿속은 어느새 온통 다래의 얼굴로 가득 찼다.

그의 마음이 이러하니 오늘따라 이곳 월릉정이 더욱 아름답게 느껴졌다. 달빛 비친 연못에 또 다른 월릉정이 물결 위로 일렁였다. 물에 비친 월릉정 또한 빛을 내며 반짝였다. 주변으로 탐스럽게 피어 있는 연꽃은 그들의 슬프고도 비극적인 인연의 시작을 알리기라도 하려는 듯 푸른 달빛을 머금고 있었다.

달빛을 품은 연꽃

동이 트려면 한참이나 멀었는데도 평원대군은 일찍 자리를
털고 일어났다. 그는 다래를 만날 생각에 마음이 한껏 들떠 있어
서인지 밤새 잠을 설쳤다. 밥때가 되자마자 끼니도 먹는 둥 마는
둥 하고 저잣거리로 나갔다. 실수로 밟아버린 다래의 댕기가 생
각나서이다. 이른 시각임에도 시전에는 여러 가지 물건이 즐비
해 있었다. 자신의 물건을 사라며 외쳐대는 상인들 사이로 평원
대군은 두리번거리며 걸었다. '누군가를 위한다는 마음만으로
도 익숙한 모든 것이 새로워 보이는 걸까?' 생각이 여기까지 이
르자 대군 자신도 모르게 피식 웃음이 새어 나왔다. 그는 한참을
두리번거리며 뭔가를 찾더니 한 시전 앞에 멈춰 섰다.

"어서 오십시오! 뭘 드릴깝쇼?"

장사꾼이 대군을 보자 반가운 기색으로 바짝 다가왔다.

"댕기를 보시려고요? 이건 여드레 전 명나라에서 들여온 댕

기입죠. 요기 보시면 진짜 나비가 사뿐히 내려앉아 있는 듯한 착각마저 일으키는, 상품 중에 최상품이라 단 하나 남아 있습죠."

상인은 붉은 비단 천에 금색실로 아름답게 수놓인 댕기를 들고 평원대군에게 내밀어 보였다. 한 번도 여인을 위해 댕기를 사본 적이 없어 그런지 얼굴이 괜스레 붉어졌다. 그는 민망한 마음을 감추기 위해 잠시 하늘을 올려다보았다. 장사꾼에게 댕기를 건네받은 대군은 이리저리 찬찬히 훑었다. 분명 그 아이에게 잘 어울려 보였다.

"이건, 얼만가?"

댕기를 사 들고 돌아서는 평원대군의 얼굴에는 그동안 볼 수 없었던 환한 웃음이 가득했다. 곧 그 아이를 만나 댕기를 곱게 매어주는 모습은 상상만으로도 가슴이 설렜다. 그는 그렇게 뛰는 마음을 애써 감추고 약속 장소인 월릉정으로 발걸음을 옮겼다. 누군가를 그리는 마음이 크면 기다리는 시간도 더디게 흘러가는가 보다.

다래는 약속한 시각이 다가오자 경대를 꺼내 머리를 매만졌다. 그를 볼 생각에 마음이 두근두근 쉴 새 없이 요동쳤다. 진정하려고 애를 썼지만, 자꾸만 경대에 비친 얼굴이 불그스레해졌다.

'존함이 이임이라……. 이름도 얼굴만큼 어찌나 멋있는지.'

자꾸만 실실 새나는 웃음을 다래도 쉽사리 막지 못했다. 약속 시간이 다가오자 다래는 서둘러 월릉정으로 나섰다. 두향을 포함한 기방 사람들이 달려가는 다래를 향해 말을 걸었지만, 그녀는 아무것도 들리지 않았다. 멀리 삼작교가 보이자 다래는 뛰던 발걸음을 늦춰 차분히 걷기 시작했다. 정각 위에서 연못을 바라보는 대군의 뒷모습에 다래는 심장이 터질 것만 같았다. 그녀는 마음을 진정시킬 겸 다시금 자신의 머리를 매만졌다.

월릉정 위의 평원대군 역시 목소리를 가다듬으며 메마른 입술에 침을 묻혔다.

"어서 오너라. 어서 오시오. 오느라 고생하였다. 아, 이것도 아닌데! 음, 음. 날씨가 좋지 않소?"

대군은 연못 아래를 바라보며 나지막한 말투로 다래에게 건넬 말들을 계속해서 중얼거렸다. 너무 열중하여 생각하다 보니, 다래가 곁에 와 있는 것을 까맣게 모르고 있었다. 다래는 그런 평원대군을 바라보며 엷은 미소를 지었다.

"나리!"

맑고 투명한 목소리에 대군은 화들짝 놀라 뒤돌아보았다.

"그, 날씨 오시오! 아, 그것이 아니라……."

대군은 무심결에 내뱉은 말에 귀밑까지 붉게 타올랐다. 붉게 타다 못해 뜨거울 지경이었다. 평원대군의 엉뚱한 인사에 다래는 그만 긴장했던 마음까지 모두 시원하게 쏟아낼 정도로 웃었다. 그녀의 웃음에 대군은 그만 딸꾹질이 터졌다. 아무리 입을 닫아도, 숨을 쉬지 않아도 개구리 튀어 오르듯 딸꾹질은 멈추지 않았다. 다래는 그런 대군을 향해 고개를 깊게 숙여 인사를 건넸다. 그는 두 손으로 입을 꾹 막고 다래를 바라보았다. 어찌하면 저리 맑고 투명한 피부를 가졌을까? 곱게 빗어 내린 머리하며 밤하늘의 은하수를 그대로 따 온 듯한 눈동자는 유난히 반짝거렸다. 대군은 마치 벼락을 맞은 기분이었다. 그렇게 그들은 깊은 늪에 빠진 듯 점점 서로에게 빠져들었다.

오늘도 그다음 날도 그 다다음 날도, 그들의 사랑은 월릉정 아래 달빛을 품은 연꽃처럼 은은해져갔다. 하지만 평원대군은 다래를 좋아하면 할수록 걱정거리도 덩달아 커졌다. 벌써 그녀와 만난 지도 한 달이 다 되어가지만, 자신의 신분을 말하지 않았다. 다래는 대군을 이름 없는 양반의 자제 정도로만 알고 있었다. 혹여 자신이 이 나라의 왕자라는 사실을 알게 되면 지금처럼 편하게 대하지 못할 것이라는 걸 알기에 입이 쉽게 떨어지지 않았다. 무엇보다도 부인이 있었다. 부인 홍 씨는 비록 어린 나이였으나 그 누구보다도 의젓했다. 서로 어린아이의 티를 벗기도 전에 부부로 만났다. 그래서일까 부부의 정보다는 벗에 가까운 두 사람이었다. 대군은 혼례를 치르고 단 한 번도 부인이 아닌 다른 여인에게 눈길을 돌린 적이 없었다. 허나 다래만은 달랐다. 그 아이는 운명처럼 다가왔다. 처음으로 여인을 마음에 품게 되었다. 잘해주고 싶고, 지켜주고 싶고, 곁에 있어도 그리운 여인이었다.

이런저런 수심에 잠겨 있는 그때, 멀리서 다래가 가야금을 메고 천천히 월릉정으로 걸어왔다. 하얀 적삼에 붉은 석류꽃이 피어 있는 한복이었다. 대군은 서둘러 자리에서 일어나 다래의 곁으로 뛰어가 가야금을 받고 손을 내밀었다. 다래가 손을 쉽사리 내밀지 못하자, 대군은 성큼 그녀의 손을 낚아채어 꼭 잡았다.

따뜻함이 서로의 마음에 와 닿았다.

"오래 기다리셨는지요?"

대군은 다래의 물음에 빙그레 웃으며 고개를 저었다. 정각 위에 도착한 다래는 가야금을 곱게 싼 끈과 천을 걷어내고 대군에게 내밀었다. 가야금을 건네받은 평원대군은 천천히 음을 타기 시작했다. 아름다운 음률에 맞추듯 버드나무가 한들한들 바람에 흔들렸다. 다래는 일어나 들고 있던 부채를 쫙 폈다. 부채에는 막 피기 시작한 매화가 그려져 있었다. 그녀의 손놀림에 그림에서 향이 솔솔 풍겨져 나오는 것만 같았다. 다래는 두 손을 다리에 곱게 포개며 사뿐히 자리에서 한 바퀴 돌았다. 마치 벚꽃 잎이 바닥에 떨어지는 것 같은 가벼움이었다. 느릿하여 더욱 서글픈 곡조에 대군의 눈언저리가 촉촉해졌다. 시간이 이대로 멈추었으면 좋겠다는 생각이 들 만큼 아름다운 춤사위였다. 연주가 끝나자 젖은 눈동자가 마주쳤다.

"지금까지 많은 춤사위를 보아왔건만, 너만큼 아름답지는 못했다. 아무도 꺼내 보지 못하게 꽁꽁 숨겨두고 싶을 만큼 아름답구나."

평원대군은 천천히 일어나 다래의 곁으로 다가섰다. 그녀의 이마에는 땀방울이 송골송골 맺혔다. 그는 소매 사이에서 하얀 천을 끄집어내어 이마에 맺힌 땀을 조심스레 닦아주었다. 두 개의 숨결은 곧 하나가 되었다. 풋사과 향이 은은하게 두 사람의 입속에 퍼져나갔다. 결국 대군은 또 자신이 누구인지 말할 기회를 놓치고 말았다.

죽음의 그림자

새벽부터 다래 어미는 이상하리만큼 예감이 썩 좋지 않았다. 어젯밤 꿈에서 지아비가 비참한 몰골로 나타나 더러운 계집이라 원망하며 자신의 목을 조르는 것이었다. 꿈에서 깨어난 그녀는 한참이나 목을 쓰다듬어야 했다. 다래 어미는 서둘러 자리를 박차고 일어나 옆방으로 건너갔다. 새근새근 딸이 내뱉는 숨소리를 들으니 그나마 안심이 되었다. 어제 낮에 기방에서 마주칠 뻔한 사내가 다름 아닌 김판돌이라는 사실에 숨이 멎을 뻔했다. 그가 함길도 관찰사를 거쳐 이조판서로 도성에 입성한 후 우의정을 거쳐 좌의정의 자리에까지 오른 것이다. 다래 어미는 지아비를 떠올리며 곱게 잠들어 있던 다래의 얼굴을 거친 손으로 쓸어내렸다. 그러고는 뭔가 결심을 한 듯 자신의 방으로 돌아와 옷을 갈아입고 서둘러 기방 대문을 나섰다. 사방이 아직 어두컴컴한 것을 보니 축시(오전 1시~3시)가 채 지나지 않아 보였다. 그녀는 검열을 다니는 관군들의 눈을 피해 조용히 걸음을 옮겼다. 저 잣거리에는 쥐새끼 한 마리도 다니지 않을 만큼 깊고 짙은 어둠이 내려앉았다. 정신을 차려보니 그곳은 김판돌의 거처였다. 억울한 누명을 쓰고 죽은 지아비의 복수라도 하고 싶었던 건지, 그것도 아니면 자신은 어찌 되든 상관없으니 딸아이의 목숨만이라도 살리고 싶다는 어리석은 마음이었는지 다래 어미의 발길은 저도 모르게 이곳으로 움직였다. 다래 어미는 급히 몸을 돌려 다시금 춘향각으로 걸음을 내디뎠다. 오늘 새벽은 그 어느 때보다 어두워 보여 다래 어미는 덜컥 겁이 났다. 그녀는 텅 빈 저잣거리를 홀로 잰 발걸음으로 걸었다. 서산 너머 들리던 올빼미 소리는 어느새 그녀의 주변으로 가까이 와 있었다. 다래 어미가 거의 뛰다시피 하던 그 순간이었다.

'픽'

다래 어미의 등 뒤에서 둔탁한 소리가 들렸다. 등골이 오싹해지며 이마에는 식은땀 한 줄기가 흘러내렸다. 한 발자국 더 움직이고 싶었으나 두 다리가 얼어붙었는지 도무지 바닥에서 떨어질 생각을 하지 않았다. 그렇다고 뒤를 돌아볼 자신은 더더욱 없었다. 그녀가 남은 힘을 다해 한 발자국 앞으로 떼려는 그때, 검고 어두운 물체가 다래 어미의 곁으로 다가와 입을 틀어막았다.

"뉘, 뉘신데, 이러시오?"

"쉿!"

검은 옷을 입은 사내는 앞을 보라는 듯 그녀를 향해 눈짓을 보냈다. 다래 어미가 그의 눈길을 따라 앞을 보니, 장정 서넛이 횃불을 들고 부산히 움직이고 있었다. 횃불 사이로 낯익은 얼굴이 일렁였다. 꿈에서조차 부딪치는 일이 없길 바라는 얼굴. 그는 다름 아닌 함길도에서부터 자신의 뒤를 쫓던 추노꾼 대장 안계담이라는 자였다. 그는 두 눈에 불을 켜고 다른 추노꾼들과 함께 장터의 구석구석을 모조리 뒤지고 있었다.

"오메! 함길도서 내뺀 년이 아닌가? 고년이 한양에 있었구마이. 우째 고것을 이즉꺼 몰렀으까? 흐흐흐. 금매, 이 밤 안으로 무신 수가 있어도 거시기 해야 한당께! 얼릉 뒤져, 퍼뜩!"

안계담의 추접스러운 웃음소리는 장정들의 거친 숨소리와 뒤섞여 밤의 정막을 깨웠다. 횃불을 든 장정들은 점점 다래 어미와 사내가 숨어 있는 곳으로 다가왔다. 검은 옷을 입은 사내는 날렵한 몸짓으로 옆에 묶여 있던 말 한 필을 풀더니 엉덩짝을 후려쳤다. 깜짝 놀란 말은 미친 듯이 저잣거리 반대 방향으로 달렸다. 순식간에 벌어진 일이기에 횃불을 든 장정들도 놀라기는 매한가지였다. 말을 쫓으라는 안계담의 고함에 장정들 역시 정신없이 말이 달아난 방향으로 냅다 뛰었다. 밤이 이슥하게 내려앉은 어둠 속에서 저잣거리는 온통 말발굽 소리로 요란했다. 그 소리들이 점차 잦아들 즈음, 검은 옷을 입은 사내는 바닥에서 일어났다. 다래 어미는 너무나 놀란 나머지 멍하니 앞만 바라볼 뿐이었다.

"괜찮으십니까?"

투박한 억양이었다. 다래 어미는 그 목소리에 순간 정신이 들었는지 그제야 검은 옷을 입은 사내를 똑바로 쳐다보았다. 그녀는 주위가 너무 어두운 탓에 사내의 얼굴을 자세히 보기 위해 눈을 가느다랗게 떴다.

"넌, 넌……."

검은 옷을 입은 사내를 언뜻 알아본 다래 어미는 마치 뭔가에 홀린 듯하였다. 그녀의 표정에는 놀라움과 반가움과 두려움이 뒤엉켜져 있었다.

"얼굴이 조금 엉망이 되었습니다. 그래도 소인 놈을 알아보시겠습니까, 마님!"

사내는 얼굴을 가리고 있던 검은 천을 천천히 아래로 내렸다. 그러자 얼굴이 점차 드러났다. 사내의 얼굴을 확인한 다래 어미의 눈에서 굵은 눈물이 뚝뚝 떨어졌다.

"홍문? 참말로 홍문인 게야? 정녕 네가 살아 있었단 말이냐?"

"마님! 우선 피하십시오. 저들은 다시 돌아올 것입니다."

사방은 이미 조용해져 정적이 감돌았지만, 홍문은 경계의 끈을 놓지 않았다. 다래 어미는 홍문과 함께 가길 원했으나 그는 좀 더 알아볼 것이 있다며 날이 밝는 대로 서산 중턱에 있는 내원암이라는 암자에서 만날 것을 약조했다.

"이리 야심한 시각에 어디에 다녀오는 것이냐?"

때마침 꿈자리가 뒤숭숭했던 유어당이 대청마루에 나와 있었다. 안채 쪽문을 들어서다 말고 그녀와 마주친 다래 어미가 멍하니 뜰에 멈춰 섰다.

"행수 어르신!"

"온몸이 땀에 젖지 않았느냐? 무슨 일이 있었던 게야?"

급히 도망쳐 오느라 땀을 쏟은 다래 어미의 이마가 달빛에 유난히 번뜩였다. 그녀는 떨리는 손을 말아 쥐었다. 하지만 두려움에 턱이 부딪쳤다. 유어당은 극도의 공포에 휩싸여 있는 다래 어미에게 더 이상 아무것도 묻지 않았다. 그녀를 붙잡기 위해 나타난 추노꾼들, 그리고 갑작스레 찾아온 홍문까지. 뭔가 불길한 일들이 그날 밤처럼 일어날 것만 같은 예감이 급습해왔다.

'내 딸을 지켜야 한다.'

다래 어미의 마음속에는 오직 그 생각밖에 없었다. 목숨보다 귀한 딸을 무슨 수를 써서든 지켜야 한다. 그것이 하물며 자신의 목숨을 내놓는 일이라 할지라도. 이런저런 불안한 생각에 다래 어미는 앉은 그대로 기나긴 밤을 꼬박 지새웠다.

어느덧 통행금지를 해제하는 종소리가 도성 안을 뒤흔들었다. 다래 어미는 종소리와 함께 서둘러 대문 밖으로 나섰다. 홍문과 만나기로 한 시각까지 도저히 기다릴 수만은 없었다. 다래 어미는 홍문이 머물고 있다는 내원암으로 향했다. 지금 만나지 못하면 영영 만날 수 없을 것만 같은 막연함이 그녀의 등을 떠밀었다.

평원대군은 벌써 월릉정 주변을 서너 차례 돌고 또 돌았다. 곧 비가 쏟아지려는지 사방이 온통 어두웠다.

'올 시각이 넘어도 한참을 넘었는데.'

점점 어두워지는 하늘을 보며 다래 때문에 설레던 마음은 어느새 초조함으로 바뀌었다. 와야 할 시간이 한참이나 지났음에도 그림자조차 보이지 않으니, 지난번 숲에서처럼 혹여 그녀에게 무슨 일이 생긴 것은 아닌지 걱정되었다. 이럴 줄 알았더라면, 사는 곳을 차후에 천천히 알려준다 했을 때 고집을 피워서라도 알아둘 것을……. 후회가 파도처럼 밀려왔다.

"대군 나리!"

삼작교까지 나가 있던 칠석이 숨을 헐떡이며 뛰어왔다. 잠시 잠깐 어두웠던 평원대군의 표정이 밝아졌다.

"그래, 어디쯤 왔더냐?"

칠석은 숨을 세차게 몰아쉬며 침을 꿀꺽 삼켰다. 그의 목울대가 꿀렁 하고 내려왔다.

"그것이 아니오라, 전하께서 잠행(潛幸 : 임금이 비밀리에 나들이하던 일)을 납시었다가 궐로 드시기 전에 나리를 뵈러 오신다는 전갈이 왔습니다요. 얼른 가셔야 된다니까요."

"아바마마께서?"

칠석의 다그침에 평원대군은 천천히 계단을 내려왔다. 그는 몹시 외롭고도 적적해 보였다. 오늘은 기필코 자신이 누구인지 말하며 다래에게 진심을 담아 고백하려고 했다. 평원대군은 갖은 색의 실로 아름답게 수놓은 비단 주머니를 움켜쥐고는 삼작교 너머를 오랫동안 바라보았다.

어머니의 죽음

　날이 유난히 어두웠다. 곧 폭우가 쏟아진다 해도 전혀 이상하지 않을 만큼의 어둠이었다. 다래 어미는 인적이 드문 거리를 빠져나와 홍문이 머물고 있다는 암자로 발걸음을 옮겼다. 딸과 연관된 일이라면, 단 일각도 지체하고 싶지 않았다. 무슨 일이 생긴다면 곧장 다래를 데리고 도성을 떠날 생각이었다.

　다래 어미의 급한 마음과 달리 걸음은 더디기만 했다. 그런 그녀의 뒤를 그림자 하나가 조용히 따랐다. 암자가 가까워지자 넓었던 산길은 점차 좁아졌다. 때 이른 단풍들이 군데군데 붉은 빛을 수줍게 드러냈다. 하루를 깨우는 새들의 움직임이 사방에서 들려왔다. 그러나 다래 어미에게는 빛나는 나뭇잎과 새들의 지저귐은 보이지도 들리지도 않았다. 그저 초조하고 긴장된 마음밖에 없었다.

　드디어 암자에 도착했다. 가파른 산길을 쉬지 않고 올라오느라 숨이 턱까지 찼다. 그녀는 폐부 깊숙이 집어넣었던 숨을 한 꺼번에 내뱉었다. 답답했던 마음이 조금은 시원해졌다. 때마침 산 아래에서 올라오는 바람 한 줄기가 긴장했던 다래 어미의 마음을 보듬어주는 것만 같았다.

그녀는 꽤 오랜 시간 동안 암자에 머물렀다. 그러나 결국 홍문을 만나지 못했다. 하는 수 없이 무거운 발걸음을 돌릴 수밖에 없었다. 내려가는 길, 어두웠던 하늘이 차츰 밝아져왔다. 다래 어미는 서둘러 산 아래로 내려갔다. 얼마를 걸었을까. 풀려버린 다리 때문에 그녀는 그만 돌부리에 걸려 균형을 잃었다.

"앗!"

다래 어미의 짧은 신음이 채 가시기도 전에 누군가가 그녀의 팔을 덥석 낚아챘다. 하마터면 산 아래로 구를 뻔했다. 그녀는 잠시 멈추고 있던 얕은 숨을 서너 차례 나눠서 내뱉었다.

"뉘신지는 모르오나, 고맙습니다."

다래 어미는 흐트러진 머리를 매만지며 고개를 들었다. 자신을 구해준 이의 얼굴을 확인한 그녀는 마치 저승사자라도 만난 것처럼 사지가 점점 굳어졌다.

"네, 네놈은……."

그림자는 쓰고 있던 검은 갓을 들었다. 그의 얼굴이 더욱 선명하게 드러나자 다래 어미의 두려움은 극에 달했다. 비록 세월의 흔적이 얼굴에 묻어 있긴 하였으나, 분명 그녀의 지아비를 죽인 자객이었다. 천지가 골백번 바뀐다 한들 어찌 그 원수의 얼굴을 잊을 수 있겠는가? 다래 어미는 뒤로 물러났다. 그녀의 신발 아래로 바닥 긁히는 소리가 그날처럼 으스스하게 들렸다.

"네년의 지아비가 가지고 있던 서찰은 어디 있는 것이냐?"

뒤로 물러나는 다래 어미를 따라 그림자 또한 한 발, 한 발 떼었다. 언젠가는 그가 찾아올 것이라 각오했건만, 이렇게 빨리 자신을 찾아오리라고는 생각지도 못했다.

"모른다. 그날 밤, 네놈이 모두 불쏘시개로 쓰지 않았더냐?"

고개를 세차게 흔들며 대답하는 다래 어미에게 그림자는 또다시 물었다.

"그것이 아직 네년의 손에 있다는 것을 모두 알고 있다. 지금이라도 순순히 내어놓는다면 목숨만은 살려줄 것이다."

그림자가 검을 빼내 들었다. 칼날이 내는 소리는 마치 죽음을 예고라도 하려는 듯, 은밀하고 조용했다. 뒤로 점점 물러나기만 하던 다래 어미가 갑자기 방향을 틀어 암자 쪽으로 내달렸다. 그러나 연약한 여인이 얼마나 도망칠 수 있겠는가. 다래 어미는 곧 그림자에게 붙잡히고 말았다. 그는 자신의 뜻대로 되지 않자 들고 있던 검을 높이 치켜들었다. 다래 어미는 두 눈을 질끈 감았다. 다래의 웃는 얼굴과 지아비가 목숨을 잃기 전에 홍문에게 넘겨주었다는 댕기가 떠올랐다. 그림자의 칼날은 바람을 가르며 빠른 속도로 내려왔다.

"오메! 내 3만 냥."

내려오던 그림자의 칼은 걸쭉한 사내의 목소리와 함께 뒤로 튕겨졌다. 그들 앞에서 또 다른 사내 하나가 누런 이빨을 드러내며 웃고 있었다.

"누구당가? 나가 추노꾼의 전설인 안계담인디. 그짝은 첨 보는 놈인디. 어디 소속이여? 나가 요년을 찾으러 함길도부텀 조선 팔도 안 가본 데가 없당께. 시방 거시기 한디. 자그마치 삼만 냥이 붙어 있는 목심을 우째 끊을라고 한당가? 나가 시상에서 제일루 싫어하는 인간이 말이여, 남의 물건에 손대는 놈이여. 긍께 좋은 말로 할 때 퍼뜩 꺼져라잉."

말을 마친 안계담은 가래를 끌어 모아 그림자 앞에 뱉었다. 그림자는 검을 들어 계담을 향해 내리쳤다. 안계담은 서둘러 칼을 들어 날아오는 검을 막았다. 서로 부닥치는 두 개의 칼끝에서 불똥이 튀어 올랐다.

"참말로 쩡하게 놀랐잖여. 그려, 꺼지라고 쉬이 꺼져버리른 사내라 할 수 없제, 잉."

안계담은 손바닥에 마른침을 뱉어 쓱쓱 비비고는 칼자루를 꼭 부여잡았다. 한참 동안 일전이 벌어진 틈을 타 다래 어미는 산 아래쪽으로 내달렸다. 비탈길을 넘어지고 일어나기를 수차례 반복하며 죽기 살기로 달렸다.

시간이 흐를수록 안계담은 힘이 빠져나가는 것을 느꼈다. 그림자의 검술은 거의 신의 경지에 가까워 보였다. 한계가 느껴질 즈음, 그림자의 검이 안계담의 칼을 두 동강 내버렸다. 그림자는 서둘러 다래 어미가 도망친 산 아래쪽으로 뛰었다.

"아따! 저, 저, 저, 거시기 같은 놈은 뭐다냐?"

숨을 한꺼번에 몰아쉰 안계담도 급히 그림자 뒤를 밟았다.

그 시각, 홍문은 다래 어미를 만나기 위해 기방으로 향했다. 홍문 역시 그녀와 만나기로 한 시간까지 도저히 기다릴 수 없을 것 같아 급히 산 아래로 내려왔다. 꼭 전해줘야만 하는 물건이 있었다. 댕기였다. 오래전 홍문은 상전으로부터 건네받은 진달래꽃 색깔의 댕기를 지금까지 간직하고 있었다. 시간이 흐른 뒤에야 댕기 속에 감춰진 서찰을 발견했다. 자신이 모셨던 상전이 목숨을 잃어가면서도 지키려 했던 것을 이제는 원래 주인에게 되돌려주어야만 했다. 서찰만 있다면 모두를 위험에서 지킬 수 있었다.

저잣거리를 지나 춘향각 대문에 이른 홍문은 안으로 들어가기 위해 문턱을 넘었다. 그리고 나서 곧 마당을 가로질러 내달리는 앳된 소녀와 부딪쳤다. 홍문은 넘어지려는 소녀의 팔을 붙잡았다.

"고맙습니다."

소녀의 눈에는 눈물과 걱정이 가득했다. 그녀는 홍문을 쳐다보는 둥 마는 둥 하며 허둥지둥 대문을 뛰어넘었다. 홍문은 방금 전 자신과 마주친 소녀가 이상하리만큼 낯설지가 않았다.

"다래야! 다래야! 저러코롬 바삐 어디메로 간당게?"

기방 대문을 들어서던 두향이 황급히 뛰쳐나가는 다래를 큰 소리로 불렀다. 허나 돌아오는 것은 텅 빈 메아리뿐이었다.

'다래? 다래 아씨?'

멍하니 서 있던 홍문의 눈언저리가 어느새 촉촉하게 젖었다. 그러나 그는 이내 마음을 추슬렀다. 방금 전 마주친 다래의 눈동자에서 심상치 않은 정황이 느껴졌다. 홍문은 암자로 발걸음을 서둘렀다. 그녀가 어쩌면 자신을 기다리지 않고 움직였을 것이라는 생각에 마음이 조급해졌다.

'무슨 일이 생긴 것은 아니겠지?'

홍문의 입술이 바짝 타들어갔다. 서너 식경이 지나서야 홍문은 내원암에 도착할 수 있었다. 마당에는 이미 거적에 덮인 다래 어미가 누워 있었다. 시주를 하러 가기 위해 마을로 내려가던 스님이 숲에서 목숨을 잃은 그녀를 발견했다고 했다. 칼에 깊게 베인 상처에서 흘러나온 피가 마당을 붉게 적셨다.

"어떻게 이런 일이!"

억울한 죽음을 말해주듯 다래 어미는 살아생전 모습 그대로 두 눈을 부릅뜨고 홍문을 보고 있었다. 앞으로 가지런히 모여 있던 손을 옆으로 젖히니, 그곳에는 단검 하나가 깊숙이 박혀 있었다. 홍문은 단검을 빼내어 품속에 집어넣고는 지게에다 다래 어미의 시신을 싣고 산 아래로 내려갔다.

'조금만 일찍 왔어도, 아니 기방으로 가지만 않았어도……'

홍문의 마음은 천근만근 무겁고 또 무거웠다. 어미의 시신을 마주하게 될 다래 생각에 가슴이 찢어질 듯 아렸다. 이 모든 비극이 자신이 갑자기 찾아옴과 동시에 일어난 것만 같아 홍문의 마음은 더욱 낭떠러지로 떨어졌다.

다래는 어미를 찾아 저잣거리를 샅샅이 헤매고 다녔다. 지금까지 한 번도 어미가 이렇게 오랜 시간 동안 기방 문을 나섰던 적이 없었기에 더더욱 걱정이 되었다. 어두워진 하늘에서는 계속해서 천둥과 번개가 쳤다. 다래는 혹시나 어미가 먼저 돌아와 있는 것이 아닐까 하는 생각에 기방으로 발걸음을 옮겼다.

'행랑아재?'

기방에 무슨 일이라도 생겼는지 행랑아범과 일꾼들이 축축하게 젖은 거적을 거두어 안으로 들어가는 모습이 보였다. 뭔가 불길한 생각이 뇌리를 스쳤다. 다래는 치마를 말아 쥐고는 기방으로 내달렸다.

대낮인데도 날이 흐려서인지 주변은 어두컴컴해 보였다. 비를 가득 머금은 먹구름이 춘향각을 향해 쏜살같이 몰려오고 있었다. 저잣거리에 있던 사람들은 하나둘, 먹구름을 피해 어디론가 발걸음을 바삐 옮겼다.

"행수 어르신! 어서 나와보십시오."

행랑아범이 유어당이 머물고 있는 안채를 향해 다급한 목소리로 고함쳤다. 그 소리에 놀란 유어당이 방문을 벌컥 열어젖히며 대청마루로 걸어 나왔다. 빗방울이 한 방울씩 떨어져 메마른 흙 속으로 스며들었다. 물기가 없던 땅에 물기가 배어들자 텁텁한 흙내가 올라왔다.

"무슨 일인 게야? 왜 이리 소란스러우냐?"

"그것이……."

차마 입을 떼지 못하는 행랑아범은 고개를 푹 숙이고 흘러내리는 눈물을 옷소매로 닦아냈다. 유어당은 낡고 해진 멍석에 둘둘 말린 다래 어미의 시신을 물끄러미 바라보았다. 그녀의 눈빛이 차츰 흐트러졌다.

"저, 저것이 무엇이냐? 차가운 땅에 왜 누워 있는 것이고?"

차차 모여든 기방 식구들의 울음이 이곳저곳에서 터져 나왔다. 가늘었던 빗방울도 어느 틈에 굵게 바뀌어 있었다. 짚으로 대충 엮은 거적 위에 비가 세차게 쏟아졌다. 유어당은 천천히 마당으로 내려왔다. 그녀는 반쯤 덮여 있던 거적을 떨리는 손으로 걷어 올렸다. 핏기라고는 하나 없는 다래 어미의 얼굴이 차츰 드러났다. 반듯하게 빗어 넘긴 머리, 창백해서 더욱 붉어 보이는 입술, 모든 것이 그대로였다.

"어머니!"

다래는 이른 시각부터 보이지 않는 어미를 사방팔방으로 찾아다녔다. 급히 뛰어오느라 고무신 한쪽은 어디론가 사라지고 없었다. 그런데 그렇게 애간장을 녹이던 어미가 주검으로 돌아온 것을 다래는 도무지 믿을 수가 없었다. 아니, 믿고 싶지 않았다. 다래가 나타남과 동시에 마당에 모여 있는 사람들이 양옆으로 비켜섰다. 설마설마했건만, 거적 위로 보이는 어미의 얼굴을 확인하자 그녀의 두 발은 마치 마당에 뿌리라도 내린 것처럼 떨어지지 않았다. 양손으로 입을 틀어막아도 올라오는 흐느낌은 막을 수 없었다. 두향은 쏟아지는 비를 맞으며 우두커니 서 있는 다래 곁으로 다가섰다.

"어머니가 아니지요? 참말로 아니지요?"

눈물과 빗물이 뒤섞여, 어느 것이 눈물이고 빗물인지 알 수 없었다. 두향과 행랑아범의 부축을 받으며 천천히 어미 곁으로 간 다래가 풀썩 주저앉았다. 다래는 어미의 얼굴을 쓰다듬었다.

손과 발을 만졌다. 차가웠다. 얼마 전까지 다래를 보며 웃고 울던 따뜻한 어미가 이제는 차갑다 못해 서늘했다. 다래는 가슴을 쥐어뜯으며 눈물을 토했지만, 슬픔이 너무 크면 소리가 밖으로 새어 나오지 않는 법이다. 차라리 큰 소리로 울기라도 한다면 가슴속 응어리는 풀 수 있으련만. 들썩이는 다래의 어깨를 두향이 다가와 꼭 껴안아주었다. 기방의 모든 이들의 울음소리는 하늘 높이 올라 천둥이 되어 온 천지를 울렸다.

스치는 바람

평원대군은 다래를 만나기 위해 매일같이 같은 시각에 월롱정으로 향했다. 그가 할 수 있는 일이라곤 몸을 기대고 다래를 기다리는 것밖에 없었다. 평원대군이 이렇게까지 걱정하는 것은 며칠째 꿈속에서 다래를 보았기 때문이다. 창백하고 어두운 다래의 얼굴이 왠지 모르게 그의 마음을 아프게 했다.

'그 아이에게 무슨 일이 있음이야.'

평원대군은 이마에 흐르는 식은땀을 닦아내며 황급히 칠석을 찾았다. 칠석은 숨을 헐떡이며 방으로 들어와 대군 앞에 몸을 조아렸다.

"알아보았느냐?"

평소와 다르게 대군은 초췌하고 초조한 모습으로 칠석을 다그쳤다. 칠석 역시 다래를 찾기 위해 백방으로 노력에 노력을 기울였지만 모두가 허사였다. 미안한 마음이 앞섰지만 대군은 그래도 계속 칠석을 다그칠 수밖에 없었다.

"어찌 나를 이리 흔들어놓고 사라진단 말이냐? 스쳐 지나는 바람도 이처럼 모질고 잔인하지 않을 터인데."

대군은 불끈 쥔 손으로 경상(經床 : 경전이나 책을 놓는 책상)을 세게 내리쳤다. 한쪽 가슴이 무너지며 싸한 바람 한 줄기가 지나갔다. 눈물이 핑 돌며 코끝이 시큰해졌다. 대군은 다래를 향한 자신의 마음이 이토록 깊은지 비로소 깨달았다. 대군의 또렷하고 자상한 눈빛은 점점 텅 비어가고 그렇게도 좋아했던 서책은 단 한 자도 보지 않았다. 끼니마다 올라오는 진수성찬을 내물리기가 몇 차례인지, 그렇게 풍채 좋던 평원대군의 몸은 점점 말라가고 눈언저리는 퀭해졌다. 시간은 무심히도 흘러 열닷새가 지나고 있었다.

"형님!"

계양군과 화의군은 그렇게 좋아하던 글도 접고 도통 성균관에도 나오지 않는 평원대군을 보기 위해 늦은 오후 그의 사저에 들렀다. 그들은 평원대군의 몰골을 보자마자 사태의 심각성을 대번에 알아차렸다.

"형님! 어떤 계집이오?"

사랑채에 앉아 녹차를 마시던 계양군이 뜬금없이 말을 내뱉었다. 대군은 그 말에 그저 빙그레 웃을 뿐 어떤 대답도 하지 않았다. 화의군 역시 평원대군에게 이런저런 연유를 묻고 싶었지만, 그가 하도 안쓰러워 보여 차마 말을 꺼내지 못했다.

"이리 방 안에만 있지 마시고, 밖에도 좀 나가셔서 산책도 하시고. 휠휠 바람이라도 좀 쐬십시오, 형님!"

옆에 있던 화의군이 창문을 열어젖히며 조용히 말을 건넸다. 열린 창문으로 햇살이 따뜻하게 들어왔다. 평원대군은 햇살을 쳐다보며 눈을 껌벅껌벅했다. 때마침 바람이 불어 대나무가 쐐하고 소리를 내자 다래의 청량했던 웃음소리가 마치 환청처럼 들려왔다.

"아! 이러지 마시고, 지난번 내기에서 진 것도 있으니 제가 좋은 곳으로 모시겠습니다. 두 분께서는 어서 자리를 박차고 일어나십시오."

잠시 잠깐의 지루함도 참지 못하는 성격의 계양군이 평원대군의 팔을 잡아끌었다.

"저는 그만 되었습니다."

"형님, 이러시면 아니 되지요! 어서 일어나십시오, 어서요!"

대군은 몇 번이나 계양군의 뜻을 물리쳤지만, 그 고집은 쉽게 꺾이지 않았다. 곁에서 지켜보던 화의군마저 평원대군에게 간곡히 청하니 더 이상 거절하는 것 또한 이치에 어긋나 보여 순순히 그들이 이끄는 대로 따랐다.

오후 햇살이 따사롭게 스며들었다. 멀찍이 담 위에 앉아 있던 하얀 고양이 한 마리가 길게 몸을 늘어뜨려 하품을 했다. 그러나 이 모든 풍경도 평원대군에게 그 어떤 감흥을 주지 못했다. 그의 모든 것은 이미 다래와 함께했던 그 시간에 멈춰버렸다.

"여깁니다, 형님!"

계양군이 어느 대문 앞에 멈춰 섰다. 그 뒤로 화의군이 걸음을 멈췄고, 묵묵히 땅바닥만 내려다보며 걷던 평원대군 역시 눈길을 돌려 앞을 바라보았다. 양옆으로 청사초롱이 곱게 매달려 있었는데, 어둑해지자 기방의 일꾼들이 나와 등에 불을 붙였다.

"계양군, 이곳은 기방이 아닙니까? 나는 싫습니다."

평원대군은 춘향각 대문 앞에서 싫은 내색을 하며 급히 걸음을 돌리려 했다. 계양군의 처사가 못마땅한 것은 화의군 또한 매한가지였다.

"그러지 마시고 들어가셔서 술이라도 드시면서, 오늘 하루만이라도 무거운 마음을 좀 내려놓으십시오."

돌아서 있는 평원대군의 어깨를 계양군이 감싸 안았다. 대군은 무거운 마음을 좀 내려놓으라는 말에 대문 안으로 들어섰다. 막상 들어왔으나 계양군과 화의군은 기방이 처음이라 꿔다놓은 보릿자루처럼 우두커니 서 있었다.

"어찌 오셨습니까요?"

심부름꾼으로 보이는 어린 계집이 쪼르르 달려와서는 그들을 향해 물었다. 아이의 물음에 뒤에 있던 계양군이 앞으로 나서며 말했다.

"그, 그게……."

계양군이 입만 벙긋하고 머뭇거리는 틈에 평원대군이 한숨을 쉬듯 말을 이었다.

"행수 유어당은 안에 있는가? 근행당이 왔다고 좀 전해주게."

계양군과 화의군은 그를 멍하니 쳐다보았다. 기방이라고는 전혀 출입하지 않을 것 같은 평원대군이 어찌하여 춘향각의 행수를 알고 있는지 그저 놀라웠다. 아이는 곧장 안채로 뛰어갔고 곧이어 유어당이 급히 나와 평원대군을 향해 고개를 숙여 예를 취했다.

"대군 나리! 기방에는 어찌 걸음을 하셨사옵니까? 그러잖아도 운정루에서 뵙지 못하여 애를 태우고 있었사옵니다. 그런데 안색이?"

"아닐세. 그동안 고뿔에 좀 걸려서. 여하튼 오늘은 내 아우들과 술을 먹기 위해 손님으로 들렀으니 아무 말씀 말아주게나."

평원대군은 기방 안을 획 하고 훑어보았다. 마당에는 한 치의 흐트러짐도 없이 깨끗하게 정돈된 꽃과 나무가 눈에 들어왔다. 물을 계속 퍼 올리는 디딜방아는 졸졸졸 소리를 내며 보름달이 비친 기방을 더욱 운치 있게 했다.

"생각했던 것보다 꽤나 넓고 아름답네."

말하자면 유어당과 평원대군은 스승과 제자 사이였다. 재예를 그 누구보다 사랑하는 대군이기에 장악원의 우두머리인 유어당은 더할 나위 없이 훌륭한 스승이었다. 대군은 스승을 위해 운정루라는 정각을 지어 그곳에서 악기와 춤을 배우고 있었다.

그들은 유어당이 안내하는 곳으로 깊숙이 들어섰다. 자줏빛의 성스러운 구름이 모여든다 하여 이름 지어진 '자운당'은 말 그대로 춘향각을 찾는 객 중에서도 귀한 손님만 모시는 별채였다. '자운당'이라는 이름에 걸맞게 대부분 건물이 자줏빛으로 물들어 있어 묘하면서도 고풍스러웠다. 언뜻 보기에는 핏빛이 돌고 있는 것도 같았다. 무엇보다 별채의 방이 몇 개인지 쪽문이 몇 개인지 그곳을 통하는 문이 몇 개인지 정확히 아는 사람은 유어당밖에 없었다. 기방의 기녀들조차 자운당은 함부로 들어갈 수 없는 곳이었기에 한마디로 완벽한 밀실이라 할 수 있었다.

"참으로 묘한 건물이오."

화의군이 자운당의 자줏빛이 보름달과 만나 번쩍이는 것을 보고는 감탄했다.

"어서 안으로 드시지요. 날이 차갑습니다."

유어당은 머리를 조아렸다. 그 순간 평원대군의 귀에 익숙한 가야금 음이 안채에서 흘러나왔다. 구슬프고 애처로운 음률. 그의 눈동자에 물기가 차올랐다.

'이 가야금 소리는?'

소리에 이끌려 대군은 자운당이 아닌 안채 쪽으로 향했다. 유어당과 계양군, 화의군 역시 그 뒤를 따랐다. 누각 위에서 누군가가 가야금의 명주실을 뜯고 있었다. 가야금 소리는 이어지는 듯하다 흩어지고, 흩어지는 듯하다 또 이어지기를 반복했다. 마치 모든 시간이 일순간 정지되고, 멈춰버린 시간 속에는 음률만이 남은 듯했다. 평원대군의 번잡하고 애태웠던 마음이 조금씩 안정을 찾아갔다. 멈출 것 같지 않던 소리가 차차 줄어들었다.

"냉큼 내려와서 인사 여쭈어라."

유어당은 누각 위로 목소리를 높였다. 그러자 가야금을 타던 여인이 서둘러 아래로 내려와서는 고개를 숙여 예를 갖추었다. 댕기를 곱게 묶은 것을 보니 아직 기녀는 아닌가 보다, 생각하고 있는 틈에 평원대군의 눈에 익숙한 뭔가가 들어왔다.

'이건, 이건……'

붉은 비단에 금색 실로 아름답게 수놓아진 댕기, 그리고 노란색 나비가 눈에 들어왔다. 그것은 자신이 처음으로 좋아하는 이에게 건넨 마음이었다. 대군은 아랫입술을 꽉 깨물었다. 아무런 영문도 모르는 화의군과 계양군 역시 다래의 미색에 눈동자가 점점 커졌다.

"평원대군 나리와 아우님들이시다. 너의 가야금 소리를 칭찬하셨다. 어서 고개를 들고 다시 예를 갖추어라."

유어당이 다래에게 나지막이 말을 건넸다. 다래는 푸른색이 도는 옷고름을 다시 여미고 두 손을 가지런히 모았다.

"이년의 미천한 재주를……"

다래는 천천히 앞을 바라보았다. 자신의 앞에 있는 이가 다름 아닌 이임 도련님이라는 것을 확인한 다래는 너무 놀라 순간 말을 잇지 못했다. 평원대군의 눈썹이 파르르 떨렸다. 다래는 그의 눈길을 애써 피하고는 하다 못한 말을 이었다.

"재주를 귀히 여겨주심에 감읍할 따름이옵니다. 소녀는 이만 물러가보겠사옵니다."

다래는 예를 다해 고개를 숙이고는 마치 바람에 흩날리는 꽃잎처럼 뒤로 사뿐히 걸음을 하여 급히 마당을 빠져나갔다. 평원대군은 자신도 모르게 팔을 뻗었다. 왜 약조를 지키지 않았느냐고, 얼마나 그대를 기다린 줄 아느냐고, 내 신분을 이리 밝히기 싫었다고, 하고 싶은 말들이 앞다투어 목구멍 사이를 비집고 올라왔다. 그러나 한마디도 할 수 없었다. 어디서부터 어떻게 물어야 할지 몰랐다.

"행수! 저 아이도 기녀요?"

뒤에 있던 계양군이 한껏 상기된 목소리로 물었다.

"아닙니다. 저 아이는 기녀가 아니옵고……."

유어당 역시 마땅히 둘러댈 거리가 없는지 말에 자꾸만 뜸이
들어갔다. 뒤에 서 있던 화의군은 다래가 뛰어간 곳을 그저 멍
하니 바라보고만 있었다. 모든 시간이 멈춘 것 같은 느낌마저
들었다. 그저 심장이 요동치는 소리밖에는 아무것도 들리지 않
았다. 곁에 있던 계양군이 화의군의 어깨를 살짝 치지 않았더라
면 천년만년 묵묵히 그 자리를 지키는 오래된 나무가 되었을지
도 모른다.

술자리에 풍악과 여인네들의 웃음소리가 가득했지만, 계양
군은 방금 마당에서 본 다래의 이야기를 하며 연신 떠들어댔다.
평원대군은 그 어떤 소리도 들리지 않는지 넋을 놓고 앉아 술잔
만 비울 뿐이었다.

"형님, 술이 너무 과하십니다!"

대군이 평소와 다르다는 것을 알아차린 화의군은 술 주전자
를 드는 그를 말렸다. 잘 먹지도 못하는 술인 데다 가뜩이나 몸
이 많이 상해 있던 참이라 화의군은 대군이 걱정되었다.

"에이, 화의군도 참! 평원 형님 술맛 떨어지게도 하십니다. 얼
마나 좋습니까?"

여인의 품에서 술잔을 기울고 있는 계양군은 취기가 많이 돌
아 보였다. 화의군은 그런 그를 보며 눈썹을 추켜올렸다.

"계양군, 술이 많이 되었습니다!"

화의군의 말에 계양군은 비웃음으로 답하며 계속해서 술을 들이부었다. 술기운이 더 돌자, 계양군이 급히 유어당을 불렀다. 방 안으로 들어온 유어당을 보자마자 그가 명했다.

"조금 전, 가야금을 뜯던 계집을 좀 데리고 오너라. 여기서 한 곡조 읊어야지. 우리 평원 형님이 말이야, 어느 계집인지 모르겠지만 바람을 맞았거든."

게슴츠레 눈을 뜬 계양군이 유어당을 올려다보았다. 방금 전과 다르게 유어당의 얼굴에는 어두운 기색이 감돌았다.

"뭐 하는가? 썩 데리고 오지 못하고. 누구의 명인데."

"나리! 그 아이는 기녀가 아니옵니다. 명을 거두어주십시오."

취기가 가득 오른 계양군은 이미 이성을 잃은 상태였다. 곁에서 화의군이 서둘러 그를 말려보았지만 아무런 소용이 없었다. 계양군은 들고 있던 술잔을 바닥으로 내던졌다. 그의 돌발 행동에 자리에 있던 기녀들이 모두 놀라 밖으로 뛰쳐나갔다.

"뭣이라! 정신이 어떻게 된 게야? 기방에 있는데 기녀가 아니라? 저잣거리에 지나가던 똥개가 다 웃고도 남을 일이야. 하하하. 내 고년을 사지. 전두(纏頭 : 노래하거나 춤추는 사람의 재주를 칭찬하여 주는 사례금)로 얼마를 주면 되겠는가?"

계양군은 소매 속에 넣어두었던 금덩어리 두 개를 꺼내 술상 위에 던지듯 내려놓았다.

"그만! 그만하게, 계양군!"

잠자코 지켜만 보던 평원대군이 버럭 화를 내며 두 주먹으로 술상을 과격하게 내리쳤다. 방 안에 있던 모든 사람의 시선이 일제히 그에게로 쏠렸다. 단 한 번도 큰 소리라고는 내본 적이 없는 대군이었다. 호방한 계양군과는 다르게 늘 온화하고 상냥한 평원대군이었다. 아무리 술을 많이 먹었다 한들 절대로 할 수 없는 행동이었기에 계양군과 화의군은 더욱 당황했다.

"화의군, 계양군, 그만하고 갑시다."

일어서는 평원대군은 잠시 술기운에 휘청거렸다. 갑작스레 술을 많이 먹은 탓에 속이 울렁거렸다.

화의군과 계양군은 평원대군에게 인사를 건네고 먼저 보교 위에 올랐다. 그들이 떠나는 것을 확인한 대군은 뒤에 있던 유어당을 돌아보았다.

"아우들이 취기가 돌아 스승께 그만 결례를 범하게 되었소. 너그러이 용서하시오. 그러면 이틀 뒤에 운정루에서 뵙겠소."

평원대군은 갓에 손을 올려 가볍게 고개를 끄덕이고는 보교 옆에 서 있던 칠석의 어깨에 손을 올렸다.

"대군 나리! 드시지도 못하는 술을 뭐 땜시 이리 많이 드셨대유. 아유, 참."

칠석은 대군을 보교로 모셨지만, 그는 손을 들어 괜찮다는 뜻을 비치고는 비틀거리며 앞서 걸어갔다. 유어당은 필시 다래와 대군이 서로 아는 사이라는 것을 눈치채고 있었다. 마당에서 서로 바라볼 때의 시선이 사내와 여인으로서의 눈빛이었다. 유어당은 다래를 찾아 물어보려고 했지만, 기방 어디에서도 보이지 않았다.

진정

칠석은 가장 믿을 만한 호위 무사 한 명만을 남겨놓고 뒤따라
오던 보교를 조용히 돌려보냈다. 보름달 아래 이리저리 갈지자
로 걷는 평원대군의 모습이 위태롭게 보였다. 궐에서 사가로 나
올 때부터 모신 상전이기에 모든 것을 다 안다고 여겼건만, 오
늘따라 칠석은 대군이 낯설었다.

"칠석아! 내가 오늘 누굴 만난 줄 아느냐?"

묵묵히 뒤따르던 칠석을 향해 대군은 울음이 촉촉이 배어 있
는 목소리로 말했다. 그의 두 다리는 이미 힘이 풀려 제멋대로
흐느적거렸다.

"나리! 괜찮으십니까?"

돌부리에 걸려 넘어지려는 대군의 팔을 뒤따르던 무사가 서
둘러 붙들었다. 대군은 무사를 향해 고개를 끄덕였다. 무사는
예를 갖춘 후, 한 발자국 물러서서 걸었다. 한참을 그렇게 아무

말도 하지 않은 채, 그들은 길을 걷고 또 걸었다. 지루함을 참다 못한 칠석이 평원대군을 향해 애걸복걸하듯 말했다.

"대군 나리, 어서 거처로 가셔유. 이러다 차가운 날씨에 만에 하나 몸이라도 상하시믄, 마님께 이놈 죽습니다요."

칠석이 평원대군의 곁에 바짝 다가서서 돌아가기를 청하자, 그는 희미하게 웃어 보였다.

"알았다. 알았으니, 잠시만 들렀다 가자꾸나."

멀리 삼작교가 보였다. 삼작교를 건너면 다래와의 행복한 기억이 있는 월릉정이 나온다. 그냥 그리운 마음에 그곳에 가면 잠시라도 애끓는 간장이 진정될 수 있을 것이라는 막연한 생각 때문에 발걸음을 하였는지도 모른다. 칠석은 인상을 찌푸렸으나 더는 어쩌지 못하고 그의 뒤를 따랐다.

"나 혼자 있고 싶으니, 너희는 여기서 기다려라."

삼작교를 건너기 전, 평원대군이 뒤를 돌아보며 칠석과 호위 무사에게 걸음을 멈추라 명하였다. 달빛이 머무르는 곳이라 하여 이름 붙여진 월릉정. 그 이름에 걸맞게 보름달이 너무나 아름다워 눈물이 다 날 지경이라고 대군은 생각했다. 정각에 점점 가까이 다가서자 은은한 달빛 사이로 희미한 그림자가 보였다. 평원대군은 자신이 잘못 본 것으로 여겨 고개를 이리저리 내저었다. 하지만 그럴수록 그림자는 더욱 선명하게 보였다. 아름다운 여인의 뒷모습이었다.

"거기 누구인가?"

고요함을 깨는 평원대군의 목소리에 연못을 바라보던 여인이 천천히 몸을 돌렸다. 달빛을 받은 여인은 보름달보다 더욱 밝게 빛났다. 마치 달이 그녀의 뒤에 바짝 붙어 있는 듯했다.

"다, 다래?"

대군이 그토록 찾아 헤매고 꿈에서조차 그리워했던 다래였다. 술기운이 모조리 도망이라도 간 듯 정신이 번쩍 들었다. 월릉정 위로 뛰어 올라가 다래의 손을 움켜쥐었다. 그러나 반가움도 잠시 다래는 슬며시 그에게서 손을 빼내고는 계단 쪽으로 발걸음을 옮겼다.

"그리워했느니라. 병이 날 만큼 보고 싶었다면 나를 믿어주겠느냐?"

대군의 목소리에는 이미 넘치고도 남을 만큼 물기가 가득 차있었다. 뒤돌아섰던 다래가 대군의 목소리에 잠시 걸음을 멈추었다.

"이년을 가지고 노신 겁니까? 저에게 보여주신 모든 것이 거짓입니까? 왜 말씀하시지 않으셨습니까?"

다래의 목소리도 대군의 목소리만큼이나 촉촉이 젖었다. 그녀의 물음은 거기까지였다. 평원대군은 어디서부터 어떻게 말해야 할지 그저 답답하기만 했다. 몇 번이고 자신에 대해 이야기하려고 했다. 마음을 꺼낼 수만 있다면 전부 다 끄집어내어 다래에게 보여주고 싶었다. 그러나 떠나는 다래를 붙잡을 수 없는 자신의 처지가 비참했다. 서서히 자신의 앞에서 사라져가는 다래를 결국 잡을 수 없었다.

평원대군은 그 후로도 몇 번이나 춘향각을 찾았지만 대문 앞에서 서성이다 발길을 돌렸다. 칠석은 그런 대군을 이해하려고 해도 도저히 이해할 수 없었다. 평원대군이 누구인가? 감히 바라볼 수도, 바라보아서도 안 되는 임금님의 적통 아드님이었다. 마음만 먹는다면 그깟 천한 계집쯤이야 당장이라도 취할 수 있는 그였다. 그러나 평원대군은 자기가 가진 권력을 휘둘러 무엇이든 취하고 마는 다른 왕자들과는 달랐다. 그것이 그를 더욱 빛나게 만들었다.

"나리! 거문고 음률이 탁하옵니다. 마치 흙탕물에 빠진 것처럼 이년의 귀에는 들리옵니다."

평원대군은 허한 마음을 달래볼 심사로 거문고의 음을 고르고 있었다. 그러지 않아도 오랜만에 켜보는 거라 손에 익지 않은 참이었는데, 유어당은 용케도 그것을 집어내었다. 하긴 번잡하고 힘든 마음으로 연주하니 소리도 비루하게 느껴지는 것은 어찌 보면 인지상정일지도 모른다는 생각이 들었다.

"어서 오십시오."

유어당은 칠석의 입을 빌려 평원대군이 숲에서 다래를 구했으며, 서로 좋아하는 사이라는 이야기를 들었다. 허나 대군이나 다래에게는 전혀 내색하지 않았다.

"스승은 사랑이라는 것을 해보셨소?"

아무 말 없이 거문고의 음률만을 고르던 대군의 목소리에 물기가 돌았다. 유어당은 다리에 받치고 있던 거문고를 내리며 차분하고 온화한 말투로 답했다.

"한낮에 꾸는 꿈과 같지요. 헛되고 부질없는 일입니다. 그것이 저와 같은 여인네들의 사랑이지요."

거문고만 바라보고 있던 평원대군이 고개를 들어 유어당을 쳐다보았다. 그의 속눈썹에는 어느새 방울이 맺혀 반짝였다.

"나리! 마음이 아프십니까? 화가 나십니까? 그것도 아니면 그 아이가 나리의 마음을 몰라주어 섭섭하십니까?"

대군은 유어당의 물음에 희미하게 웃었다.

"차라리 그 아이를 알아보지 말 것을, 알아보았더라도 다가서지 말 것을 그랬는가 보오."

천한 계집아이 하나도 귀히 여기는 평원대군의 마음 씀씀이가 유어당은 참으로 듬직하고 기특했다. 대군이라면 다래를 평생 지켜줄 수 있을 거라는 믿음이 그녀의 마음을 따뜻하게 했다.

"스승께 내 한 가지 청을 해도 되겠소?"

"하명하소서!"

유어당은 부탁이라는 말에 내심 긴장이 되었다. 대군이 당장이라도 다래를 첩실로 들이겠다면 그리할 수밖에 달리 방법이 없었다.

"그 아이의 재주가 보통이 넘는 것은 나보다 스승이 더 잘 알 것이라 믿소. 그래서 그 아이를 기녀가 아닌 예인으로서만 살게 해주고 싶은 게 내 마음이오."

자신의 걱정과는 달리 평원대군의 깊은 속을 알자 유어당은 또 한 번 놀랐다. 어린 나이임에도 마음이 어찌 이리 깊고 넓단 말인가. 그녀 역시 수양딸로 받아달라는 죽은 다래 어미의 부탁을 미루고 있었다. 자신의 수양딸로 입적이 되면 다래는 어쩔 수 없이 기녀가 될 팔자였다. 오히려 머리를 조아려 고마워해야할 사람은 유어당이었다. 대군은 짧은 숨과 함께 남은 말을 마저 했다.

"내가 얼마나 힘이 될지는 모르겠으나, 그 아이의 재예를 위해서라면 뭐든 서슴지 말고 말씀해주시오. 처음으로 뭐든 다 해주고 싶다 그리 생각한 사람이오."

평원대군의 따뜻한 마음이 유어당의 가슴속을 파고들었다. 그녀는 자신도 모르는 사이에 두 눈이 촉촉이 젖어오는 것을 느꼈다.

"나리! 이것이 무엇이옵니까?"

대군은 품고 있던 서찰을 유어당에게 건넸다. 꽤 오랜 시간 품고 있어 그런지 종이가 따뜻했다.

"그 사람에게 좀 전해주시오."

유어당은 대군과 헤어지고 밤이 이슥하게 내려앉아서야 춘향각으로 돌아왔다. 기방은 객들로 북적였다. 마당은 기녀들의 짙은 분칠 향과 삭힌 술 냄새, 남녀의 웃음소리가 뒤죽박죽 섞여 몽환적으로 느껴졌다. 그녀는 천천히 마당을 가로질러 안채로 들어섰다. 시끄러운 밖과는 다르게 안채는 고요한 달빛만이 머물러 있었다. 유어당은 고개를 들어 누각 위를 올려다보았다. 그림자 하나가 눈에 들어왔다. 유어당은 자세히 보기 위해 누각 쪽으로 점점 다가섰다. 다래였다. 다래는 며칠 전에 그녀에게서 배운 춤사위를 수련하고 있었다. 홀로 달빛을 등불 삼아 사뿐히 발바닥을 척 대었다 떼기를 여러 차례, 마치 바닥에 묽고 찐득

한 조청이 뿌려진 것처럼 척척 달라붙었다. 갑작스러운 어미의 죽음과 평원대군과의 일 때문에 힘이 들 터인데도 다래는 수련을 게을리하지 않았다. 슬픔을 잠시라도 잊으려는 애처로운 몸부림 같아 보였다.

"발끝에 힘을 더 모아야 하느니라."

다래는 서둘러 동작을 멈추고 누각 위로 올라오는 유어당의 곁으로 다가서서 예를 갖추었다.

"스승님! 오셨습니까?"

"마음이 아픈 게야?"

유어당은 다래의 슬픈 눈동자를 뚫어지게 보았다. 북받쳐 오르는 서러움과 울음을 힘들여 참는 다래의 얼굴이 더욱 안쓰러워 보였다. 울기라도 한다면 좀 더 마음이 편해질 텐데 무엇이 어린 아이의 눈물까지 막아버렸나 하는 생각에 그녀의 마음은 괜스레 착잡해졌다.

"잊으려 노력하지 말고, 천천히 풀어내도록 하여라. 그리하다 보면 이 슬픔 또한 지나갈 것이다."

아무 말 없이 묵묵히 서 있는 다래에게 유어당은 희미한 미소를 보였다. 다래의 눈에는 눈물 한 방울이 금세 맺혔다. 유어당은 짧은 숨을 내쉬며 평원대군에게서 받아 온 서찰을 조심스레 다래에게 건넸다.

"다래야! 너를 향한 대군 나리의 마음은 진정인 것 같구나. 몇 번이나 이곳에 발걸음을 하였으나 번번이 대문 앞에서 돌아가더구나. 네가 가진 재예를 그 누구보다 귀히 여길 줄 아는 분이다.”

유어당이 뭔가를 더 말하려는 그때, 행랑아범이 안채 쪽으로 급히 뛰어왔다.

“행수 어르신!”

“아범, 무슨 일이 있는가?”

행랑아범은 턱까지 차오르는 숨을 겨우 내뱉고 말을 급히 이어나갔다.

“계양군 나리께서 술에 취하셔서 다래를 데리고 오라고 난리십니다요. 어찌합니까요?”

유어당과 다래는 서로 마주 보았다. 계양군은 다래를 보고 간 날로부터 시시때때로 기방에 들러 행패를 부렸다. 유어당이 다래는 기녀가 아니라고 아무리 말을 해도 막무가내였다.

“내가 가볼 터이니, 너는 방에 들어가 있거라.”

유어당은 서둘러 행랑아범의 뒤를 따랐다. 다래는 걱정스러운 눈빛으로 그녀의 뒤를 물끄러미 바라보았다. 자신 때문에 스승이 곤욕을 치르지는 않을지 심려되었다. 행랑아범과 유어당이 안채의 대문을 빠져나가는 것을 확인한 다래는 고이고이 접혀 있는 서찰을 폈다. 그동안 대군에게 글을 배우면서 수없이 봐왔던 서체임에도 볼 때마다 평원대군의 성품만큼이나 반듯하다, 그리 생각했다.

무슨 말부터 해야 할지, 어찌 시작해야 될지……. 네가 받은 상처가 고스란히 남아 있을진대 변명을 한들 무슨 소용이 있겠느냐. 그래서 지난날, 너의 물음에 그 어떤 답도 해주지 못했음을 용서해다오. 더욱이 네 어미가 비명횡사했다는 소식에 이토록 내 마음도 무너지는데, 너는 오죽하겠느냐? 부디 너무 오래 슬퍼하지 말았으면 좋겠다. 그리고 이것만은 알아다오. 너를 만났던 그 순간부터 지금까지 내 마음은 모두 진정이었다. 여인을 향한 그리움은 네가 처음이었다. 부디 무탈하게 잘 지내야 한다.

다래의 손이 가냘프게 떨렸다. 잊으려고 노력하면 할수록 다래 역시 평원대군이 이루 말할 수 없을 만큼 그리웠다. 자신을 찾아와 그 어떤 변명이라도 해줄 것이라 믿었다. 그리만 된다면, 못 이기는 척 대군의 품에 안겨 소리 내어 펑펑 울고 싶었다.

"다래야! 어디 가는 것이야?"

마당을 지나 대문을 급히 빠져나가는 다래를 본 유어당이 뒤에서 큰 소리로 불렀다. 그 소리에 술에 취해 난동을 부리던 계양군이 다래를 쫓아 달렸다. 그녀는 월릉정을 향해서 빠르게 뛰었고, 술에 취한 계양군은 다래를 따라잡을 수 없었다. 유어당은 불안한 마음으로 그들이 사라진 길을 한참이나 뚫어지게 바라보았다.

투기

술에 취해 비틀거리며 뛰는 계양군의 발걸음은 더디기만 했다. 앞서 가는 다래를 소리 질러 불러보았지만, 그녀의 귀는 마치 막혀 있기라도 한 듯 아무것도 들리지 않는 것처럼 보였다.

삼작교에 거의 다다랐을 무렵 평원대군의 호위 무사가 다래를 막아섰다. 다래의 눈에는 이미 눈물이 가득 차올라 있었다. 툭 하고 건드리면 주르륵 쏟아 내릴 것 같았다. 얼마나 뛰어왔는지 입에서는 단내가 났다. 다래는 자신을 막아선 호위 무사를 옆으로 밀치고는 천천히 다리를 건넜다.

누각 위 뒷짐을 쥐고 서 있는 평원대군의 청색 도포가 바람에 휘날렸다. 그는 이미 시들어버린 연꽃을 무심히도 바라보고 있었다. 어느새 한여름의 화려한 연꽃들은 모두 어디로 가고, 퇴색되어버린 빈 쭉정이만 남아 있는 모습이 참으로 무심하고 허무하기 짝이 없었다. 대군은 빈 쭉정이가 자신의 마음 같았다.

"칠석이 왔느냐? 알았다, 알았어. 그만 가자꾸나."

누군가가 월릉정 위로 올라오는 기척을 느낀 대군은 뒤도 돌아보지 않고서 잠꼬대하듯 말을 툭 내뱉었다. 그러나 되돌아와야 할 답이 들리지 않자 이상함을 느낀 그는 뒤를 돌아보았다. 자신을 바라보는 이가 다름 아닌 다래라는 사실에 평원대군의 눈이 점점 커졌다.

"다래야! 네가 이 야심한 시각에 어인 일로 이곳에 발걸음을 한 것이냐?"

"나리께서는 어찌 이곳에 계시는 것이옵니까?"

머뭇거리는 평원대군을 향해 다래가 뛰어올랐다. 다래는 그의 목을 세게 껴안았다. 여인의 은은한 난향이 대군의 코끝을 스쳤다. 작고도 여린 몸으로 힘든 시간을 견뎠을 다래 생각에 마음 깊은 곳에서 뜨거운 덩어리 하나가 울컥하고 치솟았다. 그는 팔에 힘을 주어 다래를 더욱 꼭 껴안았다.

'저, 저것들이.'

술에 취해 비틀거리던 계양군의 눈썹이 바르르 떨렸다. 방금 전까지의 취기는 모두 어디로 갔는지 정신이 또렷해졌다. 마치 연꽃이 달빛을 모조리 품은 듯, 하나로 포개진 두 사람을 보며 계양군은 어금니를 꽉 깨물었다.

'빼앗기지 않을 것이다. 결단코 이번만큼은 네놈에게 그 무엇도 빼앗기지 않을 것이야.'

계양군은 매몰차게 고개를 돌렸다. 어렸을 때부터 아비에게도 다른 형제들에게도 평원대군은 늘 자랑거리였다. 준수한 외모에 나이에 걸맞지 않은 깊은 학식과 재예하며 무엇보다 고매한 성품까지, 모든 것이 눈에 띄게 계양군보다 뛰어났다. 한마디로 모든 사람에게 사랑받는 그런 인물이었다. 그런 평원대군은 계양군에게는 부러움의 대상임과 동시에 투기의 상대였다. 그런데 하필이면 이번에는 태어나서 처음으로 마음을 다해 좋아할 여인이 생겼는데, 그 또한 평원대군에게 빼앗길지도 모른다는 생각에 계양군은 몸서리칠 만큼 치가 떨렸다. 그는 기필코 무슨 수를 써서라도 이번만큼은 평원대군에게 빼앗기지 않으리라 마음을 굳게 다잡았다.

평원대군과 다래는 찰나보다 더 짧은 재회의 순간을 뒤로하고 기방으로 향했다. 가는 내내 서로 맞잡은 손을 놓지 않았다. 대군은 사람들의 시선 따위는 신경 쓰지 않았다. 오히려 민망함과 부끄러움에 잡힌 손을 빼내려는 쪽은 다래였다. 그럴수록 대군은 다래의 손을 더욱 꼭 잡았다. 어느덧 두 사람은 기방 앞에 다다랐다. 천하디천한 계집을 이렇듯 사람대접해주는 그 마음에 그녀는 고마움을 느꼈다.

"어찌 걸음이 이리 빠른 것이야?"

평원대군의 갑작스러운 역정에 다래는 얼굴이 붉어졌다.

"저, 저, 그것이 아니오라, 송, 송구하옵니다."

평소의 다래라면 도리어 당당하게 뭐가 잘못되었냐고 따지듯 물었을 것이다. 그러나 사랑하는 사내 앞에서는 똥 마려운 강아지처럼 어쩔 줄 몰라 했다.

"하하하. 농이다, 농!"

대군은 수줍어하는 다래의 모습에 그만 큰 소리로 웃음을 터뜨렸다. 손등으로 입을 막고 몸을 뒤로 젖혀 웃어대는 그 모습에 다래는 얕은 숨을 내뱉었다.

"너무하십니다. 어찌 이리 짓궂으시옵니까?"

토라져서는 대문 쪽으로 몸을 돌리는 다래의 등을 평원대군이 꼭 껴안았다. 다래는 자그마한 새처럼 그의 품에 쏙 들어왔다.

"나 혼자 걷던 이 길은 참으로 멀게만 느껴졌는데, 오늘 밤 너와 함께 걷는 이 길은 어찌나 짧은지. 조만간 입궐하여 아바마마께 너에 대한 내 마음을 말할 참이다. 그러니 기다려줄 수 있겠느냐?"

평원대군은 조용히 다래의 귓속에 대고 말을 건넸다. 그 순간 찌릿한 뭔가가 다래의 심장에 흘러들었다. 두 볼이 불그스레해진 다래는 아무 말 없이 고개를 끄덕였다. 평생을 흠모하는 사내와 함께할 수만 있다면 기다림이 아무리 길지라도 얼마든지 기다릴 수 있다고 다래는 생각했다.

사저로 되돌아가는 길에서마저 대군은 몇 번이나 다래에게 들어가라고 손짓을 했다. 다래 또한 대군을 향해 밝은 미소로 손을 흔들어주었다. 그의 모습이 거리를 빠져나가 차츰 보이지 않을 때까지 다래는 멀거니 그 자리에 서 있었다.

잠시 후, 대문을 들어서려 하는 순간 누군가가 다래의 팔목을 낚아챘다.

"앗, 아!"

투박한 사내의 손이 다래의 허리를 뱀처럼 스르륵 휘어 감았다. 다래는 황급히 일어나 자세를 가다듬었다. 그녀의 얼굴은 단단히 화가 나 있었다.

"뉘신데, 어찌 이 야심한 시각에 이리도 무례를 범하시는 것이옵니까?"

사내는 잠시라도 맞닥친 다래의 팔목과 허리를 떠올리기라도 하려는 듯 멍하니 자신의 손바닥을 내려다보고 있었다. 눈썹이 치켜 올라가고 바위를 조각한 것처럼 얼굴형이 각져 자칫 신경질적으로 보일 수 있는 사내였다.

"뉘신지, 이년이 물었사옵니다. 허나 답이 없기에 이만 물러가옵니다."

다래는 무 자르듯 매몰차게 뒤로 돌아섰다.

"네년이 나를 이리 박하게 내치다니 당돌하구나, 당돌해!"

그제야 정신을 차린 사내가 다래를 향해 거친 숨을 몰아쉬듯 말을 건넸다. 입에서는 채 가시지 않은 청주 냄새가 진동했다. 다래는 그가 다름 아닌 지난번 평원대군과 함께 있던 계양군이라는 사실을 알아차렸다. 하지만 아무 일 없다는 듯, 기방 쪽으로 걸음을 옮겼다.

"거기 서지 못할까? 내 오늘 밤, 기방에서 묵을 것이다. 그러니 나의 수청을 들라! 전두는 얼마든지 달라는 만큼 줄 터이니. 평원 형님보다 더 대단한 것을 주겠노라."

손을 들어 마치 하늘이라도 다 줄 요량으로 다래를 향해 고함을 쳤다. 다래는 몸을 돌려 계양군 앞으로 성큼성큼 다가갔다.

그녀의 따뜻한 숨결이 계양군의 얼굴에 닿았다.

"전두를 얼마든지, 달라는 만큼 주신다 말씀하시었사옵니까?"

"그래, 기방을 몇 채라도 살 수 있는 어마어마한 재물을 내 너에게 주지."

느닷없이 가까이 다가선 다래 때문인지 아니면 술기운 때문인지 계양군의 볼이 뜨거워졌다. 무엇보다 그토록 한번 보고 싶었던 아이가 제 눈앞에 있으니 심장 뛰는 소리가 마치 귓등에 붙어 있는 것만 같았다. 그는 자신의 감정을 숨길 요량으로 가까이 와 있는 다래의 어깨에 슬며시 손을 얹었다. 평원대군의 점잖고 고리타분한 성품보다야 자신의 호방함과 남성적인 면모가 다래에게 더욱 맞을 것이라 생각했다.

"계양군 나리! 지난번에도 말씀 올렸듯이, 이년은 기녀가 아니옵니다. 신분이 귀한 분이 만인의 본보기는 보이지 못할망정, 어찌 이리 천박하고 교만하게 행동하시는 것이옵니까? 이년이 천하다 하여 이리도 우습게 보시옵니까?"

비록 임금의 서자였으나, 계양군은 어디에서든, 누구를 만나든 당당하고 거리낌이 없었다. 그런데 지금 자신의 앞에 있는 작고 여린 계집에게 밑도 끝도 없이 무너져 내렸다. 계양군은 쥐구멍이라도 있으면 숨고 싶을 만큼 얼굴이 화끈거렸다. 태어나서 처음으로 당해보는 모욕이었다. 자신의 말 한마디면 그깟 기방에서 일하는 천한 계집 하나쯤은 지금이라도 당장 죽일 수 있었다. 그런데 눈 하나 깜빡이지 않고 자신을 향해 당당하게, 거침없이 말을 내뱉는 다래를 보며 그가 할 수 있는 일이라고는 부들부들 떠는 일이 전부였다.

"뭣이라? 천박, 교만? 죽음이 두렵지 않은 것이냐? 내가 누군지 알고는 있느냐."

너무나 어이가 없으면 웃음밖에 나오지 않는다는 말이 사실인지 계양군은 소리 내어 웃었다. 그의 웃음 사이로 또렷한 다래의 목소리가 섞였다.

"천한 계집 하나 죽는 것이 뭣이 그리 큰일이겠사옵니까? 그것으로 말미암아 옥과 같이 티끌 하나 없으신 계양군 나리의 앞길에 오점을 남기는 것이 큰일이라면 큰일이 아닐는지요. 보는 눈이 많으니 오늘은 그만 돌아가시지요."

다래의 말에 계양군의 웃음은 점차 잦아들었다. 주변에는 그녀의 말처럼 지켜보는 눈이 많았다. 계양군과 다래의 다투는 소리가 기방의 대문을 넘었으니 그만큼 구경꾼이 많아진 셈이었다. 다래는 구경하는 이들을 몰아 함께 기방 안으로 들어갔다. 혼자 남겨진 계양군은 화가 나서 미칠 듯한 얼굴로 자신을 기다리는 보교를 세차게 걷어찼다. 그것도 모자라 보교꾼 중 히죽이는 장정의 얼굴에 주먹을 날렸다. 그래도 화가 풀리지 않는지 쓰러진 장정에게 달려가 마구 발길질했다.

"네 이년, 가만히 두지 않을 것이야. 내가 당한 능멸만큼 무슨 수를 써서든 너를 가지고 말 것이다."

계양군은 발아래 부딪치는 돌부리를 세게 찼다. 고통이 밀려왔다. 하지만 그깟 고통은 상처받은 마음에 비하면 아무것도 아니었다.

검객

거처로 돌아온 계양군은 다음 날부터 다래에게 서찰을 띄웠으나, 단 한 통의 답도 돌아오지 않았다. 사정이 이렇다 보니 분노가 복받쳐 올라 쉽사리 잠을 이룰 수 없었다. 당장이라도 달려가 춘향각을 풍비박산 내고 싶은 마음뿐이었다. 허나 기방 행수 유어당은 평원대군에게는 스승이나 진배없었다. 한마디로 유어당 그리고 다래의 뒷배는 왕의 적통 아들인 평원대군이었다. 이런 사실이 계양군을 더욱 미치게 만들었다.

"왔으면 들어오너라!"

병풍 뒤로 한 사내가 조용히 방 안으로 들어섰다. 그의 몸놀림은 날렵하다 못해 촛불에 비친 그림자처럼 보였다. 계양군은 분명 자신의 뒤에서 소리가 났음에도 굳이 뒤돌아보지 않았다.

"분부하시옵소서."

굵고 나지막한 목소리가 계양군의 앞에서 멈추었다. 그제야 그는 감고 있던 두 눈을 떴다. 검은 옷을 입은 사내는 언뜻 보기에도 무예가 출중해 보였다. 계양군의 나이는 비록 열일곱에 불과했으나 시대를 읽는 눈 하나만큼은 예리했다. 그래서 만에 하나 있을지 모르는 일을 대비하기 위해 비밀리에 무사들을 기르고 있었다.

"오늘 밤 계집 하나를 내 앞에 데리고 오너라. 무슨 수를 써서든 데려와!"

검객은 그 어떤 것도 묻지 않고 그저 고개를 숙여 계양군의 명을 받아 순식간에 사라졌다. 그가 나간 마당에서는 미처 함께 빠져나가지 못한 바람이 대나무를 세차게 흔들었다. 계양군은 일어서서 창문을 열고 밖을 물끄러미 내다보았다.

한편, 다래는 그동안 어미의 죽음에 대해 이리저리 생각에 생각을 거듭하다 행수 유어당에게 물었다. 끈질긴 설득 끝에 어미가 마지막으로 찾은 곳이 내원암이라는 암자였다는 사실을 알아냈다. 다래는 어미가 왜 새벽이슬을 밟으며 암자로 향했는지 궁금했다. 그곳에 가면 어미의 죽음에 대해 알 수 있을 것만 같았다. 유어당은 지난번 일도 있고 해서 불안한 마음에 기방의 일꾼 하나를 붙여주었다. 다래는 아침을 먹는 둥, 마는 둥 하고는 서둘러 기방을 빠져나와 암자로 발걸음을 옮겼다. 작은 산을 두 개가량 넘으니 해는 어느새 서산 너머로 완전히 자취를 감춰버렸다. 암자는 생각했던 것보다 넓고 컸다. 다래가 마당에 들어서자 동자승 두 명이 쪼르르 달려왔다. 살랑거리는 바람에 풍경 소리가 그윽하게 암자의 구석구석을 훑었다. 곧이어 인자하

게 보이는 스님 한 분이 대웅전에서 뜰로 천천히 걸어 내려왔
다. 스님은 손을 모아 합장했다. 다래와 스님은 자리를 옮겨 방
안으로 들어갔다. 동자승이 곧 녹차를 들여왔고, 스님은 건네받
은 녹차 사발에 뜨거운 물을 부었다. 말라비틀어진 녹차에 물이
스며들자 찻잎이 활짝 피었다. 맑았던 물이 점점 짙은 푸른색으
로 변하자 작은 찻잔에 부어 다래에게 건넸다. 암자로 오며 긴
장했던 마음과 어미의 죽음에 얽힌 이야기에 대한 두려움이 한
잔의 차에 녹아드는 것만 같았다.

"얼마 전, 아가씨와 눈매가 쏙 빼닮은 행자님이 왔습지요."

찻잔을 들고 있던 다래의 손이 가늘게 떨렸다. 숨이 턱 하고
막혔다. 그녀가 그토록 바라던 어미의 이야기였다. 스님은 곧장
말을 이었다.

"누굴 찾는다고 하더니, 한참이나 대웅전에 머물러 기도를
드리고 가셨습니다."

다래의 눈이 점점 커졌다.

"스님! 누굴 찾는다고 하셨습니까? 그 사람이 대체 누구이옵
니까?"

자신의 어미는 평생 누구를 만나기는커녕 혹여 낯선 사람들
과 부딪힐까봐 기방 마당에 나오는 것조차 꺼렸다. 그런 어미가
누군가를 만나려고 했다면 그 사람은 분명 중요한 사람이었을
것이다.

"글쎄요. 여하튼 이곳에 꽤 머물다 홀로 떠났습니다."

답을 얻고자 힘들게 올라온 암자에서조차 어미의 죽음은 더

욱 미궁 속으로 빠져들었다. 실낱같은 희망은 어느새 실망감으로 바뀌어 있었다. 어느 정도 이야기가 정리되어갈 때쯤, 동자승 하나가 방문을 열었다. 스님은 다래에게 날이 밝는 대로 산 아래로 내려가라는 말을 남기고 대웅전 쪽으로 발걸음을 옮겼다. 다래는 일어서서 마당을 가로질러 걷는 스님을 향해 합장하여 인사했다. 어린 나이임에도 달빛을 받은 다래의 아름다움은 고혹적으로 보이기까지 했다.

'폐월수화(閉月羞花)라, 달이 숨고 꽃이 부끄러워할 만큼 관능적인 미모를 가졌구나. 그 아름다움으로 천하를 얻음과 동시에 모든 것을 잃을 관상이라니. 음! 나무아미타불 관세음보살. 도화살이 저리도 많아서야…….'

스님은 높이 솟아 있는 달을 쳐다보며 얕은 한숨을 토했다.

그 시간, 다래는 동자승을 따라 처소로 향했다. 행자들이 쉬는 방이라 그런지 방 안은 땀 냄새가 짙게 배어 있었다. 천장에는 젖은 메주가 걸려 있는 것으로 보아 만든 지 얼마 되지 않아 보였다. 삭힌 콩 냄새가 방 분위기와 잘 맞아떨어졌다. 동자승이 떠나고 홀로 방 안에 앉아 있자니 어미 생각에 눈물이 왈칵 쏟아졌다. 거적에 싸여 있던 차가운 어미가 시도 때도 없이 떠올라 다래는 쉽게 잠을 이루지 못했다.

'탁, 탁'

대웅전 아래에 달린 풍경 소리 사이로 나무판을 치는 듯한 둔탁한 소리가 들렸다.

"아재요? 누구요?"

다래의 목소리가 분명 방문을 넘어 마당에 이르렀음에도 아무런 답이 들리지 않았다. 들리는 소리라고는 그저 일정하게 두드리는 듯한 소리뿐이었다. 다래는 덜컥 겁이 났다. 방문 손잡이에 꽂아놓은 숟가락을 조심스레 빼내고 문을 열어젖혔다.

"악! 아재? 기범 아재?"

다래와 함께 온 기방 머슴이 등에 칼을 맞은 채 엎어져 있었다. 그의 등에서 검붉은 피가 흘러나와 마당을 적셨다. 다래는 너무 놀란 나머지 맨발로 내려섰다. 서둘러 피가 흘러내리는 기방 머슴의 등을 두 손으로 막아보았지만 속수무책이었다.

"여, 여, 여기 도, 도, 와……."

말이 채 끝나기도 전에 검은 복면을 한 두 명의 사내가 다래의 곁으로 다가왔다. 소리 소문도 없이 다가온 그들 중 한 명이 다래의 입을 틀어막고 보자기로 덮어씌웠다. 이상한 소리를 듣고 뛰어온 스님이 그들의 앞을 가로막았다.

"네놈들은 도대체 누구냐? 이것이 무슨 짓인 게야?"

한 사내가 앞을 가로막는 스님의 머리를 칼등으로 가격했다. 일격을 당한 스님은 그만 바닥으로 꼬꾸라졌다. 뒤따라온 동자승들은 바위 뒤에 숨어서 벌벌 떨며 울먹였다.

"가자."

그들은 민첩하게 움직여 암자 아래에 미리 준비되어 있던 가마에 다래를 집어넣은 후 짙은 어둠 속으로 사라졌다. 다래는 벗어나기 위해 발버둥을 쳐보았지만, 옴짝달싹할 수 없었다. 깊은 밤 올빼미만이 그들의 뒤를 쫓으며 요란스레 울었다.

같은 시각, 평원대군은 운정루에서 스승인 유어당으로부터 다래가 제 어미의 죽음을 알아보기 위해 암자로 갔다는 소식을 전해 들었다. 그는 그길로 곧장 호위 무사와 함께 내원암으로 말을 몰았다. 뭔가 불길한 생각이 대군의 등을 다그치듯 밀었다. 두려운 마음이 점점 커질 때 즈음 늙은 소나무 사이로 암자의 지붕이 보였다. 암자가 보이자 대군은 말의 옆구리를 더욱 세차게 찼다. 말은 한차례 숨을 길게 토함과 동시에 흙을 튕겼다. 튕겨져 나간 흙은 곧 사방으로 흩날렸다. 서둘러 말을 몰아 암자 쪽으로 향하는 평원대군의 옆으로 천천히 가마 한 채가 지나쳐 갔다. 하지만 그는 가마를 미처 자세히 보지 못했다.

"대군 나리!"

암자에 먼저 도착하여 이곳저곳을 둘러본 호위 무사가 급히 평원대군의 곁으로 다가섰다. 대군은 처참한 광경에 두려움이 덜컥 앞섰다.

"아가씨는 그 어디에서도 보이지 않습니다. 동자승들의 말로는 검은 옷을 입은 놈들이……."

'가마다!'

호위 무사의 말이 채 끝나기도 전에 대군은 방금 전 마주친 가마가 떠올랐다. 그는 급히 말에 올랐다.

다래를 납치한 가마는 어느새 인적이 드문 길에 접어들고 있었다. 들리는 소리라고는 낙엽 밟을 때 나는 사각거리는 소리가 전부였다. 그렇게 가마가 어둠 속으로 점점 깊게 들어가고 있을 무렵, 그림자 하나가 가마 앞을 가로막았다.

"네놈은 누구냐? 목숨이 아까우면, 썩 비키지 못할까?"

검은 옷과 두건을 쓰고 있어 얼굴은 확인할 수 없었으나, 꽤 큰 키에 무공으로 단련된 몸이었다. 그림자는 고개를 약간 기울여 어서 가마를 내려놓으라는 신호를 보냈다. 사내들은 가마를 내려놓고 허리춤에 차고 있던 검을 꺼내 들었다.

"이얍!"

그들 중 한 명이 검을 뽑아 들고는 그림자를 향해 달려들었다. 그림자 역시 검을 뽑아 가볍게 땅을 박차고 올랐다. 그것을 본 사내들은 너나 할 것 없이 그림자를 향해 돌진했다. 부딪히는 검에서 불꽃이 일었다. 얼마 되지 않아 한 명씩 차례대로 바닥으로 나가떨어졌다. 그들 중 유일하게 명줄이 붙어 있던 자가 뒷걸음치며 숲으로 도망쳤다. 그림자는 도망치는 그의 뒤를 쫓았다.

단숨에 산 아래로 내려온 평원대군의 눈에 흩어져 있는 핏방울이 들어왔다. 그걸 본 그의 심장은 터지고도 남을 만큼 요동쳤다. 말에서 뛰어내린 대군은 후들거리는 다리를 애써 진정시키고 피로 물든 길을 따라 발걸음을 옮겼다. 칼날에 무참히 베인 시체들 사이로 가마 한 채가 덩그러니 놓여 있었다.

"다래야! 다래야!"

평원대군은 미친 듯이 다래의 이름을 불렀다. 뒤따라온 호위무사는 주변을 경계하느라 긴장의 끈을 놓지 않았다. 그는 손으로 가마의 문을 조심스레 들어 올렸다. 곧 허연 천으로 된 자루 하나가 문이 열림과 동시에 가마 밖으로 쓰러졌다. 자루는 살고자 몸부림쳤다. 호위 무사와 대군은 자루를 마저 꺼내고 묶여 있던 끈을 풀었다. 끈이 풀리자 다래의 얼굴이 어둠 속에서 서서히 드러났다.

"다래야!"

다래의 입에는 재갈이 물려 있었고, 얼굴은 눈물로 범벅되어 있었다. 대군은 다래를 꼭 껴안았다. 그의 두려움과 안도가 한꺼번에 쏟아져 다래의 얼굴을 적셨다.

"괜찮으냐? 괜찮은 것이야?"

다래는 평원대군에게 안긴 채, 겨우 고개만 끄덕였다. 대군이 입에 물려 있던 재갈을 풀었지만, 다래는 두려움에 아무 말도 하지 못하고 그저 떨기만 했다. 대군은 그런 다래의 어깨를 꼭 감싸 안고 토닥토닥 두드렸다. 되돌아온 그림자는 버드나무 위에 조용히 앉아 그들이 사라질 때까지 지켜보았다.

생선 가시

평원대군은 다래가 안정을 되찾을 때까지 자신과 함께 있을
것이라는 뜻을 유어당에게 전했다. 대군을 따라 사저에 도착한
다래는 모든 것이 불안하게만 느껴졌다. 그가 들어서자 가솔 모
두가 일제히 대문 앞까지 나와 대군에게 예를 갖추었다.

"이제 오십니까? 그런데 저 아이는?"

대군보다 서너 살 더 어려 보이긴 했으나, 그녀의 말투에는
기품이 가득했다.

"음, 음."

평원대군은 나오지도 않는 헛기침을 끌어 모아 서너 번 내뱉
었다. 그러자 가솔들은 각기 뜰 안으로 뿔뿔이 흩어졌다. 주위
에 아무도 없는 것을 확인한 대군이 조심스레 말을 이었다.

"부인, 이 아이는 당분간 여기서 지내게 될 것이오. 내 자세한
이야기는 곧 그대에게 하리라. 그러니 이 아이가 여기 있는 동

안만은 동기간이라 여기고 잘 대해주시구려."

조용히 듣고만 있던 홍 씨는 뭔가 말을 꺼내려다 대군과 눈이 마주치자 말문을 닫았다.

"따라오너라."

홍 씨는 평원대군에게 인사를 건넨 후, 한 치의 흐트러짐 없는 몸가짐으로 다래를 안채로 이끌었다. 대군은 자신의 앞에서 점점 멀어져가는 그녀들의 뒷모습을 물끄러미 바라보았다.

며칠 뒤, 화의군이 평원대군을 만나기 위해 그의 사저로 발걸음을 하였다. 저잣거리에는 벌써 평원대군과 기방에서 허드렛일을 하는 계집아이의 이야기가 파다하니 소문이 나 있었다. 소문은 더 큰 소문을 낳는 법이다. 근원지가 어디인지는 모르나 이것이 궐에까지 들어간다면 평원대군은 큰 곤욕을 치르게 될 것이 뻔했다.

"형님!"

뒤뜰 운정루 누각에서 거문고 소리가 들렸다. 화의군은 거문고의 음률을 들으며 누각 쪽으로 향했다. 평원대군의 거문고 소리에 맞춰 한 여인이 춤을 추고 있었다. 그는 뭔가에 홀리기라도 한 듯 우두커니 서서 한참이나 여인의 춤사위를 바라보았다. 보통 솜씨가 아니었다. 척척 달라붙는 듯하면서도, 속살이 비치는 문풍지 하나조차 찢지 못할 가벼운 몸놀림이었다. 손끝은 힘이 있어 꺾이는 듯하다가 물처럼 유유하게 흩어졌다. 무엇보다 거문고를 켜고 있는 평원대군이나 춤을 추고 있는 여인이나 환한 웃음을 품고 있었다. 화의군은 마치 지상이 아닌 천상의 세계를 훔쳐보는 것만 같았다.

'저 아이는……?'

여인의 얼굴을 좀 더 자세히 볼 요량으로 화의군은 몸을 숙여 눈을 게슴츠레하게 떴다. 그러지 않아도 작은 눈이 더욱 작아졌다. 춤을 추고 있는 여인이 다름 아닌 춘향각에서 보았던 다래라는 것을 확인하자 화의군의 머릿속이 복잡해졌다.

"음!"

화의군은 흔들리는 마음을 애써 감추고 헛기침으로 대군을 향한 인사를 대신했다. 그의 헛기침에 거문고 소리와 춤사위가 거의 동시에 멈췄다.

"아 오셨소, 화의군! 어인 일로?"

다래는 서둘러 내려가 화의군을 향해 예를 갖췄다. 화의군 또한 그녀를 향해 고개를 가볍게 끄덕이고는 평원대군이 앉아 있는 누각 위로 올라섰다.

"형님! 어이하여 저 아이가 여기 있는 겝니까?"

그 어떤 틈도 주지 않겠다는 듯 화의군은 자리에 앉자마자 대군에게 질문을 던졌다. 대군은 다래가 나간 대문을 물끄러미 바라보다 그동안 있었던 일을 화의군에게 들려주었다. 그제야 화의군은 지난번 기방에서 대군이 평소와 다르게 행동했던 것이 비로소 이해가 되었다.

"보는 눈이 두려웠다면 저 아이를 이곳으로 데리고 오지 않았을 겝니다. 그러지 않아도 조만간 입궐하여 아바마마께 저 아이와 함께 있게 해달라 진언을 드릴 생각이오."

"형님! 그럼 저 아이를 별실로 들이겠다는 말씀이십니까?"

작기만 한 화의군의 눈이 점점 커졌다. 평원대군은 그런 화의군과는 달리 여유롭게 잔을 들어 천천히 들이켰다. 대군은 여러 번 나눠 마신 뒤 잔을 내려놓으며 고개를 끄덕였다. 그의 눈빛은 이미 그 어떤 난관에 부딪친다 할지라도 물러서지 않겠다는 결의로 가득했다. 그저 곁에 두고 만나는 것과 아예 별실로 들이는 것은 차원이 달라도 한참 다른 문제였다. 무엇보다 근본도 모르는 천한 아이라면 더 이상 볼 것도 없었다. 화의군은 대군의 모험과 같은 사랑이 그저 부럽기만 했다.

화의군이 돌아가고 난 며칠 후, 궁궐 밖에 있는 왕자들은 모두 집현전 주도로 열리게 될 경연에 참석할 것을 명받았다. 평원대군 또한 어명을 받고 서둘러 입궐 채비를 했다. 경연을 마치는 대로 부왕과의 독대 자리에서 다래에 대해 말할 참이었다. 그의 가슴은 두려움과 설렘이 교차했다.

경연은 주로 한 사람이 교재의 원문을 음독, 번역하고 나면, 왕의 질문에 다른 참석자들이 보충 설명하는 토론 형식이었다. 경연을 하고 있는 내내 평원대군은 다래와의 일을 어떻게 말해야 허락받을 수 있을지 고민에 고민을 거듭하고 있었다. 계양군은 멀찍이서 그런 대군을 노려보았다. 그러잖아도 계양군은 다래를 납치하려던 계략이 물거품으로 돌아간데다 특히 이번 일로 다래가 평원대군의 사저로 들어갔다는 말을 듣고 울화통이 터졌다. 마음을 가질 수 없다면 그 아이의 몸뚱이라도 가지고 싶었던 것이 그의 솔직한 심정이었다.

'평원대군! 평원.'

계양군은 어금니를 갈았다. 경연에서조차 박학다식함을 거침없이 두루 드러내며 많은 관원의 칭찬을 받고 있는 평원대군이 계양군은 죽이고 싶을 만큼 미웠다. 경연을 마치고 다른 왕자들이 모두 퇴궐하고 나서야 평원대군은 조용히 부왕이 계시는 강녕전을 찾았다. 뜰에는 빛을 잃은 낙엽들이 흩날리며 떠나가는 가을을 아쉬워했다. 평원대군은 앞서 가는 환관을 따라 강녕전 안으로 들어섰다.

"임아, 그러잖아도 네가 오길 기다리고 있었느니라!"

부왕은 활짝 웃으며 평원대군을 맞이했다. 홀로 있을 것이라는 생각과는 달리 강녕전에는 계양군이 먼저 들어와 있었다. 평원대군은 옆에 앉아 있는 계양군을 힐끔 쳐다보고는 예를 갖춰부왕을 향해 절을 올렸다. 부왕은 경연장에서 보여준 평원대군의 학식에 칭찬을 아끼지 않았다. 더군다나 자신을 도와 많은일을 하고 있기에 그저 든든하기만 했다. 평원대군과 달리 계양군은 괜한 자격지심으로 마음이 불편했다. 시간이 얼마나 흘렀을까? 대군은 옆에 앉아 있는 계양군을 힐끔거렸다. 그의 눈빛에는 아우가 그만 떠났으면 하는 간절함이 묻어 있었다. 계양군이 떡하니 앉아 있으니 대군은 부왕에게 다래와의 일을 고하는것이 쉽지 않았다. 그러나 계양군의 속마음은 대군과는 달랐다. 어느 정도 소문이 사실임을 확인한 계양군은 무슨 수를 써서라도 다래와 평원대군을 떼어놓기 위해 머리를 굴렸다. 그리하여강녕전에 오기 전에 중궁전에 들러 중전을 뵙고 저잣거리에 떠도는 소문에 대해 미리 귀띔을 한 것도 계양군이었다. 떠도는 소문을 전해 들은 중전은 자신이 아끼는 아들이 학업을 등한시하는 것도 모자라, 근본도 모르는 천한 계집을 사저로 불러들인 일에 크게 진노했다. 평원대군이 부왕에게 계집아이에 대해 아뢰기 위해 강녕전에 들었다는 것을 알았으니 곧 중전이 들이닥칠 것이다. 계양군은 그 전에는 이곳을 절대로 나가지 않을 것이라 굳게 마음먹었다.

"주상 전하! 중전 마마께서 뵈옵기를 청하십니다."

"중전이?"

대전 송 내관의 묵직한 목소리가 방 안에 가득 울렸다. 평원대군은 갑작스러운 어미의 등장에 내심 불안한 기색으로 자리에서 일어섰다. 계양군 또한 자리를 털며 일어났다.

"소자는 그만 물러가겠나이다. 말씀들 나누소서."

중전이 들어오자 계양군은 다시 자리에 앉지 않고 예를 갖춘 후 강녕전을 물러났다. 은은한 피부를 가진 중전의 낯빛이 어두운 것을 보니 저잣거리에 떠도는 소문 때문에 꽤나 화가 난 모양이었다. 원래 믿는 도끼에 발등이 찍히면 더 아픈 법이다.

강녕전을 나서며 계양군은 실로 오랜만에 기분 좋게 껄껄대며 웃었다. 마치 십 년 묵은 체증이 한꺼번에 내려가는 것 같은 시원함을 느꼈다.

"계양군! 무엇이 그리 좋소? 나도 같이 웃으십시다."

마침 집현전에서 학사들과 함께 나오던 화의군이 계양군을 발견하고는 그의 곁으로 다가왔다. 계양군은 급히 웃음을 삼켰다.

"아닙니다, 화의군! 며칠 전 목에 걸린 생선 가시가 방금 전에 쑥 하고 빠졌지 뭡니까? 목구멍에 척 하고 달라붙어서 물 한모금도 못 삼킬 정도였다니까요. 하하하."

시원스레 목젖을 보이는 계양군을 따라 화의군도 웃었다.

"거참, 다행이오. 며칠 전에 걸린 생선 가시라. 아무튼 시원은 하시겠소."

계양군의 웃음은 그 후로도 좀체 멈추지 않았다. 화의군은 그동안 수없이 계양군을 마주 대해왔지만, 저토록 기분 좋게 웃는 모습을 본 적은 없었다. 계양군의 뒤를 따르던 화의군이 퇴궐하기 전 문득 뒤를 돌아 궐 안쪽으로 시선을 옮겼다. 느릿하게만 흘러가던 태양은 처마 끝에서 휴식이라도 취하는 듯 한동안 머물러 있었다. 붉은 기운이 궁궐의 외곽을 비추니 속살은 더더욱 검게 드리워졌다. 조선의 왕자로 태어나는 것은 어쩌면 불행한 일인지도 모른다. 할 수 있는 것이 많을수록 누군가에게 제거의 대상이 되고, 그것으로 말미암아 목숨마저 위태로울 수 있다. 해낼 수 있어도 하지 말아야 하는 것이 조선이라는 나라에서 태어난 왕자의 운명임을 화의군은 잘 알고 있었다.

과녁

"뭣들 하는 것이야? 당장 그 아이 몸에서 손을 떼지 못할까?"

숨이 턱 밑까지 차오른 평원대군이 별실로 나 있는 쪽문을 힘껏 걷어찼다. 일렁이는 횃불과 달빛에 그의 이마는 땀으로 번들거렸다. 평소의 따뜻했던 대군의 눈길은 노기로 가득했다. 무서운 눈빛으로 노려보는 그 모습에 일꾼들은 적잖게 놀랐다. 대군의 고함에 그들은 양옆으로 물러섰다. 그 사이로 마당에 주저앉아 있던 다래의 모습이 차츰 드러났다. 다래는 대군의 목소리에 천천히 앞을 보았다. 울며 얼마나 버티었는지 얼굴에 생기라고는 전혀 찾아볼 수 없었다. 그는 있는 힘껏 주먹을 불끈 쥐었다. 그리고는 장정들 곁으로 다가가 그들을 밀쳤다. 일꾼들이 뒤로 물러나자 다래는 힘겹게 일어서려 했으나 곧 다시 쓰러졌다. 대군이 팔을 들어 쓰러지려는 그녀의 허리를 감싸 안았다. 허연 소복에 탐스럽던 머리는 헝클어졌으며 몸은 식은땀으로 축축

했다. 다래는 잠시 잠깐 눈을 뜨는가 싶더니 다시 감았다.

"괜찮은 것이냐? 다래야, 눈 좀 떠보아라!"

평원대군의 목소리에 차츰 물기가 차올랐다. 지켜주고 싶어 데리고 왔건만 그것이 다래를 더욱 힘들게 했다는 생각에 미안함이 북받쳤다.

계양군이 강녕전을 서둘러 나가고 중전은 평원대군에게 저잣거리에 나돌고 있는 소문의 진상을 캐물었다. 그는 이런 식으로 다래와의 일을 말하고 싶지 않았지만 하는 수 없이 그간의 모든 일을 소상히 아뢰었다. 가만히 듣고만 있던 부왕과 다르게 어미인 중전은 불가하다는 뜻을 재차 대군에게 전했다. 그녀는 근본도 모르는 계집을 사저로 들이는 일은 결단코 아니 된다 못을 박았다. 그러나 평원대군 역시 자신의 뜻을 끝끝내 굽히지 않았다. 중전은 사람을 보내어 다래를 사저에서 내쳐 다시는 볼 수 없는 곳으로 보낼 것이라며 호통을 쳤다. 대군은 청천벽력과도 같은 중전의 말을 듣자마자 강녕전을 뛰쳐나왔다. 머릿속에는 어미가 보낸 자들에게 잡혀 어디론가 끌려가는 다래의 모습이 떠올라 입술이 바짝 타들어갔다.

"부인께서 이리도 매정한 사람이었단 말이오! 이 아이가 있는 동안만이라도 동기간처럼 대해달라 내가 그리 부탁했건만."

평원대군은 곁에 서 있던 부인 홍 씨를 향해 원망의 말을 터뜨렸다. 그녀는 처음으로 지아비가 원망스러웠다. 홍 씨의 두 눈에서 굵은 눈물방울이 볼을 타고 흘러내렸다. 그러나 곧 소매로 눈물을 훔쳤다. 아랫것들이 보기라도 하는 날이면 자신보다 혹여 지아비에게 누를 끼칠까 하는 염려 때문이었다. 홍 씨는 울고 싶어도 마음대로 울 수 없는 자신의 처지가 너무나 한탄스러웠다. 여인으로서 누구나 지아비의 사랑을 받고 싶은 것은 당연지사. 특히나 성품 면에서, 학식 면에서, 재예 면에서 모두의 칭송을 받고 있는 사내라면 더욱 그러할 것이다. 그런 지아비가 다른 여인을 마음에 품고 있으니, 매일 밤 그리움으로 눈물을 흘릴 수밖에 없었다. 홍 씨 부인은 단 한 번만이라도 뒤에 서 있는 자신을 바라봐주길 고대하고 기다렸다. 그러나 그의 차가운 말 한마디가 가시가 되어 모든 것이 일순간 무너지고 말았다.

'왜 저를 이토록 아프게 하십니까? 한 번만이라도 저를 생각해보셨습니까? 저 또한 대군께 사랑받는 여인이고 싶사옵니다. 어찌 이리, 어찌 이리도……'

홍 씨 부인은 그간 참았던 말이 목구멍을 지나 입속까지 올라왔으나 혀를 말아 다시금 꾹꾹 집어삼켰다. 내뱉는다고 하여 달라질 것은 아무것도 없었다. 그녀는 더 이상 그들을 지켜보지 못하고 안채로 발걸음을 옮겼다. 대군을 원망하고 미워한들 무슨 소용이겠는가? 그 또한 연정이라면 연정인 것을.

평원대군은 그날 밤, 쓰러진 다래의 곁을 떠나지 않았다. 손수 물에 적신 천으로 그녀의 얼굴 구석구석을 닦아주며 서로 맞잡은 손을 놓지 않았다. 다래는 나쁜 꿈을 꾸는지 간혹 눈썹이 살짝 움직였다. 하얀 피부는 깨끗하다 못해 눈이 부실 만큼 투명했고, 입술은 석류처럼 붉었으며, 오뚝 솟아오른 코는 이름난 석공의 솜씨인 듯 잘 다듬어져 있었다. 대군은 자신의 엄지로 다래의 이마부터 코, 인중을 지나 입술까지 한 폭의 그림을 그리듯이 쓰다듬었다.

"여기가 어디옵니까?"

다래가 천천히 눈을 떠서 주변을 훑어보았다. 흐렸던 그녀의 눈동자에 찬찬히 빛이 들어왔다.

"괜찮은 것이냐?"

가까이 있는 사람이 다름 아닌 평원대군임을 확인한 다래는 급히 자리에서 일어나려고 했다. 그러자 대군은 그녀의 어깨에 손을 얹으며 다시 눕혔다.

"좀 더 누워 있거라. 미안하구나, 이런 고초를 겪게 하고. 널 볼 낯이 없다."

맺혀 있던 눈물이 다래의 볼을 타고 흘러내렸다. 대군은 잠시 잠깐 천장을 바라보았다. 그녀는 오히려 미천한 자신 때문에 궐에서 곤욕을 겪었을 대군 생각에 미안했다. 다래는 이불 위에 얹혀 있던 그의 손을 꼭 잡았다. 묵직하고 따뜻한 사내의 손이 마음속으로 조용히 들어왔다.

"아닙니다. 이 모든 것은 미천한 저의 잘못입니다. 보내주시옵소서. 그렇게 하시옵소서. 소녀 기다리겠사옵니다. 평생 기다리라 하시면 그리하겠사옵니다."

천장을 향해 있던 평원대군의 눈길이 아래로 향했다. 다래는 이것이 끝이 아니라는 것을 잘 알고 있었다. 그의 사저에서 더 이상 지체한다면 자신뿐만 아니라 평원대군마저 크나큰 곤경에 빠지게 될지도 몰랐다. 다래는 떠나기로 마음먹었다.

그 후에도 대군은 여러 차례 입궐하여 중전을 아뢰었지만, 모두 허사였다. 돌아오는 것은 다래를 죽이겠다는 말뿐이었다. 어쩔 수 없이 그는 눈물을 머금고 스승인 유어당에게 다래를 되돌려 보낼 수밖에 없었다. 평원대군은 무슨 수를 써서든 꼭 부왕과 중전을 설득하리라 마음을 다잡았다.

그러기에 앞서 중전에게 소문을 고한 자를 먼저 찾아야만 했다. 하지만 궁궐이 어떤 곳인가? 수만 개의 눈과 귀가 도처에 숨어 있는 곳이다. 평원대군의 잦은 입궐로 다래와의 일이 일파만파 궐 안에 퍼져나갔다. 대군이 하는 수 없이 사람을 시켜 은밀히 알아본바, 소문의 중심에는 계양군이 있었다. 무엇보다 계양군이 다래를 만나기 위해 하루가 멀다 하고 기방을 드나들었다는 사실도 알았다. 이 모든 것을 알게 된 평원대군은 계양군을 만나기 위해 그의 사저로 향했다.

"형님! 평원 형님께서 어인 일이십니까?"

뒤뜰에서 한창 활을 쏘던 계양군이 고개를 돌려 평원대군에게 인사를 건넸다. 대군은 그의 인사를 받는 둥 마는 둥 하며 아무 말 없이 옆에 있던 활에 화살을 꽂았다. 활시위를 팽팽하게 당긴 대군은 과녁을 향해 쏘았다. 활은 무서운 속도로 날아가 붉게 칠해져 있는 중앙에 정확히 맞았다. 계양군의 곁에 있던 머슴이 쏜살같이 달려가 과녁을 확인하고는 적중을 알렸다.

"형님! 언제 이리 실력이 느셨습니까? 하하하하."

계양군은 손뼉을 치며 평원대군을 향해 시원스레 웃었다. 그러나 대군은 무표정한 얼굴로 두 번째 화살을 시위에 꽂았다. 첫 번째와 마찬가지로 그는 과녁을 향해 시위를 팽팽하게 겨누었다. 하지만 그것도 잠시뿐, 과녁을 향해 있던 활이 갑작스레 방향을 틀어 계양군의 심장으로 향했다. 계양군은 대군의 돌발 행동에 깜짝 놀라 말을 잊었다. 곁에 있던 머슴 역시 하얗게 질린 얼굴로 그들을 쳐다볼 뿐이었다.

"어, 어찌 이러시는 겝니까, 형님!"

활시위를 당기고 있는 손이 미끄러지기라도 한다면 계양군은 그 자리에서 죽을 수도 있는 위기였다.

"내 여인을 탐했느냐?"

어렸을 때부터 봐왔던 자상한 평원대군의 얼굴은 그 어디에서도 찾아볼 수 없었다. 전혀 다른 사람처럼 자신을 노려보는 대군이 처음으로 두렵게 다가왔다. 그 눈빛은 사랑을 지키기 위해 죽음도 불사하겠다는 다짐과도 같아 보였다. 계양군의 이마에서는 비 오듯 땀이 흘러내렸다. 마른침이 좁아진 목구멍 사이로 계속해서 넘어갔다.

"잘못했소, 형님! 너그러이 용서해주십시오."

계양군이 서둘러 자리에 꿇어앉아 엎드렸다. 조각 난 자갈들이 무릎을 묵직하게 눌렀다. 평원대군은 꿇어앉아 엎드린 계양군을 내려다보며 팽팽하던 활시위를 내려놓았다.

"다시 한 번 더 내 여인을 탐하면 그땐 이 화살이 네놈의 심장을 뚫을 것이다. 명심 또 명심해라!"

평원대군은 들고 있던 활을 바닥으로 거칠게 내던지고는 대문을 빠져나갔다. 그때까지 사색이 되어 있던 머슴은 계양군 곁으로 달려가 일으켜 세우려고 했다.

"놔라!"

계양군은 비틀거리며 일어나 손에 묻은 잔돌과 모래를 털어냈다.

"이임, 네 이놈! 오늘 일은 내 저승에서도 잊지 않으마. 반드시 후회하게 만들어줄 것이야. 네놈의 사랑도, 죽고 못 사는 그 계집도 기필코 무너뜨리고 말 것이야."

계양군은 입에 가득 모여 있던 가래를 바닥으로 뱉었다. 계양군은 화살을 시위에 걸어 과녁을 향해 쏘고 또 쏘았다. 그의 손에서는 피가 흘러내렸지만, 그 어떠한 고통도 느껴지지 않았다.

그림자를 만나다

평원대군은 다래와의 약속을 지키기 위해 날이면 날마다 부왕과 중전을 찾았다. 그동안 등한시한 성균관에도 열심히 나가 수업을 듣고 부왕의 대업에도 적극적으로 참여하며 일을 도왔다. 틈틈이 짬을 내어 예전처럼 월릉정에서 다래를 만나 연인의 정도 나누었다. 서툴기만 했던 대군의 애정 표현도 날이 갈수록 아름다워졌고 짙어졌다.

"벌써 다 온 게야? 헤어지기 싫구나. 이 기나긴 하루를 어이 날꼬?"

기방 앞에 다다른 평원대군은 다래의 손을 꼭 틀어쥐었다. 다래는 대군의 세심한 배려로 기녀가 아닌 예인으로 지낼 수 있었다. 그녀는 그런 평원대군의 볼에 가벼운 입맞춤을 하고는 부끄러운 마음에 서둘러 대문을 열고 들어갔다.

"다음 날 보자꾸나."

볼이 불그스레해진 대군이 다래의 입술 자국이 남아 있는 볼에 손을 올리며 발걸음을 되돌렸다. 다래는 다시금 대문을 열고 나와 대군의 뒷모습을 오랫동안 바라보았다. 그의 모습이 완전히 보이지 않자, 다래는 잰걸음으로 어디론가 향했다. 저잣거리를 지나고, 개울을 건넜다. 한 식경 정도 걷다 마을을 벗어나 솔숲이 우거진 곳에 우두커니 멈춰 섰다. 솔숲으로 들어가기 전, 숨을 가다듬고는 방금 전 재촉했던 걸음걸이와는 다르게 발걸음을 천천히 숲으로 옮겼다. 발아래 흙 밟히는 소리가 간간이 들렸다. 그곳은 내원암이 있는 숲, 다래가 낯선 이들에게 납치되었던 장소였다. 숲이 워낙 우거져 대낮에도 하늘을 잘 볼 수 없다 하여 마을 사람들조차도 들어가기를 꺼리는 곳이었다. 그녀는 무서운 기억을 뒤로하고 앞을 향해 걸었다. 그때였다. 다래의 주변으로 서늘한 바람 한 줄기가 불었다. 살기가 섞여 있는 바람이었다. 다래는 바짝 긴장을 하며 마른침을 입술에 묻혔다. 검은 물체가 하늘로 한차례 솟구치더니 곧 내려와 그녀의 머릿결을 가볍게 스쳤다.

"아가씨, 어찌 이곳에 발걸음을 하셨습니까? 돌아가십시오!"

묵직하고 굵은 말소리가 들리자, 그제야 다래는 긴장이 풀린 듯 숨을 크게 몰아쉬었다. 그러고는 싱긋 웃으며 뒤로 돌았다. 그곳에는 검은 복면을 한 사내가 서 있었다.

"이렇게라도 하지 않으면 문이 오라버니를 만날 수 없으니깐."

홍문은 다래가 평원대군의 사저에서 나온 이후로 그녀가 어디에 있든 그림자처럼 늘 곁에 머물렀다. 하지만 그녀가 위험하

123

지 않은 이상 모습을 드러내는 일이 없기에 다래의 입장에서는 그를 만나기 위해 스스로를 위험에 빠뜨려야만 했다. 홍문은 고개를 숙인 채 그저 묵묵히 듣고 있을 뿐 그 어떠한 행동도 취하지 않았다.

"날씨가 차갑습니다. 어서 거처로 돌아가십시오. 소인 놈이 아가씨의 뒤를 따르겠습니다."

한결 말투가 부드러워진 홍문은 숙이고 있던 고개를 들었다. 검은 천으로 얼굴을 감싸고 있어 그의 표정은 볼 수 없었으나, 눈매만큼은 매우 날카롭게 느껴졌다. 어두컴컴한 앞길을 먼저 살피기 위해 홍문은 한 발 앞섰다. 다래는 그 기회를 놓칠세라 그의 등에 대고 조심스레 말을 꺼냈다.

"문이 오라버니! 나⋯⋯."

한발 앞서 가던 홍문은 그녀의 말에 그 자리에 멈춰 섰다.

"⋯⋯."

깊고 짙은 침묵이 솔숲을 훑으며 민가가 있는 쪽으로 서서히 빠져나갔다.

"그날 밤, 나를 구해준 이가 문이 오라버니라는 것을 단박에 알았어. 어렸을 적, 내가 잃어버린 줄만 알았던 댕기. 그 댕기가 아니었다면 오라버니를 몰라볼 뻔했어."

누군가에 의해 납치되던 그날 밤, 감나무 옆에 떨어져 있던 댕기가 다래의 눈에 들어왔다. 그 댕기는 어렸을 적 아끼던 것으로, 어미가 직접 한 땀 한 땀 수놓은 것이었다. 잃어버린 줄만 알았던 댕기였는데 홍문이 가지고 있으리라 생각지도 못했다. 그 후 다래는 홍문을 만나려고 몇 번이나 노력했지만 위험하다는 이유로 대군의 사저에서 단 한 발자국도 움직일 수 없었다. 무엇보다 어미가 무슨 까닭으로 누구에게 죽음을 당했는지 알고 싶었다.

"오라버니는 어머니가 왜 죽음을 당했는지 알고 있지? 내가 누구야? 나는 어디서 왔고? 내 아버지는 어떤 분이셨어? 아무리 천것이라 하여도 근본이 없는 건 아니잖아! 생각이라는 것을 할 수 있는 나이가 되면서부터 수백 번, 아니 수천 번 나에게 되물었던 물음이야. 어머니는 내가 물어보면 말문을 닫고 울기만 하셨어. 오라버니는 알고 있지, 내가 누구인지? 알면 안 되는 뭔가가 있는 거지, 응?"

그녀의 두 눈은 이미 촉촉하게 젖어 여느 때보다 아름답게 빛났다. 잠시 발걸음을 멈추었던 홍문은 다시금 앞을 향해 한 걸음 떼었다. 그의 발아래에서 흙 밟히는 소리만 들릴 뿐. 뭔가 다시 되물어주길 기대했던 다래는 실망스러운 눈빛으로 홍문에게 있는 힘껏 소리를 질렀다.

"왜? 왜? 뭐라고 말 좀 해봐. 제발, 오라버니!"

다래는 서러움에 겨워 코를 실룩거렸다. 마침내 참고 있던 울음이 터졌다. 마치 속에서 뜨거운 불덩어리를 밖으로 게워내듯 꺼억꺼억 서러운 울음이었다. 홍문은 흔들리는 다래의 어깨에 천천히 손을 가져갔지만 차마 얹지 못하고 금세 거두었다. 주저앉아 울고 있는 그녀의 옆에 검을 내리고 차분히 앉았다. 긴 한숨을 내쉬듯 홍문이 입술을 떼었다.

"돌아가신 마님께서 말씀하지 않으셨다면 분명 그만한 연유

가 있을 것이옵니다. 허나 소인 놈이 한 가지 확실하게 답해드
릴 수 있는 것은 아가씨께서는 대군 나리께 어울리실 만큼 분명
귀한 분이셨습니다."

홍문은 이 말을 끝으로 더 이상 다래의 출생에 대해 그 어떤
말도 하지 않았다. 다래 또한 홍문을 힘들게 하고 싶지 않아 더
는 묻지 않았다. 밤이 깊어지자 어디선가 올빼미 한 마리가 울
음을 토하며 그들의 곁을 맴돌았다. 어둠이 어느 한 곳 빼놓지
않고 고루고루 숲에 내렸다. 침묵을 먼저 깬 것은 다래가 아니
라 홍문이었다. 슬픈 그녀의 얼굴을 더는 보고 싶지 않았다.

"아가씨를 처음 보았을 때가 생생하게 기억납니다. 세속에
대한 원망으로 똘똘 뭉친 버러지만도 못한 놈에게 아장아장 걸
어와서는 환히 웃어주셨습니다."

다래는 옷소매로 눈물을 닦으며 비로소 홍문을 똑바로 쳐다
보았다. 비록 얼굴 가운데 칼자국이 깊게 패어 있긴 했으나, 조
선 팔도 어디에서도 보기 드문 잘생긴 얼굴이었다. 다래 또한
짧은 한숨을 내뱉으며 그동안 마음속에만 묻어둔 말을 꺼냈다.

"연모하는 이 곁에 머물고 싶다는 게, 그리 큰 욕심일까?"

다래의 슬픈 넋두리가 구슬프게 들렸다. 칠흑 같은 어둠보다
더욱 짙은 목소리였다. 멈췄던 그녀의 눈물이 다시 볼을 타고
흘러내렸다. 그 모습에 홍문의 마음 또한 아려왔다. 그리 큰 욕
심이 아니라 말하고 싶었지만 입이 떨어지지 않았다. 그는 애꿎
은 칼자루를 힘껏 틀어쥐었다.

"문이 오라버니, 이거!"

다래는 손에 들고 있던 댕기를 홍문에게 건넸다. 그녀가 아주 어렸을 때 특별한 날이면 묶었던 댕기다. 진달래꽃 색깔에 삼단으로 층을 내어 길게 늘어뜨린 댕기. 머리를 묶는 윗부분에는 천이 두세 겹 접혀 있고 가운데에 하얀 금낭화가 수놓아져 있었다. 아주 작은 복주머니가 바람에 따라 살랑살랑 움직이는 어여쁜 댕기였다. 잠깐 동안 끊어졌던 그들의 연이 댕기 덕분에 다시금 이어졌다. 그녀는 홍문을 한동안 바라보았다.

홍문은 다래의 까만 눈동자 속으로 빨려 들어가는 것만 같았다. 다래 모녀를 찾기 위해 홍문은 함길도뿐만 아니라 조선 팔도 구석구석을 다녔다. 하늘 아래 혼자뿐인 그에게 다래 모녀는 유일한 가족이었다. 다래는 홍문, 그가 살아 숨 쉬는 이유였다. 다래의 곁이라면 평생 그림자로 남아도 괜찮다는 생각이 들었다. 지켜주고 싶었다. 그냥 그것뿐이었다. 다래가 홍문의 어깨에 머리를 기대었다. 상쾌한 창포 향이 바람을 타고 올라왔다.

"오라버니! 나 대군 나리가 참 좋아. 정말 그분을 만나지 못했더라면, 나는 어떻게 되었을지 몰라. 어머니가 갑작스레 돌아가시고 나 진짜 많이 힘들었거든."

홍문은 하늘을 올려다보았다. 쭉쭉 하늘로 뻗은 소나무들 사이로 별들이 반짝였다. 쓸쓸하게 보이는 별빛 사이로 다래의 이야기는 계속 이어졌다.

"나 같은 천것을 만나지 않았더라면, 지금처럼 힘들지 않으셨을 텐데. 괜히 나 같은 것 때문에……."

서러움이 목구멍 사이로 자꾸만 비집고 올라와 다래는 더 이상 말을 이을 수가 없었다.

"괜찮으실 겁니다. 대군 나리를 힘들게 하는 이가 다름 아닌 아가씨라, 그것마저 행복하실 것이옵니다."

홍문의 따뜻한 말에 다래는 고개를 들었다. 하늘에 있는 별을 그대로 따다놓은 듯, 다래의 눈동자가 반짝였다. 그는 다래 때문에 곤욕을 치르고 있을 평원대군이 괜스레 부러웠다. 자신이 해줄 수 없는 것도 대군이라면 가능했다. 다래를 향하는 자신의 마음 따위는 상관없다. 접으라면 한 치의 망설임도 없이 잘라낼 각오로 홍문은 살아왔다. 그녀가 여인으로서 행복해질 수만 있다면, 칠푼이라, 팔푼이라, 손가락질을 받는다 해도 괜찮다. 다래가 행복할 수 있을 때까지, 그녀 뒤에 있어줄 뿐이다. 언제든지 쉬고 싶을 때 쉴 수 있게 지금처럼 손 뻗으면 닿는 곳에 있어줄 것이다. 그러다 자신의 존재가 다래에게 부담으로 다가오는 날, 연기처럼 구름처럼 떠나기로 홍문은 마음을 다잡았다. 다래는 그런 그의 마음도 모른 채 환하게 웃었다.

"오라버니, 고마워! 속에 있는 이야기를 꺼내고 나니까, 홀가분해! 마음 털어놓을 곳이 있다는 게, 이렇게 행복한 일인지 몰랐어. 오라버니를 다시 만나 참으로 다행이야."

다래는 자리를 박차고 일어났다. 그러고는 두 팔을 벌려서 숲 깊은 곳에서 불어오는 바람을 꾸역꾸역 속으로 집어삼켰다. 짙은 솔가지의 향과 밤공기가 한데 어울려 그들 사이를 스쳐 지났다. 홍문의 뻥 뚫린 가슴에도 서늘한 바람 한 줄기가 스며들었다. 시리도록 아픈 바람이었다.

홍문

앞서가는 다래와 한 발자국 뒤에서 걷는 홍문. 그들은 꼭 그만큼의 거리를 두고 살아왔다. 다래는 홍문 곁으로 다가서길 원했으나, 그는 늘 뒤에서 따랐다. 어느새 둘은 기방 대문 앞에 다다랐다. 밝게 웃으며 다래가 뒤를 돌아보았다.

"문이 오라버니!"

"아가씨, 어서 안으로 드십시오!"

홍문은 다래에게 무뚝뚝하게 인사를 건네고는 왔던 길로 다시 돌아섰다. 다래는 다정하게 인사를 하고 싶었지만, 하는 수 없이 안으로 들어섰다. 대문이 닫히는 소리와 함께 홍문이 멈춰섰다. 홍문은 다래가 들어간 대문을 물끄러미 바라보았다. 아니, 노려보았다고 하는 편이 맞을지도 몰랐다. 잠시 시간이 흐르고 회화나무 위에서 사내 하나가 땅으로 내려왔다. 그림자 하나가 움직이는 것을 확인한 홍문은 민첩하게 몸을 놀려 나무 뒤로 숨었다. 아래로 내려온 그림자가 기방 담을 막 뛰어넘으려고 하는 찰나 차가운 칼날이 그의 목에 들어왔다.

"산 아래에서부터 왜 뒤를 밟았느냐?"

그림자는 뒤로 돌아보려 했으나, 홍문은 틈을 주지 않고 칼날을 세웠다. 사내의 볼을 타고 흘러내린 땀방울이 홍문의 검에 서서히 스며들었다.

"누가 시킨 것이냐? 어서 말해라!"

홍문이 칼날을 조금 더 바짝 사내의 목에 가져다 대자 어느새 핏방울이 맺혔다. 긴장한 사내의 목젖이 위로 잠시 올랐다 내려 갔다. 하늘은 구름 한 점 없이 맑았다. 멀리 종각에서는 통행금 지를 해제하기 위한 종이 울렸다. 종소리와 함께 부엉이 울음소 리가 회화나무 위에서 들렸다. 홍문은 나무를 올려다보았다. 바로 그때, 하얀 가루가 그의 머리 위로 쏟아졌다. 가루가 눈에 들어가지 않게 하려고 그는 팔을 들어 올렸다. 그림자는 그 기회를 놓칠세라 홍문을 세게 밀쳤다. 그 힘이 어찌나 센지 홍문은 한쪽 무릎을 바닥에 꿇었다. 두 사람의 그림자는 홍문이 잠시 정신을 못 차리는 틈을 이용해 순식간에 어둠 속으로 자취를 감 추었다.

피를 흘리며 쓰러져 있는 여인 옆에서 어린 소년이 하늘이 무 너져라 오열하고 있었다. 그 뒤로 보이는 마을은 화염에 휩싸여 벌겋게 타올랐다. 살이 타는 냄새는 헛구역질이 올라올 정도로 고약했다. 사방은 온통 여진족의 칼날에 쓰러져가는 사람들의 비명과 살려달라는 울부짖음뿐이었다.

조선 초, 태종은 국경에 인접해 있던 여진족을 회유하려고 했지만, 여진족은 복속되기를 거부하고 틈만 나면 두만강을 넘어와 무차별적인 약탈과 살생을 저질렀다.

"어마이! 날래 일라보라우!"

어린 소년은 숨이 끊긴 지 오래되어 보이는 여인을 마구 흔들었다. 그러나 이미 축 처진 몸뚱이는 소년의 손놀림에 의해서만 조금씩 움직일 뿐 그 어떤 미동도 없었다.

"저기 생쥐 하나가 더 있다! 어서 죽여라!"

부녀자들의 머리채를 잡아끌고 나오던 여진족 중 한 명이 소년을 가리켰다. 무리 중 일부는 납치한 부녀자들을 끌고 먼저 떠났고, 두 명의 여진족은 소년에게로 점점 다가왔다. 그들은 소년과 눈이 마주치자 누런 이빨을 드러내고 웃었다. 바닥에 질질 끌리는 차가운 도끼날이 흙과 서로 맞부딪쳐 내는 소리는 억울하게 죽은 영혼의 목소리처럼 강렬하게 울렸다. 소년은 그제야 정신을 차렸지만 이미 때는 늦었다. 그는 자신의 무릎 옆에 있던 돌을 거머쥐었다. 그사이 그들 중 하나가 소년의 머리를 낚아챘다. 소년은 있는 힘껏 몸을 돌려 손에 들고 있던 돌로 여진족의 얼굴을 사정없이 후려쳤다.

"억!"

갑작스럽게 얼굴을 가격당한 여진족은 두 손으로 자신의 얼굴을 감쌌다. 풀려난 소년은 거친 숨을 몰아쉬었다. 여진족의 얼굴에서는 검붉은 피가 뚝뚝 떨어졌다. 바닥은 어느새 피로 흥건히 물들었다. 몇 보 뒤에서 따라오던 또 다른 여진족은 그 광경을 보고 알 수 없는 괴음을 한차례 질렀다. 그러고는 철퇴보다 더 큰 주먹으로 소년의 뺨을 날렸다. 엄청난 소리와 함께 소년은 공중으로 날아올라 담장 위로 떨어졌다. 공격을 당한 여진족이 어느 정도 정신이 돌아오자 숨을 내쉬며 얼굴 위로 흘러내리는 피를 손으로 쓸어내렸다. 그러고는 곧장 담장 위에 쓰러져 있는 소년에게로 다가갔다. 다친 소년은 움직일 수 없었다. 그러나 자신보다 몇 배로 덩치가 큰 적수를 노려보는 눈빛만큼은 살아 있었다. 여진족은 입에 고인 피를 도끼 위에 내뱉더니 소년에게 욕설을 퍼부었다. 그는 소년을 내리치기 위해 도끼를 번쩍 들어 올렸다. 죽음의 순간에서마저 소년은 담담하게 그들을 향해 고함쳤다.

"날래 죽이라우! 흐흐흐."

위기의 순간조차 여유롭게 웃으며 자신을 죽이라고 소리치는 소년에게 도끼가 내려왔다. 소년은 눈을 감았다. 아주 짧은 순간이었지만, 행복했던 기억들이 천천히 눈앞을 스쳤다. 눈물한 방울이 소년의 볼을 타고 내렸다. 그 눈물이 바닥에 떨어지려는 찰나 자신을 향해 내려오던 도끼가 방향을 바꿔 옆으로 힘없이 떨어졌다. 바닥으로 둔탁한 뭔가가 떨어지는 소리에 소년은 눈을 번쩍 떴다. 가슴에 활을 맞은 여진족이 두 눈을 부릅뜬채 서 있었다. 곧 화살 하나가 더 날아와 그의 머리에 정확히 꽂혔다. 그제야 여진족은 바닥으로 털썩 주저앉으며 소년 쪽으로 쓰러졌다.

"괜찮은 것이냐?"

소년은 자기 위에 쓰러진 시체를 힘겹게 밀어젖혔다. 그리고 쏟아지는 햇살을 손으로 가린 채 앞을 바라보았다. 그곳에는 젊은 무사가 빙그레 웃고 있었다.

이마에 송골송골 땀이 맺혔다. 무슨 나쁜 꿈이라도 꾸는지 이마에는 주름이 잡혔다가 펴지기를 거듭했다. 노인은 젖은 천으로 홍문의 이마에 맺힌 땀을 훔쳐내기에 바빴다.

"대, 대……."

고개를 양옆으로 흔들며 신음하던 홍문이 두 눈을 번쩍 떠서 허공을 노려보았다. 땀을 닦기 위해 이마로 가져가던 노인의 손이 일순간 멈췄다.

"정신이 드는 게야?"

열려 있던 동공에 서서히 빛이 찾아들었다. 홍문은 긴 한숨을 내뱉으며 다시금 눈을 감았다 떴다.

"어르신! 제가 왜 이곳에 와 있습니까?"

"그건 내가 네놈에게 더 묻고 싶은 말이다. 대체 어디서 이런 맹독에 당했느냐?"

맹독이란 말에 홍문은 자기 옷섶 사이로 손을 깊숙이 넣었다.

"이것이 무엇인지 아시겠습니까?"

그는 찢긴 천 조각을 조심스레 노인에게 건넸다. 천 조각을 건네받은 노인은 안에 있던 흰색 가루를 엄지와 검지를 이용해 집어 들었다. 그는 집어낸 가루를 코로 가져가 냄새를 맡았다.

한참을 킁킁대며 냄새를 맡던 노인은 눈을 번쩍 뜨더니, 텅 빈 눈동자를 희번덕거리며 이리저리 굴렸다.

'맹인의 눈을 뜨게 할 만큼 독한 독이란 말인가?'

홍문은 어떤 종류의 맹독이기에 눈이 먼 노인마저 놀라게 하는가 싶어 내심 불안함을 감출 수 없었다. 노인은 손가락에 묻어 있던 가루를 입에다 가져다 대었다.

"퉤, 퉤! 이건?"

노인은 방문을 열고 마당에 침을 몇 번이고 내뱉었다. 푸른빛을 띠던 그의 얼굴이 점점 붉게 타올랐다.

"도대체 이것이 무엇이란 말이옵니까?"

홍문의 되물음에 뜸을 들이던 노인이 천천히 입을 떼었다. 홍문은 노인의 이야기를 좀 더 자세히 듣기 위해 고개를 약간 앞으로 기울였다.

"이것이 무엇인가 하면, 마전자라는 독이지."

"마전자?"

"지난번 네가 가져온 가루와 같은 것이니라."

홍문은 얼마 전 죽음을 당한 다래 어미가 떠올랐다. 다래 어미가 자신을 찾아 내원암으로 왔던 그날 밤, 홍문은 그녀를 만나기 위해 기방으로 향했다. 엇갈리지만 않았어도 죽음을 피할 수 있었을 것이라는 생각이 들자 마음이 아팠다. 칼날에 깊게 베인 상처 이외에도 단검 하나가 다래 어미의 복부에 박혀 있었다. 복부에 꽂혀 있던 단검에는 말라버린 피와 가루가 남아 있었다. 홍문은 단검에 묻어 있던 가루를 긁어모아 노인에게 가져다주었다.

마지막으로 다래 어미를 저잣거리에서 봤을 때, 분명 댕기 속 서찰에 대해 할 말이 있어 보였다. 그것이 이번 사건과 무관하지 않다는 것을 직감적으로 느꼈다. 홍문은 이런 위험천만한 일에 다래를 끌어들이고 싶지 않았다. 다래는 자신의 목숨을 걸고서라도 끝까지 지켜주고 싶은 유일한 여인이었다.

"에, 헴, 헴, 푸."

골똘히 생각에 잠겨 있는 홍문에게 노인은 헛기침을 내뱉었다. 그제야 그는 정신을 차리고 노인을 바라보았다. 노인은 가래가 걸쭉하게 걸린 목소리로 말했다.

"그때 여인의 몸에서 단검과 함께 나온 가루에는 피가 섞여 있어 무엇인지 잘 몰랐는데. 이제는 확실하구먼!"

온 힘을 다해 노인은 눈을 치켜떴다. 텅 빈 눈동자는 마치 홍문을 노려보는 것처럼 보였다.

"마전자라는 독은 두만강 위쪽에서 자라는 마전이라는 나무의 씨로 말린 것이다. 약재로 쓰일 때는 소량으로도 염증을 가라앉히고 부기를 빼주며 통증까지 멎게 하는 것으로 알려져 있지. 헌데 이놈을 햇빛에 몇 날 며칠 말려서 가루로 만들어 다량으로 먹거나 몸에 스며들게 할 경우 아주 치명적이다. 주로 헛것이 보이면서 서서히 오장이 굳어가고, 육부가 틀려 죽게 되는 맹독 중에 맹독이라 할 수 있지."

그러고 보니 다래 어미 또한 배에 난 얕은 상처보다 독에 당했을 가능성이 높아 보였다. 노인의 말이 끝남과 동시에 홍문은 갑작스레 오른쪽 눈에 통증이 몰려왔다. 뾰족한 뭔가가 계속해서 눈동자를 쑤시며 안으로 들어가는 것만 같았다. 홍문은 고통을 잠재울 요량으로 손을 눈에 가져다 지그시 눌렀다.

"어이! 만지지 말거라. 해독제로 시료를 해놓았으니, 곧 괜찮아질 것이다."

"고맙습니다."

노인은 천장을 쳐다보며 곰방대에 담배 가루를 넣었다. 불을 붙여 쭉쭉 빨자 불씨가 일어났다. 한참 연기를 머금고 있던 그가 푸우 하고 밖으로 내뱉었다. 알싸한 매운 연기가 방 안을 한가득 채웠다.

"간혹 앞이 흐려 보이지 않을 것이다. 그나저나 마전자는 주로 함길도 추노꾼들이 많이 쓰는 것인데. 어찌하여 여기까지 왔는지. 엠!"

추노꾼이라는 말에 홍문은 깜짝 놀라 노인의 곁으로 바짝 다가갔다. 저잣거리에서 다래 어미를 쫓던 놈들과 다래의 뒤를 밟은 놈들은 분명 동일한 자들 같았다.

"뭐라 했습니까? 추노꾼이라 하셨습니까?"

홍문의 뜨거운 숨결이 노인의 코끝을 가볍게 건드렸다. 노인도 그의 숨결이 닿자 코끝을 살짝 들어 올렸다. 추켜올린 코끝에 여러 겹으로 주름이 잡혔다. 미묘하게 움직이는 노인의 마음을 눈치챈 홍문은 자리에서 일어났다. 하지만 곧 눈 주위로 통증이 몰려왔다.

"아직도 덜 나았으니. 다시 눕거라!"

노인의 말이 채 끝나기도 전에 홍문은 신음을 내뱉으며 머리 맡에 놓여 있던 검을 잡았다. 방문을 열자 마당에 고여 있던 찬 바람이 휘몰아쳤다. 바람 한 줄기가 홍문의 다친 눈을 더욱 시리게 했다.

"어르신, 고맙습니다! 알아볼 게 있어서……. 잠시 도성을 비우겠습니다."

홍문은 앞도 보이지 않는 노인에게 몇 번이고 고개를 숙여 인사를 건넸다. 노인은 그의 결심을 꺾을 수 없음을 알고는 더 이상 말리지 않았다.

"자! 옜다."

떠나는 홍문을 향해 노인이 마당으로 뭔가를 던졌다. 가죽으로 된 물통 하나가 그의 앞에 정확히 떨어졌다.

"해독하는 약이다. 잊지 말고 자주 눈에 넣어라. 무엇보다 당분간 눈에 힘을 주는 일은 없도록 해라. 자칫 실명할 수도 있으니. 내 말 허투루 흘려듣지 말고!"

말을 마친 노인은 킁킁 콧물을 몇 번 들이마시고는 목에 걸려 있던 가래를 모아 마당에 한차례 내뱉었다. 홍문은 그런 노인을 향해 가벼운 목례를 하고는 사립문을 서둘러 빠져나갔다.

연정

　이른 시각부터 춘향각에서는 가야금 소리와 뒤섞인 유어당
의 호통이 안채에서 쪽문을 넘어 기방 뜰까지 새어 나갔다. 초
겨울 추운 날씨임에도 그녀의 꾸지람은 좀체 그칠 생각을 하지
않았다.

　"처마 끝에 비가 모여 물항아리에 떨어지듯 가볍게 튕기라
그리 일렀거늘. 이리 둔탁한 음에 단 한 사람의 마음이라도 움
직일 수 있는 줄 아느냐?"

　유어당은 앞에 앉아 있는 다래의 손을 장구채로 찰싹 때렸다.
다래의 뒤에 있던 동기생들은 모두 스승의 호통에 바짝 긴장했
다. 동기생 중에서 다래가 모든 것에 월등히 뛰어났지만, 무엇
보다 가야금을 다루는 솜씨는 더할 나위 없이 훌륭했다. 그도
그럴 것이, 다래는 조선 최고의 악사인 박연에게 틈틈이 가르침
을 받고 있었다. 다래가 다시 가야금 위에 손을 얹었다. 그러고

는 오른손으로 맨 위에 있는 줄을 튕겼다. 곧이어 왼손으로 앞서 나간 소리의 끝을 잡아 낚아챘다. 월릉정 호수에 핀 연꽃 주위로 파문이 일듯이 음이 점점 옅어지자 다시금 두 번째 줄을 튕겼다. 마치 잔잔했던 물 위에 둥근 결이 재차 일어나는 것처럼 느껴졌다. 음은 이제 다래의 손가락 사이사이를 넘나들었다. 그 소리는 처마 끝에서 빗방울이 잔잔히 부서지며 햇살에 반짝이는 것처럼 아름다웠다. 안채에 있는 사람들뿐만 아니라 기방에 있던 사람들까지 모두 몰려와서는 다래의 가야금 소리를 들었다. 하나같이 촉촉이 눈가가 적셔졌다.

'대군 나리!'

다래는 평원대군과 뜻하지 않게 헤어지면서 심신이 많이 지쳐 있었다. 그렇게 좋아하던 가야금도 춤도 귀찮아졌다. 중궁전에서는 사람을 풀어 늘 다래와 평원대군의 뒤를 밟았다. 편히 대군을 만나는 건 옛날 일처럼 멀게만 느껴졌다. 하지만 유독 다래의 가야금 소리를 좋아했던 평원대군, 그와의 추억을 생각하니 모래바람만 불던 다래의 마음에 흰 꽃이 피어났다.

'연정이라는 것이, 그리움이라는 것이 이렇게 고통스러운 줄 알았더라면 처음부터 품지 말 것을.'

눈물 한 방울이 톡 하고 떨어져 가야금 위에 스며들었다. 떨어진 눈물방울은 시간 속에 잠들어 있던 음률을 깨웠다. 그때였다.

"나리! 이러시믄 안 된당께요."

"이년이, 내가 누군지 알고 앞을 가로막는 것이냐! 네년이 정녕 물고가 나봐야 길을 틀 것이냐?"

안채로 연결되는 쪽문 앞에서 두향과 한 사내의 실랑이가 한 참이었다. 사내의 손에 술병이 들려 있는 것을 보니 꼭두새벽부터 술에 취한 파락호쯤으로 보였다. 다래의 가야금은 다툼 때문에 멈췄다. 소리가 멈추자 안채 마당에 모여 있던 사람들의 시선이 모두 쪽문으로 쏠렸다.

"에잇, 고얀 년!"

사내는 막아서고 있는 두향의 어깨를 잡아 옆으로 밀치며 문을 힘껏 찼다. 거침없이 들어서던 사내가 누각 위에 있던 다래를 보자 멈춰 섰다. 사내의 눈에는 다래가 마치 한 송이 꽃처럼 아름답게 보였다.

"계양군 나리가 아니십니까?"

유어당의 놀람에 계양군은 정신을 차리기 위해 고개를 서너 번 세차게 흔들었다. 술을 얼마나 마셨는지 누각 위에서도 막걸리 삭힌 냄새가 진동할 정도였다. 유어당은 다급히 아래로 내려와 예를 갖추고 주변에 모여 있던 기방 사람들을 물렸다. 사람들은 그녀의 손놀림에 스르르 썰물 빠지듯 문을 빠져나갔다.

"이른 시각에 어인 일로 기방을 찾으셨습니까?"

유어당을 바라보던 계양군의 눈이 게슴츠레 바뀌었다. 그 눈길은 곧 뒤에서 고개를 숙이고 있던 다래에게 향했다.

"네년이 내가 보낸 서찰도, 그리고 한번 만나달라는 부탁도……."

복받쳐 올라오는 감정 탓에 계양군은 말을 마저 내뱉지 못했다. 그는 들고 있던 술병을 마당으로 세차게 던졌다. 술병은 산산조각이 났다. 조각 난 술병 사이로 남아 있던 술이 흘렀다. 시큼한 냄새가 바람을 타고 마당 구석구석으로 흘러들었다.

"이럴 것이 아니오라, 우선 안으로 드시지요. 이곳은 보는 눈이 많사옵니다."

유어당은 감정이 격해진 계양군을 달랠 요량으로 자운당 쪽으로 길을 잡았다. 그러나 곧이어 칼날보다 더 날카로운 그의 목소리가 쩌렁쩌렁하게 울렸다.

"봐라! 눈이라 했느냐? 눈이 무섭다고 했느냐? 그럼 눈깔을 모조리 뽑아버리면 그만이니라."

계양군이 다래를 막아서고 있던 유어당의 팔을 거칠게 잡아당겼다. 몸이 옆으로 쏠려 쓰러질 뻔했지만, 유어당은 다시 제자리로 돌아가 다래를 감쌌다. 다래는 자신을 감싼 그녀의 팔을 아래로 내리며 고개를 끄덕였다. 유어당은 걱정스러운 눈빛으로 다래를 잠시 바라보다 곧 자리에서 물러났다.

"평원대군의 무엇이, 그 무엇이 너의 마음을 빼앗아 간 것이냐? 도대체 무엇이?"

다래의 코앞까지 다가간 계양군의 목소리에는 분노가 서려 있었다.

"여인이 사내에게 연정을 품는 데 무슨 이유가 있겠사옵니까? 그저 그분 곁에 제가 있음이 좋을 뿐이옵니다."

차분하고 아름다운 다래의 목소리가 계양군의 심장을 콕콕 찔렀다. 다래의 대답이 곧 계양군 자신이 하고 싶은 말이었기에 더욱 그러했다.

"그럼 나에게도 너의 마음을 좀 주면 아니 되겠느냐? 보고 싶었다. 그리워했느니라."

한결 누그러진 계양군의 목소리가 애절했다. 다래도 그것을 느끼고 있었지만 차갑게 그의 마음을 끊었다.

"이년이 하나이듯 담을 수 있는 마음도 하나뿐이옵니다."

계양군은 풀썩 주저앉았다. 그는 주먹으로 바닥을 내리쳤다. 손등에 붉은 피가 맺혔다.

"네년을 관비로 만들어서라도 내 너를 반드시 취하고 말 것이다."

계양군은 급히 달려온 머슴들에 의해 자리에서 일어났다. 다리에 힘이 풀렸는지 아니면 술 때문인지 그는 걸음조차 제대로 걷지 못했다. 머슴들은 계양군의 팔을 각자 하나씩 나눠 잡았다.

"놔! 놓으란 말이다. 놓지 못할까? 네놈들도 내가 그리 우습게 보이느냐?"

가래를 끌어 올려 마당에 내뱉은 계양군은 도포를 휘날리며 춘향각을 빠져나갔다. 기방 사람들은 모두 그가 저잣거리로 사라질 때까지 수군덕댔다.

그렇게 한차례 폭풍이 지나고 저녁이 되자 기방에 손님들이 모여들었다. 평원대군은 화의군과 함께 기방으로 걸음 했다. 날이 갈수록 중전의 감시가 심해 대군은 다래와 자주 만날 수 없었다. 그는 다래와 함께하기 위해 백방으로 노력에 노력을 거듭하고 있었지만 쉬운 일이 아니었다. 화의군을 대동한 것은 중전의 눈을 피할 요량이기도 했지만, 무엇보다 평원대군은 장악원 제조로서 꽃피는 봄에 있을 부왕의 탄신 경축 연회에 관하여 유어당과 상의할 일이 있어 기방을 찾았다.

방문이 열리고 유어당이 조심스레 들어섰다. 예를 갖춘 그녀는 곱게 절을 올렸다. 평원대군과 화의군 역시 유어당을 향해 가볍게 목례를 했다. 유어당은 손을 가지런히 모으고 앉아 그들의 말을 듣기 위해 귀를 기울였다.

"바쁘신데 이렇게 시간을 내주어 고맙소."

유어당을 향해 화의군이 먼저 입을 떼었다. 그녀는 그저 가볍게 고개를 숙이는 것으로 답을 대신했다.

"음력 5월 여드렛날 아바마마의 탄신 경축 연회가 열리오. 그러니 스승께서 만전을 기해 준비해주시오. 그날은 명나라 사신도 참석하는 큰 연회가 될 것이니 더욱 신경 쓰셔야 합니다."

녹차를 마시던 평원대군이 찻잔을 내리며 말을 이었다. 그러고는 뭔가 할 말이 있는 듯 곁에 있던 화의군의 눈치를 살폈다. 화의군은 그런 대군의 낌새를 알아차리고 곧 자리에서 일어났다.

"대군 나리! 말씀하소서."

"다름이 아니라, 이번 연회에 다래와 함께하였으면 좋겠소. 그 아이의 재예가 뛰어나니 더욱 수련한다면 가능할 것이라 보오. 연회가 있는 날 아바마마와 어마마마께 꼭 그 아이를 보여드리고 싶소이다. 평생 함께할 수 있도록 목숨 걸고서라도 아뢰어볼 참이오. 그러니 스승께서 내 부탁을 거절하지 말아주시오."

평원대군은 그 어느 때보다 더욱 진심을 담아 말했다. 그러나 유어당의 표정은 평소보다 냉정했다. 차가운 표정만큼이나 서늘한 말투가 이어졌다.

"지금도 그 아이를 아프게 하시면서, 더 아프게 하시려고 그러십니까? 천한 아이라 그리 대하시는 것입니까?"

한숨을 폭 내쉬며 대군의 고개가 점점 아래로 꺾였다. 유어당의 말은 결코 틀린 말이 아니었다. 자신의 신분 때문에 다래를 힘들게 하고 있다는 말은 어쩌면 당연한 말이었다. 한낱 욕심을 채우고자 사랑하는 여인을 더욱 고통스럽게 하는 것은 아닌지 늘 마음 한편이 무거웠던 대군이었다.

"욕심이라는 거 알고 있소. 그 아이를 지켜주고 싶소. 그래서 놓으려고도 해봤지만……. 헌데 스승! 놓으려 노력하면 할수록 그 아이가 생생하게 떠오르오. 왕자의 신분이 참으로 싫소. 그저 민초였더라면 마음에 품은 여인과 한세상 오순도순 살아가는 것도 괜찮겠다, 그리 생각하였소."

유어당은 평원대군의 인품을 그 누구보다 잘 알기에 그 마음이 진심이라는 것이 느껴졌다. 대군의 굵고 낮은 목소리가 살짝 떨렸다. 지금도 다래가 너무나 그립고 보고 싶었다. 유어당은 그런 대군의 앞에서 평정심을 잃지 않기 위해 애를 썼다.

"당장 수련에 들어가겠사옵니다. 허나 수련에서 견디지 못한다면, 다래는 연회에 나갈 수도 또한 이년의 제자가 될 수도 없

144

다는 것을 말씀드리고자 하옵니다."

유어당은 여악 행수답게 춤에 있어서만큼은 단호하고 냉정했다. 평원대군 또한 수련에는 그 어느 때보다 더욱 공정해야 한다고 생각하고 있었다. 장악원의 여악은 꽃 중의 꽃으로 아주 중요한 자리였다. 대군은 유어당의 말에 고개를 끄덕였다.

"다래를 보시고 가시겠습니까?"

일어서려는 대군을 향해 유어당이 재빨리 물었다. 그는 곰곰이 생각하다 고개를 가로저었다.

"그러잖아도 힘든 사람인데, 그 마음을 어지럽히고 싶지 않소. 앞으로 있을 수련에도 방해만 될 터이고. 다녀갔다는 말도 전하지 마시오."

평원대군은 지금이라도 당장 맨발로 뛰어가 다래를 꼭 껴안고 싶었다. 그녀의 눈동자 속에 들어 있는 자신을 바라보고 싶었다. 다래의 눈동자에 머물고 있는 자신을 바라볼 때가 대군은 가장 행복했다. 그러나 그 마음을 잠시 잠깐 미뤄놓기로 하였다.

"살펴가시옵소서."

유어당은 평원대군의 뒷모습을 흐뭇하게 바라보았다. 비록 열여덟이라는 어린 나이에도 믿음직한 그의 모습에서 유어당은 한때 뜨겁게 연모했던 박연의 얼굴을 겹쳐 보았다.

"형님! 그 아이를 보지 않으시고 그냥 가십니까?"

대문을 나서 저잣거리로 걸어가던 평원대군을 화의군이 불렀다. 대군은 그런 그를 물끄러미 바라보았다.

"잠깐 보는 것은 기쁨보다 아쉬움이 더 큰 법입니다. 아쉬움으로 그 아이를 힘들게 하고 싶지 않습니다. 곧 다시 만날 겝니다."

아무리 천한 신분의 사람이라도 배려하는 평원대군의 모습이 화의군은 참으로 존경스러웠다. 왕족이라는 자들이 말 한마디로 백성들을 죽였다 살렸다 하는 모습에 화의군은 진저리가 나 있었다.

"형님!"

앞서 걷는 평원대군을 화의군이 다시 불렀다. 그는 기방에서 떠도는 이야기를 대군에게 할 요량이었다. 화의군의 부름에 대군이 부드러운 눈길로 돌아보았다.

"아, 아닙니다."

평원대군의 얼굴을 마주 대하자 화의군은 그만 말문이 막혔다.

"화의군도 참 싱겁습니다. 하하."

얼굴을 붉히는 화의군을 향해 대군은 큰 소리로 웃었다. 화의군 역시 통쾌하게 웃으며 발걸음을 옮겼다. 붉디붉은 노을만이 그들의 등을 곱게 어루만졌다.

평원대군의 배려 덕분에 유어당은 그 누구의 간섭도 받지 않고 연회를 준비할 수 있었다. 수련의 시간들이 더할수록 다래의 아름다움도 물이 올랐다. 빼어난 그녀의 미모만큼이나 악무(樂舞) 역시 스승인 유어당을 뛰어넘고 있었다. 다래는 하나를 가르치면 열을 깨우칠 만큼 배움의 속도가 다른 아이들보다 빨랐다. 유어당은 고려 때부터 내려오던 궁중무용인 둑제 악무를 재연할 수 있는 조선의 몇 안 되는 궁중무용 전수자였다. 그런 그녀에게 다래는 오래전부터 마음에 두고 있던 아이였다. 그러나 다래를 시샘하는 이가 많다는 것 또한 잘 알고 있기에 겉으로 드러내지 않았다.

며칠 뒤, 유어당은 모든 제자를 불러 모았다. 아이들은 무슨 일이라도 있냐며 마당에 모여 수군거렸다. 모두 모였다는 말을 전해 들은 유어당은 힘겹게 마당으로 내려왔다. 재잘대던 아이들은 금세 긴장된 얼굴로 변했다. 그녀는 그런 아이들을 찬찬히 둘러보았다.

"다들 모인 것이냐? 내가 하는 말을 모두 잘 들어라. 이제부터 지금까지와는 다른 수련을 하게 될 것이다. 힘든 수련이 될 터이니, 그리 알고 모두 준비토록 하여라. 이 수련을 통해 뽑힌 아이는 앞으로 장악원 여악으로서의 수업을 받게 될 것이다."

아이들은 스승 유어당의 말에 또 한 번 술렁였다. 그녀는 그런 제자들을 뒤로하고 방으로 들어갔다. 장악원의 여악이 된다는 것은 예인으로서의 명예와 부를 한꺼번에 움켜잡을 수 있는 좋은 기회였기에 아이들의 흥분은 쉽게 가라앉지 않았다.

"꽃 중의 꽃은 당연히 울 다래가 될 것이구먼."

두향이 다래의 어깨를 툭 치며 눈을 찡긋했다. 다래 주변에 있던 동기생들 역시 고개를 끄덕였다.

"웃기고들 있네."

옥부향은 그런 그들을 쏘아보며 입을 삐쭉거렸다. 자기 발로 유어당을 찾아와 제자가 된 아이였다. 그녀의 꿈은 장악원의 여악 행수가 되는 것이었다. 가야금을 잘 다루는 다래와는 달리 옥부향은 향비파(鄕琵琶)를 켤 줄 아는 유일한 아이였다. 향비파는 다섯 줄로 되어 있고 거문고처럼 술대(단단한 대나무로 만든 채)로 타는 것이 특징이다. 가야금이 여성적인 음색이라면 향비파는 거문고와 마찬가지로 남성적인 음색을 가졌다.

"저것이, 야!"

두향은 있는 힘껏 소리를 질렀다. 옥부향은 그런 두향을 향해 입꼬리를 살짝 들어 올리며 쏘아보았다. 두향은 분이 풀리지 않는지 돌아서서 대문을 빠져나가는 옥부향을 향해 구시렁댔다.

매일같이 동이 트기 전부터 시작해서 칠흑 같은 어둠이 찾아올 때까지 호된 훈련은 계속되었다. 아이들은 모두 힘든 훈련으로 금세 녹초가 되었다. 어떤 아이들은 곱디고운 살결마저 찢겨나갔다. 그렇다 보니 대부분의 아이들은 견디지 못해 포기하거나 울며 자지러졌다. 하지만 그 끔찍한 고통 속에서도 두 아이만이 이를 꽉 깨물고 온 힘을 다해 혹독한 훈련을 견뎠다. 그 둘의 하얀 적삼이 새빨간 피로 물들고 통통하게 올랐던 볼살은 한겨울 보리 쭉정이처럼 텅텅 비어갔다. 이른 봄이라 하여도 바람은 칼날처럼 살결을 베었다.

유어당은 꽁꽁 얼어 있는 계곡의 얼음을 행랑아범을 시켜 깨뜨렸다. 얼음의 두께는 생각했던 것보다 더 두꺼웠다. 깨진 얼음 조각은 흐르는 물과 함께 이리저리로 돌아다녔다. 몇몇 아이는 차가운 모래밭임에도 그대로 쓰러져 뻗었다. 그녀는 그런 모습에 전혀 아랑곳하지 않고 더욱 냉혹한 표정으로 말을 이었다.

"모두들 저기로 들어가거라!"

유어당은 아이들에게서 시선을 거두어 앞을 바라보았다. 곁에 있던 훈육어미 역시 그녀의 시선을 따랐으나 곧 얼굴을 찡그리며 마른침을 삼켰다. 아이들은 스승의 말이 떨어지기가 무섭게 절레절레 고개를 흔들며 기겁을 했다. 그녀는 그런 아이들을 둘러보며 얕은 한숨을 뱉었다. 한숨은 곧 차디찬 공기가 되어 그녀의 뺨에 내려앉았다.

'정녕 아무도 없단 말인가? 허허!'

기겁한 그들의 얼굴을 확인한 유어당은 허탈한 마음에 엷은 웃음을 머금었다. 그녀는 한참 만에 푸념 섞인 말을 내뱉으며 계곡이 아닌 능선 쪽으로 눈길을 옮겼다.

"이제 되었으니, 모두들 그만……."

유어당의 말이 떨어지기가 무섭게 누군가가 성큼성큼 차디찬 물속으로 들어갔다. 다름 아닌 다래였다. 입술을 굳게 다문 다래는 얼음을 양옆으로 치우며 물속으로 점점 깊이 들어갔다. 그 모습을 다른 아이들은 넋을 놓고 바라보았다. 다래의 어깨 위로는 금세 김이 몽글몽글 피어올랐다. 차가운 바람이 그곳에 있던 모든 이를 훑고 지나갔다. 스승 유어당마저 당찬 다래의 모습에 내심 놀랐다. 그러나 그녀를 또 한 번 놀라게 한 것은 옥부향이었다. 뒤에서 다래를 지켜보고 있던 옥부향 역시 차디찬 물속으로 거침없이 들어섰다. 물속으로 들어간 옥부향은 다래를 노려보았다. 혹독한 추위로 두 아이 모두 입술이 퍼렇게 변했다. 그 모습을 바라보던 유어당 곁으로 훈육어미가 다가왔다.

"성님! 이건 너무 혹독하시옵니다."

훈육어미의 걱정에 유어당은 그제야 정신을 차렸다. 둘의 모습을 보며 잠시나마 흐뭇한 미소를 보냈던 그녀가 곧 사나운 맹수의 표정을 지었다. 유어당의 차가운 표정은 어쩌면 두 아이를 향한 냉정함이라기보다는 대견함에 더 가까웠다.

"물속으로 고개를 넣어라!"

"오메."

훈육어미와 뒤에서 지켜보고 있던 동기생들이 동시에 비명을 질렀다. 얼음물에 들어가는 것도 거의 죽을 지경인데, 거기다가 잠수라니 이건 말도 안 되는 것이었다. 하지만 이번에도 모두의 예상을 깨고 다래가 물속으로 고개를 집어넣었다. 옆에 있던 옥부향 역시 그런 다래를 따라 차디찬 물속으로 깊숙이 들어갔다. 그녀들이 들어간 물 위로 작은 물방울이 올라왔다. 수십 개의 물방울은 모이기도 전에 터졌다.

"모든 재예에는 호흡이 중요하다. 얼음물 속에서의 호흡은 사정없이 거칠어진다. 숨을 들이마시고 내뱉으며 호흡을 자유자재로 하는 것이 모든 재예에 있어 반드시 넘어야 하는 고비임을 잊지 말거라! 무엇보다 목구멍으로 숨을 내뱉는 짧은 호흡이 아니라 배꼽 아래에 있는 숨을 끌어 모아 내뱉는 깊은 호흡을 이번 수련을 통해 찾아야 한다는 것을 명심 또 명심해야 하느니라."

거처로 돌아온 날부터, 옥부향과 다래에게는 그동안 해왔던 수련보다 더욱 힘든 훈련이 기다리고 있었다. 맹수가 자신의 새

끼를 절벽 아래로 떨어뜨리는 심정으로 유어당은 둘에게 혹독
하지만 온 마음을 다해 자신의 모든 것을 내주었다.

매일매일 힘든 수련의 연속이었다. 하나 다래는 차라리 힘든
것이 나을지도 모른다고 생각했다. 그러지 않으면 평원대군을
향한 그리움에 점차 말라갔을지도 모른다. 평원대군 역시 성균
관과 장악원의 제조를 맡으면서 더욱 바빠졌다. 서로가 바빠 만
나는 횟수가 적어졌지만, 그리는 마음만큼은 그 어느 때보다 더
욱 커져갔다.

"어디다 정신을 두는 것이냐? 다시!"

강기슭에서 맨발로 다래는 춤을 추고 있었다. 차가운 모래와
녹지 않은 눈이 발바닥에 와 닿아도 전혀 차갑거나 춥지 않았
다. 오랜만에 추는 춤이라 그런지 몸이 마음만큼 움직이지 않았
다. 마치 쇳덩이가 온몸에 덕지덕지 붙어 있는 듯하였다. 유어
당은 다래를 향해 벌써 몇 시간째 나무 봉을 두드렸다.

"몸으로 만 가지 언어를 표현할 줄 알아야 그것이 제대로 된
춤꾼이다. 어느 날은 어린아이가 되어 천방지축으로 추다가도,
또 어떤 날은 늙은 아낙이 되어 덩실덩실 출 줄도 알아야 하는
것이다."

유어당과 두 아이의 춤사위를 멀리서 지켜보는 사내가 있었
다. 다름 아닌 평원대군이었다. 다래는 몰랐지만, 그는 종종 그
녀의 곁을 맴돌았다. 그저 멀리 있어 눈치를 채지 못했을 뿐이
다. 그것이 지금 평원대군이 그 아이에게 해줄 수 있는 연정이
고 연모였다.

"다시!"

그 기나긴 강줄기의 끝에 다다르자 다시 처음으로 돌아가기 위해 유어당은 쉬지 않고 나무 봉을 두드리며 다래와 옥부향을 독려했다. 둘은 다소 지쳐 보이긴 했으나, 아름답게 춤을 추었다.

그 시각, 계양군은 마당 중간에 있는 소나무를 물끄러미 지켜 보고 서 있었다. 늘 마음과는 달리 다래 앞에만 다가서면 거친 말만을 늘어놓는 자신이 참으로 한심했다. 무엇보다 다래를 비호하고 있는 평원대군이 참으로 원망스러웠다.

'하필이면, 왜!'

계양군은 소나무에 손을 얹었다. 까칠까칠하고 울퉁불퉁한 소나무의 껍질이 마치 자신의 마음처럼 거칠게 느껴졌다.

"나리!"

낮고 굵은 목소리 하나가 다가왔다. 그는 계양군을 그림자처럼 따라다니는 호위 무사 령이었다.

"아직도 수련 중이더냐?"

자세를 가다듬은 령은 가볍게 고개를 숙였다.

"평원대군 나리께서 강 건너편에서 계집의 수련을 지켜보고 있었사옵니다."

령은 저고리 사이에서 서찰 하나를 꺼내어 계양군에게 건넸다.

"분부하신 명단이옵니다."

몸을 돌린 계양군은 령이 건네는 서찰을 받아 들었다. 그는 서찰을 펴서 처음부터 끝까지 천천히 읽었다. 계양군이 들고 있는 명단은 다름 아닌 곧 있을 연회에서 춤사위를 보일 여인들의 이름이었다. 어느 순간 반가운 이를 만난 것처럼 계양군의 표정이 밝아졌다.

"생각했던 대로 여기 있구나. 이번에야말로 평원 네놈을 좌천시키고 말 것이다."

혼잣말을 내뱉던 계양군의 입꼬리가 조금씩 올라갔다. 그는 서찰을 다시금 반으로 접으며 령에게 명했다.

"너는 지금 당장 금군 중에 믿을 만한 자를 나에게 불러오너라! 알겠느냐? 재물은 원하는 만큼 준다고 일러라."

계양군의 눈동자는 먹이를 앞에 놓고 있는 굶주린 들개의 눈빛, 그 자체였다. 무슨 수를 써서라도 원하는 것은 반드시 취하고 말겠다는 의지였다. 그것이 재물이든 여인의 마음이든 일단은 가지는 것이 우선이었다.

꽃 중의 꽃

　겨울 동안 말라비틀어져 있던 고목에 물이 오르고, 거친 낙엽 사이로 푸른 잎사귀가 간간이 얼굴을 내밀었다. 불어오는 바람결에는 어느새 들길을 따라 핀 꽃의 향이 묻어 있었다.

　"옳지! 옳지! 어허. 쿵 짝짝짝. 쿵. 허. 짝짝. 쿵. 허. 좋다!"

　장구를 둘러멘 유어당의 어깨가 들썩들썩 움직였다. 경쾌한 소리에 맞춰 추임새를 넣어가며 장구채를 쉬지 않고 두드렸다. 유어당의 얼굴에는 그간 좀체 볼 수 없었던 편하고 아름다운 웃음이 번졌다. 장구 소리에 맞춰 다래가 앞으로 사푼사푼 걸어오며 춤을 추었다. 하나로 틀어 올린 머리에 가로로 비녀를 내리꽂고, 흰 적삼 위에 짧고 붉은 저고리를 덧대어 입었다. 치마는 춤사위를 추기에 불편하지 않을 만큼 걷어 올렸다. 걷어 올린 치마 사이로 흰 발목이 보였다. 쇳덩이를 얹은 것처럼 무거웠던 몸놀림은 어디로 가고 이제는 꿩의 깃털보다 가벼워 보였다. 평

154

원대군은 늘 다래를 바라보는 곳에 서 있었다. 그사이 태양은 느릿느릿 산을 넘어 온 세상을 붉게 물들였다. 다래와 유어당 그리고 평원대군까지 하나의 아름다운 풍경이 되어 노을 속으로 녹아들었다. 노을에 비친 다래는 이제 소녀가 아니라 여인이었다.

다음 날 있을 연회로 평소보다 더 일찍 수련이 끝났다. 다래의 마음은 온통 연회에서 선보이게 될 춤사위에 쏠렸다. 하지만 그런 마음 사이사이에도 평원대군이 너무나 그리웠다. 다래는 대군이 자신이 수련하고 있는 곳에 자주 다녀갔다는 것을 얼마 전, 두향을 통해 전해 들었다. 섭섭함과 원망이 한순간 눈 녹듯 사르르 녹아내렸다. 수련에 혹여 방해가 되지 않을까, 중궁전에서 보낸 자들에게 혹여 해를 입지 않을까, 걱정되어 모습을 나타내지 않은 대군의 배려에 다시금 마음이 아렸다.

"다래야! 밤이 되얏는디 어디메 또 가는 것이여. 곧 스승님이 오신당께."

다래는 평원대군이 미치도록 보고 싶었다. 두향이 걱정하는 소리를 뒤로하고 서둘러 그의 사저가 있는 곳으로 달음박질쳤다. 하지만 다래는 대문 앞에서 물끄러미 바라만 보다가 되돌아섰다. 당장이라도 문을 두드리고 싶었지만 그리해서는 안 된다는 것을 누구보다 더 잘 알고 있었다.

"여긴?"

뚜벅뚜벅 땅만 보며 걷던 다래가 멈춰 섰다. 분명 기방으로 가고 있었는데, 습관처럼 월릉정 앞에 와 있었다. 그녀는 달빛에 물든 연못을 보고 싶은 마음에 정각 위로 올랐다. 달빛이 은은하게 비치는 연못은 마치 울고 있는 것만 같았다.

"어찌 쉬지 않고 여기 있는 것이야?"

'나리?'

귀에 전해지는 울림에 다래는 잠시 숨이 멎었다. 꿈에서라도 그토록 듣고 싶었던 평원대군의 음성이었다. 천천히 몸을 돌려 대군을 향해 예를 갖추었다. 그는 그런 다래를 보고 빙그레 웃었다. 평원대군 역시 처음 만났을 때 보았던 앳된 모습이 아니라 이제는 어엿한 사내가 되어 있었다.

"왜 말이 없는 것이야? 내가 한 번도 너를 보러 가지 않아 속이 많이 상한 것이냐? 아님 내일 있을 연회 때문에 불안한 것이냐? 그것도 아니면……."

평원대군의 말이 채 끝나기도 전에 다래가 그의 목을 와락 껴안았다.

"그냥."

대군의 품속에서 다래가 그냥이라는 말을 읊조렸다. 그냥이라는 말은 마음속에 하고 싶은 말이 태산만큼이나 많을 때 터져 나오는 말이라는 것을 대군은 이미 잘 알고 있었다. 그는 자신의 품에 안겨 있는 다래의 등을 말없이 토닥토닥 두드려주었다. 잘할 수 있을 것이다, 너의 뒤에는 내가 있다, 하는 백 마디의 말보다 대군의 토닥임이 큰 위안이 되었다.

"너와 함께하기 위해 아바마마께 청을 드리고 있으니, 염치없지만 조금만 더 나를 기다려주겠느냐?"

평원대군의 말은 울림이 되어 다래에게 전해졌다. 대군의 품에서 빠져나온 다래는 수줍게 고개를 끄덕였다. 그런 다래를 보며 대군은 이번 연회를 성공리에 끝내고 반드시 부왕에게 허락을 구하고 말 것이라 굳게 다짐했다. 월릉정과 조금 떨어진 곳에는 그런 그들의 사랑을 말없이 지켜보는 홍문이 있었다.

아침이 밝아오자 서가에서 책을 읽던 평원대군은 입궐하기 위해 관복을 입었다. 대군에게도 다래만큼이나 긴장되고 설레는 날이 밝았다. 처음으로 장악원 제조를 맡았기에 부왕에게 자신의 능력을 인정받고 싶었다. 무엇보다 이것을 계기로 다래와 함께하겠다는 허락을 구할 참이었다. 모든 왕족은 탄신 경축 연회에 참석하라는 지엄한 명이 있었기에 밖에 나와 있는 대군과 군은 빠짐없이 입궐해야 했다. 이번 부왕의 탄신 경축 연회는 여느 때와는 다르게 명나라 사신들도 참석하는 큰 연회였다. 부왕이 지금까지 해오던 모든 것을 세자에게 물려줌과 동시에 상왕으로 물러나는 것을 대내외적으로 알리는 연회이기에 더욱 성대하게 치러질 것이다. 무엇보다 그런 중요한 행사에 앞서 다래가 그동안 갈고 닦은 가무를 마음껏 볼 수 있다는 생각에 평원대군은 자신도 모르게 입가에 미소가 번졌다.

평원대군은 입궐 준비를 모두 마치고 부인 홍 씨와 함께 궁궐로 향했다. 궁궐 근처에는 벌써 화려한 수를 놓은 가마들이 이리저리 분주히 움직였다. 연회 때만 볼 수 있는 진풍경을 뒤로하고 대군과 홍 씨는 부왕이 있는 강녕전으로 향했다. 궁궐 안에는 이미 많은 사람이 동원되어 연회 준비가 한창이었다. 그

157

분주한 광경을 대군은 넋을 잃은 듯 한참 바라보다 발걸음을 옮겼다.

다래 또한 이른 시각 스승인 유어당과 함께 마지막 점검을 마치고 입궐했다. 다래는 스승의 뒤를 따라 아무나 들어갈 수 없다는 궁궐 안으로 들어갔다. 그녀는 가슴이 쉴 새 없이 뛰었다. 죽은 어미가 지금 자신의 모습을 보았더라면 하는 생각에 명치끝이 아려왔다. 천한 신분으로 궁궐 안을 구경한다는 것은 꿈조차 꿀 수 없었다.

"한눈팔지 말고 나를 바짝 따라오너라! 알겠느냐?"

앞서 가던 유어당이 뒤처져 있던 아이들을 돌아보며 엄하게 일렀다. 다래는 그런 스승의 뒤를 놓칠세라 바짝 따랐다. 점점 깊이 들어선 다래는 엄청나게 넓은 궁궐과 그 안에서 연회를 준비하는 수백 명의 사람들을 보는 순간 그만 입이 쩍 벌어졌다. 호화찬란함과 엄청난 규모에 놀라고 감탄했다. 이렇게 큰 행사에 자신이 서게 된다 생각하니 심장이 터질 것만 같았다. 무엇보다 넓디넓은 궁궐 안 어디엔가 있을 평원대군이 떠오르자 심장이 콩닥콩닥 뛰었다. 연회가 있을 경회루에 다다랐을 때, 뜰에서 연회 준비를 하던 나인 하나가 다래의 곁으로 서둘러 다가섰다.

"혹시 네 이름이 다래니?"

나인의 물음에 다래는 난감한 얼굴로 고개를 끄덕였다.

"아, 네가? 그렇구나!"

아래위로 다래를 훑어보던 나인들이 자신의 자리로 돌아가

삼삼오오 모여 수군덕댔다. 비록 낮은 목소리이긴 했으나 다래의 귀에는 그 어느 소리보다 더욱 크게 들렸다.

"저 아이가 그, 그, 저잣거리에 떠도는 소문 있잖아, 평원대군 나리의 사저에서 쫓겨난……."

"아, 알겠다! 그 아이가, 저 계집아이야? 음, 계양군 나리와도 그렇고 그런 사이라며. 근데 얼굴은 참 반반하게 생겼네. 딱 봐도 사내들이 홀리게 생겼구먼!"

나인 중 한 명이 고개를 빼내어 다래를 부러운 시선으로 바라보았다. 나인과 눈이 마주친 다래는 부끄러움에 얼굴을 돌렸다.

"부럽다."

"부럽기는, 이년아! 정신 차리고 침이나 닦아."

죄인도 아닌데 죄인처럼 느껴지는 마음 탓에 도무지 일이 손에 잡히지 않았다. 다래는 연회에 앞서 두향의 도움으로 궁중 연회복으로 갈아입음과 동시에 치장을 했다. 어젯밤 푸석한 피부를 가라앉히기 위해 쌀겨로 세안하고 난 다음, 녹두로 각질을 제거했다. 그래서인지 분꽃의 열매를 곱게 빻아 하얀 조갯가루와 섞어 만든 분은 얼굴에 고루고루 잘 스며들었다. 분을 다 바른 후에는 봉숭아 잎의 즙으로 만든 기름을 붓을 이용하여 두 뺨에 골고루 펴 발랐다. 봉숭아의 은은한 향기가 스며들자 얼굴에 생기가 돌았다. 두향은 홍화 가루로 만든 연지를 다래의 입술 결을 따라 발랐다. 화장을 해주는 두향이마저 빛을 한껏 발하는 다래의 모습에 왠지 모르게 가슴이 설렜다. 두향은 마지막으로 동백기름을 묻힌 참빗으로 곱게 머리를 빗겨 올렸다. "아따, 참말로 우리 다래구마이! 선녀가 따로 없당께. 오늘 니가 궐에서 제일이여."

두향의 입담에 분주히 연회 준비를 하던 아이들의 시선이 모두 다래에게로 꽂혔다. 동기생들은 다래의 주변에 모여들어 그녀의 아름다움에 감탄하며 탄성을 질렀다. 천막 안에 새침하게 있던 옥부향마저 넋을 잃고 다래를 바라보았다. 그런 그녀들의 시선이 너무 부담스러워 다래가 잠시 밖으로 나서려는 찰나, 두향이 급히 불러 세웠다.

"다래야, 오메 이거 내 정신 좀 보더라고! 자!"

은은한 녹색 실이 여러 가닥 꼬여 있는 향갑이었다. 향갑 안에는 백단향을 넣어 푸르고 맑은 향이 났다. 백단향에는 기를 고르게 하여 불안한 마음을 진정시키는 특효가 있었다. 다래의 곁에 선 두향은 저고리 고름 사이에 향갑을 걸어주었다.

"두향아, 고마워!"

"아녀, 오늘 니가 제일루 이뻐. 긍께 잘하란 말이여."

두향은 특유의 투박한 웃음으로 활짝 웃었다. 다래는 다른 동기생들의 준비가 끝나기 전까지 불안한 마음을 잠재울 겸 잠시 밖으로 나갔다. 살랑대는 바람에 맑은 백단향이 묻어 있었다.

"다래 아씨 맞지유?"

누군가가 뒤에서 다래를 불렀다. 금군의 옷을 입은 것을 보아 궐을 지키는 군사였다. 아무런 대답이 없는 다래를 향해 금군은 다시 말을 내뱉었다.

"평원대군 나리께서 잠시 뵙자고 하십니다유. 아씨를 뫼셔

오라고."

　조금 이상하다는 생각이 들었지만, 찾는 이가 평원대군이라는 사실에 다래는 한 치의 망설임도 없이 금군을 따라나섰다. 아직 연회가 열리려면 약간의 여유가 있었기에 잠깐만이라도 대군의 얼굴을 보고 돌아와도 될 듯하였다.

　그들은 점점 연회 장소와 멀어지며 미로같이 복잡한 궐을 이리저리 빠져나갔다. 시간이 점점 흐르고 인적이 드믄 곳으로 향하자 다래는 괜스레 불안해졌다.

　"저, 저기, 대군 나리께서는 어디에 계시옵니까?"

　앞서가던 금군이 발걸음을 멈추고 뒤를 돌아봤다. 금군의 입꼬리 한쪽이 올라가며 누런 이가 드러났다. 금군의 누런 이가 다래는 그저 무섭게만 느껴졌다.

　"저는 이만 다시 돌아가겠습니다."

　다래가 왔던 길로 다시 되돌아서자 그곳에도 관복을 입은 한 사내가 어디선가 불쑥 나타났다. 짧은 순간이었지만 두 관군 사이에서 마치 무언의 말이 오가는 것처럼 보였다. 서서히 다래 곁으로 다가온 관군들은 그녀의 입을 틀어막았다. 고함을 질렀지만, 외침은 곧 사내들의 손안으로 먹혔다. 눈에서는 눈물이 흘러내렸다. 그러나 그들은 아랑곳하지 않고 다래의 팔을 서로 나눠 끼고는 어디론가 끌고 갔다. 다래는 그들을 따라가지 않기 위해 버티었으나, 무자비한 사내들의 힘을 당해낼 수는 없었다.

　"그 여인의 몸에서 당장 손을 떼지 못할까?"

　호랑이 울음 같은 큰 호령이 두 사내의 뒤통수로 사정없이 내리꽂혔다. 금군들은 오만 인상을 쓰며 귀찮다는 표정으로 뒤를 돌아보았다. 뒤를 돌아본 순간, 두 사내는 흐트러진 관복을 바로잡고 예를 갖추며 고개를 숙였다.

"화의군 나리!"

"그 여인을 풀어주어라!"

관복을 입은 두 사내는 민망함과 두려움이 엇갈린 표정으로 화의군을 물끄러미 보았다. 그들 중 덩치가 조금 큰 사내가 우물쭈물하며 기어들어가듯 말을 내뱉었다.

"나리, 그건 좀 곤란하옵니다! 저 계집, 아니 저 여인은 궁에 출입할 수 있는 출입패도 가지고 있지 않을뿐더러 여러 가지 의심 가는 것이 많아 막 취조실로 데리고 가던 참입니다요. 죄인을 조사도 안 하고 그냥 풀어줄 수는 없는 일 아니오니까?"

화의군은 금군의 말에 미간이 심하게 좁아졌다. 화의군의 심중을 파악한 금군은 고개를 숙이며 잡고 있던 다래의 팔을 슬며시 놓았다.

"저 여인을 내가 잘 알고 있다 하지 않느냐! 무슨 일이 생기면 내가 책임질 터이니 당장 풀어주어라."

화의군은 두 사람 중 방금 자신에게 말을 내뱉었던 사내에게 가까이 오라고 손짓을 했다. 덩치가 큰 금군은 쭈뼛쭈뼛하며 그의 곁으로 다가섰다. 가까이 다가온 금군의 귀를 화의군은 세차게 잡아당겼다. 사내는 고함도 못 지르고 눈물을 찔끔하며 따라갈 수밖에 없었다.

"누가 시킨 것이야? 혹시 계양군이?"

화의군은 바짝 당긴 금군의 귓속으로만 간신히 들릴 정도로 조용히 물었다. 섬뜩한 목소리가 금군의 귓속으로 흘러들어오자, 사내의 얼굴이 차츰 허옇게 변했다. 잡혔던 귀는 금세 풀려났지만, 얼마나 세게 잡혀 있었는지 금군의 귓불은 벌겋게 달아 부풀어 있었다. 풀려난 금군은 다른 이에게 눈빛을 보냈다. 그들은 화의군을 향해 인사를 건네는 둥 마는 둥 하더니 잽싸게 시야에서 사라졌다. 화의군은 바닥에 주저앉아 있는 다래를 보며 안도의 숨을 내쉬었다. 혹시나 하는 마음에 그녀의 뒤를 따라나서지 않았더라면 큰일 날 뻔했다.

"괜찮은 것이냐?"

화의군은 힘이 빠져 바닥에 주저앉아 있는 다래 곁으로 다가갔다. 그녀는 너무 두려운 나머지 온몸을 바들바들 떨었다.

"이 은혜를 어떻게 갚아야 할지."

다래는 고개도 들지 못하고 마치 어린아이가 내뱉는 옹알이처럼 작게 고마움을 표현했다. 화의군은 그런 그녀를 천천히 일으켜 세웠다. 갖은 과일 향이 은은하게 화의군의 코를 자극했다. 다래와 눈이 마주치자 화의군의 눈동자는 점차 커지고 얼굴이 붉어졌다. 잊고 있었던, 아니 잊으려고 그렇게나 노력했던 다래가 다시금 화의군의 마음속으로 들어왔다.

"내가 누군지 모르겠느냐?"

뜬금없이 자신을 모르냐는 말에 화의군의 얼굴을 좀 더 자세히 보기 위해 다래는 거두었던 눈길을 다시 들었다. 두 사람은 아주 가까운 거리에서 서로의 눈을 응시했다.

"음, 음."

화의군은 민망한 마음에 잔기침을 하며 뒤로 물러났다. 자칫 잘못하다간 다래에게 요동치는 심장 소리와 숨겨왔던 그동안의 마음까지 들킬 것만 같았다.

한편, 평원대군은 부왕께 서둘러 문안을 드리고 급히 연회가 있을 경회루로 발길을 돌렸다. 경회루에서 막바지 준비를 하며 이것저것 손수 챙기고 있는 유어당의 모습이 눈에 들어왔다. 대군이 들어서자 나인 서넛이 고개를 들어 그의 얼굴을 힐끗 훔쳐보았다.

"내가 도울 것은 없겠소?"

뒤돌아서서 춤사위에 필요한 물건들을 꼼꼼히 챙기고 있는 유어당의 손이 대군의 목소리에 멈추었다. 그녀는 몸을 돌려 평원대군에게 예를 갖추었다. 연륜이 묻어 있는 유어당의 아름다움에서 대군은 진정한 예인의 모습이 어떤 것인지를 다시금 느꼈다.

"오시었습니까?"

평원대군은 유어당의 어깨 너머로 보이는 천막 안으로 눈길을 보냈다. 다래의 모습을 잠시라도 보고픈 마음이었다.

"오메, 이 일을 우짜까! 행수 어르신!"

새파랗게 질린 두향이 정신없이 뛰쳐나오다 평원대군을 발견하고 서둘러 고개를 숙였다. 유어당은 그런 두향을 나무라는 눈빛으로 쏘아보았다.

"어찌 이리 경박한 게야?"

"고것이 말이제라, 어르신 지가 잘못혔구만요."

두향은 유어당의 꾸지람에 기가 죽어 입속에 말을 넣고 한참을 굴렸다.

"다래는 준비가 다 되었느냐?"

유어당의 물음에 그제야 두향은 두 팔을 크게 들어올리며, 숨도 쉬지 않은 채 말을 이었다.

"그, 그, 그케, 고것이요. 이년이 다래를 궐에서 젤루 이뿌게 맹글어놨는디요. 아, 아, 고것이, 다래가 없어져버렸는디요."

유어당과 평원대군은 놀란 눈으로 서로를 바라보았다. 다래가 없다면 연회의 일부는 진행할 수 없었다. 그뿐만 아니라 이 일로 말미암아 장악원의 여악인 유어당과 악학별좌인 박연 그리고 총책임을 맡고 있는 평원대군까지 문책을 면치 못할 중차대한 일이었다. 유어당의 몸이 휘청거렸다.

"찾아는 보았느냐?"

"오만 데 기웃거려보았당께요. 우짜스까? 참말로 우짜스까?"

발을 동동거리며 두향은 유어당만 뚫어지게 보았다.

"별일 없을 게요. 지금 당장 궐내에 있는 관군을 풀어 다래를 찾아볼 것이니, 우선 스승께서는 정신을 가다듬고 나머지 연회 준비에 박차를 가해주시오."

평원대군 역시 얼굴이 허옇게 변해서는 서둘러 뜰을 빠져나갔다. 대군은 대문을 나서는 내내 다래가 걱정되어 가슴이 터질 것 같았다. 이번 일이 잘못되어 받게 될 문책 따위는 아무런 상관이 없었다. 그저 다래가 지난번처럼 좋지 않은 일을 당하게 될까, 그것이 미치도록 그를 두렵게 했다.

'괜찮은 것이냐, 다래야?'

연회가 열리는 경회루에는 어느새 고위 관료들과 왕족들 그리고 명나라 사신들이 자신의 자리를 찾아 속속 들어가 앉았다. 누각과 외부를 연결하는 돌다리를 지키는 문지기들은 들어오는 사람들의 신분을 하나하나 대조하여 명부에 기재했다. 그 틈에 외소주방의 나인들은 잔칫상을 내오느라 분주했다. 잔칫상은 가장 상석에 앉게 될 임금과 세자 그리고 중전과 빈들을 위해 먼저 차려졌다. 형형색색의 강정과 떡을 높이 쌓아 다채로움을 강조했고, 신선로와 생선전, 닭 요리, 대표적인 궁중 탕 요리인 금중탕이 올랐다. 대략 마흔일곱 가지의 요리가 올라 그야말로 상다리가 휘어지고도 남았다. 상석을 중심으로 하여 뜰아래 양옆으로는 왕자들과 왕실 종친들, 명나라 사신과 문무백관들이 앉아 있었다. 그들 앞에는 개인 상이 하나씩 돌아갔다. 어느 정도 준비가 되자 박연과 장악원 소속 악공들이 뜰의 가장자리 쪽으로 자리를 잡았다. 그사이 세 개의 돌다리 중 가장 넓은 남쪽 다리의 문이 서서히 닫혔다. 남쪽 다리의 문은 다름 아닌 임금만이 출입할 수 있는 어도라는 것을 알기에 유어당의 입술은 바짝 타들어갔다.

악공들 앞에 드디어 집박(執拍 : 박을 치는 사람으로 일종의 지휘자)이 섰다. 그는 악공들을 향해 고개를 가볍게 끄덕였다. 집박은 박(拍)을 양옆으로 벌리고는 한 번 세게 내리쳤다. 나무의 탁한 부딪침이 연회장의 구석구석으로 퍼졌다. 악기들이 각자 소리를 내기 시작했다. 음악이 연주되자 마당 중간에 대기하고 있던 무인 중 하나가 장검을 들고 나와 기합 소리와 함께 미리 세워둔 대나무를 단숨에 베었다. 그가 검을 내려 칼집에 넣자 뒤이어 대기하고 있던 무인들이 각자 앞에 있던 대나무를 단칼에 쓰러뜨렸다. 날이 바짝 선 수십 개의 칼이 마치 하늘에서 춤을 추는 것 같았다. 그들의 공연이 끝나자 뒤이어 우레 같은 박수 소리와 탄성이 터져 나왔다. 검을 든 사내들은 중앙으로 나와 예를 갖춘 후, 붉은 깃대를 들고 있는 선봉장을 따라 양옆으로 흩어졌다.

"어찌하고 계시더냐?"

급히 뛰어오는 두향을 향해 유어당이 다급히 물었다. 살아오면서 많은 일을 겪었지만 이번만큼 두렵고 겁이 나는 일은 그녀도 처음이었다. 연꽃이 다시 활짝 피기를 바라는 마음을 표현한 연위희무(蓮舜希舞)는 다래만이 할 수 있는 가무였다. 옥부향과 다래가 함께 수련했지만, 부향은 다래의 재능을 따라가지 못했다. 뒤늦게 다래가 사라진 것을 안 동기생들 역시 모두 불안한 기색이 역력했다.

"대군 나리께서도 우예 할 수 없으신지 애꿎은 하늘만 쳐다보고 계시던디요. 아, 아, 우째! 미치겠당께요."

애간장이 다 말라버렸다면 믿을까? 두향은 이미 오장육부가 다 타들어갔다. 평원대군 역시 연회가 한창인 경회루 주변만 서성일 뿐, 아무것도 할 수 없어 입술이 바짝바짝 타들어갔다. 그

167

는 손을 수차례 맞비비며 안절부절못했다.

시간은 속절없이 흘렀다. 드디어 종묘제례일무를 시작으로 화려한 춤이 시작되었다. 어린 무동들은 청, 홍, 황, 백, 흑의 오방색 옷을 갖춰 입고, 처용의 가면을 쓰고 잡귀를 쫓는 춤을 선보였다. 하얀 한삼(汗衫 : 헝겊으로 길게 덧대는 소매)을 낀 팔을 위로 들었다 엎었다 하며 발은 밖으로 빼내었다가 다시 안으로 넣었다. 처용무가 끝나고 곧 '포구락'이 이어졌다. '포구락'이라는 춤은, 어린 무희들이 진달래꽃으로 만든 화관(花冠)을 쓰고 좌우로 갈라 춤을 추며 포구문 위에 뚫린 구멍에 '채구'라는 나무 공을 던진다. 공을 던져 넣은 아이에게는 꽃을 선물로 주고 넣지 못한 아이에게는 얼굴에 먹점을 찍었다. 편을 갈랐던 어린 무희들은 꽃을 받았든, 먹점을 찍혔든 상관없이 한데 어울려 춤을 추었다.

"무동과 무희들의 춤사위가 끝났당께요. 우째요. 이 일을 참말로 우짠다냐!"

이제는 거의 울상이 된 두향이 유어당을 바라봤다. 그녀 또한 아무런 생각이 나질 않는 듯 빈 눈동자로 멍하니 앞을 바라봤다. 옥부향은 별다른 지시가 없는 스승을 대신하여 남아 있는 아이들과 함께 선유락을 추기 위해 뜰 중앙으로 나섰다.

"스승님!"

넋이 나간 유어당은 옥부향의 목소리에 정신을 차렸다. 그녀는 갈라진 목소리로 간신히 아이들을 향해 입을 떼었다.

"너희는 아무 일도 없는 듯 무사히 선유락을 마치거라. 나머지는 내가 알아서 할 것이니."

애써 태연한 척, 유어당은 옅은 미소를 지으며 옥부향의 어깨를 토닥여주었다. 부향은 그런 스승을 향해 고개를 끄덕였다.

뜰 중앙에는 곧 두 개의 둥근 원이 만들어졌다. 작은 원을 큰 원이 둘러싸고, 작은 원 안에는 실제 크기의 배를 넣었다. 여인들의 머리에는 붉은 홍매화가 피어 있었고, 밝은 노란색의 저고리와 치마, 가슴 밑에는 폭이 넓은 붉은 끈으로 장식을 했다. 어깨와 한삼에는 색동으로 멋을 부려 그 화려함에 눈이 부실 정도였다. 선유락은 뱃놀이를 재현한 춤사위로 여인들이 둥글게 둘러서서 물결처럼 넘실대는 모양이 마치 배가 물 위에 떠 있는 것 같았다. 더불어 여러 색으로 칠해진 배를 끌고 나와 밧줄을 잡고 겹으로 둘러서서 어부사(漁父詞)를 부르며 춤을 추었다. 연회에 참석한 모든 사람이 눈이 부실 만큼 아름다운 궁중무용과 훌륭한 음악에 감동하여 아낌없는 찬사를 보냈다.

"대군 나리, 어찌 되었사옵니까? 다래는 찾은 것이옵니까?"

고개를 푹 숙이고 걷는 평원대군을 향해 유어당은 서둘러 뛰었다. 그런 그녀를 보고 대군은 아랫입술을 꼭 깨물었다. 유어당의 한숨 소리에도 아랑곳하지 않던 그가 천천히 입술을 떼었다.

"아니 되겠소. 우선은 내가 어찌해볼 터이니 스승께서는 다른 일을 모두 무사히 마칠 수 있도록 신경 써주시오."

"어찌 그리하옵니까?"

걱정스레 되묻는 유어당의 물음에 평원대군은 무거운 발걸음을 떼어 부왕이 있는 상단 쪽으로 길을 잡았다. 그의 발걸음은 천 근이고 만 근이었다. 멀찍이서 지켜보는 유어당의 마음 또한 무거웠다. 멀리 있어 대군이 어떤 일을 겪고 있는지 자세히 알 수는 없으나, 무릎을 꿇고 있는 대군을 향한 임금의 얼굴에는 노기가 서려 있었다. 그 옆에 있는 세자를 비롯하여 중전과 빈들은 안타까운 눈빛으로 평원대군을 내려다보았다. 하지만 건너편 왕족들이 앉아 있는 곳에서 단 한 명만은 그런 대군을 쏘아보며 시종일관 웃음을 보였다. 그는 다름 아닌 계양군이었다.

"계양군, 오늘 참으로 좋아 보입니다!"

화의군은 관복을 살짝 걷으며 자리에 앉았다.

"많이 늦으셨구려! 그러다 아바마마의 눈 밖에 나기라도 하면 어찌하시려고요. 하하."

앉자마자 목이 타는지 화의군은 술잔에 술부터 채웠다. 그는 급히 술잔을 들이켜고 계양군을 뚫어지게 보았다.

"갑자기 배탈이 나서 말입니다. 측간에 좀 다녀오느라."

앞서 한 춤사위가 끝이 나고 화의군이 남아 있는 술잔을 마저 비우는 그때, 큰 연꽃이 뜰 중앙으로 들어왔다. 시끌벅적한 뜰은 갑작스러운 연꽃의 등장으로 조용해졌다. 모든 시선이 동시에 한곳으로 쏠렸다. 분홍의 거대한 연꽃의 꽃잎들이 바람 부는 방향으로 한들한들 움직였다. 큰 연꽃 주위로 백색의 작은 연꽃을 든 어린 무희 다섯이 자리를 잡고 서 있었다. 유어당은 집박을 향해 고개를 끄덕였다. 그녀의 눈짓에 집박은 박을 양옆으로 벌리고는 한 번 세게 내리쳤다. 그러자 처연한 대금 소리 뒤로,

변성기가 오지 않은 소년의 목소리를 빼다 박은 중금과 여인의 높은 목청의 향피리, 조금은 거칠지만 묘한 소리를 내는 아쟁, 마지막으로 퉁명스러운 장구 소리가 한데 어울려 궐 안을 가득 메웠다. 음이 뜰의 구석구석으로 스며들자 천천히 연꽃잎이 한 겹 두 겹 열렸다. 어린 무희들은 큰 연꽃 둘레를 천천히 돌았다. 술잔을 들고 있던 계양군의 손이 심하게 떨렸다. 방금 전 웃음기가 흘렀던 계양군의 얼굴은 점점 붉어지고 인상은 험악하게 구겨졌다.

"네년이, 네년이, 어찌!"

꽃잎에 여인의 그림자가 찬찬히 어른거렸다. 붉은 모란꽃이 활짝 핀 화관을 쓰고 황색 적삼에 초록 치마를 입고, 홍색 띠를 가슴에 둘렀으며, 다섯 가지 색깔의 한삼 속으로 손을 감추었다. 연꽃이 활짝 열리자 다래는 상석에 앉아 있는 임금을 향해 예를 갖추었다. 부왕의 곁에서 무릎을 꿇고 앉아 있던 평원대군은 일어서서 뜰을 내다보았다. 대군의 텁텁했던 눈동자에 물기가 올랐다.

'다래야!'

평원대군은 지금이라도 당장 뛰어 내려가 괜찮은 것이냐며 두 손을 꼭 잡아주고 싶었다. 극도의 긴장과 두려움이 엄습했다가 안도해서일까? 그는 다리에서 힘이 스르르 빠져나가는 것을 느꼈다.

다래는 연꽃 속에서 한없이 느리고 우아하게 춤을 추었다. 평원대군에 대한 미안함과 고마움을 한삼 속에 담아 하늘 위로 홀

날렸다. 마치 넓디넓은 뜰 전체가 연못과도 같았다. 말 그대로 연못이 뜰이었고, 뜰이 연못이었다. 곧이어 세 차례의 박이 울리자 모든 연주가 일시에 중단되고, 곁에서 함께 춤을 추던 어린 무희들이 양 갈래로 뜰을 빠져나갔다.

"꽃 속에 피어서 임의 정을 맞을세라. 그리움을 바람에 실어서 임에게 보내나니. 혹여 소식을 듣게 되거든 나를 보러 와주시구려."

연위희무의 가무가 본격적으로 시작되었다. 맑고 아름다운 다래의 목소리가 궁궐의 담벼락을 타고 흘렀다. 청아하기도 하고 때로는 구슬프기도 한 음성은 사람들의 가슴속을 파고들었다. 노래가 끝나고 박 소리가 한차례 들리자 악공들의 연주는 다시 시작되었다. 다래는 이제 홀로 음의 흐름에 맞춰 돌고 돌았다. 조금 전과는 다른 빠른 몸놀림에 마치 꽃 속에 꽃이 새로이 피는 것만 같았다. 그녀의 발은 공중에 떠 있는 것처럼 가벼웠으며, 몸은 깃털이 되어 이리저리 떠다니는 듯한 착각마저 일으켰다.

다래의 눈부신 미모와 춤사위는 경회루에 모인 이들의 넋을 홀리고도 남았다. 뜰 안에 있는 여인들은 하나같이 다래에게 부러움과 시샘의 눈길을 보냈다. 심지어 입을 다물지 못하는 이들마저 생겨났다. 그들 틈에서 평원대군 또한 매한가지로 넋을 잃고 다래를 지켜봤다. 화의군 역시 술잔에 술을 따라서 들고 있을 뿐, 쉽사리 입술에 가져가지 못했다.

'어찌하여 네년이…….'

어금니를 꽉 깨물며 중앙을 응시하던 계양군은 들고 있던 술잔을 꽉 움켜쥐었다. 그러고는 술상 위로 던지다시피 하고는 분한 얼굴로 뜰을 빠져나갔다.

같은 마음

이른 시각에 시작되었던 연회는 깊은 밤이 다 되어서야 끝이 났다. 술기운이 적당히 오른 문무백관들이 퇴궐 준비를 서둘렀다. 모두들 썰물 빠지듯 순식간에 궐을 빠져나갔다. 우찬성 이양은 어느 정도 주위가 조용해지자 천천히 경회루를 나섰다. 얼마 전까지 그는 절제사로 외방에 나가 있다 임금의 신임을 받아 충주원사를 거쳐 우찬성이 된 인물이다. 이양은 자신이 모시는 주인을 위해서라면 목숨을 내놓을 각오가 되어 있는 충복 중의 충복이었다. 그는 궐 밖으로 나서자 주변의 눈을 살피며 저잣거리로 발걸음을 옮겼다. 빠른 걸음으로 거리를 빠져나와 솔숲으로 발걸음을 옮겼다. 서늘한 바람 한 줄기가 이양의 저고리 사이를 마구 비집고 들어왔다. 오르막을 오르는 그의 입에서 맑은 청주 향이 솔솔 풍겼다. 그렇게 한참 산길을 오르던 사내는 허름한 성황당 앞에서 걸음을 멈추었다. 성황당 옆 떡갈나무는 색색의 기나긴 천들이 바람에 날려 으스스한 분위기를 자아냈다. 이양의 발소리에 놀란 들쥐들이 재빠르게 벽면의 구멍 사이로 숨어들었다. 그가 문을 열자 쾌쾌한 냄새가 훅 하고 몰아쳤다. 시체가 썩는 듯한 역겨운 냄새였다. 이양은 품속에서 부싯돌을 꺼내 두어 번 불을 퉁겼다. 마지막 불꽃을 퉁겼을 때, 벽 뒤에서 무사로 보이는 이가 나와 고개를 깊숙이 숙여 예를 갖추었다.

"다들 기다리고 계십니다. 어서 안으로 드시지요!"

이양은 무사를 따라 안으로 들어섰다. 그곳에는 영의정 황보인과 이조판서 조극관이 미리 와 그를 기다리고 있었다. 그들은 이양이 들어서자 가볍게 인사를 건넸다. 약 두 식경 정도 은밀한 이야기가 오갔다. 대화의 대부분은 지난 임진년 함평대군의 암살 실패와 또 다른 암살 계획이었다.

좋다는 약재는 다 써봤지만 임금의 병세는 날이 갈수록 더욱 악화되고, 세자 역시 몸이 약해 병석에 누워 있는 날이 많았다. 무엇보다 세손은 어린아이에 불과했다. 사정이 이렇다 보니, 왕자 중 호시탐탐 왕의 자리를 넘보는 자들이 생겨났다. 그중에서 가장 위협적인 존재가 바로 함평대군(후일 수양대군으로 봉호)이었다. 함평대군은 자신의 안위를 위해서 무공이 뛰어난 자객들을 항상 곁에 두었다. 그들의 무술은 신의 경지에 이르렀다 하여도 과언이 아닐 정도로 뛰어났다. 그러나 함평대군의 그림자들은 소문만 무성할 뿐, 그 실체를 본 사람은 아무도 없었다. 그중에서도 우두머리인 '혼령'이라는 자는 함평대군에게 없어서는 안 될 수족과도 같은 인물이었다. 혼령이라는 이름만큼이나

175

신출귀몰한 자였다. 귀신같이 나타났다 누군가를 순식간에 해치우고 연기처럼 사라지기를 반복했다.

여하튼 역모의 씨는 자라지 못하게 애초부터 태워 없애야 된다는 것이, 그들이 한목소리를 내는 이유였다. 임진년 함평대군의 암살 시도가 실패로 돌아가고 더 이상 없을 것이라 믿었던 암살 기회가 다시 찾아왔다. 궐 안에 심어놓은 간자에게서 함평대군이 밀사(密使)의 명을 받고 이튿날 황해도로 출발한다는 연통이 왔다. 달마저 숨어버린 으스스한 밤, 함평대군 암살 계획은 그렇게 서서히 진행되었다.

다래가 스승 유어당을 따라 경회루를 막 나서려는 찰나였다.

"게 섰거라!"

유어당이 고개를 돌려 뒤돌아보았다. 궁녀복을 입은 여인 셋이 그들이 있는 곳으로 다가왔다. 유어당은 다래를 자신의 등 뒤로 보내고는 궁녀에게 고개를 숙여 예를 갖추었다.

"어인 일로 찾으셨는지요?"

유어당의 물음에 궁녀 중에 가장 나이가 많아 보이는 상궁이 앞으로 나섰다. 그녀는 유어당 뒤에 있는 다래를 획 하고 훑어보았다. 그러고는 날카로운 눈으로 아이들을 쏘아보았다. 늙은 상궁과 눈이 마주친 아이들은 아무 잘못이 없음에도 고개를 아래로 떨어뜨렸다.

"다래라는 계집이 누구냐? 어서 앞으로 나서라!"

상궁의 무서운 호령에 다래는 마른침을 꼴깍 삼켰다. 유어당은 그런 다래를 뒤로 밀며 앞으로 나섰다.

"어인 일로 그 아이는 찾으십니까? 이년에게 말씀해…….."

유어당의 말이 채 끝나기도 전에 벼락과도 같은 상궁의 호통이 떨어졌다.

"천한 네년이 어찌 상부의 명을 되묻는 것이야. 죽어도 좋다는 말이냐? 어느 안전이라고. 고얀 년 같으니."

더 이상 다래는 스승 유어당에게 곤란한 일을 겪게 하고 싶지 않다는 생각에 앞으로 나서려고 했다. 하지만 그녀는 잡고 있는 다래의 팔을 놓지 않았다.

"어디로 데려가는지는 알아야 될 것이 아닙니까?"

유어당의 다그침에 상궁은 뒤에 있는 나인들에게 눈짓을 보냈다. 명을 받은 두 명의 나인은 각자 다래의 팔을 하나씩 붙잡고 끌어내었다.

"스승님! 별일 없을 것입니다. 그러니 기방으로 먼저 돌아가 계십시오."

다래는 차분한 말투로 유어당을 안심시켰다. 뒤에 있던 두향은 나인들에게 잡힌 다래를 보며 어찌할 바를 몰랐다. 다래는 그런 두향에게 희미한 미소를 지었다.

"두향아! 스승님 뫼시고 먼저 가 있어. 곧 갈게."

두향은 유어당의 팔을 붙잡으며 고개를 끄덕였다. 다래는 나인들에게 이끌려, 순식간에 어둠 속으로 사라졌다. 유어당은 그런 다래의 모습을 뒤로한 채 두향을 향해 다급히 말을 이었다.

"너는 이 길로 장악원에 들러 평원대군 나리께 이 사실을 고하거라. 서둘러야 한다. 알겠느냐?"

고개를 끄덕인 두향은 서둘러 뛰었다.

'다래야, 기둘려야 혀. 내 어여 대군 나리를 뫼셔 올 텡께.'

두향의 머릿속은 오직 벗인 다래로만 가득했다. 얼마 뛰지도 않았는데 벌써 숨이 목구멍까지 차올랐다. 숨이 턱턱 막혔으나 평원대군께 사실을 전해야 한다는 생각밖에는 아무것도 떠오르지 않았다.

그 시각, 다래는 어디로 끌려가고 있는지도 모른 채, 나인들이 이끄는 대로 발걸음을 맡겼다. 시종일관 침묵으로 앞서 가던 상궁이 뒤를 돌아보았다.

"여쭈어서도 아니 될 것이며, 고개를 들어서도 아니 될 것이다. 그저 물으시는 말에만 답해야 할 것이야. 명심 또 명심하여라."

상궁의 눈썹이 갈매기 모양으로 치켜 올라갔다. 그녀의 당부에 다래는 그저 꿀 먹은 벙어리가 된 것처럼 쉽사리 입을 뗄 수 없었다. 상궁이 누차 지켜야 할 법도와 예의에 대해 주의시키는 것을 보면 상대가 분명 귀한 신분임에는 틀림이 없었다.

'현운당(玄雲堂), 검은 구름?'

현운당이라는 현판이 보였다. 그러고 보니 궐 안에 있는 검은 구름은 모두 이곳에 모여 있는 듯한 착각마저 들었다.

"김 상궁이옵니다."

푸른 격자무늬의 창호지는 상궁의 우렁찬 소리에 미세하게 떨렸다. 그러자 안에서 들이라는 말이 흘러나왔고, 양옆에 서 있던 무수리가 방문을 열었다. 상궁은 다래에게 어서 들어가라는 눈짓을 보냈다.

다래는 안으로 들어서서 상궁이 시킨 대로 무릎을 꿇고 납작 엎드렸다. 어느새 다래의 이마에는 땀방울이 송골송골 맺혔으나 손을 가져다가 닦아내지는 못했다.

"네가 다래라는 아이냐?"

기품 있고 조용한 여인의 목소리가 방 안의 구석구석을 훑었다. 그녀의 목소리에는 범접할 수 없는 위엄이 서려 있었다. 긴장한 다래는 마른침을 연신 삼켰다.

"그러하옵니다."

"고개를 들어보아라."

여인의 목소리는 조금 전보다 더욱 차갑게 날이 서 있었다. 다래는 조심스레 고개를 들어 앞을 바라보았다. 어두운 불빛 탓에 얼굴은 잘 보이지 않았다. 그러나 경상 옆에 앉아 있는 또 다른 여인의 얼굴이 눈에 들어왔다. 그 여인은 다름 아닌 부부인(府夫人) 마님인 홍 씨였다.

경상 앞에 앉아 있는 여인의 옥빛 당의에는 봉황무늬가 금빛으로 수놓여 있었다. 곱게 틀어 올린 가체에는 머리꾸미개의 하나인 떨잠과 더불어 금을 세공하여 만든 봉황문 비녀가 꽂혀 있었다.

"중, 중전마마!"

다래는 자신의 앞에 있는 여인이 바로 하늘과 같은 중전임을 확인하고는 얼굴이 하얗게 변했다. 바닥을 짚고 있는 손이 벌벌 떨려왔다. 저절로 머리가 수그러지고 입술은 바짝바짝 타들어

179

갔다. 연회에서 일어난 사고만으로도 다래는 이미 살아남지 못할 대역죄를 저질렀음이 분명하다. 현운당에 내려앉은 공기는 이미 차갑다 못해 얼어버린 것만 같았다. 중전은 그런 다래를 보며 못마땅한 듯, 경상을 가볍게 내리쳤다.

"내 너에게 사람을 보내어 그리 알아듣게 일렀건만. 어찌 이리도 무도(無道)하단 말이냐, 어찌!"

평원대군의 사저에서 쫓겨난 다래에게 하루는 중궁전 궁녀가 은밀히 찾아왔다. 그녀는 재물을 건네며 조용히 도성을 떠나라는 중전의 명을 전했다. 하지만 다래는 그 명을 받지 않았다.

"그것도 모자라, 오늘 너로 말미암아 임이가 크나큰 곤욕을 치를 뻔하였으니, 이 또한 쉽게 넘어가지 못할 것이야."

중전의 얼굴에는 노여움이 가득 들어차 있었다. 궐 안에서 천한 계집년 하나 쥐도 새도 모르게 죽이는 것은 일도 아닐 것이다. 중전은 방문 옆에 서 있는 상궁을 향해 눈짓을 했다. 상궁은 다래의 팔을 거칠게 잡아끌었다. 현운당을 나서면 다래는 분명 쥐도 새도 모르게 죽거나 어디론가 보내질 것이다.

"중전마마! 마마!"

다래는 소리를 내어 울부짖었다. 울부짖음이 듣기도 싫다는 듯 중전은 매섭게 고개를 돌렸다. 중전의 곁에 머물던 홍 씨 또한 치맛단만 꼭 움켜잡았다. 방문이 열리고 서너 명의 무수리가 들어와 다래를 에워싸고 막 끌어내던 참이었다.

"마마! 부디 고정하시옵소서."

시종일관 침묵하고 있던 홍 씨가 중전 앞에 무릎을 꿇었다.

다래를 끌고 나가려던 무수리들 또한 머뭇거리며 우두커니 서 있었다.

"아가! 어찌 그러는 것이야?"

다래를 노려보던 눈빛과는 다르게 중전은 부드러운 눈길로 홍 씨를 바라보았다. 홍 씨는 떨리는 목소리로 겨우 말을 이었다.

"마마, 저 아이를 용서해주십시오!"

홍 씨의 말에 중전의 얼굴은 당황한 빛이 역력했다. 지금 가장 좋아해야 할 사람은 며느리인 홍 씨가 분명했기에 중전은 더욱 의아할 수밖에 없었다.

"어찌 그러는 것이냐? 넌 지아비의 마음을 빼앗은 저 아이가 밉지 않은 것이냐? 이리 마음이 여려서 어이할꼬?"

어깨를 들썩이며 울먹이는 홍 씨의 손을 중전이 따뜻하게 감싸 쥐었다. 중전은 자신의 아들 때문에 마음고생을 하는 며느리가 너무나 애처롭고 불쌍해 보였다. 여인으로 태어나 한 사내의 마음을 얻고 사는 것이 얼마나 힘든 일인지 중전 역시 잘 알고 있던 터였다.

"지아비의 마음을 가져간 저 아이가 원망스럽고 또 원망스럽습니다. 한 사내의 사랑을 받으며 살고자 하였으나, 그분의 마음속에 이미 저는 없었습니다. 지아비가 저 아이에게 가지는 마음이 연모라면, 제가 가지는 고통 또한 지아비를 향한 연정이옵니다. 그러니 부디 저 아이를 용서해 주시옵소서."

애끊는 홍 씨의 말이 빗물이 되어 우두커니 서 있는 궁녀들의 마음까지 촉촉이 적셨다. 다래는 순간 번개에 맞은 듯했다. 지금껏 생각하지 못했다. 부부인 홍 씨도 한 사내의 사랑을 받고 자 하는 여리디여린 여인이라는 것을. 수많은 그리움으로 그녀 가 지새웠을 밤들을 생각하니 다래는 미안했다.

그 시각, 평원대군은 장악원에 잠시 들렀다 부왕을 만나기 위해 강녕전으로 향했다. 두향은 그를 찾기 위해 장악원에 갔지만 결국 만나지 못하고 엇갈리고 말았다. 대군은 오늘 반드시 부왕을 만나 다래를 별실로 들이는 것을 허락받고 말 것이라 다짐했다.

부왕은 그와의 기나긴 독대 자리에서 결국 진정 어린 대군 의 마음에 손을 들어주었다. 그는 이루 말할 수 없이 기쁘고 행 복했다. 지금이라도 당장 달려가 다래에게 이 소식을 가장 먼저 말하고 싶었다. 가슴이 벅차올랐다. 이제 다시는 사랑하는 연인 의 손을 놓지 않아도 되었다.

대군은 자신의 마음을 알아준 부왕에게 무슨 일이든 보답하 고 싶었다. 마침 함평대군이 밀사를 자청해 황해도로 간다기에 평원대군은 자신이 함평대군을 대신해 명을 수행하겠노라 부 왕에게 아뢰었다. 사실 대군은 딱 한 번만이라도 바다를 보고 싶다던 다래의 말을 기억하고는 둘만의 추억을 갖고자 밀사 일 을 자처했다. 무엇보다 다른 이의 눈 따위는 신경 쓰지 않아도 되는 곳에서 둘만 오붓하게 보내고 싶은 마음도 컸다. 생각이 여기까지 미치자 그는 자꾸만 웃음이 터졌다.

"대군 나리!"

보교에 막 오르려는 그때, 칠석이 급하게 대군을 불렀다.

"무슨 일이냐?"

칠석은 두향이 찾아온 일을 평원대군에게 소상히 일렀다. 대군의 얼굴은 하얗게 질렸고 서둘러 보교에서 뛰어내려 중궁전으로 향했다. 어미인 중전은 대군을 보려 하지 않았다. 그저 사가로 돌아가 내자인 홍 씨를 진심으로 위로하라는 명밖에는 없었다. 김 상궁을 통해 홍 씨가 다래를 살렸다는 말을 전해 들은 대군은 그동안 무심히 대했던 홍 씨에게 미안하고 고마운 마음이 교차되었다.

초요갱

그림자라고는 전혀 찾아볼 수 없는 깊은 밤, 관복을 입은 사내 둘이 저잣거리에 있는 한 주막으로 들어갔다. 연회장에서 다래를 끌고 갔던 바로 그 관군들이었다. 그들은 주위를 한 차례 더 살피고는 재빠르게 방 안으로 들었다.

"도대체 일을 어떻게 하는 것이야?"

들어서는 그들을 향해 술병이 날아왔다. 술병은 곧 둔탁한 소리와 함께 바닥으로 나뒹굴었다.

"송구하옵니다. 계집을 잡았으나, 갑자기 화의군 나리께서 나타나 훼방을 놓는 바람에 일이 실패로 돌아갔습니다."

"화의군이? 하하하. 이제는 화의군까지!"

이미 술에 잔뜩 취한 계양군의 눈빛은 흐릿했다. 희미한 눈동자에는 분노만 서려 있었다. 그는 이번에 일이 성사된다면 눈엣가시 같은 존재인 평원대군과 유어당 그리고 다래까지 한꺼번에 해결될 것이라 믿었다. 한데 그 반대로 큰 연회를 화려하게 성공시킨 평원대군에게 부왕은 분명 뭐든 다 해줄 것이 뻔했다. 다래와 평원대군이 함께 정을 나누고 있는 상상만으로도 화가 불같이 치솟았다. 계양군의 가슴이 모두 타들어가는 것처럼 뜨거워졌다.

"멍청한 놈들! 꺼져! 꺼지란 말이다. 콱, 명줄을 따놓기 전에 말이다!"

계양군은 앞에 놓인 술상을 뒤집어엎었다. 음식들이 뒤죽박죽 방 안을 어지럽혔고, 역한 냄새가 나는 젓갈 국물이 비단 도포 위에 흘러내렸다. 놀란 관군들은 서둘러 자리를 피했다. 불같은 계양군 성격에 잘못하면 그들의 명줄이 진짜 달아날지도 모를 일이었다.

"이임! 네놈을 반드시 죽이고 말 것이야! 죽여서 아작아작 씹어 삼켜주마. 다래, 네년은 죽고 싶어도 죽지 못하게 만들고 말 것이다. 그리 만들 것이야. 나 계양군이, 그리 만들고……."

바닥에 뻗은 계양군은 금세 코를 골며 깊은 잠에 빠져들었다. 그는 점점 망가지기 시작했다. 잘생긴 얼굴도, 남성다웠던 굳은 심성도. 계양군에게도 다래는 첫 정인이었다.

평원대군은 이른 시각부터 칠석을 찾으며 분주히 뛰어다녔다. 신시(오후 3시~5시)에 만날 다래를 위해 뭘 할까 고민에 고민을 거듭하느라 잠까지 설쳤다. 아직 시간이 많이 남았음에도 대군은 서둘렀다. 평소 그의 성품이라면 분명 단단한 돌다리도 두드리는 여유를 가졌겠지만 유독 오늘만은 전혀 다른 사람처럼 보였다. 홍 씨는 멀리서 그런 그의 모습을 슬픈 눈으로 바라보았다. 다래 또한 이른 시각에 잠에서 깨었다. 연회에서 일어난 일들이며, 애달픈 홍 씨의 눈동자를 생각하니 가슴 한편이 저려왔다. 더욱이 모든 일을 전해 들은 평원대군이 늦은 시각임에도 기방 앞을 다녀갔다는 이야기를 들었을 때, 다래는 더없이 고마웠다. 자신은 평원대군을 바라보는 한 여인으로 평생을 살 것이라 그리 마음먹었다.

한 번 풀어 놓은 시간은 걷잡을 수 없이 빠르다고 했던가? 벌써 평원대군과 만나기로 한 시간이 다 되어갔다. 두향은 다래를 치장시키고 보니 마치 새색시처럼 보였다. 다래는 늦을세라 월릉정으로 발걸음을 재촉했다. 삼작교 너머 월릉정은 평소와 달랐다. 뻥 뚫려 있던 월릉정 사방에 방문처럼 생긴 것들이 달려 있었다.

"대군 나리, 아씨께서 오셨는뎁쇼!"

칠석의 부름에 평원대군은 문을 열었다. 대군은 놀란 표정으로 서 있는 다래에게 웃음을 내보였다.

"어서 들어오너라."

대군은 손을 내밀었다. 다래는 그의 따뜻한 손을 잡고 안으로 들어섰다. 정작 안은 살림살이를 옮겨 왔나 하는 착각마저 일으킬 정도로 예전 다래가 머물렀던 별실과 똑같았다.

"이것이 어찌 된 일이옵니까?"

휘둥그레진 눈으로 다래는 대군을 바라보았다. 그는 다래를 이끌고 창문이 있는 곳으로 다가섰다. 창문을 여니, 늘 월릉정에서 바라보던 연못이 눈앞에 펼쳐졌다. 푸른 연못가에는 전에 없던 노란 꽃들이 피어 있고, 한가로이 노니는 오리들도 보였다. 한껏 아름다워진 연못에서 다래는 눈을 뗄 수 없었다.

"너와 함께 보낸 이곳을 너를 향한 내 마음의 징표로 주고 싶었다."

어느새 다래의 눈에 눈물이 고였다. 대군은 그런 그녀를 꼭 껴안았다. 오랜만에 만난 그들은 시간이 가는 줄 모르고 서로의 말에 푹 빠져들었다. 그동안 떨어져 있던 시간이 긴 만큼 이야기는 끝날 줄 몰랐다.

문득 대군은 칠석을 찾아 종이와 붓을 가지고 오라고 했다. 그는 종이를 반듯하게 펴고, 다래는 천천히 먹을 갈았다.

해는 어느 틈에 서산을 향해 가고 있었다. 연못 위에 한 폭의 수묵화보다 더 아름다운 광경이 펼쳐졌다.

"다래야, 무엇을 그리 넋을 놓고 바라보는 게야? 붓을 이리 주지 않고."

새털구름 사이사이에 물들어 있는 노을을 멍하니 바라보던 다래가 대군의 말에 깜짝 놀라 그만 붓을 떨어뜨렸다. 그 모습을 지켜보던 평원대군은 그녀를 나무라기보다 어린 누이동생을 바라보듯 흐뭇한 미소를 지었다. 다래는 얼른 떨어뜨린 붓을 들었다. 그러고는 곧바로 맑은 물에 붓을 부드럽게 씻어냈다. 다 씻어낸 붓을 꺼내 드니 붓에 남아 있던 물방울 하나가 대접 안으로 떨어지며 잔잔히 파문을 일으켰다. 다래는 자신의 실

187

수가 부끄러운 듯 고개를 살짝 돌린 채 조심스레 대군에게 붓을 건넸다.

"너의 마음이 빼앗길 만큼 아름다운 노을이구나."

다래도 고개를 들어 평원대군의 시선을 따라 점점 검게 타들어가는 서쪽 하늘을 바라보았다. 노을을 한참이나 보고 있던 대군의 눈길은 점점 아래로 내려와 붉게 물들어 있는 다래에게로 향했다. 노을이 은은하게 스며든 이마, 오뚝 솟아 있으되 조화의 미덕을 보여주는 콧날, 한여름 잘 익은 복숭아처럼 한입 베어 물면 금세 달콤한 향이 묻어나올 듯한 두 볼을 지나, 석류보다 더욱 붉은 입술이 보였다. 어디 얼굴에서만 그 아름다움이 끝이 나겠는가? 평원대군은 불현듯 뭔가 생각이 난 듯 그녀가 건네준 붓을 들고는 한 치의 망설임도 없이 뭔가를 써 내려갔다. 그사이 태양은 느릿느릿 산을 넘어 사방이 점점 어두워졌다. 월릉정 아래서 노을을 이불 삼아 꾸벅꾸벅 졸고 있던 칠석이 부스럭거리며 일어났다. 그러고는 대군이 있는 곳으로 올라와 능수능란한 솜씨로 서너 개의 초에 불을 붙였다. 사방을 비춘 촛불은 바람에 조용히 흔들렸다. 그때마다 월릉정 천장에 비친 그림자가 커졌다 줄어들기를 반복했다. 그러나 대군은 그 어떤 것에도 동요하지 않은 채 그저 자신이 하고 있는 일에 온몸과 마음을 다하고 있을 뿐이었다.

얼마의 시간이 흘렀을까? 밝은 보름달이 월릉정을 찬찬히 비추며 그의 화선지까지 촉촉이 적실 무렵, 평원대군은 들고 있던 붓을 벼루 위에 천천히 내려놓았다.

"음."

평원대군은 볼에 흘러내리는 땀을 손등으로 닦으며 짧은 신음을 내뱉었다. 그런 그의 모습을 물끄러미 바라보던 다래는 팔을 뻗어 대군의 땀을 하얀 비단 천으로 닦아주었다.

"고맙구나."

짧은 인사말과 함께 대군은 글씨가 쓰인 화선지를 맞은편 다래가 쉽게 볼 수 있도록 돌렸다.

"다래야! 이것이 무슨 글씨인지 알아보겠느냐?"

다래는 좀 더 자세히 볼 요량으로 글씨가 쓰인 화선지 쪽으로 몸을 비스듬히 기울였다. 겸손한 대군의 성품을 그대로 나타내기라도 하듯 글씨체 또한 군더더기라고는 전혀 찾아볼 수 없었다. 마치 끊이지 않고 매끄럽게 그려진 한 폭의 수묵화를 보는 것만 같았다.

"초, 요, 갱?"

찬찬히 훑어보던 다래는 또박또박 한 글자씩 읽어 내려갔다. 자신보다 어린 나이에도 목소리에 왠지 모를 슬픔이 배어 있다는 생각에 평원대군은 두 눈을 꼭 감았다. 마지막 한 글자까지 모두 들은 후에야 그는 감았던 눈을 떴다. 그러고는 자신 앞에 있는 다래를 바라보며 천천히 입술을 떼었다.

"그래! 초요갱이라는 글자가 맞느니라."

다래는 평원대군의 뜨거운 시선이 느껴져서인지 고개를 들지 못하고 그저 화선지만 뚫어지게 바라볼 뿐이었다. 사방이 너무나 고요해서 월릉정 누각 위에 쏟아지는 달빛 소리까지 들릴 정도였다. 다래는 침묵을 깨기라도 하려는 듯 조심스레 말문을 열었다.

"대군 나리, 이것은 무엇을 뜻하는 것이옵니까?"

평원대군은 뭔가 심중에 변화라도 생긴 듯 미간을 찌푸렸다.

"둘이 있을 때는 예전처럼 나를 불러달라 하지 않았더냐?"

그제야 평원대군의 뜻을 알아차린 다래는 자신도 모르게 해맑은 미소를 머금었다. 하마터면 웃음이 새어 나갈까 긴장된 얼굴로 다래는 입을 가렸다. 대군 역시 그런 그녀를 바라보며 엷은 미소로 답했다.

"이것이 무엇이옵니까?"

다래를 빤히 바라보고 있던 평원대군은 그녀의 말에 화선지로 눈을 돌렸다.

"아, 이거?"

평원대군은 방금 전까지의 진지함은 어디로 갔는지, 장난기 가득 담긴 표정으로 다래에게 바짝 다가갔다. 갑작스러운 그의 행동에 그만 얼음이라도 된 듯, 다래는 그 자리에 굳어버렸다. 한 치 정도의 공간을 남겨두고 얼굴을 맞대고 있으니, 심장이 귓가에 붙어 있는 것처럼 큰 소리로 울려댔다. 대군이 내뿜는 숨소리는 어느새 다래의 숨결이 되어 차츰 스며들었다. 서로의 눈동자에 비친 자신의 모습이 두근거림으로 다가왔다. 실로 오랜만에 다래는 대군의 얼굴을 가까이에서 볼 수 있었다. 바라보고 있어도 그립고, 함께 있어도 외로움을 느끼게 하는 사람. 가까이 다가선 그가 더 민망하다는 듯 뒤로 물러날 때까지 다래는 평원대군의 눈길을 피하지 않았다. 대군은 민망함과 미안함을 수습이라도 하려는 듯 정각이 떠나갈 정도로 크게 웃으며 뒤로 물러났다.

"지금의 명나라가 있기 전, 그러니까 당나라보다도 훨씬 앞선 시기인 초나라에 영왕이라는 자가 있었다. 그 영왕이 사랑했던 여인이 허리가 가늘고 아름다웠다고 하더구나. 그 이후부터 사람들은 허리가 가늘고 아름다운 여인을 가리켜 초요(楚腰)라 불렀단다. 그 후 당나라의 유명한 시인인 두목(杜牧)은 허리가 가늘어 아름다운 여인은 손바닥 위에서도 가볍다, 그리 읊기도 했다는구나."

다래는 이야기가 흥미로운 듯 눈을 반짝이며 평원대군의 말에 집중하고 있었다. 어서 그다음 이야기를 빨리 해달라고 재촉이라도 하는 듯 대군의 움직임을 하나도 놓치지 않았다.

"그래서 나는 마지막 글자는 미녀 갱(妜) 자를 써서 초요갱이라 지었다. 이제부터 너는 다래라는 아명을 버리고 초요갱으로 여생을 살았으면 좋겠다. 어렸을 때의 아픈 기억은 모두 다래와 함께 떠나보내고, 초요갱으로, 아름다운 여인으로 살아가길 내 진심으로 바라고 또 바라느니라."

글씨 위로 물방울 하나가 떨어졌다. 물방울은 먹물에 스며들어 차츰 원을 그리며 퍼져나갔다. 눈물이 스며든 동그라미는 점차 슬프게 미소 짓고 있는 어미의 얼굴로 바뀌었다. 다래는 자신이 누구인지도 모르고 지금까지 살아왔다. 아장아장 걸을 때부터 다래는 기방 부엌 옆에 붙어 있는 작은 방에서 어미와 단 둘이 살았다. 어미는 기녀들의 속옷까지 빨아가며 다래를 힘들게 키웠다. 그런 소중한 어미가 세상에 없다는 사실 하나만으로도 다래는 너무나 슬펐다. 어미의 얼굴이 없어진 자리에는 또다른 원이 그려졌다. 그 속에는 지금 그녀의 앞에 있는 평원대군의 모습이 비쳤다. 처음 숲 속에서 두려움에 떨고 있는 자신에게 환히 웃어주던 모습. 저잣거리에서 다시 마주쳤을 때의 설렘. 천하디천한 자신에게 진심으로 마음을 고백하던 대군의 수줍음. 아플 때마다 함께 아파해주던 평원대군의 따스한 눈동자는 다래가 천 번이고 만 번이고 다시 태어난다 하여도 결코 잊을 수 없는 소중한 것들이었다.

평원대군이 지어준 '초요갱'이라는 새로운 이름은 그동안 힘들었던 기억들을 일순간 행복한 꿈으로 바꿔놓았다. 그와 함께라면 지금보다 더욱 힘든 일들이 앞에 있다 하여도 거뜬히 이겨낼 수 있을 것만 같았다. 다래는 온전히 평원대군, 그만의 여인으로 살고자 마음먹었다.

마지막까지 맺혀 있던 그녀의 눈물 한 방울이 화선지로 떨어졌다. 평원대군은 그녀의 눈물에 깜짝 놀라며 고개를 들었다. 그는 두 눈에 눈물이 가득 고여 있는 다래의 곁으로 다가섰다. 대군은 조심스레 다래의 양 볼에 두 손을 올린 후 천천히 다래의 고개를 들어 올렸다.

"울지 마라! 제발 울지 말거라. 네가 우는 모습을 보니, 내 모든 것이 다 녹아내리는 것만 같구나."

평원대군의 두 눈도 어느새 촉촉이 젖어 있었다. 그는 다래의 볼을 타고 흐르는 눈물을 손등으로 쓸어내렸다. 다래는 따뜻한 대군의 손이 볼을 스쳐 내려갈 때마다 그동안의 모든 아픔이 말끔히 사라지는 것만 같았다.

"나리!"

다래는 목구멍에 뜨거운 뭔가가 올라오는 것을 느꼈다. 그런 마음을 알기라도 한 걸까. 한 사내가 사랑하는 여인의 모든 것을 품에 품었다.

"지켜줄 것이다. 내 목숨이 다하는 그 순간까지 너를 반드시 지켜줄 것이야. 내 곁에 머물러주겠느냐?"

수줍게 고개를 끄덕이는 다래를 평원대군은 더욱 힘껏 껴안았다. 다래는 어느새 그의 품 안에서 스르르 녹아내렸다.

"저, 저기 대군 나리! 분부하신 일 다 되았는뎁쇼."

갑작스러운 칠석의 목소리에 대군은 화들짝 놀라며 그를 질타라도 하듯 헛기침을 두어 번 보냈다. 다래는 그 모습에 참았던 웃음을 터뜨렸다.

대군은 자신의 큼지막한 손을 다래의 두 눈 위에 포개고 난 후, 연못 아래로 천천히 내려왔다.

"조심! 조심!"

다래는 그저 대군이 이끄는 대로 자신의 몸을 내맡겼다. 어느덧 바람에서는 봄과 초여름의 푸른 물빛 향이 났다. 개구리들의 맑은 울음소리에서도 계절의 변화를 느낄 수 있었다. 다래의 눈을 가리고 있던 대군의 손이 천천히 내려왔다.

"아!"

감탄밖에는 나오지 않았다. 이제 막 피기 시작한 푸르른 연꽃잎 주위로 여러 가지 색을 입힌 아기자기한 연등이 어두운 연못을 환히 밝히며 유유히 떠다녔다. 마치 연꽃이 활짝 핀 것 같은 착각마저 불러일으켰다.

"참으로, 참으로 아름답습니다."

다래의 큰 눈동자에 눈물 한 방울이 맺혔다. 눈물방울에는 아름다운 연못이 고스란히 담겨 흘러내렸다. 물에 반영된 불빛들은 한들한들 물결을 따라 흘렀다. 대군 또한 그녀의 눈길을 따라 물 위에 떠 있는 불빛들을 바라보았다.

"아직 남았느니라."

평원대군은 연못 기슭에 서 있던 칠석을 향해 눈짓을 보냈다. 그의 눈짓에 칠석은 고개를 끄덕이고는 들고 있던 작은 함을 활짝 열었다. 그러자 그 속에 있던 반딧불이 수십 마리가 연못 위로 일제히 날았다. 하늘에 떠 있는 별들이 우수수 쏟아져 내리는 것처럼 보였다. 눈을 동그랗게 뜬 다래는 두근거림과 설렘이 가슴 가득 차올라 말문이 막혔다. 무슨 말이라도 해서 이 떨리는 마음을 전하고 싶은데, 마땅한 말을 찾지 못했다.

"나리, 소인 놈은 고만 물러갑니다요."

칠석은 대군에게 고개를 숙이고 옆에 있던 또 다른 일꾼들과 함께 삼작교를 건너 사라졌다. 그제야 평원대군은 자신이 쓰고 있는 갓을 벗어 다래에게 주었다. 신발도 벗고, 도포도 걷어 허리춤에 묶고는 저벅저벅 연못 쪽으로 내려갔다.

"나리, 어찌……."

그는 아이처럼 다래를 향해 웃고는 풀에 잠시 내려앉아 쉬고 있는 반딧불이를 손으로 잡았다. 한참을 그렇게 고생하던 평원대군이 다래가 있는 바위 쪽으로 다가왔다.

"손을 펴보아라!"

다래는 두 손을 폈다. 그 위의 대군의 손이 겹쳐 올려졌다. 대군은 조심조심하며 자신의 손에 있는 것을 다래의 손으로 건네었다.

"날아가버릴 수도 있느니라. 꼭 말아 쥐어야 한다."

그녀는 반딧불이가 날아가지 않게 손을 둥글게 말아 오므렸다. 뭔가가 손안에서 서로 부딪쳤다. 평원대군은 어느 틈에 다래 뒤에 서서 그녀를 꼭 껴안았다. 그러고는 오므린 그녀의 작은 손을 천천히 폈다.

"이, 이것은?"

반딧불이 한 마리가 하늘 높이 날아오르고, 그 자리에는 은으로 만든 칠보 가락지가 나란히 놓여 있었다. 하늘색을 입히고 노란 꽃잎을 각인한 가락지였다. 하나일 때는 하나뿐인 꽃잎이고 둘이 합쳐지면 완전히 한 송이로 피어나는 가락지. 대군과 다래는 서로의 약지에 반지를 끼웠다. 대군은 반지를 낀 다래의 손에 가벼운 입맞춤을 했다.

"…… 나리."

"달빛이 연못을 비추면 나는 그대를 생각하겠소. 은빛 바람이 연꽃을 스쳐 내게로 다시 돌아올 때, 나는 그대를 생각하겠소. 내 곁으로 와주어 진정으로 고맙소."

달달한 평원대군의 목소리가 다래의 귓불을 붉게 물들였다. 눈시울이 뜨끈해졌다. 세상을 살아가면서 천한 계집을 이처럼 귀히 여겨주는 사내를 두 번 다시 만날 수 있을까? 아마 두 번 다시는 만나지 못할 것이라 다래는 생각했다. 그들은 연못의 연등이 빛을 잃을 때까지 사랑을 속삭이며 긴 입맞춤을 했다.

소낙비

거처로 돌아온 다래는 쉽사리 잠을 이룰 수 없었다. 이제부터 다래라는 이름을 버리고 초요갱으로서 삶을 살아가라는 평원대군의 말이 그녀의 가슴을 쓰라리게 했다. 다래는 오래된 문갑을 조심스레 열었고 화각 함 하나를 꺼냈다. 함은 모서리가 군데군데 벗겨져 있고 이가 빠졌다. 그 상태는 별로 좋지 않으나 모양새만큼은 지체 높은 양반의 것이었다. 그녀는 평원대군이 초요갱이라는 이름과 함께 써준 서한을 품속에서 꺼내 함에 곱게 넣었다.

이제 곧 평원대군과 함께 황해도로 갈 것이며, 평생 그의 여인으로 살게 될 것이다. 심장이 두근거렸다. 너무 빠르게 두근거려 이러다 터져버리는 것은 아닐까 하는 생각마저 들었다.

"아가씨, 홍문입니다!"

익숙한 목소리였다.

"오라버니?"

다래는 서찰 한 통 써놓고 없어진 홍문을 걱정하고 있던 참이었다. 바람처럼 사는 사람이라 한곳에 머물 수 없다는 생각을 하고 있었지만, 그래도 곁에서 함께 살았으면 싶은 혈육 같은 존재였다. 홍문이 방으로 들어와 가볍게 고개를 숙였다.

"아가씨를 뵈었으니, 이제는 되었습니다."

홍문은 다래를 공격한 자들과 다래 어미를 죽인 자들에 대해 알아볼 것이 있어 은밀히 함길도에 다녀와야 했다. 그러나 추노꾼 대장인 안계담 역시 다래 어미가 죽던 날, 그녀에게 딸이 하나 있음을 알아차렸을 테니 다래가 위험할 수도 있다는 생각에 홍문은 최대한 서둘러 도성으로 돌아온 참이었다.

다래의 두 눈에 눈물이 고였다. 홍문은 그런 그녀의 마음을 잘 알기에 서둘러 뒤돌아섰다. 돌아서서 막 방을 나서려는데 다래가 홍문의 허리를 껴안았다. 그는 뜨거운 뭔가가 목구멍 사이로 비집고 올라옴을 느꼈다. 홍문에게도 다래는 친누이와 같은 존재였다. 한데 이제는 그녀를 친누이가 아니라 여인으로 품고 싶은 욕심이 자꾸만 솟구쳤다.

"오라버니, 이제부터 어디 갈 때 나한테 말하고 가!"

"그리하겠습니다."

홍문은 목구멍 사이로 비집고 올라오는 감정을 꾹꾹 눌렀다. 그러고는 허리를 꼭 감고 있던 다래의 팔을 조심스레 풀었다. 그는 다시 몸을 돌려 다래에게 가볍게 인사하고는 새처럼 날아 담장을 넘었다. 다래는 홍문이 사라진 곳을 한참이나 바라보다

방 안으로 들어갔다.

　이틀 뒤, 평원대군과 다래는 황해도로 떠났다. 부왕의 밀명이라 그들을 보필하는 사람의 수는 조촐했다. 홍문 역시 멀찍이서서 그들의 뒤를 조용히 밟았다. 가마를 탄 다래는 작은 문틈으로 푸른 숲의 정취를 느꼈다. 대군은 다래와의 나들이에 들떠 있었다. 가는 내내 그들의 입가에는 웃음이 떠나질 않았다. 대군은 고삐를 잡고 있는 오른손을 흐뭇하게 내려다보았다. 한 짝씩 나누어 낀 가락지가 햇살을 받아 반짝였다. 다래 역시 자신의 약지에 끼워진 가락지를 보았다. 볼 때마다 그날 밤의 아름다운 일이 머릿속에 그려져 자꾸만 웃음이 났다.

　황해도에 도착한 첫날 평원대군은 다래가 그렇게나 보고 싶어 하던 바다에 함께 나갔다. 다래와 둘만의 시간을 보내기 위해 일정을 예정보다 앞당긴 것이 내심 잘한 일이라 여겨졌다. 바다 근처에 다다르자 비린내가 두 사람의 코끝을 자극했다. 그 비릿한 짠 내는 이상하리만큼 사람의 마음을 한없이 넓고 편안하게 만들었다. 파도가 쉴 새 없이 밀려왔다가 밀려갔다. 다래는 아주 어렸을 때 기억이 잠시 떠올랐다. 그것은 다름 아닌 아버지에 대한 기억이었다. 아버지는 늘 자신이 가본 바다에 대해 어린 다래에게 이야기해주었다. 언젠가는 바다를 꼭 보여주겠노라 손가락 걸며 약조했던 아버지가 그녀는 못 견디게 보고 싶었다. 무엇보다 죽음으로 돌아온 어미가 떠오르자 텅 빈 마음에 차디찬 바람 한 줄기가 지나갔다.

　"어찌 그리 눈물을 보이는 것이냐?"

"아, 아니옵니다. 바다를 보니 참으로 좋아서 그만……."

평원대군은 그런 다래의 곁으로 다가서서 흘러내리는 눈물을 닦아주었다. 그는 그런 그녀의 모습이 한없이 애처롭고도 가여웠다. 그것은 연인의 정이기에 앞서 오래전부터 다래의 뒤를 지켜온 한 사내의 순정 어린 마음이었다. 그들은 손을 꼭 마주 잡고 넓고 넓은 자갈밭을 천천히 걸었다.

"다리가 아프지 않느냐? 업혀라!"

대군이 다래를 향해 등을 내밀었다.

"옥체가 상하실까 소녀 걱정되옵니다. 어서 일어나시지요."

"괜찮다. 어서 업히래도."

다래는 못 이기는 척 대군의 등에 업혔다. 그의 등은 햇살만큼이나 따뜻했다. 다래는 그의 등에 얼굴을 살며시 기대었다.

"무겁지 않사옵니까?"

"가볍다. 어찌 이리 가벼운 것이야?"

역정을 내듯 대군은 말을 내뱉었다. 다래의 몸에서 처음 만났을 때처럼 달달한 복숭아 향이 났다. 다래의 심장 소리가 대군의 등에 닿았다. 그의 심장 또한 다래의 것과 같은 속도로 두근거렸다. 마치 두 개의 심장이 원래 하나였던 것처럼.

"비가 옵니다."

대군의 갓 위에 빗방울이 톡톡 가볍게 떨어졌다. 바다만큼이나 맑았던 하늘에서 갑작스레 소낙비가 쏟아졌다.

"우리를 시샘하는 것인가? 멀쩡한 하늘에서 비가 다 내리는구나, 하하."

등에서 내려온 다래는 손으로 대군의 얼굴을 가려주었다. 멀리 모래 더미 너머 홍문이 갈모(비 올 때 갓 위에 덮어쓰던 고깔처럼 생긴 물건)를 챙겨 왔지만, 그저 그들을 바라보다 돌아섰다.

"어서 들어오너라!"

어느 틈에 대군은 도포를 벗어 다래의 머리 위에 씌웠다. 다래는 그런 그를 물끄러미 바라보다 도포 안으로 쏙 들어갔다. 대군은 빙그레 웃으며 다래의 어깨에 손을 올렸다.

"저기 보이는 초가까지 뛰는 거다."

둘은 활짝 웃으며 앞을 향해 뛰었다. 자갈 위에 맺혀 있던 물방울이 발걸음을 뗄 때마다 통통 튀어 올랐다. 대군은 늘 남의 시선에 사로잡혀 자기 마음대로 할 수 없는 왕족으로 살았다. 왕족이나 양반은 경망스럽게 뛰어서도 안 되었고, 말이나 행동에서도 늘 조심해야 했다. 그런 그가 한 여인을 만나 처음으로 하고픈 대로 마음껏 하고 있었다. 대군은 오늘 당장 죽는다 해도 여한이 없다 생각했다. 곁에 있는 여인과 함께라면 왕족이 아니라 사람으로 살 수 있을 것만 같았다.

"머리가 비에 다 젖었구나."

그들은 비가 좀 잦아들 때까지 초가에 머물기로 했다. 평원대군은 손수 따뜻한 물을 끓여 다래에게 주었다. 그는 비를 맞아 흐트러진 다래의 머리카락에 손을 넣어 곱게 빗고 댕기로 묶었다.

한편, 계양군은 며칠째 칩거 중이었다. 그는 기방 사람들에게 평원대군이 다래를 별실로 들인다는 말을 전해 듣고부터 모든 기운이 일시에 빠져버렸다. 의원의 말로는 화병 내지 상사병이라 했다. 그는 어느 곳에 가든 여인들의 시선을 가장 많이 받았다. 잘생기고 호방한 계양군의 곁에는 늘 도성 안에서 가장 아름다운 여인들이 있었다. 그런 그가 처음으로 마음이 가는 계집을 만났는데 그것이 하필 형님인 평원대군의 여인이었으니, 그 마음의 병이 깊을 수밖에 없었다. 계양군은 이런저런 일을 꾸며보았지만 결국 평원대군에게서 다래를 빼앗지 못했다.

"나리!"

호위 무사 령이 조용히 계양군을 찾았다.

"들어오너라!"

방 안에 들어선 령은 계양군에게 고개를 숙여 예를 갖추었다.

"그래, 다래 년은 어찌하고 있더냐?"

가래가 차올라 목소리가 잘 나오지 않자, 계양군은 옆에 있던 물 대접을 들고는 벌컥벌컥 쉬지 않고 마셨다.

"그것이……, 평원대군이 황해도로 데리고 갔다고 합니다."

계양군은 마시고 있던 대접을 바닥으로 집어 던졌다. 대접 안에 있던 물이 사방으로 튀었다. 령은 말을 하려다 잠시 멈췄다.

"뭐, 뭐시라! 황해도로 왜 간 것이야? 내 전해 듣기로는 아바마마의 밀사로 황해도로 가는 이는 함평 형님이시다. 근데 왜 평원이 갔단 말이냐?"

"소인 역시 자세한 내막은 잘 모르겠사옵니다만, 그것보다 우찬성 대감께서 평원대군이 황해도로 간 것을 알고는 그쪽으로 은밀하게 사람을 보냈다고 합니다."

계양군은 뭔가 생각을 하려는 듯 경상을 손가락으로 톡톡 두드렸다. 그렇게 한참을 두드리던 손가락이 멈췄다. 그는 령에게 가까이 오라며 손짓했다. 령은 그의 말을 자세히 듣기 위해 귀를 바짝 가져다 댔다. 잠시 뒤, 령은 조용히 고개만 끄덕였다.

"알겠느냐?"

"분부하신 대로 처리하겠사옵니다."

어두운 먹구름이 도성의 하늘을 뒤덮었다. 계양군은 그런 하늘을 올려다보았다. 곧 세찬 비가 내릴 것이다. 령은 서둘러 말을 몰았다.

'평원! 네놈의 명줄도 이것으로 끝이구나, 하하하!'

미친 듯, 질주하는 말의 뒤꽁무니를 노려보던 계양군의 얼굴에 옅은 미소가 서렸다.

영원한 이별

　꿀처럼 달콤했던 날은 눈 깜짝할 사이에 지나갔다. 평원대군
은 본격적으로 자신에게 맡겨진 소임을 바쁘게 처리했다. 그는
밀사의 특명을 빨리 끝내고 다래와 함께 더 많은 시간을 보내고
싶은 마음밖에 없었다.

　대군은 여느 때와 마찬가지로 깊은 밤이 다 되어서야 처소로
향했다. 처소로 가기 위해 모퉁이를 돌던 그때, 그는 심한 현기
증을 느끼며 갑자기 바닥에 쓰러졌다.

　"어허! 이런 일이 있을 수가 있단 말인가?"

　의원은 무슨 생각에서인지 자꾸만 고개를 갸우뚱하며 숨을
들이쉬었다 내뱉었다. 넋두리 같은 의원의 말에 곁에 서 있던
포졸 하나가 그의 말을 받았다.

　"왜 그러시오?"

"근래 두창(천연두) 환자들을 죄다 골라내어 농골에 가두었다는데……. 아무리 돌림병이라지만 좀……, 이상허이. 이렇게 갑자기 쓰러진다는 것은 두창의 염증을 시료한 천을 대군 나리의 얼굴에 직접 가져다 대지 않고서야 불가능하다, 이 말이지."

의원은 자신이 들고 온 침통을 챙기며 다시 한 번 더 평원대군의 얼굴을 보고는 고개를 절레절레 흔들었다. 다래는 그런 의원의 말 따위는 그 무엇도 들리지 않았다. 그저 일어서려는 의원의 바짓가랑이를 붙들고 살려달라며 울음을 토했다. 그러나 사람의 목숨이 어찌 마음대로 되겠는가? 관아에서는 급히 궁궐로 파발을 띄웠다.

다래는 단 한시도 평원대군 곁을 떠나지 않았다. 잠을 자고 먹는 것마저 잊은 채 대군을 지극정성으로 돌보았다. 하지만 하늘도 무심한지 그의 병세는 하루하루가 다르게 깊어만 갔고 의식은 돌아올 생각을 하지 않았다. 간혹 의식이 돌아와서는 힘없이 다래를 찾을 뿐이었다.

며칠 뒤 궐에서 사람들이 왔다. 파발을 받자 평원대군을 급히 궐로 데리고 오라는 임금의 명이 떨어졌다. 대군은 도성으로 가기 위한 가마에 올랐다.

"다래야!"

가마 안에서 의식을 찾은 대군의 목소리가 흘러나왔다. 그것은 그토록 듣고 싶었던 임의 목소리였다. 다래는 놀라 대군이 있는 곳으로 냉큼 달려갔다. 식은땀으로 범벅이 된 그는 희미하게나마 다래를 향해 웃어 보였다. 그러나 웃음은 곧 거친 숨으로 되돌아왔다.

"나, 나는 괜찮으니라. 곧 괜찮아질 것이니 걱정하지 말거라. 울지 말래도."

평원대군은 자신이 아픈 것보다 다래의 울음에 더욱 마음이 아팠다. 다래는 울지 않겠노라며 그를 향해 고개를 세차게 끄덕였다. 대군은 자신이 끼고 있던 가락지를 빼어 그녀에게 건넨 뒤, 곧 깊은 잠에 빠져들었다. 가마꾼들은 서서히 일어나 도성으로 향했다. 다래는 점점 멀어져만 가는 가마를 멍하니 바라보았다. 가마가 보이지 않자 그제야 다래는 그 자리에 주저앉아 한참을 일어나지 못했다. 홍문은 그런 다래의 모습에 심장이 찢겨 나가는 것만 같았다. 이제야 여인으로 한 사내의 사랑을 받으며 행복할 수 있다 그리 생각했었다. 홍문은 다래의 들썩이는 어깨에 손을 가져갔지만, 차마 올리지는 못하고 주먹을 쥘 수밖에 없었다.

밤낮을 쉬지 않고 궁궐에 도착한 평원대군은 어의에게 진찰을 받았다. 그러나 조선 제일 의사인 어의 역시 운을 다한 명줄을 되살릴 수 없는 일이었다. 그저 얼마 남지 않은 목숨, 고통을 줄이는 일밖에는 달리 방법이 없었다. 부왕은 팔도를 통틀어 좋다는 약재는 다 구해 오라고 명했고 더불어 용하다는 민가의 의원들을 죄다 불러들였지만, 평원대군의 병마는 날이 갈수록 점점 악화될 뿐이었다.

"임아, 이 아비가 미안하구나!"

부왕은 평원대군이 자기 때문에 병을 얻은 것이라고 매일 자책하며 힘들어했다. 그것은 한 나라의 지존이 아니라 죽어가는 아들을 향한 아비의 애끓는 심정이었다.

다래 역시 밤낮을 쉬지 않고 걷고 또 걸어서 도성으로 돌아왔다. 그녀의 고운 발은 물집이 잡혀 터졌다 나아지기를 여러 번 반복했다. 살결이 벗겨져 나가는 고통이었지만, 그리운 이의 얼굴이 떠올라 아픈 것조차 느끼지 못하는 듯하였다. 홍문은 그런 다래에게 쉬기를 청하였으나, 그녀는 그 어떤 말도 들으려 하지 않았다. 그저 대군의 안위만을 초조히 걱정했다. 도성으로 돌아온 그녀는 평원대군이 궁궐로 들어간 것을 확인하고 서둘러 궐로 발길을 돌렸다. 무슨 수를 써서라도 궁궐 안으로 들어가려 했지만, 함부로 아무나 들어갈 수 없는 곳이기에 다래는 발만 동동 굴렀다. 그저 할 수 있는 일이라곤 궁궐 담벼락에 서 있는 일밖에 없었다. 평원대군의 처인 홍 씨 또한 지아비를 따라 궁궐로 들어가 있던 터라 다래의 부탁을 들어줄 이는 세상 그 어느 곳에도 없었다.

'그분의 얼굴을 한 번만 뵐 수 있다면 지금 죽는다 하여도 여한이 없는 것을.'

다래는 궁궐 담벼락을 바라보며 하염없이 눈물을 흘렸다. 그 모습에 궐문을 지키는 수문장이 다래에게 다가왔다.

"거기 누구냐? 계집 아니냐? 썩 물러나지 못할까!"

다래는 자신에게 거칠게 말을 내뱉는 수문장을 쳐다보았다.

"평원대군 나리께서 좀 어떠하신지 알아볼 수는 없는지요?"

눈물이 그렁그렁하여 겨우 말을 잇는 다래에게 수문장은 헛

웃음을 흘렸다.

"이 계집이 미치지 않고서야……. 경을 치기 전에 썩 물러서지 못할까!"

일말의 감정조차 없어 보이는 수문장은 웃음을 거두고 다래의 오른쪽 팔을 덥석 부여잡고는 앞으로 끌고 나갔다. 거칠게 끌려가면서도 그녀는 궁궐을 바라보며 버티고 또 버티었다.

"이년이!"

수문장은 그런 다래를 더욱 세차게 끌어당겼다. 그 모습을 참다못한 홍문이 나서려는 그때였다.

"그 손 냉큼 내려놓지 못할까?"

퇴궐하던 누군가가 수문장을 향해 큰 소리로 꾸짖었다. 다름 아닌 화의군이었다.

"그러잖아도 궁 안이 그 어느 때보다 뒤숭숭한데 어찌 소란을 일으키는 것이냐?"

수문장은 바삐 몸을 움직여 화의군에게 다가갔고 정중하게 고개를 숙여 예를 갖추었다. 워낙 어두워 잘 보이지 않던 주변이 달빛을 받아 그제야 조금씩 모습을 드러냈다. 다래는 궁궐 쪽으로 다시금 달려갔다. 화의군은 수문장에게 수모를 겪은 여인이 다름 아닌 다래라는 것을 알아차렸다.

"너는?"

다래는 몇 번 마주친 화의군의 얼굴을 기억하고는 옷의 매무새를 급히 만졌다. 그녀는 두 손을 가지런히 모으고 화의군을 향해 고개를 숙였다.

"형님이 걱정되어 온 게로구나."

다래는 곧 고개를 들었다. 그녀의 눈은 이미 눈물로 가득했다. 다래의 고혹적인 눈동자는 치명적으로 아름다웠다. 화의군은 당장이라도 앞에 있는 여인의 눈동자로 뛰어들고 싶었다. 그는 자신의 생각에 민망하여 헛기침을 내뱉고는 다래에게로 향해 있던 눈길을 재빠르게 거두었다.

"나도 지금 뵙고 오는 길이다. 형님께선 정신이 없으시다."

죽음 앞에서 사랑하는 여인을 보고 싶어 하는 사내와 사랑하는 사내를 위해서라면 죽음도 불사하겠다는 한 여인, 화의군은 그들이 그저 부러울 따름이었다.

"청하옵니다. 대군 나리를 한 번 뵙게 해주십시오. 한 번만 뵈올 수 있다면 이 천한 년의 목숨을 거두어 가신다 해도 기꺼이 내놓겠사옵니다."

다래는 차디찬 바닥에 납작 엎드렸다. 생각지도 못한 그녀의 행동에 화의군은 화들짝 놀랐다.

"어서 일어나거라! 바닥이 매우 차갑다."

놀란 화의군은 얼른 다가가 다래를 일으켜 세우려 했으나, 그녀는 엎드린 채 미동조차 하지 않았다. 궁궐이 들어가고 싶다고 들어갈 수 있는 곳도 아니고 나오고 싶다고 나올 수 있는 곳도 아니었기에 화의군은 난감했다. 궐 안으로 들어가기 위해서는 출입패라는 것이 꼭 필요했다. 무엇보다 신분이 미천한 계집의 몸으로 출입패도 없이 궐 안에 들어갔다가 발각되는 날에는 죽음을 면할 수 없었다. 만에 하나 일이 잘못된다면 자신 또한 무사하지 못하리라는 것은 불을 보듯 뻔한 일이었다. 화의군은 그 어떤 결정도 쉽게 내리지 못했다. 차가운 바닥에 엎드려 눈물을 삼키고 있는 다래를 바라보는 화의군의 마음 또한 찢겨져 나가는 것만 같았다. 차라리 그녀가 시원하게 울음이라도 토해내었다면, 그의 마음이 이처럼 찢겨져 나가지는 않았을 것이다. 혹여나 병상에 누워 있는 평원대군에게 해가 될까봐 마음 놓고 울지도 못하는 가여운 여인이었다.

오래전 기방에서 처음 다래를 본 순간이 떠올랐다. 빠르게만 움직이던 시간이 그녀를 만나는 순간 모두 멈춰버렸다. 화의군은 태어나서 처음으로 모든 것을 다 내주어도 아깝지 않을 여인을 만난 기분이었다. 다래는 그렇게 화의군의 마음속에 똬리를 틀고 점점 크게 자리를 잡아갔다. 하지만 이러한 환희와 기쁨은 그리 오래가지 못했다. 온 마음을 다해 사랑한 사람이 형님의 여인이었다는 사실에 화의군은 큰 상실감을 맛보게 되었다. 연모하는 마음을 고백이라도 했으면 어쩔 뻔했는가! 화의군의 마음은 밑도 끝도 없이 무너져 내렸다. 그는 다래를 잊기 위해 노력했다. 못 마시는 술도 진탕 먹어보고, 조선 팔도로 훨훨 유람을 다녀보았지만 마음은 온통 그녀뿐이었다.

아마 그때부터였던 것 같다. 화의군이 다래의 곁을 맴돌게 된 것이……. 그저 그녀를 한 번 더 볼 수만 있다면, 곁에 있을 수만 있다면 평생 뒤에서 바라만 봐도 괜찮다 그리 생각했다. 그렇게 다래의 뒤에서 묵묵히 있었던 것은 자신이 필요할 때 언제든 도움이 되기 위함이었다. 비록 그녀가 마음을 몰라준다 해도 그것은 중요치 않았다.

화의군은 일생일대의 큰 결심을 했다. 지금이 아니면 영원히 헤어져야 할 두 사람을 위해서 오작교가 되기로 한 것이다.

이른 아침 화의군은 입궐하기 위해 궐문 앞에 섰다. 수문장은 한 걸음 앞으로 나와 화의군의 출입패를 확인했다. 수문장은 그의 뒤에서 고개 숙이고 있는 가냘픈 사내를 위에서 아래로 찬찬히 훑어보았다. 의심스러운 수문장의 눈빛을 눈치챈 화의군은 서둘러 말을 내뱉었다.

"내 뒤에 서 있는 이는 정음청 서고에서 나를 도와 허드렛일을 해야 할 일꾼이니 함께 들여보내주게."

화의군의 말에 수문장은 가냘픈 사내를 뚫어져라 바라보며 말을 이었다.

"그래도 출입패가 있어야 하옵니다."

딱딱한 수문장의 말투에 화의군은 역정을 냈다.

"내가 누군지 모르겠느냐?"

화의군의 호통에 수문장은 잠시 잠깐 주춤했다. 화의군은 자신의 관복 안주머니에 있던 묵직한 것을 수문장에게 내주었다. 은괴를 서너 개 받은 수문장의 얼굴이 방금 전과는 확연히 달라졌다. 수문장은 고개를 돌려 이리저리 살핀 다음 궐문 앞을 비켜주었다.

"음, 어서 따라 들어오너라!"

사내 복색을 한 다래가 화의군의 말에 재빨리 궐문을 넘어섰다. 때마침 어젯밤 번을 섰던 수문장이 화의군에게 다가와서는 예를 갖추었다. 다래는 어제 자신을 거칠게 몰아세우던 수문장의 얼굴을 확인하고는 재빨리 고개를 푹 숙였다. 그 수문장은 화의군 뒤에 서 있던 다래를 유심히 쳐다보았지만 곧 제 갈 길을 갔다.

이윽고 다래는 화의군의 도움을 받아 평원대군이 묵고 있는 곳으로 들어갔다.

"오래 머물 수 있는 곳이 아니니라. 그러니 형님을 뵙고 빨리 나와야 하느니라."

화의군은 다래를 방 안으로 밀어 넣고는 밖으로 나갔다. 다래는 방 가운데 누워 있는 평원대군의 곁으로 천천히 다가섰다. 그녀의 두 눈에서는 눈물이 차고 넘쳤다. 그 당차고 의연하던 대군의 얼굴은 병마로 이미 살아 있는 이의 것이 아니었다. 잘난 얼굴에는 군데군데 두창의 흔적이 남아 있고 뽀얀 살결은 검을 대로 검게 타 있었다. 흐느낌이 터져 나오는 입을 두 손으로 힘껏 틀어막고, 다래는 대군 곁으로 다가가 쓰러지듯 앉았다. 그녀는 떨리는 손으로 그의 손을 부여잡았다. 앙상한 겨울나무의 가지처럼 만지면 툭 하고 부러질 것만 같았다. 다래는 울지 않으려고 노력했으나 노력하면 할수록 눈물은 더욱 차올랐다. 그녀의 눈물 한 방울이 대군의 손등을 타고 흘렀다. 평원대군은 가쁜 숨을 몰아쉬며 겨우 눈을 떴다. 주변이 잘 보이지 않는지 그는 서너 번 눈을 깜빡였다. 한참을 깜빡이다 그제야 다래의 얼굴을 확인하고는 옅은 미소를 지었다. 다래의 눈물이 대군의 입술로 스며들었다.

"다, 다래야! 네가 어찌……."

"대군 나리! 어찌 이러시옵니까? 소녀는 어찌하라고 이러시옵니까?"

뜨거운 불덩이가 가슴속을 세차게 방망이질했다. 방망이질한 곳은 금세 붉은 기운이 되어 다래의 가슴을 새까맣게 태웠다.

"죽, 죽기 전에 그래도 너의 얼, 얼굴을 볼, 볼 수 있어 다, 다행이구나!"

거칠어진 숨결로 평원대군은 겨우 말을 이었다. 그는 말을 하는 것조차 매우 힘들어 보였다. 다래는 그런 평원대군을 향해 하염없이 눈물만 흘렸다. 울음을 보이지 않으려 입술을 꼭 깨물었지만 터져 나오는 슬픔은 막을 도리가 없었다.

"일어나셔야 합니다. 자릴 털고 꼭 일어나셔야 하옵니다."

다래의 말에 평원대군은 희미하게 웃으며 고개를 천천히 내저었다. 대군의 눈빛은 울음이요, 그의 웃음 역시 슬픈 이별이었다.

"미안하구나. 너와의, 너와의 약조를 지키지 못한 나를 용서하여라!"

힘겹게 말을 끝낸 대군은 실신한 듯, 다시 눈을 감았다. 다래는 대군을 흔들었다. 하지만 대군은 다래에 의해 몸이 이리저리 움직일 뿐, 그 어떤 반응도 보이지 않았다.

"나리! 정신 좀 차려보십시오! 소녀가 왔습니다, 다래가. 흑흑."

밖에서 다래의 다급한 목소리를 들은 화의군이 방 안으로 뛰어 들어왔다. 그는 다래의 팔을 세차게 잡아끌었다. 더 지체했다가는 큰일이 날 수 있기에 안타깝지만 다래를 데리고 나올 수밖에 없었다. 그녀는 대군과 떨어지지 않겠다며 버텼지만, 화의군에 의해 밖으로 끌려 나왔다.

어의와 의녀들이 평원대군의 상태를 확인하기 위해 방으로 다급히 들어갔다. 그리고 얼마 후, 방 안에서는 곡소리가 봇물 터지듯 새어 나왔다. 화의군과 함께 뜰을 빠져나가던 다래가 그 자리에 우뚝 멈춰 섰다. 서늘한 뭔가가 그녀의 머릿결을 스쳐 지났다. 굵은 눈물 한 방울이 볼을 타고 흐르며 다래는 그만 바닥으로 주저앉고 말았다.

맑았던 하늘에서 비가 추적추적 내렸다. 다래의 눈동자는 이미 텅 비어 있었다. 그녀의 얼굴은 벌써 저승 문턱에 가 있는 듯하였다. 다래는 실성한 걸음으로 저잣거리를 터벅터벅 걸으며 그저 앞으로만 향했다. 그녀의 서너 걸음 뒤를 홍문이 따랐다. 삼작교를 지나 월룽정에 도착한 다래는 힘없이 주저앉았다.

'대군 나리!'

오장육부가 모두 갈기갈기 찢겨져 나가는 것만 같았다. 아니, 차라리 모조리 찢겨져 나갔으면 좋겠다고 생각했다. 그 모습을 지켜봐야 하는 홍문 또한 마음 한편이 무너져 내렸다. 그가 할 수 있는 일이라고는 그저 다래의 뒤를 지키는 일밖에 없었다.

월룽정에서 돌아온 다래는 방에 틀어박혀 사흘째 끼니도 걸렀다. 아예 죽을 작정으로 그녀 스스로 곡기를 끊은 것이었다.

"울고 싶으면 차라리 소리 내어 울어라."

다래의 곁에 앉은 이는 다름 아닌 유어당이었다. 평원대군은 그녀에게도 특별한 존재였다. 귀하디귀한 신분의 왕족임에도 불구하고 그는 누구보다 재예를 사랑할 줄 아는 사람이었다. 그런 든든한 지지자가 사라졌다는 것은 유어당에게도 크나큰 충격이었다. 다래는 유어당의 위로에 처음으로 소리 내어 흐느꼈다. 세차게 떨어지는 비는 다래의 구슬픈 울음소리에 오히려 묻혔다.

"그래, 그리 울어야 풀어낼 수 있느니라."

평원대군은 다래를 진정으로 아껴준 단 한 명의 사내였다. 천하디천한 계집을 위해 감수해야 하는 일도 마다하지 않고 지금까지 자신을 지켜준 분. 그런 분을 다시 볼 수 없다는 것이 다래에게는 하늘이 무너지고 땅이 꺼진 것보다 더한 고통이었다.

엿새째 되는 날 다래는 방에서 나왔다. 그녀는 그 어느 때보다 정갈히 몸을 단장한 뒤 월릉정으로 향했다. 그곳에 도착한 그녀는 뒤를 돌아 홍문을 바라보았다.

"오라버니, 한 식경만 혼자 있고 싶습니다!"

홍문은 걱정 어린 표정으로 다래의 얼굴을 예의 주시하며 살폈다. 그녀 혼자 놔둔다는 건 여간 불안한 일이 아니었지만, 그렇다고 다래의 간곡한 부탁을 외면할 수만은 없는 일이었다.

"알겠습니다."

다래를 향해 가볍게 고개를 숙인 홍문이 삼작교를 건넜다. 그가 다리를 건너 반대편에 도착한 것을 확인한 다래는 정자에 앉았다. 그리고 자신의 약지에 끼워져 있는 두 개의 가락지를 눈물로 매만졌다. 그것은 슬픔이 깊게 밴 눈물이었다. 이곳에서 함께 보낸 모든 기억이 다시금 다래를 아프게 했다.

"대군 나리! 어찌 소녀를 이곳에 두고 혼자 가시옵니까? 이년을 저승에서 보시더라도 원망하지 마시고 늘 그리 해왔던 것처럼 품어주십시오!"

혼잣말을 하며 다래는 일어났다. 그녀는 옆에 있던 나무토막을 디디고 서서 서까래에 비단 천 하나를 걸쳤다. 두 손으로 비단 천을 서너 번 당긴 다래는 목을 가져다 대었다. 그녀는 두 눈을 감았다. 평원대군과 처음 월릉정을 찾았던 때가 떠올랐고, 초요갱이라는 이름을 지어주며 가락지를 끼워주던 평원대군의 다정한 모습이 주마등처럼 다래의 전신을 훑고 지나갔다.

때마침 홍문은 이상한 느낌이 들어 무심결에 뒤를 돌아보았다. 그는 서까래에 목을 매고 있는 다래의 모습에 깜짝 놀라 뛰었다. 발판이 된 나무토막이 쓰러지는 찰나, 홍문이 다래의 다리를 덥석 끌어안았다.

"놔! 놓으란 말이야! 오라버니, 제발!"

"아가씨! 이러시면 아니 됩니다!"

바닥으로 내려 앉은 다래가 미친 듯이 울음을 토했다. 그 울음에 어찌해야 될지 모르는 홍문은 가만히 그 자리에 서 있었다. 시간이 한참 지나자 홍문은 다래를 천천히 일으켜 세웠다.

"아가씨! 기방으로 뫼시겠습니다!"

축 늘어진 다래의 몸을 홍문이 받치고 일어서려는 그때 한 무리의 관군이 월릉정으로 들이닥쳤다.

"죄인 다래는 오라를 받아라!"

홍문이 오라를 들고 다래의 곁으로 다가서는 관군의 앞을 막아섰다.

"비키지 못할까? 주상 전하께서 이년을 의금부로 압송하라 명하셨느니라."

관군들은 홍문의 뒤에 있는 다래에게 다가서서 오라를 묶었다. 오라에 묶인 다래는 실성한 여인처럼 그들이 이끄는 대로 힘없이 끌려갔다. 홍문은 자기 앞에서 사랑하는 여인이 끌려가는 것을 그저 넋 놓고 바라볼 뿐이었다. 의금부라는 곳이 어디인가? 그곳은 바로 지엄한 왕명에 의해서만 죄인을 추국하는 곳이다. 살려야만 한다. 죽는 그날까지 반드시 다래를 지켜주어야만 한다.

의금부로 압송당한 다래는 추국장으로 끌려갔다. 추국장에는 이미 화의군이 형틀에 묶여 있었다. 다래는 멈칫하고는 그를 바라보았다. 화의군 역시 추국장으로 들어서는 다래를 힘없는 눈길로 보았다. 다래는 곧 관군들에 의해 형틀에 묶였다. 형틀에 묶인 그들을 의금부도사가 추국하기 시작했다. 며칠 전, 다래를 내쫓았던 수문장이 증인의 신분으로 추국장에 들어섰다. 그는 다래가 얼마 전 남장을 한 채 화의군과 함께 궁내로 들어왔던 일을 소상히 아뢰었다. 모든 것이 사실이었기에 화의군은 그 어떤 변명도 할 수 없었다. 다래의 미모에 동요가 되었든, 아니면 죽음을 앞둔 형제에 대한 우애가 작용했든, 어쨌든 그들이 다녀간 후 평원대군의 증세는 심해졌고 급기야 죽음에 이르게 되었다. 다래는 자신 때문에 화의군이 고초를 당하자 그에게는 아무런 잘못이 없다고 주장했으나, 천한 계집의 말을 들어줄 이는 세상 어느 곳에도 없었다. 심한 추국이 계속될수록 다래는 평원대군이 미치도록 그리웠다. 그녀는 비명이 새어 나가지 않게 입술을 꽉 깨물었다.

계양군은 입궐하여 멀리서 그들의 추국을 지켜보았다. 평원대군이 목숨을 잃었다는 사실에 계양군은 마치 세상을 다 얻은 것 같은 승자의 얼굴이었다.

수급비가 되다

저잣거리는 온통 화의군과 다래의 추국 이야기뿐이었다. 그도 그럴 것이 얼마 전까지 평원대군과 염문을 뿌리더니 이제는 화의군과의 추문이라니, 그 관심은 당연히 뜨거울 수밖에 없었다.

계양군은 잘난 다래의 얼굴을 보기 위해 옥사로 향했다. 망가진 그녀의 모습을 보면 그동안 가슴에 뭉쳐 있던 체증이 한꺼번에 확 내려갈 것만 같았다. 횃불을 든 옥지기가 계양군을 이리저리 비추다 그를 확인하고는 고개를 숙였다.

"그리 도도한 계집이, 네년도 줄이 떨어지니 별수 없는 게군."

정신을 잃고 널브러져 있는 다래 곁으로 계양군이 다가서서 가래를 내뱉었다. 아득히 먼 꿈결처럼 계양군의 목소리가 들렸다. 그녀는 눈을 뜨기 위해 안간힘을 써보았으나 더 깊이 감기는 것만 같았다. 옥중에 죄인 신분으로 갇힌 다래의 저고리는 이미 피로 얼룩져 있었다. 그녀는 혀를 깨물어서라도 평원대군의 곁으로 가고 싶었다. 모진 고문에도 아픔을 느낄 수 없을 정도로 그녀의 슬픔은 그 끝이 어디인지 모를 만큼 깊고 짙었다.

"나에게 올 생각은 없느냐? 그럼 내 너를 이곳에서 풀어주지."

그 어떤 반응도 않는 다래를 좀 더 가까이 보기 위해 계양군이 쭈그리고 앉았다. 그제야 다래는 겨우 눈을 떴다. 흐릿하게 보이던 한 사람이 눈에 들어왔다.

"나리께서는 어찌 이년을 이리도 능멸하시는 겝니까? 혀를 깨물고 자결할지언정, 목숨을 구걸하지는 않을 것이옵니다."

다래가 말을 내뱉자 입술에 덕지덕지 말라붙어 있던 피가 쩍쩍 갈라졌다. 갈라진 틈으로 멈췄던 피가 다시금 흘러내렸다. 말을 끝낸 그녀는 웃음을 흘렸다. 부채를 들고 있던 계양군의 손이 가늘게 떨렸다.

"네년의 주둥이가 아직 나불대는 것을 보니 매운맛을 덜 본 게야. 네 입으로 언젠가 나에게 살려달라 울부짖는 날이 올 것이다."

계양군은 도포 자락을 털며 자리에서 일어났다. 그러고는 등 뒤에 있는 다래를 노려보았다. 남은 힘까지 끌어 모아 꿋꿋하게 버티고 있던 다래는 곧 정신을 잃고 쓰러졌다.

"잘 지켜라! 그 누구도 들여서는 아니 된다. 알겠느냐?"

계양군은 옆에 서 있는 옥지기를 향해 단단히 일렀다.

"예!"

옥지기의 대답을 들은 계양군은 뒷짐을 하고 그제야 옥사 문을 나섰다. 계양군이 나가고 두어 식경이 지나 지붕 위에 있던 그림자가 재빠르게 아래로 내려왔다. 그림자는 들고 있던 검의 뒷부분으로 옥문을 지키고 선 두 명의 옥지기를 세게 내리쳤다. 둔탁한 소리와 함께 갑작스러운 일격을 당한 그들은 그대로 바닥으로 꼬꾸라졌다.

"아가씨! 아가씨! 정신 좀 차려보십시오!"

처참한 다래의 모습에 홍문은 눈물이 핑 돌았다. 그녀를 대신해 목숨을 내놓으라면 기꺼이 내놓을 텐데. 홍문은 마음이 천 갈래, 만 갈래 찢겨져 나갔다.

"문이 오라버니?"

다래는 겨우 몸을 추슬러 홍문을 바라보았다. 그렇게나 맑고 투명하던 다래의 눈동자에는 이미 죽음의 그림자가 들어가 있었다. 메마른 눈언저리가 붉게 물들었다. 사랑하는 여인을 위해 그 어떤 것도 할 수 없는, 마음조차 건네지 못하는 자신이 더욱 밉고 싫었다.

"아가씨를 구하러 왔습니다."

홍문은 큼직한 자물쇠를 풀기 위해 칼로 거세게 내리쳤다. 다래는 그런 그를 향해 고개를 내저었다. 가지 않겠다는 의미였다. 곧 있으면 관군이 들이닥칠 것이다. 만약 홍문이 잡히기라도 한다면……. 관군이 오기 전에 빨리 그를 내보내야만 했다.

"오라버니! 그만하고 어서 가! 제발 부탁이야."

다래가 힘겹게 내뱉었다. 홍문은 그런 다래에게 고개를 내저었다.

"아가씨께서 가시지 않겠다면 소인 놈도 이곳에서 죽을 것이
옵니다."

그들이 옥신각신하는 동안 옥사 밖에서는 관군이 몰려오는
소리가 들렸다. 다래는 침을 삼키며 홍문을 모질게 다그쳤다.

"오라버니, 죽는 게 그리 원이면, 죽어!"

다래는 독기가 들어간 눈빛으로 홍문을 노려보았다. 그녀의
독기 어린 눈빛이 홍문의 마음속에 꽂혔다. 다래는 그를 향해
힘없이 고개를 몇 번 끄덕였다. 홍문은 재빨리 옥사 밖으로 빠
져나가 지붕 위로 날았다. 몇몇 관군이 그를 잡기 위해 횃불을
들고 쫓았다.

'오라버니, 미안해!'

다래는 두 손을 모아 가슴 위에 얹었다. 목숨을 걸고 자신을
구하러 와준 홍문에게 모진 말을 내뱉었던 것이 마음에 걸렸다.
그렇게라도 하지 않으면 그는 정말 여기서 죽을 사람이었다. 다
래는 소중한 사람을 더 이상 잃고 싶지 않았다.

질기고 질긴 목숨이 끊어지길 다래는 그토록 바랐건만, 어김
없이 다음 날은 밝아왔다. 날이 밝자 다래와 화의군은 다시 추
국장으로 끌려 나왔다.

한 식경이 흐른 뒤 의금부도사 이운호가 추국장으로 발걸음
을 했다. 뒤룩뒤룩 살찐 그가 화의군과 다래 앞에 멈춰 섰다. 처
참한 몰골로 변해버린 그들을 보고는 인상을 찌푸렸다. 그러고
는 오른손에 들고 있던 붉은 색깔의 교지를 펼쳤다.

"주상 전하의 어명이오! 죄인 화의군은 민가의 여인을 남복

을 입혀 궁내로 들인 죄, 그 죄는 엄벌에 처해야 마땅하나, 이것 또한 우애가 남달리 깊어 일어난 일이라 참작하여 직첩과 과전을 몰수하고 근신토록 하라."

화의군은 피로 얼룩진 얼굴을 잠시 들더니 희미한 웃음을 지었다. 의금부도사는 그 옆에 있는 다래를 힐끔 쳐다보고는 남은 명을 찬찬히 읽었다.

"죄인 다래는 미천한 신분임에도 지엄한 법을 어긴 죄는 크나, 자신이 모시던 상전을 마지막으로 뵙고자 했던 마음을 가엽게 여겨 강릉 관아 수급비로 보내라는 주상 전하의 어명이오!"

명을 다 전한 의금부도사는 교지를 대충 접어 곁에 있던 관군에게 던지다시피 건넸다. 추국장에 있던 관군은 교지의 명을 즉시 수행하기 위해 묶여 있던 다래를 풀었다. 그녀는 다리의 통증으로 단 한 발자국도 움직일 수 없었다. 관군은 그런 다래를 질질 끌며 일으켜 세웠다. 다래는 화의군 곁을 지날 때 잠시 힘을 주어 걸음을 멈추었다.

"화의군 나리! 천한 이년으로 하여금 겪지 않아도 될 고초를 겪으셨으니 어찌해야 할지 모르겠사옵니다. 그저 죽음으로 나리께 보답하고 싶사오나……. 이 송구함을 어찌……."

다래는 차마 말을 잇지 못했다. 화의군은 입속에 있던 가래를 모아 바닥에 내뱉고는 그녀에게 편안한 웃음을 지어 보였다.

"아니다, 나는 괜찮다! 이미 각오했던 일이니라. 몸이나 잘 돌보아라. 목숨이 붙어 있는 한 언젠가는 또 만나게 될 터이니, 그때 이 몸에게 빚진 것을 갚으면 될 것이 아니냐! 반드시 살아남아라."

다래는 눈물을 글썽였다. 백 번이고 천 번이고 목숨을 내놓아
도 아깝지 않을 판에, 자신보다 미천한 계집을 걱정하는 화의군
의 마음이 전해져 가슴이 아렸다. 그녀는 관군들에게 끌려가면
서도 화의군을 향해 말을 이었다. 그 말은 울림이 되어 그의 마
음속으로 스며들었다.

"나리께 받은 이 은혜 잊지 않겠사옵니다."

끌려가는 다래의 뒷모습을 화의군은 오랫동안 바라보았다.

'너를 위해 내가 해줄 수 있는 일이 있어 다행이구나.'

화의군은 가지고 있는 모든 것을 잃어버려도 상관없었다. 오
랫동안 마음에 품고 있던 한 여인을 위한 일이었다. 그녀가 설
령 마음을 몰라준다 하여도 괜찮았다. 다래는 저잣거리를 관군
들과 함께 터벅터벅 힘없이 걸었다. 이른 시간임에도 거리에는
다래의 모습을 보기 위해 많은 인파가 나와 있었다. 사람들의
수군거림이나 안타까워하는 말, 그 무엇도 들리지 않았다. 그저
수백 마리의 벌 떼가 윙윙거리며 날아다니는 것만 같았다. 수많
은 사람들 사이로 스승 유어당과 벗 두향이가 눈물을 흘리며 다
래를 지켜보았다.

'스승님! 두향아!'

'괜찮을 것이야. 괜찮을 것이다. 반드시 살아서 돌아오너라.'

스승과 제자는 꽤 오랫동안 눈으로 많은 대화를 나누었다. 서
로를 바라보는 눈길에 촉촉함이 묻어났다.

"다래야! 다래야! 요것이 우째 된 일이다냐?"

유어당의 곁에 있던 두향은 울부짖으며 다래를 쫓았다. 다래는 두향의 목소리에 이제까지 참고 있던 서러운 감정이 꾸역꾸역 올라왔다. 저잣거리를 다 빠져나올 무렵 삼작교 근처에서 누군가의 시선이 느껴졌다. 익숙한 시선을 따라 다래는 고개를 들었다. 한 사내가 그녀의 모습을 애처롭게 바라보고 있었다. 다름 아닌 홍문이었다. 홍문을 보자 다래의 눈동자는 방금 전과 다르게 빛이 났다.

"잠시만 여기서 멈춰주시오!"

다래는 관군을 향해 말했다. 관군은 차마 안 된다는 말은 하지 못하고 가던 발걸음을 멈추었다. 그녀는 헝클어진 옷매무새를 바로잡고, 평원대군과 함께 많은 시간을 보냈던 월릉정을 향해 곱게 큰절을 올렸다. 마치 두 번 다시는 못 올 사람처럼.

'대군 나리!'

다래는 심장이 수천 갈래로 찢겨져 나가는 것 같았다. 아직도 평원대군의 죽음이 아득한 꿈처럼 느껴졌다. 일생에 단 한 번 마음을 준 사내. 모든 것을 내주어도 아깝지 않던 사랑이었다. 그런 사랑이 이 세상에 없다는 것은 땅이 갈라지고 하늘이 무너진 것이나 진배없었다. 살아 있어도 산목숨이 아니었다.

'아가씨! 어디를 가시든 이놈이 함께 할 것이옵니다.'

멀리서 다래의 모습을 지켜보는 홍문의 마음 역시 천 길 낭떠러지로 떨어졌다. 홍문은 무너지는 가슴에 손을 올려 꼭 쥐어틀었다. 관군과 다래 일행은 다시 발걸음을 옮겼고, 그 뒤를 홍문이 그림자처럼 따랐다.

강릉 관아로 내려간 다래는 목숨을 끊기 위해 몇 번의 시도를 했지만 모두 허사였다. 예전이나 지금이나 홍문은 여전히 다래가 위험할 때마다 나타나 그녀를 지켜주었다. 다래는 관아에 수급비로 와서는 거의 말을 하지 않았다. 심지어 어떤 이들은 다래가 말을 전혀 하지 못하는 벙어리로 알고 있을 정도였다. 다래가 말을 하지 못한다고 생각한 강릉교방의 기녀들은 다래에게 온갖 궂은일을 시키며 부려먹었다. 그러나 모진 시련과 아픔 속에서 더욱 아름답게 피어나는 것이 또한 여인이라면 여인이 아니던가. 지저분한 옷 따위로 다래의 빛나는 미모를 감출 수는 없는 노릇이었다. 하루하루가 다르게 다래의 얼굴은 더욱 물이 올랐다. 그런 그녀를 강릉교방 행수 해월은 은밀히 훔쳐보았다.

모두가 잠든 어느 날 밤, 다래는 누각에 올라 달빛을 벗 삼아 춤을 추었다. 죽을 만큼 고통스러운 하루하루를 보내는 그녀는 춤출 때만큼은 자신을 둘러싼 모든 시름을 내려놓을 수 있었다. 무엇보다 첫 정인이었던 평원대군이 사랑했던 춤이었다. 다래의 춤사위는 맺힌 슬픔을 조금씩 풀어내어 하늘에 올려 보내는 것만 같았다. 가만히 보고 있노라면 절로 눈물이 맺히고 가슴속 응어리가 모두 밖으로 튀어나오는 것 같았다. 달빛 아래서 춤을 추는 것은 사람이 아니라 그야말로 하늘에서 내려온 선녀 같았다. 다래의 이마에는 어느새 땀이 송골송골 맺혔다. 자신의 재예를 누구보다도 사랑해준 대군이었기에, 그와의 추억은 억만 시간이 흐른다 해도 잊히지 않을 것이다.

"잊으려고 애쓰지 말고, 천천히 밑바닥에 고여 있는 응어리를 꺼내 놓아라. 너의 슬픔이 이리도 깊었단 말이냐?"

춤을 추던 다래는 깜짝 놀라 동작을 멈췄다. 그녀에게 말을 걸어온 이는 다름 아닌 강릉교방의 행수인 해월이었다. 다래는 보이지 말아야 될 것을 보인 것처럼 표정이 좋지 않았다.

"너의 춤사위가 보통이 아니구나. 내 너를 처음 보았을 때 범상치 않다고 생각했느니라. 진짜 이름이 어찌 되느냐?"

자상한 해월의 모습에서 자신을 딸처럼 어여삐 여겼던 스승 유어당의 얼굴이 겹쳐 흘렀다. 다래의 눈은 이미 촉촉이 젖었다.

"이년의 이름은······."

다래는 잠시 머뭇거렸다. 그러고는 짧은 한숨을 내뱉듯 말했다.

"다래라 하옵니다."

목구멍이 뜨거워졌다. 다래의 목소리를 들은 해월은 놀랐다. 미모만큼이나 매혹적인 목청을 지녔다고 그녀는 생각했다. 해월은 다래가 분명 말 못할 사연이 있어 이곳까지 온 것이라 생각하며 그녀를 부드러운 눈빛으로 바라보았다.

"네 춤사위 중에 손을 밖으로 힘차게 쳐내며 안으로 모든 것을 끌고 들어오는 동작과 땅에 붙는 듯 그러나 붙지 않는 듯 내려앉는 발동작은 내가 어디선가 본 것인데, 어디서 배운 것이냐?"

해월은 무언가가 떠오르는 듯 미간이 좁아졌다.

"스승님께 배운 동작이옵니다."

스승이라는 말에 해월의 좁아진 미간이 더욱 좁아졌다. 그러고는 뭔가를 한참 생각하는 듯했다.

'스승이라면?'

해월은 그 동작을 예전에 딱 한 번 본 적이 있었다. 그 동작은 감히 그 누구도 따라 할 수 없었다. 조선 팔도에서 단 한 사람밖에는.

"스승이라면 혹여 유어당을 말하는 것이냐?"

다래는 스승의 이름이 강릉교방 행수인 해월의 입에서 흘러나오자 놀라지 않을 수 없었다. 가늘게 떨리는 목소리로 다래가 다시 되물었다.

"어찌 스승님을?"

정국이 시끌시끌하던 조선 초. 형제들까지 포함해 수많은 살생을 저지르고 난 후에 지존의 자리에 오른 임금이 안과 밖으로 시끄러운 민심을 수습하기 위해 큰 연회를 벌였던 적이 있었다. 궐에서는 조선 팔도의 기녀들이란 기녀는 다 모아 화려한 잔치를 열었다. 그곳에서 해월은 처음으로 유어당을 만났다. 고려 때부터 내려온 궁중 악무의 전수자 관홍장의 유일한 제자였던 유어당. 해월에게 유어당의 춤은 지금 자기 앞에 서 있는 다래의 춤처럼 충격 그 자체였다. 조선이라는 나라를 세우기 위해 억울하게 죽어간 영혼들이 일제히 살아나는 듯한, 잠들지 못한 원혼들의 한을 풀어주는 신비에 가까운 춤사위였다. 방금 본 다래의 춤사위에서 그때 보았던 유어당의 모습이 겹쳤다.

"무슨 사연이 있어 네가 이곳까지 왔는지는 모르나, 이제부터 물 긷는 것은 그만두고 교방으로 나와 수련을 하도록 하여라."

"아니하겠사옵니다."

해월의 말에 다래는 딱 잘라서 거절했다. 그 얼굴은 단호하다 못해 어떠한 결의마저 묻어 있었다.

"너는 관비니라. 엄연한 교방의 법도가 있는 것을. 너의 재주는 쉬어서 아니 될 것이니라. 춤을 추고 싶지 않은 것이야?"

해월이 다래를 다그쳤지만, 그럴수록 그녀의 눈빛은 더욱 완강했다. 입술을 지그시 물고 있던 다래가 천천히 입술을 떼었다.

"이년의 목숨은 이미 죽은 것이나 마찬가지옵니다. 물고를 내시든 죽이시든 마음대로 하십시오."

"내가 보기에 너는 재예 없이는 살지 못할 아이다. 마음부터 추슬리거라."

해월은 더 이상 다래를 설득할 수 없다는 것을 알고는 그저 흘러가는 말 한마디만 남기고 어둠 속으로 사라졌다. 해월의 모습이 완전히 사라질 때까지 다래는 누각 위에 기대서서 한참이나 어둠 속을 바라보았다.

'대군 나리!'

비스듬히 있던 보름달은 어느새 누각 꼭대기에 걸쳐졌다. 평원대군을 생각하니 또 가슴에 통증이 밀려왔다. 다래는 그가 이 세상에 있든 없든, 마음도 육신도 그 사람이 아닌 다른 사내에게 주고 싶지 않았다. 그저 평원대군을 사랑하는 그 마음을 오롯이 지키고 싶을 뿐이었다.

"오라버니, 그 사람이 보고 싶어 미치도록!"

허공을 멍하니 바라보던 다래가 무심히 말을 내뱉었다. 지붕 위에 앉아 있던 홍문 역시 달을 쳐다보며 기나긴 한숨을 내쉬었다. 다래가 앞으로 얼마나 많은 눈물을 흘려야 할지, 홍문은 생각만으로도 가슴이 미어졌다.

처소로 돌아온 행수 해월은 생각하면 할수록 다래의 재주가 너무나 귀하고 아까웠다.

'참으로 아까운 아이야!'

해월 역시 비록 관기에 불과하나 그 누구보다 재예를 아끼는 여인이었다. 하지만 그런 그녀의 마음을 모르는 듯, 다래는 여전히 텅 비어버린 눈으로 수급비로서 허드렛일에만 열중할 뿐이었다. 해가 지고 달이 뜨고 바람이 불고 낙엽이 다 떨어지는 시간은 그렇게 아무런 미련도 남기지 않고 흘러만 갔다.

또 한 번의 시련

정각 위에서 멍하니 소나무를 바라보는 한 사내가 있었으니, 그는 계양군이었다. 매번 자신에게 심한 모멸감과 굴욕을 주는 그 몹쓸 여인이 자꾸만 떠올랐다. 추국장에서 피에 물든 얇은 적삼을 걸치고 힘없이 널브러져 있던 다래의 모습이 그의 마음을 시리게 했다. 계양군은 자신을 싫어하는 계집에게 절대로 마음을 주지 않을 사내였다. 하지만 다래는 달랐다. 계양군은 그런 자신의 마음을 알다가도 몰랐다. 그만큼 큰 연정을 그녀에게 줘버렸다.

"나리!"

호위 무사 령이 정각 위로 올라와 계양군에게 고개를 숙였다. 그는 아래로 머물러 있던 시선을 거두어 령에게로 돌렸다.

"어찌하고 있더냐?"

"살아 있는 사람이 아니라 죽은 자에 가까워 보였습니다."

계양군은 령의 말에 괜스레 명치끝이 아렸다. 지금이라도 당장 강릉 관아로 가서 그 아이를 데려오고 싶었지만, 왕실과 얽힌 일들 때문에 쉽사리 움직일 수 없었다. 세월이 조금 더 지나면 자연스레 도성 안에 나도는 소문 또한 잠잠해질 것이고 그때 데리고 오면 되리라 생각했다. 계양군 역시 더디기만 한 시간이 빨리 지나가길 바랐다.

　누가 그랬던가, 세월은 흐르는 물과 같이 허무하다고. 봄이 가면 여름이 오고, 여름이 가면 가을이 오고, 가을이 가면 어김없이 겨울이 찾아왔다. 일 년이라는 시간 동안 다래는 정신을 놓고 살았다. 시키면 시키는 대로 굳은일은 모두 제 몫인 것처럼 몸을 혹사시켰다. 그녀는 모든 것을 포기하고 싶었다. 살아야 할 이유도 없고 살고 싶지도 않았다. 만약 홍문이 곁에 없었더라면 다래는 이미 이 세상 사람이 아니었을 것이다.

　백목련이 강릉 관아의 담을 넘어 탐스럽게 봉오리를 맺던 어느 날, 임금은 불안한 정세를 걱정하며 가장 위대한 왕으로 역사 속으로 천천히 사라졌다. 왕이 승하하고, 세자가 즉위하자 직첩과 과전을 빼앗기고 도성 밖으로 쫓겨난 이영이 다시 화의군으로 봉해져 한양으로 돌아왔다. 돌아온 그가 가장 먼저 추진한 일은 강릉교방에 있는 다래를 도성으로 불러들이는 것이었다. 강릉 관아 수급비로 가 있는 다래를 방면케 해달라 화의군은 매일같이 임금을 찾아가 목 놓아 간청했다. 임금은 허약한 자신과 어린 세자를 호시탐탐 노리는 형제들을 경계할 필요성을 느꼈다. 그 첫 번째가 바로 계양군이었다. 그런 계양군이 평원대군의 죽음과 무관치 않다니, 임금은 화의군의 말처럼 평원대군과 가장 가깝게 지냈던 여인을 방면케 하여 도성으로 불러들이는 일이 도움이 되리라 여겼다. 더욱이 이영이 다시 화의군에 봉해진 마당에 그와 관련된 이들은 모두 방면케 하라는 교지도 내려졌다. 화의군은 더는 지체할 수 없어 강릉 관아로 급히 파발을 띄웠다. 그는 도성 밖으로 쫓겨난 이후 일 년이라는 시간 동안 은밀히 팔도를 다니며 평원대군의 죽음을 조사했다.

그 움직임은 고스란히 계양군 귀에 들어갔다. 특히 도성으로 돌아온 화의군이 평원대군의 죽음을 캐고 다닌다는 보고에 특단의 조치를 취해야 했다. 최근 계양군은 부왕이 승하한 후에, 지금의 허약한 임금 곁에서 멀어졌다. 대신 그는 함평대군에서 다시 수양대군으로 봉해진 이유(李瑈)의 최측근이 되었다. 그만큼 수양대군의 세력은 만인지상의 자리를 넘보고도 남을 만큼 위력이 대단했다. 음지에서 움직이던 수양대군과 안평대군 등 종친 세력이 차츰 그 모습을 드러내는 중요한 시기에 평원대군의 죽음이 다시 화두가 된다면 여간 곤란한 일이 아니었다.

"령이 게 있느냐!"

계양군은 창문을 열어젖히며 급히 령을 찾았다. 그의 부름에 령은 쏜살같이 사랑채로 들어왔다. 그는 문갑을 열어 금괴 서너 개를 꺼내 령에게 던졌다.

"너는 지금 당장 강릉 관아로 내려가 화의군보다 먼저 계집을 데려오너라. 숙정문 동쪽 고갯마루에 오래된 창고가 하나 있으니, 그곳에 가둬두어라. 알겠느냐?"

"분부 받잡겠나이다."

계양군은 이번 참에야말로 다래를 자신의 여인으로 만들겠다고 결심했다. 그녀의 마음을 얻으려 일 년이 넘는 기간 동안 수십 통의 서한을 보냈다. 기다릴 만큼 기다렸고, 해볼 만큼 해보았다. 억지 노력으로도 인연이 이어지지 않는다면 여인의 마음 따위는 이제 상관없다. 그냥 가질 것이다. 연모하는 사내의 마음을 짓밟은 것만큼 철저히 외롭고 비참하게 만들어줄 것이라 계양군은 다짐했다.

해가 질 녘, 다래는 멍하니 마루에 앉아 마당 기슭에 피어 있는 상사화를 바라보았다. 연분홍빛 꽃잎은 여인의 속눈썹처럼 가늘었다. 잎과 꽃이 함께 있지 못하고, 잎이 진 후에 꽃이 피어 서로를 그리워한다 하여 상사화라 불렀다.

'얼마나 그리워했으면 이름마저 상사화란 말인가?'

눈물이 차올랐다. 더는 흘릴 눈물도 없다 생각했지만, 평원대군만 생각하면 가슴이 아파서 숨도 제대로 쉴 수 없었다. 엇갈린 시간 속에 얼마나 서로를 그리워해야 만날 수 있을지.

"아가씨!"

홍문이 홀로 앉아 눈물을 닦고 있는 다래의 곁에 앉았다. 홍문의 두 팔에는 예쁜 꽃이 한 아름 안겨 있었다. 힘들어하는 그녀를 위해 할 수 있는 것이라곤 들판을 다니며 꽃을 꺾어 오는 것이 고작이었다. 꽤 오랜 시간 동안 홍문은 다래가 웃는 모습

을 볼 수 없었다. 그녀의 웃는 모습을 상상해야 할 만큼 먼 기억
이 되어버린 지 오래였다.

"오라버니, 힘든데 이러지 않아도 돼!"

"소인 놈이 감히 한 말씀 올리겠나이다. 아가씨께서 이렇게
힘들어하시면 대군 나리께서도 편히 쉬실 수가 없습니다."

다래는 홍문의 말에 고개를 떨어뜨렸다. 붉은 노을보다 더욱
붉어지는 눈언저리를 숨기고 싶었다.

"내가 힘들어하는 것을 아시는지, 이제는 꿈속에서조차 나를
잘 보러 오시지 않아. 올 수 없을 만큼 더욱 멀리 가버리셨나봐.
그런데 말이야, 오라버니. 지난밤 꿈속에 대군 나리께서 오셨
어. 오랜만에 얼굴을 뵈니 어찌나 반갑던지, 품속에 확 뛰어들
어 이년도 데려가달라 애원이라도 하고 싶었어."

참았던 눈물 한 방울이 뚝 하고 손등에 떨어졌다. 눈물은 손
등에서마저 맺히지 않고 주르륵 흘러내렸다. 다래는 올라오는
슬픔을 애써 누르며 끊어졌던 말을 이었다.

"처음으로 대군 나리의 슬픈 표정을 보았어. 살아 계실 때 내
내 나에게 웃음만을 보여주시던 분인데, 지난밤 꿈속에서는 나
를 슬픈 표정으로 한참 바라보셨어. 꿈에서 깨어 얼마나 울었
는지 몰라. 오라버니! 대군 나리께서는 잘 지내고 계시겠지? 나
없이도 잘 계시겠지?"

눈물이 계속해서 다래의 볼을 타고 흘렀다. 소매로 닦아내기
에는 너무 많은 눈물이었다.

"잘 계실 것이옵니다."

홍문은 손을 들어 다래의 흐르는 눈물을 닦아주었다. 그녀의 눈 속에서는 푸른 바다가 보였다. 퍼도 퍼도 줄어들지 않는 바다. 언제쯤이면 그녀의 맑고 투명한 웃음을 볼 수 있을지. 홍문은 다래를 꼭 껴안았다.

"아가씨!"

한참을 홍문의 품 안에 기대어 잠들어 있던 다래가 깜짝 놀라 눈을 떴다. 그는 앞을 보라며 눈짓을 보냈다. 주위가 어두워 잘 보이지 않았지만 분명 낯선 관복을 입은 자들이었다. 홍문은 고개를 까닥하고는 바람같이 지붕 위로 날아올랐다.

"저년입니다요. 말을 못 합죠."

강릉 관아 아전이 손가락으로 다래를 가리키며 말했다. 그도 그럴 것이 교방 행수 해월과 홍문만 빼고 다른 이에게 말을 해 본 적이 없었다.

"네가 다래라는 계집이냐?"

사내의 묻는 말에 다래는 그저 빤히 볼 뿐 말을 하지 않았다.

"너는 강릉 관아에서 한성부 관아로 옮겨질 것이다!"

화의군은 파발을 띄울 때, 다래를 좀 더 안전하게 도성으로 데려오기 위해 한성부 관아로의 이송을 택했다. 한성부 관아의 총책임을 맡고 있는 판윤(判尹) 김우열이 화의군의 절친한 벗이었다. 김우열 역시 평원대군의 죽음을 미심쩍게 생각하고 있던 참이라 그의 부탁이 쉽게 받아들여졌다.

강릉 관아 마당에는 이미 죄인을 이송하기 위해 관군 서너 명이 대기하고 있었다. 포도대장은 직접 나와 그들에게 다래를 인수인계하였다. 해월 또한 다래가 급히 떠난다는 말을 듣고 서둘러 마당으로 뛰쳐나왔다.

"재예를 버리지 말아야 한다."

해월은 뒤돌아서는 다래를 향해 힘껏 소리 질렀다. 하지만 다래는 묵묵히 앞서 걸었다. 죽어도, 아니 죽어서도 도성으로는 다시 돌아가고 싶지 않았다. 그곳에 가면 분명 자신을 놔두고 먼저 가버린 임의 그림자가 너무나 크게 느껴질 것이기에. 홍문은 도성으로 떠나는 다래의 뒤를 조용히 밟았다. 그녀가 가는 길이라면 그곳이 지옥이라 하여도 마다하지 않고 따를 사내였다. 홍문은 이번 기회에 무슨 수를 써서라도 다래를 빼내어 아무도 모르는 곳에 들어가 세상만사 온갖 시름을 잊고 행복하게 살게 해주리라 굳게 마음먹었다.

관군들은 점점 어두워지는 숲 속으로 들어서고 있었다. 고갯마루만 넘으면 주막이 있다는 것을 알고 일찍 서둘렀지만, 숲이 깊어도 너무 깊었다. 먼저 앞서가던 관군이 횃불을 밝히자 주위는 금방 환해졌다.

"곧 주막이 나올 것이다. 서둘러라!"

말을 탄 사내는 고개를 돌려 뒤에 있는 다래를 내려다보았다. 그녀는 손이 묶인 채로 앞에서 이끄는 대로 끌려갔다. 다 해진 짚신 밑으로 버석거리는 낙엽 소리만 아득히 귓가에 들렸다. 행렬을 멀찍이 떨어져 지켜보던 홍문은 곧 있을 기회를 노리며 천천히 검을 꺼내 들었다. 칼을 꺼내 든 홍문이 나서려는 그때, 대나무 잎들 위로 무언가 톡톡 떨어지는 소리가 났다. 하늘을 올려다보니 빗방울이 떨어지고 있었다. 관군들은 주막이 있다는 산 아래로 바삐 걸음을 재촉했다. 한두 방울씩 떨어지던 빗방울은 대밭을 거의 빠져나올 무렵 굵은 줄기로 바뀌었다. 일렁이던 횃불도 굵은 빗방울에 의해 점점 사그라졌다. 지금이 기회라고 생각한 홍문은 검을 들고 잽싸게 관군들의 등 뒤를 쫓았다.

"누구냐?"

누구냐는 물음에 대답은 온데간데없고 검이 서로 부딪치며 생기는 불꽃들이 어두운 숲 속을 밝혔다. 앞에 서 있던 관군들이 순식간에 그림자의 칼 아래 싸늘한 주검이 되었다. 그 검은 마치 피에 굶주린 것처럼 공중에서 혼자 춤추는 듯했다. 그들의 피가 칼끝에 모여 한차례 바닥으로 떨어졌다. 피로 물든 검이 말을 타고 있는 대장에게 점점 다가왔다. 어두운 밤이라 잘 보이지 않았지만 그림자의 눈은 기분 나쁠 정도로 희번덕거렸다. 그림자는 다름 아닌 추노꾼 안계담이었다. 그는 추노꾼 사이에서도 미치광이라 불렸다. 손에 잡히면 인정사정없이 팔아넘기거나 잔인하게 죽이기로 소문이 자자했다. 재산을 불리는 일이라면 뭐든 하는 자였다.

그는 예전에 내원암에서 붙잡은 여인을 사이에 두고 누군가와 일전을 벌였다. 그러나 그 여인은 죽은 채 발견되었고, 일이 없어진 안계담은 그 길로 함길도로 향했다. 그러다 문득 죽은 여인 말고 그녀의 어린 딸이 기억 속에서 떠올랐던 것이다.

"우째, 고것을 몰랐을까잉? 그처리 가찹은 디 있었는디. 크크."

다래를 본 안계담의 눈동자가 번뜩였다. 먹잇감을 앞에 둔 맹수의 눈빛이었다. 다래를 보던 안계담의 눈길은 곧 말을 탄 사내에게 가 멈췄다. 사내는 번뜩이는 그의 눈빛에 살기를 느꼈다. 분명 보통 놈은 아니었다.

"황천길로 가고 잡지 않으믄, 퍼뜩 고년을 요리로 넘기시요."

안계담은 말 쪽으로 검을 확 집어 던졌다. 칼은 공중에서 서너 번 돌더니 말 머리 앞에 떨어졌다. 깜짝 놀란 말은 앞발을 들어 세차게 울부짖었다.

"어, 어, 어, 어!"

사내는 말에서 떨어져 바닥으로 꼬꾸라졌다. 바닥에 떨어진 사내는 곧장 일어나 산길을 내달렸다. 그 모습에 안계담은 웃음을 참지 못하고 고개를 젖혀 신명 나게 한바탕 웃었다. 그는 진흙 속에 박혀 있던 칼을 꺼내 다래 곁으로 갔다. 다래는 꼼짝하지 않고 그 자리에 서 있었다. 아니, 단단한 바위가 되어 있었다. 죽음도 무서워하지 않는 강한 바위. 안계담은 칼끝으로 다래의 얼굴을 위로 들어 올렸다. 그녀는 차가운 검과 함께 고개가 젖혀졌다. 비를 맞아 헝클어진 머리, 비루한 행색, 그러나 그녀의 아름다운 미모만큼은 감출 수가 없었다.

"죽여라! 그러잖아도 죽고 싶었다. 오늘 밤은 대군 나리를 만나러 가는 좋은 날이구나. 어서 죽여라! 나를 죽이기 위해 오지 않았더냐?"

체념 섞인 다래의 말에 안계담은 들고 있던 검을 아래로 내렸다. 그는 생전 처음 여인을 보는 것도 아닐진대 그녀의 아름다움에 잠시 미혹되어 정신줄을 놓았다.

'참말로 우째 저로코롬 한 떨기 꽃이당가?'

저만한 미색이라면 어디다 내놔도 제값 이상을 받을 수 있다
는 생각이 들자 안계담은 절로 웃음이 터졌다. 그는 비에 젖은
저고리 사이로 다래의 가슴골이 보이자 입에 침이 고였다. 매혹
적인 여인의 모습에 안계담의 아랫도리가 뜨끈해져왔다.

"흐흐흐."

안계담은 더는 참지 못하고 서둘러 바지춤을 풀었다. 그가 다
래를 덮치려는 순간, 차가운 뭔가가 자신의 턱 아래로 들어왔다.

"누구당가?"

칼날이 점점 목줄띠를 눌렀다. 계담은 침을 꿀꺽 삼켰다.

"오라버니!"

안계담의 목을 겨누고 있는 칼의 주인이 홍문이라는 것을 확
인한 다래는 천천히 일어섰다. 이리 두려운 일을 겪었음에도 전
혀 미동조차 하지 않는 그녀가 홍문은 대견스럽기까지 했다.

"아가씨! 괜찮으신지요?"

말이 끝나기 무섭게 뭔가가 그들을 향해 날아왔다. 홍문은 자
신의 칼을 향해 날아오는 또 다른 검을 간신히 막았다. 삿갓을
쓴 사내가 안계담과 홍문이 있는 곳으로 빠르게 다가섰다. 삿갓
쓴 사내는 그들을 향해 철퇴를 꺼내들었다. 홍문은 안계담의 목
을 누르고 있던 칼을 거둬들여 삿갓을 쓴 사내의 철퇴를 막아냈
다. 안계담 역시 몸을 날려 검을 쥐었다. 홍문은 안계담의 칼날
을 받으랴, 삿갓 사내의 철퇴를 쳐내랴 정신없이 움직였다. 물
론 안계담과 삿갓 사내 역시 서로의 무기를 받아내느라 분주했

다. 홍문은 몸을 돌려 다래 곁으로 다가가 손에 묶여 있던 오랏줄을 칼끝으로 가볍게 끊었다.

"아가씨! 어서 피하십시오!"

손을 묶고 있던 끈이 풀린 것을 확인하자 홍문이 다급히 말했다. 다래는 그런 홍문에게 고개를 내저었다. 안계담은 몸을 돌려 뒤에 있는 홍문을 향해 칼을 내리쳤다. 그는 다래가 다칠까 봐 서둘러 자리에서 일어나 계담을 밀쳤다. 그러는 사이 삿갓 사내가 거칠게 달려와 둘을 철퇴로 내리쳤다.

"이 잡것은 누구당가?"

안계담은 삿갓을 쓴 사내를 향해 고함을 지르며 검으로 겨우 철퇴를 막았다. 홍문은 칼을 들어 삿갓 쓴 사내의 철퇴를 있는 힘껏 내리쳤다. 철퇴가 땅에 떨어지자 사내는 옆구리에 차고 있던 검을 꺼내 들었다. 번뜩이는 칼끝 또한 보통 무사의 것이 아니었다. 비가 억수같이 내리고 있는 상황에서 검술을 대결하는 것은 보통 때보다 몇 곱절 더 많은 힘이 소모되었다. 세 사람은 조금씩 지쳐가고 있었다.

"오메! 잡것이 둘이나 된당께."

안계담은 홍문이 사정없이 내리치는 칼날을 요리조리 싹싹 피했다. 피하기만 하던 계담이 홍문의 급소를 발로 세차게 걷어찼다. 홍문은 급소를 감싸 쥐며 서너 걸음 뒤로 물러났다. 그때를 놓칠 리 없는 삿갓 사내는 나비처럼 사뿐히 날아 홍문의 머리 위로 검을 내리쳤다. 홍문은 겨우 팔을 들어 검을 막았다. 사내는 곧이어 뒤에서 공격하는 계담에게 검을 휘둘렀다. 칼끝이 안계담의 머리 위로 스쳐 지났다. 그들의 승부는 생각보다 쉽사리 나지 않고 있었다. 내리던 비는 그칠 줄을 모르고 더 굵은 빗방울이 되어 쏟아졌다. 굵은 빗방울 탓에 그들 모두 눈조차 뜨기 힘든 상황이었다.

"악!"

여인의 짧은 비명이 공기를 가르며 홍문의 뒤에서 들렸다. 날아오르던 홍문의 검이 공중에서 잠시 멈추었다.

"아가씨!"

놀란 홍문이 소리가 나는 쪽으로 돌아보았다. 삿갓 사내가 어느 틈에 다래의 팔을 틀어쥐고 있었다. 홍문이 뒤편에 정신을 빼앗긴 순간, 안계담은 그를 향해 검을 휘둘렀다. 계담의 칼날이 홍문의 어깨를 스쳤다. 어깨에서 피가 흘러내렸다. 홍문은 다친 어깨를 부여잡으며 입술을 꽉 깨물었다. 안계담은 홍문이 쓰러진 것을 보고 삿갓 사내가 있는 곳으로 날아올랐다.

"요거 우째 요상허게 되는 것이, 영 거시기 허네!"

홍문은 힘겹게 일어나서 안계담의 뒤를 쫓았다. 홍문과 안계담의 움직임에 삿갓 사내는 다래를 가뿐히 어깨에 둘러멨다.

"서라!"

삿갓 사내를 향해 홍문이 고함을 질렀다. 사내가 그들이 있는 곳으로 고개를 돌리자 안계담은 두 손을 들어 보이며 특유의 능글맞은 웃음을 보였다. 삿갓 사내는 어깨에 둘러메고 있던 다래를 바닥으로 내려놓더니 우람한 손등을 다래의 얼굴에 날렸다. 뺨을 맞은 다래는 그 자리에서 그만 정신을 잃고 쓰러졌다.

"아가씨!"

이를 꽉 깨문 홍문이 검을 들고 삿갓 사내를 향해 돌진했다. 안계담은 멀찍이 떨어져 둘을 지켜보았다. 칼날이 부딪치는 소리는 숲 속을 뒤흔들고도 남았다. 홍문의 눈빛은 이미 죽기를 각오한 사람의 눈빛이었다. 섬광이 그들 사이로 한차례 지나갔다. 안계담은 둘의 싸움에는 끼어들고 싶지 않았지만, 다래를 포기할 수 없었다. 계담은 어쩔 수 없이 그들의 싸움에 다시 끼어들었다.

시간이 흘러감에 따라 맞부딪치던 무기들은 거침없던 처음과 달리 속도가 점점 떨어지고 있었다. 쉽게 끝나지 않을 싸움에 모두들 지쳐갔다. 의식을 잃었던 다래가 정신이 돌아올 때쯤, 산 아래로 수십 개의 횃불이 모습을 드러냈다. 많은 수의 횃불은 띠를 형성해서 마치 하나의 큰 불처럼 보였다. 쉽게 그칠 것 같지 않던 비도 어느새 잦아들었다. 횃불들이 점점 그들을 향해 가까이 다가올 무렵, 불덩이 하나가 쏜살같이 날아왔다. 그 이후로 날아오는 불화살의 개수는 점차 늘어났다.

"오메, 관군이당가? 이런 씨부랑!"

안계담은 칼끝을 거두고 황급히 그 자리에서 빠져나갔다. 하지만 홍문과 삿갓 사내는 그런 상황에 전혀 아랑곳하지 않고 서로를 향해 계속해서 칼끝을 겨누었다.

"이 새끼가!"

홍문은 삿갓 사내를 향해 고함을 질렀다. 몸 안 깊숙이 박혀 있던 힘을 모두 다 끌어 모은 홍문이 사내를 있는 힘껏 밀쳤다.

하지만 그 때문에 몸의 중심이 흔들린 건 오히려 홍문이었다. 그는 다친 팔에서 힘이 점점 빠져나가는 것이 느껴졌다. 사내는 그 틈에 다래 곁으로 다가가 그녀를 어깨에 다시 둘러메려고 했다. 흐트러진 중심을 애써 잡은 홍문은 있는 힘을 다해 자신의 검을 틀어쥐었다.

"얍!"

나무를 밟고 공중으로 날아오른 홍문이 삿갓 사내의 등을 향해 검을 사선으로 내리그었다. 순간 모든 시간이 멈췄다. 홍문의 검에서는 사내의 피인지, 아니면 자신의 피인지도 모를 뭔가가 아래로 흥건히 떨어졌다. 오른쪽 어깨를 부여잡은 삿갓 사내가 온 힘을 다해 휘파람을 불었다. 사내의 휘파람 소리에 어디선가 말 한 필이 쏜살같이 달려왔다. 다친 상처가 꽤나 큰지 사내는 말에 겨우 올라탔다. 사내를 태운 말이 산 아래로 내달리는 것을 본 후에야 홍문은 검을 바닥에 떨구고 꼬꾸라졌다. 산 아래 조그맣게 보이던 횃불들은 점점 커져만 갔다. 더불어 관군들의 웅성거리는 소리도 조금 전보다 훨씬 더 가깝게 들렸다.

"문이 오라버니."

다래가 홍문의 곁으로 다가와 두 손을 부여잡았다.

"아가씨! 저는 괜찮습니다. 몸을 추슬러 곧 뒤를 따를 터이니, 아가씨께서는 먼저 관군들을 따라 산을 내려가십시오!"

홍문의 말에 다래는 고개를 세차게 흔들었다. 이곳에서 함께 죽는 한이 있더라도 다래는 그를 절대로 혼자 두지 않겠다고 결심했다. 홍문은 더 이상 다래에게 그 어떤 말도 통하지 않는다는 것을 알았다. 그는 다래가 이끄는 대로 숲 속으로 천천히 발걸음을 옮겼다. 횃불을 든 시찰병들은 서둘러 주변을 둘러보았다. 관군들은 포도대장의 명에 곧 숲 속을 쥐 잡듯 뒤지기 시작했다. 검었던 하늘이 점점 푸르스름해졌다. 그것은 여인의 또다른 고통을 알리는 서막이었다.

관군을 피해 숲으로 도망간 다래와 홍문은 끝이 어디인지도 모를 산길을 따라 걷기만 했다. 결국 더 이상 발을 떼지 못한 홍문이 앞으로 꼬꾸라졌다.

"오라버니! 오라버니!"

의식이 점점 희미해져가는 홍문을 다래는 구슬프게 불렀다. 그는 그럴 때마다 다래에게 희미한 웃음을 지었다.

"오라버니, 저기까지만 가자. 응?"

홍문은 눈을 가늘게 떴다. 눈앞에는 사람 하나 겨우 지나다닐 만한 동굴 하나가 어슴푸레 보였다. 그는 정신을 잃지 않기 위해 고개를 흔들었지만, 그럴수록 눈앞이 흐려졌다. 동굴에 다다른 다래는 홍문을 벽에 기대게 하고 편히 앉혔다. 그가 기댄 벽면에서 진득한 뭔가가 조금씩 묻어나자 다래는 고개를 숙여 자신의 손바닥을 내려다보았다.

"문이 오라버니!"

검붉은 빛이 선명한 홍문의 피였다. 다래에게 짐이 되지 않기 위해 피를 흘리며 걸었던 것이다. 그의 옆구리며 어깨에 난 상처는 꽤 깊어 보였다. 칼에 베인 옆구리에서는 피가 뿜어져 나왔다. 다래는 입고 있던 치마를 물어뜯었다. 그러고는 홍문의 상처에다 감쌌다.

"오라버니, 물을 좀 구해 올 테니, 그러니 좀 힘들더라도……."

다래는 물을 구하기 위해 일어서려고 했지만, 홍문은 그런 그녀의 손을 마지막 힘을 다해 움켜잡았다. 그는 다래를 향해 고개를 천천히 저었다. 그녀의 눈에서는 굵은 눈물방울이 흘렀다. 가슴에 서늘한 바람 한 줄기가 찾아들었다.

"전, 괜찮습니다."

홍문의 입에서 기침과 함께 피가 터져 나왔다. 다래는 놀라 그의 곁에 급히 앉았다. 그녀의 얼굴은 눈물로 범벅이 되어 있었다. 홍문은 거친 숨을 내쉬며 손등으로 다래의 눈물을 닦아주었다. 점점 이 세상 사람이 아닌 듯 기력을 잃어가는 홍문의 눈동자에도 어느새 눈물이 맺혔다. 그는 다래를 보기 위해 온 힘을 다해 정신을 모았다. 그러자 다래의 얼굴이 선명하게 홍문의 눈동자로 들어왔다. 다래에게 홍문이 마지막 기력을 다해 말을 하려 했지만, 그녀가 말문을 막았다.

"오라버니, 말하지 마! 제발, 내, 내가 지, 지금 의원을……."

차마 말을 마저 잇지 못하고 다래는 그만 울음을 터뜨렸다. 홍문은 아이처럼 엉엉 우는 다래의 모습에서 그들의 어린 시절을 잠시 떠올렸다. 그 행복했던 기억은 평생 간직해도 모자랄 아름다운 추억이었다. 그는 최대한 고통을 꾹 참고 웃음을 보였다. 그 무뚝뚝한 사내 홍문이, 단 한 번도 다른 이에게는 웃음을 보이지 않았던 사내가 지금 그녀 앞에서 웃음을 보이고 있었다.

"끝까지 아가씨 곁을 지켜드리고 싶었는데……."

겨우 말을 내뱉은 홍문이 손을 들어 자신의 옷섶 사이를 더듬었다. 시간의 흐름에 따라 손놀림이 더뎌지고 늦어졌다. 그는 분명 뭔가 중요한 것을 찾는 듯 보였다.

"오라버니, 움직이지 마!"

다래는 눈물을 토해내듯 말을 내뱉으며 홍문의 손을 움켜잡았다. 그녀의 울음은 어느새 날카로운 창이 되어 동굴 안에 사방팔방으로 박혔다.

홍문의 얼굴은 차츰 초조하게 바뀌어갔다. 초조한 그의 얼굴은 걱정스러움과 미안함으로 점점 물들었다. 홍문은 침을 입술에 바르며 힘겹게 말을 이었다.

"아가씨! 댕, 댕기를 지, 지키지 못했습니다. 반, 반, 반드시 댕기를 찾으……."

말을 마저 잇지 못할 만큼 홍문의 숨소리는 거칠어졌다. 보다 못한 다래가 두 팔을 벌려 홍문을 꼭 껴안았다.

"오라버니, 더 이상, 더 이상 말하지 마! 그깟 댕기 따위 필요 없어. 여기서 죽으면 오라버니를 용서하지 않을 거야. 그러니, 제발!"

하얀 무명으로 감싼 상처 부위가 이미 붉게 물들어 있었다. 피는 멈추지 않고 계속해서 흘러내렸다. 홍문의 기침은 심해져만 갔다. 기침 소리에 깜짝 놀란 다래는 무명천을 더욱 세게 눌렀다. 지금 자신에게 가장 중요한 사람은 바로 홍문이었다.

다래는 평원대군이 죽자 갑작스레 찾아온 자신의 불행을 수습할 여유가 없었다. 그런 그녀가 버틸 수 있었던 건, 어쩌면 홍문이라는 큰 산이 있었기에 가능한 일이었다. 아버지 같은 그의 죽음은 다래를 천 길 낭떠러지에 홀로 서 있게 만드는 것이나 매한가지였다. 홍문의 눈동자는 점점 탁해졌다. 그의 몸은 사정없이 떨기 시작했고, 입에서는 계속해서 피가 흘렀다. 다래는 겁이 났다. 두려웠다. 슬펐다.

홍문의 고개가 뒤로 힘없이 젖혀졌다. 힘을 주고 있던 팔도 스르르 밧줄 풀리듯 흩어졌다. 무명천을 감싸고 있던 다래의 손에 힘이 풀렸다. 갑자기 윙윙하는 소리밖에는 그 무엇도 들리지 않았다.

"오라버니? 문이 오라버니?"

힘없이 축 처진 홍문을 다래는 거칠게 흔들었다.

"이러지 마! 지켜준다며! 오라버니 우리 아무도 없는 곳에 가서 살자. 응? 눈 떠! 뜨란 말이야!"

다래는 홍문을 천천히 껴안았다. 그의 마지막 온기가 다래의 가슴으로 파고들었다. 다래는 주먹으로 홍문의 가슴을 내리쳤다. 그녀의 눈물 속에 홍문의 피가 섞여 피눈물이 되어 흘렀다.

"난 어찌하라고, 어찌하라고! 대군 나리께서도 어머니도 또 오라버니도, 모두……. 난 어찌하라고."

늘 자신을 지켜주던 든든한 버팀목. 위험에 처할 때마다 나타나 그림자처럼 함께 있어주던 사내 홍문. 상처가 채 아물기도 전에 또 다른 상처가 다래의 마음을 천 갈래 만 갈래 찢고 또 찢어놓았다. 잔인하리만큼 따뜻한 햇살 한 줄기가 그녀와 홍문을 비추었다.

제2부

기녀 초요갱

뜰에 몰래 스며든 사내의 몸은 지쳐서 축 늘어졌고, 팔뚝에서는 피가 뚝뚝 떨어졌다. 늘어진 몸뚱이를 질질 끌고는 불빛이 비치는 방으로 은밀히 다가섰다. 꽤나 깊은 상처를 입은 사내는 온몸에 힘을 가득 주어 간신히 버티고 있었다.

"나리!"

방문 하나를 앞에 두고 사내의 목소리는 가늘게 떨렸다. 그의 목소리에 방 안쪽에 있던 불빛이 거칠게 일렁였다.

"령이냐? 어서 들어오너라."

령은 다친 팔을 부여잡고 한 발 한 발, 방 안으로 들어섰다. 그가 지나는 자리마다 핏방울이 바닥으로 떨어졌다.

"송구하옵니다. 검술이 뛰어난 자를 만나……. 이놈을 죽여주십시오!"

령은 지금까지 시킨 일을 한 치의 실수도 없이 해오던 무사였다. 그런 그가 죽고자 청하고 있으니 계양군은 갑작스레 분노가 치밀어 올랐다.

"네 이놈! 지금 뭐라 지껄이는 것이냐? 그럼 계집은 놓쳤단 말이냐?"

령은 고개를 푹 숙였다.

"죽여주십시오, 나리!"

계양군은 경상을 들어 옆으로 집어 던졌다. 경상 위에 있던 모든 것이 일시에 바닥으로 쏟아졌다.

"어찌, 네놈이 실수를 할 수 있단 말이냐, 어찌!"

뒤이어 노기가 섞여 있는 계양군의 목소리가 벼락처럼 령의 머리통에 사정없이 내리꽂혔다. 령은 죽을 각오로 꼿꼿하게 앉아 단검을 계양군 앞으로 내밀었다.

"꼴도 보기 싫으니 당장 나가!"

계양군은 들고 있던 벼루를 령에게 집어 던졌다. 벼루는 정확하게 령의 이마를 맞추었다. 먹물과 피가 섞여 령의 볼을 타고 흘러내렸다. 령은 계양군을 향해 예를 갖추고는 밖으로 나갔다.

같은 시각, 화의군 역시 강릉 관아에서 올라온 서찰을 받고서 일이 잘못되었음을 알게 되었다. 일대를 샅샅이 뒤지고 있지만 다래를 찾을 수가 없다는 전갈이었다. 화의군은 강릉으로 떠나기 위해 서둘러 행장을 꾸렸다.

춘향각의 늙은 머슴이 청사초롱에 차례대로 불을 붙였다. 대문은 순식간에 환하게 빛이 돌았다. 가야금을 조율하는지 마당 깊은 곳에서는 아름다운 악기 소리들이 들렸다. 뜰 너머 여인네들의 분 향기가 바람에 실려 왔다. 그야말로 한 송이 꽃으로 나비를 맞이하기 위한 준비가 한 치의 흐트러짐 없이 완벽하게 이루어졌다.

유어당은 며칠 전부터 다래가 자꾸만 꿈에 보였다. 워낙 먼 길이라 가볼 엄두조차 못 내었다. 간간이 서한이 오갔지만 그래도 오늘 밤은 왠지 모르게 모든 것이 불안했다. 그녀의 꿈에 나타난 다래의 얼굴에는 수심이 가득해 보였다. 웬일인지 꿈속의 다래는 살아 있는 사람의 얼굴이 아니었다. 유어당은 번잡한 마음을 다스릴 겸, 안채 뜰을 이리저리 서성였다. 풀벌레 소리와 건너편 마당에서 장사를 하기 위해 들려오는 온갖 잡소리가 뒤섞인 밤은 점점 깊어만 갔다. 유어당은 다래를 생각하며 참았던 한숨을 길게 내뿜었다. 한숨이 차가운 공기와 만나 바닥으로 내려오던 그때 대문 하나가 요란한 소리를 내며 열렸다. 그 문은 안채와 연결된 서너 개의 쪽문 중에서도 저잣거리와 연결된 비밀 문이었다. 간혹 유어당이 한 번씩 다니는 문이라 그곳에 바깥과 바로 연결되는 문이 있다는 것을 아는 이는 지극히 드물었다.

"뉘시오?"

유어당은 황급히 쪽문을 바라보았다. 문으로 누군가가 들어섰다. 그녀가 행랑아범을 부르기 위해 고함을 치려는 찰나였다.

"스승님!"

가냘픈 목소리가 유어당을 불러 세우고는 바닥으로 힘없이 쓰러졌다. 유어당은 급히 쓰러진 사람 쪽으로 자리를 옮겼다.

쓰러진 이를 자세히 보기 위해 고개를 숙여 가까이 다가갔다. 유어당은 쓰러진 사람을 확인하고는 뒤로 까무러칠 듯 놀랐다.

"다래가 아니냐? 이것이 어찌된 일이야?"

유어당 앞에 쓰러진 이는 분명 강릉 관아에 있어야 할 다래였다. 더욱이 다래는 죄인 신분이 아니던가? 잘못하다가는 춘향각은 물론 자신의 목숨까지 위태로울 수 있는 일이었다. 하나 다친 다래를 그냥 보고만 있을 수 없는 일이었다. 다래의 몰골은 성 밖에 있는 거지꼴이랑 별반 차이가 없었다. 해진 짚신 사이로 보이는 발가락은 다 찢겨져 피고름으로 범벅되어 있었다. 유어당은 두향을 급히 찾았다. 두향은 기방 손님들에게 내갈 음식을 차리다 말고 그녀의 부름으로 안채로 들어섰다. 유어당이 보이자 두향은 고개를 숙였다.

"행수 어르신! 지를 찾으셨당가요?"

유어당이 아무 말이 없자, 두향은 고개를 들어 앞을 보았다. 마당에 쓰러져 있는 여인의 얼굴이 눈에 들어오자 그녀는 기겁하며 다가갔다.

"이게 누구여? 다래 아니여? 우째 요런 몰골이여? 어르신 요것이 다 뭔 일이당가요?"

놀라 두 눈을 치켜뜬 두향은 다래의 볼을 계속해서 쓰다듬었지만 차가워진 얼굴은 쉽게 따뜻해지지 않았다. 유어당은 그런 두향에게 목소리를 한껏 낮추었다.

"소란 피우지 말거라. 너는 지금 당장 행랑아범을 불러오고, 물을 끓여 내 방으로 가지고 오너라. 그리고 아무에게도 발설치

마라! 알겠느냐?"

"알아들었당께요."

두향은 팔을 들어 흐르는 눈물을 닦으며 마당으로 뛰쳐나갔다. 행랑아범이 곧 안채로 들어와서 다래를 유어당의 방으로 옮겼다. 두향은 뜨거운 물을 가지고 와서는 얼굴을 시작으로 다래의 몸을 차례대로 닦아냈다.

"참말로, 우째 요런 일이 있당께요. 올매나 이뿐 울 다래인디. 참말로 죽겠구만요, 행수 어르신!"

두향은 눈물과 콧물을 감추기 위해 연신 훌쩍거리며 들이마셨다. 혼절한 다래는 꽤 오랜 시간 동안 깨어나지 못했다. 꿈에서마저 힘든 일을 겪는지 울음을 멈추지 못했다. 유어당은 제어미의 팔자를 그대로 닮은 다래가 무척 안쓰러웠다. 그렇게나 시끄러웠던 기방의 화려한 밤은 점점 끝나가고 깊은 침묵만이 뜰아래 자욱이 내려앉았다. 유어당은 식은땀을 흘리는 다래를 위해 헝겊을 물에 적셔 이마에 놓았다.

"다래야! 나를 알아보겠느냐?"

다래가 눈을 뜨고 천장을 멍하니 쳐다보았다. 혼이 반쯤 나가 있던 그녀는 곧 정신을 차리고 유어당을 알아보았다.

"스승님!"

말라비틀어진 입술 사이로 다래는 유어당을 찾았다. 그녀는 일어나려고 했지만 힘에 겨웠다. 유어당은 그런 다래의 어깨를 지그시 눌렀다.

"괜찮다, 누워 있어라. 어찌 된 일인 게야?"

방 안을 가득 채운 촛불이 조심스레 흔들렸다. 다래는 목이 메어 말문이 쉬이 열리지 않았다. 유어당은 그런 그녀를 좀 더 편히 쉬게 해주고 싶었다.

"됐다. 이야기는 천천히 듣기로 하고 몸이 괜찮아질 때까지 푹 자두어라."

다래는 그 어떤 것도 묻지 않는 스승 유어당이 오늘따라 무척 고마웠다. 그녀는 곧 아주 깊은 잠에 빠져들었다. 몸과 마음이 깊게 가라앉았다.

날이 밝아도 다래는 일어날 기미를 보이지 않았다. 두향은 아무것도 먹지 못하는 다래에게 한 숟갈이라도 뜨게 하고 싶었지만, 유어당은 그저 깊이 잠잘 수 있게 밥상만 들여놓으라고 명했다. 몸이며 마음이며 모든 것이 상처투성이일진대 물 한 모금조차 어찌 넘길 수 있으랴. 그저 지금 다래에게 가장 좋은 것은 깊은 잠일지도 모른다. 그래야 잠시라도 모든 것을 내려놓을 수 있을 것이다.

도성 안이 어슴푸레 어둠 속에 잠겼다. 유어당은 정성 들여 달인 탕약을 들고 다래가 있는 방으로 향했다. 그러나 다래가 언제 나갔는지 방바닥에 이미 냉기가 돌고 있었다.

"몸도 성치 않을 터인데 어디로 갔단 말인가?"

널려 있던 이불은 모조리 반듯하게 개켜져 있었다. 이른 달빛만이 조용히 바닥에 고였다.

다래는 월릉정 위에 서 있었다. 예전에 평원대군이 달아주었던 문짝들은 모두 다 떨어져 나갔고, 연못은 빈 쭉정이 대만 듬

성듬성 꽂혀 흉물스럽기까지 했다. 사계절마다 사방에 피던 꽃들 역시 모두 어디론가 숨어버린 지 오래였다. 서늘하고 차가운 바람만이 그녀의 곁을 맴돌 뿐이었다. 대군과 함께 바라보던 연못에 비친 달도 이제 자취를 감추었다. 눈물이 났다. 쏟아내면 낼수록 자꾸만 샘솟는 눈물. 다래는 정각에 주저앉아 서럽게 울었다. 평원대군과 홍문이 떠오르자 오장육부가 갈가리 찢어져 나가는 것만 같았다.

"어찌하여 이리 잔인할 수 있단 말인가, 어찌하여!"

다래의 흐느끼는 소리가 깊어질 무렵 어디에선가 반딧불이 한 마리가 날아와 그녀의 손등 위에 내려앉았다. 날개를 움직일 때마다 반짝반짝 빛을 냈다. 계절이 아님에도 나타난 반딧불이는 흡사 오래전 평원대군이 잡아준 그 반딧불이 같아 보였다. 희미해진 다래의 눈이 점점 또렷해졌다.

"대군 나리!"

다래는 벌떡 자리를 털고 일어나 서둘러 연못가 쪽으로 뛰었다. 평원대군이 정각을 올려다보며 환하게 웃고 있었다. 다래 또한 대군을 바라보며 환히 웃었다.

"이 사람아! 정신 좀 차려보시게!"

누군가가 다래의 얼굴을 세차게 흔들었다. 그는 다래의 손을 잡았다. 하지만 그녀의 손은 이미 얼음처럼 차디찼다. 사내는 얼음장 같은 다래의 손을 여러 차례 문질렀다. 차도가 없자, 사내는 서둘러 다래를 둘러업고 의원에게 달려갔다.

"하마터면 큰일 날 뻔하셨습니다요."

의원은 침을 놓은 곳에 곧바로 쑥뜸을 놓았다. 그러자 차가웠던 다래의 몸에 차츰 온기가 돌았다. 하얀 백지장 같은 두 볼은 점점 붉은 혈색을 띠었다. 몸이 어느 정도 따뜻해지자 그녀는 천천히 눈을 떴다.

"여보게, 정신이 좀 드는가? 나를 알아보겠는가?"

뿌옇게만 보이던 다래의 눈길에 점점 모든 것이 선명하게 들어왔다. 화의군이 걱정스러운 눈으로 그녀를 내려다보고 있었다.

화의군은 행장을 꾸려 강릉으로 떠났으나 아무런 소득도 얻지 못하고 돌아왔다. 그러고는 혹시나 하는 마음에 월릉정으로 발걸음을 한 것인데, 그곳에서 다래를 만나게 될 줄은 꿈에도 몰랐다. 다래는 천천히 몸을 추슬러 일어나 앉았다. 머리카락 몇 올이 눈썹 아래로 드리워졌다. 붉은 입술은 창백한 얼굴 탓에 더욱 붉어 보였다. 화의군은 그런 다래를 물끄러미 바라보았다.

"어찌 된 것인가? 그러잖아도 자네를 도성으로 불러들이기 위해 내 사람을 내려보냈다네. 방면하라는 주상 전하의 교지가 내려졌네. 자네는 이제 자유로운 몸이야. 한데 이 몰골이 어찌 된 게야? 내가 자네 걱정을 얼마나 한 줄 아는가?"

화의군의 말이 들리지 않는 것처럼 다래는 한동안 이불을 꼭 거머쥐고는 아무 말도 하지 않았다. 그는 물어보고 싶은 말이 많았으나 그녀를 기다려주었다. 한참이 지난 뒤에야 다래는 버썩거리는 입술을 겨우 떼었다.

"나리께서 미천한 저 때문에 고초를 겪으셨으니 송구하기 이루 말할 수 없사옵니다. 무엇보다 이리 무탈하시니 이 또한 감읍할 따름이옵니다. 어인 일로 저를 도성으로 불러들이셨는지 알 수는 없으나, 이곳을 곧 떠날 생각이옵니다. 그저 명줄이 붙어 있어 하는 수 없이 숨을 쉬고 있을 뿐……."

참고 참았던 눈물이 또 터져 나왔다. 화의군은 다래의 손이라도 따뜻하게 잡아주고 싶었지만, 그럴 수가 없었다. 한때 자신이 미치도록 사랑했던 여인이었지만 그녀는 죽은 형님의 여인인 것이다.

"힘들고 고통스러운 마음이야 내 충분히 이해하겠네. 허나 목숨을 버리는 어리석은 일 따위는 하지 말게. 형님도 그것을 원치 않을 걸세. 내가 자네를 찾은 것은 다름 아닌……."

화의군이 잠깐 말을 멈추었다. 그는 자리에서 일어나 방문을 열고 어두운 마당을 구석구석 살핀 다음 다시 자리에 앉았다. 방금 전과는 사뭇 다른 낮고 은밀한 목소리가 방 안에 조용히 깔렸다.

"형님이 돌아가신 것이 두창 때문이라 하였지만, 그동안 내가 알아본 바로는 분명 암살로 돌아가신 것이 확실하이. 곧 증좌를 가진 이도 만나게 될 것 같네."

'암살?'

이불을 말아쥐고 있던 그녀의 손에 힘이 들어갔다. 말이 나오지 않았다. 누가, 왜, 평원대군을 죽였단 말인가?

"암살의 배후에는 꽤 큰 세력이 있을 것으로 짐작이 되네만, 여하튼 자네의 도움이 필요하니 날 좀 도와주게나. 형님의 억울

259

함은 풀어드려야 될 것이 아닌가?"

그 후로 약 한 식경 정도 말이 이어졌다. 파루(통행금지 해제를 알리는 종)가 가까운 시간이 되자 보는 눈을 피해 화의군이 먼저 자리를 떴고, 뒤이어 다래가 의원의 도움을 받아 기방으로 돌아 갔다.

기방에서 다래는 한참을 컴컴한 방 안에 웅크리고 있었다. 이 제는 죽을 수도 없었다. 사랑하는 평원대군의 억울한 죽음을 밝히기 위해서, 그리고 끝까지 살아남으라며 손을 꼭 잡던 홍문을 위해서라도. 다래에게는 선택의 여지가 없었다. 그들을 위해서라도 반드시 살아남아야만 했다.

"스승님! 안에 계십니까?"

그러잖아도 유어당은 갑자기 사라진 다래 걱정에 잠들지 못 하고 있던 참이었다. 그녀는 벌컥 방문을 열어젖혔다. 마당에는 새벽비가 추적추적 내렸다. 비에 흠뻑 젖어 있는 다래의 몰골에 유어당은 기겁을 하고 냉큼 일어났다. 다래는 쓰러지듯이 마당에 풀썩 주저앉았다. 맑고 빛이 나던 다래의 눈동자는 이미 예전과 많이 달라져 있었다.

"고뿔이라도 걸리면 어찌하려고 이러는 것이냐. 다른 이의 눈에 발각이라도 되는 날에는 어찌 되는지 정녕 모른단 말이냐? 어서 들어오지 못할까!"

하지만 다래는 뜰아래 꿇어앉아 일어날 기색이 없었다. 보다 못한 유어당은 버선발로 내려가 다래의 팔을 잡아 방 안으로 이 끌었다. 안으로 들어선 다래는 빗물이 뚝뚝 떨어지는 얼굴로 유어당을 뚫어지게 바라보았다.

"몸도 성치 않으면서 어디를 다녀온 것이야? 늙은 스승을 이리 걱정시켜도 되는 게야?"

유어당은 호통을 치고 있었지만, 무사히 돌아온 다래가 그저 고마웠다.

"스승님!"

나지막하게 다래의 음성이 울렸다.

"나에게 할 말이라도 있는 게야?"

다래는 화의군과 만나 나눈 이야기를 끝으로 한동안 침묵하고 있었다. 그 침묵의 무게가 한계에 달할 즈음, 드디어 그녀가 무거운 입술을 떼었다.

"이년은 얼마 전까지 물 긷는 수급비였사옵니다. 죽은 제 어미 또한 기방의 부엌데기였습니다. 그러니 저를 기적에 올려주십시오!"

유어당은 내심 놀라지 않을 수 없었다. 오래전 다래의 어미가 그녀를 수양딸로 받아달라 했던 것이 떠올랐다. 하지만 한 번 기녀가 되면 평생을 한 많은 기녀로 살아야 한다. 한낱 담벼락 아래 피어 있는 꽃으로, 아무나 꺾을 수 있는 꽃으로 살아야 한다. 유어당은 고개를 절레절레 흔들었다. 한때 평원대군의 여인이었던 아이가 아닌가. 무엇보다 다래의 재예는 기녀가 아니라 예인으로 살아야만 되는 것이었다.

"그리할 수 없다. 이제 넌 자유의 몸이다. 여인으로서 살아라. 그래야 내 죽어도 평원대군 나리를 뵐 수 있지 않겠느냐!"

어두운 표정으로 유어당은 단호하게 다래의 말을 잘랐다. 두 번 다시는 입 밖에 꺼내지도 못하게 하겠다는 말투였다. 그러나 다래는 예전의 그녀가 아니었다.

"스승님! 기적에 올려주겠다는 확답을 해주십시오. 그러지 않으면 이년은 이곳에서 목을 매어 자결을 하겠사옵니다."

희미했던 다래의 눈동자가 제빛을 찾은 듯, 어느 때보다 반짝였다. 그녀의 의지는 그 누구도 쉽게 꺾을 수 없어 보였다. 자결이라는 말에 유어당은 노기 어린 눈빛으로 다래를 쏘아보았다.

"네 이년! 어디서 감히 자결을 논하느냐? 내가 생각해보마. 그러니……."

말이 채 끝나기도 전에 다래의 야무진 말투가 촛불을 일렁이게 했다.

"스승님! 기적에 올릴 제 기명을 초요갱이라 해주십시오. 그리해주실 것이라 믿고 저는 이만 물러갈까 하옵니다."

이미 자신의 기명까지 정해놓은 다래 앞에서 유어당은 더 이상 할 말이 없었다. 그녀는 낮고 긴 한숨을 내뱉었다.

'초요갱이라.'

다래는 유어당을 향해 예를 갖추고는 밖으로 나왔다. 비는 어느새 그치고 말간 하늘이 드러났다. 스승의 처소에서 물러난 다래는 몸을 씻고 곱게 단장했다. 그동안의 비루하기 짝이 없던 몰골은 어디론가 말끔히 사라지고, 그녀는 이미 지상에 있는 여인이 아니라 천상에 있는 여인으로 모습을 바꾸었다.

'대군 나리!'

마음속에 깊게 박혀 있는 한 사람. 다래는 마루에 서서 밝아 오는 하늘을 보며 조용히 평원대군의 이름을 읊었다. 애타는 그녀의 그리움은 어느새 메아리가 되어 마음속으로 비집고 들어왔다. 다래는 자신의 왼쪽 약지에 끼고 있던 두 개의 가락지를 빼내었다. 빼낸 가락지는 조금 흔들리다, 곧 하나의 연꽃이 되었다. 그녀는 그것들을 줄에다 끼워 목에 걸었다.

"이제부터 다래가 아닌 기녀 초요갱으로 살 것이옵니다. 그래서 꼭 대군 나리의 억울함을 풀어드릴 것이옵니다. 억울함이 풀리는 날, 나리 곁으로 가겠사옵니다. 그러니 조금만 기다려주십시오, 조금만."

가슴속에 잠들어 있던 그리움의 덩어리가 꿈틀대며 다래를 타고 올라왔다. 때마침 바람 한 줄기가 그녀의 머리를 스쳐 지났다. 어둠이 물러난 자리에 서서히 빛이 채워졌다.

문전성시

다래는 이른 아침부터 일어나 가무를 수련했다. 그동안 모진 일을 겪느라 몸이 생각보다 많이 망가져 있었다. 이른 아침 가야금 소리가 나자 기방의 모든 기녀가 속옷 차림으로 누각 위를 쳐다보았다.

"누구야, 식전부터!"

"어머머! 저거 다래 아니니?"

"어디? 어디? 진짜네. 맞네."

"근데 쟤 언제 왔대?"

기녀들이 쉴 새 없이 수군거렸다. 떠들썩한 소리에 기방의 모든 일꾼이 나와 다래를 보았다. 유어당 역시 그런 다래를 멍하니 지켜보며 거듭 한숨을 내쉬었다.

"우째 요러는 것이당가?"

누각 위로 올라온 두향이 다래 곁으로 다가갔다. 그러나 두향은 곧 그녀가 예전 자신의 절친한 벗인 다래가 아니라는 것을 알게 되었다. 두향은 그녀가 받았을 상처를 생각하며 코를 훌쩍였다. 가야금 소리는 기방의 구석구석에 스며들었다. 마치 오후의 햇살처럼.

계양군 역시 다래를 찾기 위해 사방팔방으로 사람을 보내 알아보았다. 하지만 그녀의 소식은 쉽사리 전해 들을 수 없었다. 다래를 순수하게 좋아했던 그의 마음은 이제 사라지고 무슨 수를 써서라도 꼭 가지고 말리라는 집착밖에 남지 않았다.

"나리!"

계양군은 손을 뻗어 창문을 열어젖혔다.

"왜 그러느냐?"

계양군의 눈길은 마당에 다소곳하게 서 있는 여인에게 쏠렸다. 초록색 쓰개치마를 뒤집어쓴 여인은 수줍은 듯 고개를 들지 못했다. 간밤에 들른 기방의 계집인가 싶어 얼굴을 확인하기 위해 이리저리 고개를 빼다 계양군은 그만 화가 치밀어 올랐다.

"계집년이 이른 시각부터 여긴 무슨 일이냐? 그리고 그 덮어쓰고 있는 것부터 치워야 얼굴을 확인할 것이 아니냐?"

짜증 섞인 계양군의 말투에 여인은 쓰개치마를 어깨 아래로 내렸다. 바로 춘향각의 기녀 옥부향이었다. 계양군이 기방에서 잠시 품었던 계집이었다. 그는 헛웃음을 흘리며 귀찮은 듯 손을 들어 흔들었다.

"나리!"

"뭐냐? 내 얼마 전에 네년에게 전두를 두둑이 준 것으로 기억하는데."

"그것이 아니오라."

계양군은 옥부향의 말 따위는 관심이 없었다. 그저 이른 시각부터 여인을 사랑채로 들여 자신을 귀찮게 한 머슴을 노려보며 호통을 쳤다.

"야, 이놈아! 가려 들이라 그리 일렀거늘. 썩 물리지 못할까?"

불같은 계양군의 성격을 잘 아는 머슴은 울상이 되어 부향이의 팔을 잡아끌었다. 그녀는 그런 머슴의 손을 탁 소리가 날 정도로 쳐냈다.

"다래의 소식이 궁금하지 않으신가 봅니다. 그럼 이년은 그만 물러나지요."

다래라는 말에 계양군은 옥부향을 세웠다.

"뭐, 뭐라 그랬느냐? 지금 다래라고 했느냐? 어허, 부향아! 이리 들어오너라. 어찌 그리 매정한 것이야?"

뒤돌아섰던 옥부향은 엉덩이를 씰룩씰룩하며 사랑채 안으로 들어섰다. 그러고는 아침에 누각 위에서 있었던 일들을 낱낱이 고했다. 기녀가 되었다는 말을 전해 들은 계양군은 마치 세상을 다 얻은 것처럼 웃으며 날뛰었다. 자신이 바랐던 일이 힘을 들이지 않고 이루어졌으니 이보다 더 좋은 일이 어디 있겠는가? 하지만 옥부향이 기방으로 돌아간 후, 계양군의 마음은 괜스레 텅텅 비었다. 분명 그 아이를 기녀나 노비로 만들어서라도 꼭 가지고 싶었다. 그러나 막상 기녀가 되었다는 소식에 그의 마음은 씁쓸했다. 마치 들판에 잘 피어 있던 예쁜 야생화를 괜한 욕심으로 꺾어 온 것만 같은 후회가 밀려들었다.

유어당은 다래의 굳은 결심을 이기지 못해 결국 '초요갱'이라는 기명으로 다래를 기적에 올렸다. 이제 다래라는 이름 대신 초요갱이라는 기명으로 살아가게 될 것이다. 아침을 먹고 나서 유어당은 그녀를 불렀다. 그녀가 자리에 앉자마자 유어당은 말을 건넸다.

"나도 이제부터 너를 초요갱이라 부르겠다."

초요갱은 다소곳이 앉아 유어당이 하는 말을 새겨들었다. 잠시 뜸을 들이던 유어당은 천천히 입술을 떼었다.

"제대로 된 기녀가 되기 위해서는 화초를 올려야 한다. 다음 달 초사흘에 네 화초를 올릴 것이다. 그리 알고 물러가거라."

화초란 뭇 여인들에게는 혼인과도 같은 말이다. 초요갱은 유어당의 말을 듣고는 낮고 조용한 목소리로 답했다.

"화초라 하셨습니까? 이년은 이미 화초를 올렸사옵니다."

초요갱의 대답에 유어당의 미간이 좁아졌다.

"그때는 네가 기녀가 아니었으니 그건 없었던 일이다. 그전에 다래로 살았던 기억은 모두 전생의 기억이니 잊어버려라. 이제부터 넌 계집이 아니라 기녀이니라. 마음 없이 몸을 던질 줄도 알아야 하고, 궐내에 있는 여인보다 더 기개가 높아 쉽게 꺾이지 않는 것 또한 기녀임을 명심하여라. 세상에서 가장 잘난 년이 되란 말이다."

유어당의 말투는 단호하고 차가웠다.

'그래, 마음 없는 이 몸뚱이 하나 던지는 거쯤이야.'

초요갱은 유어당의 말에 쓸쓸한 미소를 지었다. 아름다웠던 추억은 모두 떠나보내라는 유어당의 말이 비수가 되어 가슴에 박혔다.

본격적으로 초요갱이 기방으로 나간 이후, 기방을 찾는 사내들이 하루가 다르게 불어났다. 소문은 저잣거리를 지나 도성을 뛰어넘어 팔도로 퍼져나갔다. 심지어 열흘도 되지 않았는데 이른 시각부터 그녀를 보기 위해 사내들은 진을 치고 기다렸다. 악기면 악기, 춤이면 춤, 시문이면 시문, 못하는 것이 없었다. 그녀의 재주는 끝을 모를 만큼 깊고도 넓었다. 초요갱은 한 맺힌 사람처럼 열심히 수련에만 매진했다. 조선 팔도에서 내로라하는 재력가들과 권력의 중심에 있는 인사들까지 죄다 초요갱을 한번 보기를 청했으나, 그녀는 그 누구에게도 쉽게 자신을 드러내지 않았다. 그래서일까? 그녀를 둘러싼 소문만이 무성할 뿐, 초요갱과 함께 하룻밤을 보냈다는 사람은 찾아보기가 힘들 정도였다.

"여러 가지 악기 중에서도 이 가야금의 음률은 제아무리 강철 같은 사내라 할지라도 그 마음을 능히 움직일 수 있다 했다. 오른손으로 줄을 뜯거나 튕기는 탄현과 왼손으로 줄을 누를 때 느껴지는 농현의 떨림이 조화를 잘 이루어야 비로소 깊고 맑은 음색이 나오는 것이다. 그래야만 듣는 이의 마음을 내 것으로 만들 수 있느니라."

268

유어당은 가르침을 듣고 있는 기녀들 앞에서 가야금 줄을 뜯었다. 역시나 장악원 여악답게 가야금의 음률은 호수보다도 더욱 깊었다. 소리만 듣고 있는데도 마음이 설레기도 하고 슬프기도 했다.

늦은 오후가 되어서야 각자의 수련이 끝이 났다. 수련이 끝난 기녀는 손님들을 맞이하기 위해 서둘러 정각 아래로 내려갔다.

"너는 잠시 나를 따라오너라."

유어당은 초요갱을 불러 세웠다. 사람들이 어느 정도 물러나자 그녀는 유어당을 따라 안채로 들어섰다.

"오늘 너의 초야가 있다는 것을 알고 있느냐?"

방으로 들어서자 유어당은 다그치듯 물었다. 초요갱은 대답 대신 천천히 고개를 끄덕였다.

"그럼 준비토록 하여라."

초요갱은 서둘러 방으로 돌아와서 두향을 불렀다. 두향은 뜨거운 물에 진한 장미꽃을 넣은 목간통을 준비했다. 기녀가 될 수밖에 없었던 벗을 생각하면 두향은 늘 안쓰러웠다. 마음에도 없는 사내의 품에서 오늘 밤을 보낼 그녀를 생각하니 한숨부터 터져 나왔다.

"목욕물 준비 다 되얏는디."

저고리가 스르르 바닥 아래로 떨어졌다. 금세 초요갱의 백옥보다 더 빛나는 피부가 드러났다. 옆에 서서 그녀의 시중을 드는 두향이마저 마음 설레게 할 만큼 아름다운 몸이었다. 초요갱은 얇은 치마만을 입고 목간통으로 들어갔다. 뜨거운 물이 발가락에 닿자 발을 살짝 들었지만 이내 물속으로 몸을 푹 담갔다.
목간통에서는 장미향이 짙게 배어 있는 수증기가 모락모락 피
어올랐다. 수증기는 초요갱의 얼굴을 연분홍 진달래꽃으로 만
들었다.

"다래야! 고깟 기녀 안 하믄 안 되는 것이당가?"

두향은 떨리는 목소리로 조심스레 물었다. 초요갱의 뒤에 서
있어서 표정을 볼 수 없었지만, 아마 슬픈 미소를 짓고 있는 듯
했다. 두향은 대답 없는 그녀에게 조금 전보다 목소리를 높였다.

"초요갱, 고것이 다 뭐당가! 나는 니가 참말로 변해버리는 것
이 싫단 말이여. 너 안 같단 말이여."

물음에 답이 없자 두향은 아랫입술을 슬며시 깨물었다.

'두향아! 너한테만큼은 진심이고 싶은데, 그럼 나는 또 무너
지고 말아. 미안해.'

초요갱은 목구멍까지 올라온 말을 힘을 주어 다시 속으로 밀
어 넣었다. 그녀는 방 안으로 들어와 정성스럽게 단장했다.

"오늘 내 화초를 올려준다는 사내들은 얼마나 되더니?"

목욕을 하는 내내 침묵으로 일관하던 초요갱이 물어오자 두
향은 입술을 삐죽거렸다. 심술이 났을 때 종종 보이는 그녀의
오랜 습관이었다. 간만에 보는 그녀의 버릇에 초요갱은 아주 잠
깐이었지만 예전으로 돌아가는 것만 같았다.

"댓바람부텀 줄을 쭉 서서 있당께. 조선 팔도에 있는 사내놈
들이 모조리 여거 다 있는 것 같은디. 근디 조금 전에 계양군 나
리께서 오셨다고 혔어. 행수 어르신과 말씸 중이라고. 나가 요

로코롬 지켜볼 작에는 오늘은 계양군 나리께서 숩게 물러나지 않을 것 같긴 혀.”

두향은 말을 내뱉고는 서둘러 초요갱의 눈치를 살폈다. 예전 같으면 수십 번도 더 변했을 법한 초요갱의 표정이 전혀 미동조차 하지 않았다. 두향은 이번만큼은 분명 계양군이 그녀의 화초를 올려줄 것이라 생각했다. 초요갱을 욕심내는 사람 가운데 그보다 권력이나 재력이 센 사람은 조선 팔도 어디에도 없을 것이다. 이 나라의 지존이라면 또 모를까. 별달리 반응이 없자 두향은 경대를 초요갱 앞에 놓았다. 경대 옆에는 작은 청화백자 접시들이 놓여 있었다. 먼저 분가루를 접시에 놓고 물을 부어 곱게 갠 후 얼굴에 넓게 펴 발랐다. 분가루를 다 바른 후에는 소나무 가지를 태운 그을음을 기름에 개어 눈썹을 그렸다. 입술연지는 홍화 꽃물을 몇 번이고 짜내어 가라앉힌 분말을 기름과 함께 붓으로 입술 결대로 따라 그렸다. 마지막으로 백단향을 넣은 삼작노리개를 저고리와 치맛단 사이에 걸었다. 예전 연회에서 보았던 때보다 초요갱은 한층 더 아름다웠다. 두향은 자신이 직접 꾸몄음에도 불구하고, 그녀의 눈부신 아름다움에 놀라 입을 다물지 못했다. 초요갱은 어린 계집아이에서 어느새 훌쩍 여인이 되어 있었다.

“오메! 눈이 시려버서리, 뜰 수가 없구마이.”

두향이의 말에 초요갱은 두 볼이 점차 붉어졌다.

“두향아, 잠시만 귀를 좀 빌려줘!”

“우째 그려?

초요갱은 두향의 곁에 가까이 다가섰다. 은은하고 묘한 향이 두향의 몸을 감쌌다. 그녀는 뭔가를 조용히 속삭였다. 초요갱의 말을 듣고 있는 내내 두향의 눈동자가 점점 커졌다.

"우짤라고 그라는 것이여?"

"그렇게 해줄 거지? 부탁이야! 그다음은 내 알아서 할 테니."

두향은 두 손으로 입을 틀어막고는 고개를 끄덕였다. 무슨 생각으로 초요갱은 그러는 것인지 두향은 도무지 알 수 없었다. 어쩌면 행수 유어당에게 쫓겨날지도 모르지만 두향은 그녀를 한번 믿어보기로 했다.

초요갱은 두향의 도움을 받으며 뜰아래로 내려섰다. 그녀를 보기 위해 모인 사람들의 입에서는 동시에 탄성이 터져 나왔다.

"어느 사내가 저 여인의 화초를 올려줄지 모르겠지만, 여하튼 복이 터졌구먼, 터졌어."

사내들은 침을 튀기며 초요갱의 미모에 감탄하느라 입을 다물 새가 없었다. 마침 대문 안으로 들어오던 계양군도 그녀의 모습에 잠깐 주춤했다. 그는 초요갱이라는 이름만큼이나 달라진 그녀가 내심 반가웠다. 처음 만났을 때와는 사뭇 다른 느낌이었다.

"음, 음."

계양군의 헛기침을 들은 사람들은 일시에 양옆으로 길을 비켰다. 잔잔한 바람이 초요갱의 삼작노리개를 살짝 치고는 그의 코끝을 자극했다. 묘한 향기에 일순 정신이 몽롱해졌다.

"오늘 계양군 나리께서 너의 화초를 올려줄 것이다. 가장 많은 전두를 내어놓으셨다."

뒤이어 들어서던 유어당이, 앞에 서 있던 계양군보다 한 발 앞으로 나섰다. 계양군이 누구인가? 인물이면 인물, 재물이면 재물, 권력이면 권력, 무엇 하나 빠지는 것이 없는 완벽한 사내였다. 뜰아래 모인 사람들은 앞으로 팔자를 펴게 될 초요갱에게 부러움과 질투 어린 시선을 보냈다. 계양군은 그렇게나 품고 싶었던 여인을 오늘 밤, 닳아 없어질 때까지 보듬을 생각에 마냥 웃음이 났다.

"기녀에게 화초는 뭇 여인이 올리는 혼례와 같다고 하지요."

초요갱은 의연한 표정으로 앞에 서 있는 계양군과 유어당에게 말을 내뱉었다. 유어당은 내심 불안한 얼굴이 되었다. 예전의 다래라면 걱정하지 않겠지만, 그녀는 이미 초요갱이라는 기녀였다. 초요갱은 남은 말을 이어갔다.

"이왕 올리는 이년의 화초라면……."

초요갱의 말이 채 끝나기도 전에 대문 열리는 소리가 들렸다. 모두들 그녀의 시선을 따라 고개를 돌렸다. 모두의 표정은 곧 놀라움과 당혹스러움으로 바뀌었다.

"뫼시고 왔는디……, 요."

두향은 띄엄띄엄 말을 잘랐다. 두향과 함께 서 있는 남정네는 그야말로 거지 중에 상거지였다. 머리는 짐승처럼 풀어 헤쳤으며, 얼굴에는 불에 덴 자국이 심했다. 옷은 하도 기워 입어 너덜너덜했으며, 씻지 않아서인지 그 넓은 뜰이 역한 냄새로 가득 찼다. 모두 하나같이 코를 막느라 바빴다.

"오시었습니까? 기다리고 있었사옵니다."

그 거지 같은 남정네에게 초요갱은 활짝 웃었다. 오랫동안 기다리던 정인을 만난 듯한 착각마저 불러일으킬 정도의 반가움이었다.

"이것이 대체 뭐 하는 짓이냐?"

참다못한 유어당이 초요갱을 향해 고함을 버럭 질렀다. 그러나 그녀는 놀라거나 당황하는 기색이 없었다. 오히려 당황하는 쪽은 유어당과 계양군이었다. 계양군은 너무나 어이없는 상황에 화조차 나지 않았다.

"뭐 하는 짓이냐고 물었다. 나리께서도 계시는데."

재차 묻는 유어당을 향해 초요갱이 고개를 숙이고 차분히 말했다.

"저는 여기 이분과 화초를 올리겠사옵니다. 어차피 이년은 기녀가 아니옵니까? 기녀가 뭇 여인과 다른 점이 무엇이옵니까? 전두를 많이 주는 쪽을 택할 수밖에 없는 것이 바로 기녀이옵니다."

옆에서 잠자코 그녀들의 대화를 듣고 있던 계양군의 얼굴이 점점 굳어졌다. 보고만 있어도 그의 분노가 얼마만큼인지 알고도 남을 만큼 복잡한 표정이었다. 계양군은 어금니를 꽉 깨물었다.

"네놈 죄를 묻지 않을 테니 죽고 싶지 않으면 썩 물러가라."

계양군은 초요갱의 곁에 서 있는 거지에게 어서 기방에서 나가라는 눈짓을 보냈다. 예전의 계양군 같았다면 벌써 그를 죽이

274

고도 남았을 것이다. 그의 말이 떨어지기 무섭게 하인들이 걸인 곁으로 다가섰다.

"물러서시오!"

물러서라는 초요갱의 말에 하인들은 주춤했다. 그것을 본 계양군은 숨을 크게 한 번 들이마시고 그녀에게 조용히 읊조리듯 말했다.

"저자의 전두가 얼마나 되느냐? 내가 그것에 몇 곱절을 줄 테니. 이제 힘 빼는 일은 그만하자꾸나!"

초요갱은 계양군을 뚫어지게 쏘아보았다. 그녀의 눈동자에는 분노와 조롱이 가득 들어 있었다.

"나리께서는 꿈도 못 꿀 만큼의 큰 재물입지요. 기와집 수백 채 가져다주신들 어찌 비교할 수 있단 말입니까?"

초요갱의 말이 잠시 끊기자 그사이 뜰에 모여 있던 사람들의 얼굴이 하나같이 사색이 되었다. 계양군의 주먹에 힘이 들어갔다. 그 모습에 그녀가 잠시 잠깐 끊겼던 말을 다시금 이었다.

"이분이 주신 전두는 바로 재예를 귀히 여길 줄 아는 마음이옵니다. 매일같이 같은 시각에 기방 담벼락에 귀를 대고 저의 가야금 소리를 들으며 눈물을 흘리는 것이야말로 가장 큰 전두이옵지요. 재물이 있다 하여 마음대로 기녀들을 농락하는 소인배들은 감히 상상조차 할 수 없는 일 아닐는지요. 어찌 저의 가야금만 소리라 하겠사옵니까? 숙달된 악공의 손에 연주되는 가장 좋은 악기는 바로 이년의 몸뚱이가 아니겠습니까? 이렇게 훌륭한 악공을 만났으니 다루어달라 청함은 당연한 것이 아닐는지요."

초요갱의 말이 끝나자 사람들은 너 나 할 것 없이 눈치를 살
피며 서둘러 문을 빠져나갔다. 유어당 역시 어쩔 줄 몰라 이마
에 손을 얹었다. 곁에 있던 두향은 두려움에 벌벌 떨었다. 계양
군은 옆에 있던 령에게서 칼을 낚아챘다. 번뜩이는 칼날이 보름
달 아래 서슬 퍼런 빛을 드러냈다. 칼날은 바람을 가르는 소리
와 함께 그녀의 목줄에서 멈췄다. 너무 놀란 유어당과 두향은
온몸에 소름이 돋았다. 유어당은 어찌 되었든 사태를 수습하기
위해 다가서려 했지만 령이 막고 있어 그러지 못했다.

"이게 뭐 하는 짓입니까?"

일촉즉발의 위기에서도 초요갱은 눈썹 하나 움직이지 않았
다. 오히려 웃음기 가득한 얼굴로 계양군을 몰아세웠다. 초요갱
을 겨누던 그의 검이 가늘게 떨렸다.

"그 입 다물라, 다물라! 한 마디만 더 한다면, 내 너를 가만히
두지 않을 것이다."

계양군의 목소리가 낮게 깔리며 가늘게 떨렸다. 초요갱은 그
런 그를 뚫어지게 바라보았다.

"사람의 일이란 것이 머리보다 마음이 먼저 가는 것이지요."

초요갱은 마치 어린아이를 타이르듯 계양군을 향해 말을 내
뱉었다. 모욕감을 느낀 계양군이 칼을 높게 치켜 올렸다. 검은
바람을 세차게 가르며 말릴 틈도 없이 그녀에게 내려왔다.

"악!"

두향이 큰 소리를 내며 두 손으로 얼굴을 가렸다. 주변에 침묵

이 흘렀다. 침묵이 무거워질 때 즈음, 웃음소리가 터져 나왔다.

"하하하하하."

계양군의 웃음소리가 들리자, 두향은 얼굴을 가렸던 손을 천천히 내렸다. 그는 뜰에다 검을 꽂아두고는 대문을 빠져나갔다. 령은 바닥에 꽂힌 검을 챙겨 들고 계양군을 조용히 뒤따랐다. 그런 그들을 초요갱은 물끄러미 쏘아보았다.

"어찌 이렇게 무모한 것이야? 그냥 물러날 위인이 아니다."

유어당은 놀란 가슴을 쓸어내리고 초요갱의 곁으로 다가가 원망하듯 그녀의 팔을 잡았다.

"서둘러 이분을 방으로 뫼셔주십시오."

그 험한 꼴을 당했음에도 초요갱의 표정에는 놀란 기색이라고는 전혀 찾아볼 수 없었다. 그녀는 담담하게 거지 행색의 남정네와 초야를 치르겠다는 말을 내뱉고는 방이 있는 안채로 먼저 길을 잡았다.

"내 너를 어찌해야 할꼬?"

초요갱이 허투루 말한 것이 아님을 안 유어당과 두향은 동시에 깊은 한숨을 내뱉었다. 첫날밤을 치르고자 먼저 방으로 들어온 초요갱은 흔들리는 촛불을 뚫어지게 바라보았다. 위태롭게 일렁이는 촛불이 마치 자신의 운명인 듯 느껴졌다.

오래전, 평원대군과 함께 바닷가의 외딴 곳에서 첫날밤을 함께 보냈던 기억이 아련하게 떠올랐다. 비에 젖어 흩어진 머리를 손으로 빗어 곱게 땋아주던 평원대군. 눈물 한 방울이 촛농이 되어 떨어졌다. 떨어진 촛농은 곧 하얗고 단단하게 굳어버렸다.

초요갱은 긴 소맷자락 안으로 손을 집어넣어 뭔가를 꺼냈다. 붉은 비단 천에 금색 실로 아름답게 수놓여 있는 댕기에 곱게 묶인 동심결이었다. 부부의 연을 맺던 밤, 영원히 둘이 아닌 하나로 살자며 평원대군의 머리카락과 그녀의 머리카락을 잘라내어 서로 묶었던 동심결. 동심결 위로 눈물 한 방울이 톡 하고 떨어져 퍼졌다.

"다래, 아, 아니, 초요갱 아씨, 뫼시고 왔당께요."

두향은 둘이 있을 때만 빼고는 그녀를 초요갱 아씨라고 불러야 한다는 것을 잠시 잊어버렸다. 당황한 두향이 더듬거리며 안으로 말을 흘렸다.

"들여보내시게."

초요갱은 동심결을 서둘러 소맷자락 안에 다시 넣었다. 곧 문이 열리고 걸인이 쭈뼛대며 들어섰다. 그녀는 그가 좀 더 편히 들어와 앉을 수 있게 자리를 비켜주었다. 조심스레 앉는 남정네에게 초요갱은 술잔을 건넸다. 그는 꿇어앉아 고개를 숙이고 술을 받았다.

"아씨께 인사드리옵니다."

묵직한 목소리에 초요갱은 놀라 뚫어지게 걸인을 바라보았다. 그러고 보니, 처음 봤던 거지꼴은 간데없고 말끔히 차려입은 사내는 확실히 달라 보였다. 말투 또한 겉모습만큼이나 바뀌어 있었다.

"뉘신지?"

사내는 초요갱의 물음에 서둘러 서찰 한 장을 내밀었다. 전혀

278

생각지도 못한 상황에 그녀는 당황했다.

"실은 소인 놈은 화의군 나리의 심복이옵니다."

고개를 숙여 자신에게 서찰을 내미는 사내를 보며 초요갱은 천천히 받아 들었다. 평원대군의 것만큼이나 정갈하고 반듯한 서체가 눈에 들어왔다.

우선은 그대를 놀라게 해서 미안하오. 그대라면 반드시 자신의 재주를 알아주는 사내를 찾을 것이라 믿었소. 나의 형님이신 평원대군께서 죽는 순간까지 찾았던 여인이 바로 그대였으니, 그대의 화초는 당연히 형님의 것입니다. 내가 그대의 벗으로서 해줄 수 있는 것은 여기까지요.

눈물이 맺혔다. 선택의 여지가 없어 기녀가 되었고, 억울하게 죽은 평원대군과 홍문 오라비의 복수를 위해 자신을 버려야만 했다. 지금까지 꾹 참았던 울음이 화의군의 서찰과 함께 터져 나왔다. 그 누구에게도 드러낼 수 없었던 정말 오랜만의 울음이었다. 그렇게 한참 동안 울고 있는 초요갱에게 사내가 조용히 하라는 신호를 보냈다. 그의 얼굴에는 긴장이 흘렀다.

"밖에 누가 있습니다. 어서 촛불을 끄시지요."

그의 말에 초요갱은 서둘러 바람을 일으켰다. 방 안에 불이 꺼지자 밖에 있던 계양군이 입술을 꽉 깨물며 령과 함께 대문을 빠져나갔다. 시간이 한참 흐른 후에 걸인으로 위장한 사내 역시 담을 넘어 어둠 속으로 사라졌다.

화의군

도성 안 최고 미녀인 초요갱의 머리를 얹어준 이가 다름 아닌 걸인 중에서도 상거지라는 사실은 해가 뜨기도 전에 일파만파로 쭉쭉 퍼져나갔다. 계양군은 한숨도 못 잔 얼굴이었다. 생각보다 마음속에 그녀를 깊게 담고 있는 자신이 되레 당황스러웠다. 계양군은 태어나서 이렇게 굴욕적이고 속이 뒤틀릴 만큼 마음이 상해본 적이 없었다. 령에게 기방을 지켜보다 걸인이 나오면 쥐도 새도 모르게 명줄을 따라 명했다. 그러나 눈치를 챈 걸인이 벌써 자취를 감추고 사라진 뒤라고 했다. 걸인이 기둥서방이라는 것은 결국에는 아무나 가질 수 있되, 아무도 가질 수 없는 여인이 되어버렸다는 뜻이었다.

이른 시각, 초요갱은 믿을 만한 자를 하나 불렀다. 화의군이 지금 어디서 무엇을 하는지 은밀히 알아보라고 했다. 화의군을 만나고 싶었지만, 지금 그를 만나는 것은 여러모로 위험했다.

임금이 새로 즉위한 지 겨우 일 년의 시간이 흘렀음에도 즉위 초보다 더욱 병약해져 자리보전하는 날이 빈번했다. 나라가 이렇다 보니, 민생과 정치가 불안한 것은 어쩌면 당연한 일인지도 몰랐다. 진평, 함평, 진양에 이어 수양으로 봉작된 대군의 문지방은 나날이 많은 인사가 드나들어 닳아 없어질 정도였고, 그런 그를 견제하기 위해 화의군은 안평대군을 중심으로 세력을 규합했다. 수양대군의 편인 계양군과 그 반대편인 화의군은 서로를 향해 칼끝을 겨누고 있었다. 이런 정치적인 일에 얽혀 있는 화의군을 만나기란 여간 어려운 일이 아니었다. 무엇보다 화의군은 틈틈이 평원대군의 죽음까지 캐고 다녔고 초요갱 또한 일거수일투족 계양군의 감시를 받고 있는 처지였다.

"다래야! 거 있잖여, 니 화초 올려준 걸인이 와 있는디."

두향의 말에 초요갱은 눈을 동그랗게 떴다.

"지금 어디 계셔?"

초요갱은 물음과 동시에 서둘러 버선발로 뛰어 내려갔다. 함께 아침 수련 중인 기녀들은 그런 초요갱을 보며 손가락질해대느라 바빴다. 그녀는 사내가 있다는 방 안으로 급히 들어섰다.

"오시었습니까?"

그곳에는 처음 볼 때와 마찬가지인 찢기고 더럽고 비루한 누더기를 걸친 사내가 삿갓을 뒤집어쓴 채 있었다. 초요갱은 그런 그의 앞에 급하게 앉았다.

"화의군 나리께서는 어디 계신지……."

초요갱이 말을 채 마치기도 전에 앞에 앉은 사내가 삿갓을 벗었다.

"나리!"

걸인인 줄 알았던 그 사내는 바로 화의군이었다. 초요갱이 놀라는 것이 재미있기라도 한 듯 그는 웃음을 보였다.

"잘 지냈는가?"

화의군의 뽀얗던 얼굴은 시커멓게 바뀌었고, 의복 또한 왕자의 신분으로서는 감히 상상도 할 수 없는 걸인의 옷이었다. 조금 놀라기는 했으나, 초요갱은 차분한 음성으로 말을 건넸다.

"어찌 이 은혜를 갚아야 할는지요."

초요갱은 자신의 화초를 지켜준 화의군에게 진심으로 감사의 인사를 전했다. 그러나 그는 당연히 해야 할 일이라며 오히려 그녀를 위로했다. 초요갱은 늘 자신 때문에 곤혹스러운 일에 처하게 되는 화의군에게 고맙고 미안했다.

"한데 어찌하여 나리께서 이런 복색으로 다니시옵니까?"

화의군은 초요갱의 말에 두 팔을 들어 보이며 싱긋 웃었다. 심지어 콧구멍을 벌렁대며 킁킁 냄새를 맡았다.

"나는 이리 사람 냄새가 나는 의복이 좋다네. 얼마나 편한가? 내 비록 왕족이긴 하나 이미 사지가 잘린 지 오래되었거늘, 이런들 어떻고 저런들 어떻겠는가. 내가 이리 급히 그대를 찾아온 것은 다름 아닌 평원 형님의 일 때문이라네. 얼마 전 알아본 바에 의하면 어명으로 황해도에 내려가야 할 사람은 함평대군, 그러니까 지금의 수양대군이었다 하더군. 한데 어찌하여 수양대군이 아니라 평원 형님이 가셨는지 혹시 아는 바가 있는가?"

초요갱은 화의군의 말을 곰곰이 되씹어보았다. 불현듯 오래 전 평원대군에게 바다가 보고 싶다 말했던 적이 있음이 떠올랐다. 그녀는 평원대군 생각에 또 가슴 한편이 뻐근해져왔다. 그때 함께 맡았던 바다 향이 마음 깊은 곳에서 올라왔다.

"미안하게 되었네. 힘든 기억을 끄집어내게 해서."

촉촉이 젖어드는 초요갱의 눈빛에 화의군은 그저 미안하기만 했다. 그녀는 그런 화의군에게 괜찮다며 고개를 흔들었다.

"제가 바다가 보고 싶다 대군께 말하였사옵니다. 바다에서 둘만의 오붓한 혼례를 올리면 좋겠다, 그리 아뢰었지요."

화의군은 평원대군의 모습이 떠올랐다. 그의 성품이라면 비록 첩으로 들이긴 하나 사랑하는 여인을 위해서라면, 뭐든 다 할 사람이었다. 그는 자신도 모르게 고개를 끄덕였다.

"실은 자네에게 모든 것을 말할 수는 없으나……."

잠시 숨을 고르던 화의군은 다시금 말을 내뱉었다.

"계양군과도 무관하지 않아 보인다네. 평원 형님이 황해도로 가시던 즈음, 제생원(濟生院 : 백성의 치료를 담당했던 의료기관)에는 두창을 앓던 병자가 수십 명이 있었다네. 물론 내가 알아본 바로는 그 당시 황해도 관아를 중심으로는 단 한 명의 병자도 없었지. 왜냐하면 그때 모든 두창 병자를 농골이라는 골짜기에 철저히 감금시키고는 불을 질러 한꺼번에 죽였다는 소문이 있었네."

계양군과 무관하지 않다는 말에 초요갱은 움찔했다. 왜 자신의 형제를 죽이는 잔인한 일을 했는지 도저히 이해할 수가 없었다. 그는 마저 이야기를 하기 위해 입을 천천히 떼었다.

"한데 신기한 일은 계양군의 호위 무사인 령이라는 자가 제생원의 박명이라는 의관을 찾아가 은밀히 두창으로 죽은 병자의 옷가지와 그들의 고름을 닦아낸 천을 건네받았다는 것이지. 그리고 얼마 있지 않아 령을 황해도에서 보았다는 사람이 나왔으니, 우연의 일치라고 하기에는 석연치 않은 구석이 많아."

초요갱은 지난번 뜰에서 계양군 뒤에 있던 호위 무사를 떠올렸다. 그자의 눈빛이 예사롭지 않았다. 어디선가 꼭 한 번 정도 마주친 것 같은 느낌마저 들었다.

화의군은 두어 식경 더 초요갱과 이야기를 나눈 후, 어둠이 내려앉고 기방이 시끄러워진 틈을 타 바삐 대문을 빠져나갔다. 화의군은 우찬성 이양을 통해 원래 두창을 가장하여 암살하려 했던 자는 함평대군이었고, 평원대군이 대신 황해도로 갔다는 말을 전해 듣고 즉시 사람을 보내 암살 계획을 중단시켰다는 이야기를 들었다. 혹시나 하던 사실이 진실이 되자, 화의군은 헛웃음이 터져 나왔다. 단순히 형의 여인을 취하기 위해 평원대군을 죽이다니. 어이없는 상황에 화의군의 머릿속이 복잡해졌다.

화의군이 돌아간 지 한참이 지났건만 초요갱은 아무 일도 하지 못하고 그저 멍하니 앉아 있었다. 손끝에 모여 있던 힘마저 모두 다 빠져나가버린 것만 같았다. 만약 그의 말이 사실이라면 계양군은 천륜을 어긴 엄청난 일을 저지른 것이다. 믿을 수 없었다. 아니, 믿고 싶지 않았다.

"오메! 뭔 일이 있었던 겨?"

핏기 하나 없는 얼굴로 넋을 잃고 앉아 있는 초요갱을 향해 두향이 걱정스러운 듯 물었다. 두향의 목소리에 비로소 초점을 잃은 그녀의 눈빛이 또렷해졌다. 꽤나 신경을 써가며 생각에 잠겨 있어서인지 초요갱의 목소리가 논바닥 갈라지듯 버석거렸다.

"아니야!"

"그르믄 우째 요로코롬 얼이 나간 거멩키로 앉아 있단 말여? 좌의정을 지낸 대감 댁의 자제라 카던디, 나가 볼 적에는 완전 파락호여. 난봉꾼 말이여. 벗이라는 자들을 옆구리에 떡하니 끼고, 니를 보러 왔다믄서 술을 진탕 퍼마시고 있당게. 우짜까?"

기방 대문이 열리기 무섭게 초요갱을 보기 위해 많은 이가 개미 떼처럼 몰려왔다. 특히나 그녀의 화초를 올려준 이가 걸인이라는 사실이 한몫했다.

"가야지. 가야겠지. 그것이 기녀인 내 팔자인 것을."

초요갱은 더 이상 유어당을 곤란하게 만들고 싶지 않았다. 기방에 나가지 않는다면, 유어당이 권세 있는 이들에게 곤욕을 치를 것이 뻔했다. 그녀는 천천히 일어나서 두향이 이끄는 곳으로 길을 잡았다.

두향이 안내한 방으로 들어서자 술에 취한 사내와 기녀들이 한데 어울려 있었다. 난장판도 이런 난장판이 없었다. 초요갱이 들어서자 모두들 그 자리에 꼼짝하지 않고 멈춰 섰다. 사내들은 곁에 붙어 있던 기녀들을 물렸다. 한참 재미를 붙여 물이 올라 있던 참에 방으로 들어선 초요갱에게 기녀들은 곱지 않은 시선을 보냈다.

"아! 네년이 도성 안 최고의 명기 초요갱이로구나!"

좌의정 대감의 자제로 보이는 사내는 흐트러진 갓을 똑바로 쓰고 느슨했던 끈을 단단히 죄었다. 지금까지와는 다른 아름다움에 방 안에 있던 양반들의 시선이 모두 초요갱에게 꽂혔다. 그녀는 전혀 개의치 않는 표정으로 다소곳이 앉아 두향이 건네는 가야금을 무릎 위에 가지런히 놓았다.

"가야금은 됐고, 이리 와서 술이나 한잔 따라보아라!"

방금 갓끈을 단단히 죄었던 사내가 자신의 옆자리를 탁탁 가볍게 쳤다. 초요갱은 그 모습이 너무나 가소로웠다. 잘난 부모를 만나 귀한 집 자제로 태어나 재물 귀한 줄 모르고 젊은 나이에 기방에 드나드는 모습이 꼴사나웠다.

"창기를 불러드리오리까?"

"가시투성이군. 온통 가시투성이야."

사내가 비웃듯 말을 하자 방 안에 있던 사람들 모두 한꺼번에 웃음을 터뜨렸다. 하지만 초요갱의 표정에는 그 어떤 감정도 깃들어 있지 않았다. 웃음소리가 어느 정도 잦아들자 그녀가 천천히 말을 이었다.

"꽃이란 것은 요염할수록 가시가 많은 법이지요."

"농염한 꽃일수록 으레 나비가 내려앉는 법."

주거니 받거니 할 정도이니, 사내는 양반이랍시고 서책을 꽤 읽은 모양이었다. 초요갱은 슬며시 웃음을 보였다. 허무한 듯, 슬픔이 담긴 미소는 보는 이로 하여금 안달 나게끔 했다.

"아무 나비나 앉아 쉬라고 피어 있는 꽃이 아니옵니다."

초요갱은 가야금에 손을 올렸다. 풀잎을 스치는 이슬방울처럼 맑은 음률이 방 안을 가득 채웠다. 구슬프면서도 품격 있는 곡조. 심장 소리가 빨라지는 것만큼이나 가야금의 연주 또한 빨라졌다. 너무나 빨라 마치 가야금이 저 혼자서 소리를 내는 것만 같았다.

"집어치워! 춤이나 한번 춰보아라. 흐흐흐. 저고리를 벗으면 더욱 좋고."

거친 말과 함께 술잔 하나가 날아와 가야금 줄을 끊었다. 줄이 튕기며 초요갱의 검지에 상처를 냈다. 붉은 피가 가야금으로 스며들었다.

"에끼! 왜 이러는가? 저 아이가 다쳤지 않은가? 도성 안에 최고 기녀인데. 자형! 자네가 상처를 냈다 소문이라도 나면 어찌하려고, 하하하!"

그는 좌의정을 지낸 신개 대감의 차남 신자형이었다. 곁에 있던 벗의 조롱 섞인 질타에 그는 히죽히죽 웃으며 초요갱을 째려보았다.

"저년의 화초를 올려준 이가 상거지라 하길래 궁금하여 왔더니만. 에잇! 주둥이만 살아가지고 흥이나 깨는 것 같으니라고. 전두를 그만큼 주었으면 시키는 대로 할 것이지 무슨 잔말이 그리도 많아!"

신자형은 술병을 들어 술잔에 따랐다. 술잔이 어느 정도 채워지자 그 앞으로 초요갱이 다가왔다.

"아비의 뒷배를 믿고 이런 불손 무도한 행동을 보이다니. 내 그대들에게서 받은 전두는 다시 되돌려주지!"

두 눈을 부릅뜨고 당당하게 말을 내뱉는 초요갱의 모습에 도리어 당황한 쪽은 신자형과 함께 온 무리였다. 분위기가 심상치 않음을 느낀 기녀들은 하나둘 방을 빠져나갔다. 앞에 앉아 있는 양반들은 그녀의 방자한 말투에 이미 이성을 잃은 상태였다. 초요갱은 전두로 받은 묵직한 주머니를 술상 위로 던지듯 내려놓았다. 신자형은 그런 초요갱 때문에 만취했던 정신이 돌아왔다. 그는 주먹으로 술상을 거칠게 내리쳤다.

"에끼! 이런 방자한 년이 있나. 죽고 싶어 환장하지 않고서야. 내가 누군 줄 알고."

신자형은 있는 힘껏 고함을 질렀다.

"귀한 분의 자제라 하여 소리를 들을 줄 아는가 하였더니. 음률과 가락은 두 귀가 아니라 하나의 마음으로 듣는 것이외다."

초요갱은 뒤로 젖혀진 신자형의 갓을 바로 씌우며 갓끈을 동여매주었다. 갑작스러운 그녀의 행동에 신자형은 긴장했다. 여인의 살냄새와 분 향기가 코끝을 자극했다. 입에서 나는 복숭아 향기 또한 왕창 베어 물고 싶을 정도로 달콤했다. 신자형의 심장이 모처럼 두근거렸다. 초요갱은 마지막으로 신자형의 볼에 손을 올려 농염한 눈빛과 함께 두어 번 가볍게 두드리고는 돌아섰다.

"저, 저년이 감히!"

태어나서 처음 당해보는 모욕에 신자형은 부들부들 떨었다.

돌아선 초요갱에게 분노 가득한 목소리와 술잔이 날아갔다. 막 그녀의 뒤통수에 술잔이 꽂히려는 그때였다.

"괜찮으십니까?"

방문 사이로 손 하나가 불쑥 먼저 들어와 날아오는 술잔을 재빠르게 잡았다. 놀란 것은 비단 초요갱만이 아니었다. 술상에 앉아 있던 양반들 역시 경기를 일으키며 앞을 바라보았다.

"나리께서 찾아 계시옵니다."

반쯤 열리다 만 방문이 점차 열리며 사내가 불쑥 들어섰다. 령이었다. 령은 양반들이 있는 술상에 다가섰다.

"뭐, 뭐냐?"

신자형이 떨리는 목소리로 령에게 물었다. 령은 단검을 꺼내 들었다. 그러자 방 안에 있던 양반들은 모두 벌벌 떨며 술상에서 멀어졌다. 령은 고개를 이리저리 돌리다 술상 중앙에 검을 내리꽂았다. 무표정한 령의 얼굴에서는 살기가 느껴졌다. 너무 두려운 나머지 숨조차 제대로 못 쉬는 그들 앞에서 령은 손 안에 있던 술잔을 거칠게 내려놓았다. 그러고는 눈동자를 휘휘 내둘러서는 신자형을 뚫어지게 바라보았다. 령은 내려놓은 술잔에 술을 부었다. 술이 이미 술잔에 가득 넘쳤음에도 령은 멈추지 않았다.

"그만하시게."

초요갱이 령에게 말하자 그는 들고 있던 술병을 집어 던졌다. 령은 술상에 꽂혀 있던 검을 거두어 초요갱과 함께 방을 나섰다. 숨을 죽이고 있던 양반들은 비로소 안도의 숨을 한꺼번에 몰아쉬었다.

"내 너를 가만히 두지 않을 것이야."

신자형의 뒤늦은 노여움이 초요갱의 뒷덜미에 사정없이 내리꽂혔다. 그녀는 그 분노를 뒤로한 채, 계양군이 있다는 후원 자운당으로 향했다.

스승의 죽음

자운당 추녀 끝에 잿빛 구름이 모여들었다. 자줏빛으로 항상 빛나던 외벽은 평소와는 달리 흙빛이 감돌았다. 안으로 들어선 령이 걸음을 멈추었다. 그가 멈추자 초요갱 역시 걸음을 멈추었다.

"나리!"

"들이시게."

얇은 문창호지 사이로 계양군 대신 유어당의 목소리가 흘러나왔다. 령은 문을 열고 초요갱에게 고개를 숙였다. 안으로 들어선 그녀는 또 하나의 방문을 열고 나서야 방 안으로 들어설 수 있었다.

"이리로 와서 어서 예를 갖추지 않고 뭐 하는 것이냐?"

방문 앞에서 꿔다 놓은 보릿자루같이 가만히 서 있는 초요갱에게 유어당은 다그치듯 말했다. 문을 열고 들어올 때부터 그녀의 시선을 외면하기로 결심이라도 한 듯 계양군은 초요갱을 바라보지 않았다. 초요갱이 유어당의 곁에 앉고 나서도 계속해서 앞에 있는 술상만 내려다보고 있을 뿐이었다. 계양군은 지난번 일로 화가 단단히 난 모양이었다.

"나리께 무릎을 꿇고 마음을 다해 사죄드리지 못할까?"

침묵이 꽤나 길어지자 유어당은 옆에 있던 초요갱에게 눈짓을 보냈다. 그녀는 유어당의 눈짓을 애써 외면했다.

"무엇을 사죄하란 말입니까? 물건처럼 사고파는 것이 기녀의 몸이옵니다. 더 큰 전두를 주었기에 그저 받았을 뿐이온데, 어찌……."

"음."

초요갱의 말이 채 끝나기도 전에 헛기침과 동시에 계양군이 자리를 박차고 일어섰다. 얼마나 세차게 어금니를 꽉 깨물었는지 계양군의 볼이 붉으락푸르락 시시때때로 변해갔다.

"나리! 계양군 나리! 이년을 가르친 저를 용서치 마옵소서."

자리에서 일어난 계양군에게 유어당이 무릎을 꿇고 납작 엎드렸다. 그는 잠시 멈칫하더니 고개를 돌렸다. 그러고는 앉아 있는 초요갱이 눈에 들어오자 조금 전보다 더 큰 헛기침을 내뱉고는 발걸음을 옮겼다. 그때였다.

"나리!"

계양군이 초요갱의 목소리에 걸음을 멈추었다. 하지만 돌아보지는 않았다.

"나리, 송구하옵니다."

"무엇이 송구하다는 것이냐? 송구하다? 송구하다? 그것이 무슨 뜻인지 너는 제대로 알긴 아는 것이냐?"

계양군은 여전히 돌아보지 않은 채, 말만 내뱉었다. 그의 목소리에서 참고 참았던 분노가 화산처럼 한꺼번에 터졌다. 마치 화산이 분출하듯, 계양군의 노기는 자운당을 날리고도 남을 만큼 엄청났다. 꽉 쥔 초요갱의 주먹이 부들부들 떨렸다. 그는 묻는 말에 답이 없자 방문으로 서너 걸음 옮겼다.

"내일 내가 저 기녀의 하루를 샀으니, 그렇게 알고 잘 준비해주게."

방문을 열기에 앞서 계양군은 유어당을 향해 걸쭉한 가래침 내뱉듯 말을 했다. 그는 끝내 뒤돌아보지 않았다. 뒤돌아 잠시라도 초요갱과 눈동자가 마주친다면 자신의 모든 것이 일순간 무너질 것만 같았다. 이번에야말로 그녀에게 정말 무서운 것이 무엇인지 보여줄 참이었다.

"스승님! 이것이 무슨? 내일은 무엇이고, 또 하루는 무엇이옵니까?"

계양군이 방문을 빠져나가자 초요갱은 급히 유어당을 향해 물었다. 유어당은 그런 그녀를 향해 참았던 숨을 몰아쉬었다.

"함부로 마음을 열어 보이거나 주어서도 아니 되는 것이 기녀라고 그리 일렀건만. 어찌 너는 그리 마음을 쉽게 다 보인단 말이냐?"

계집이 아닌 기녀로 사는 삶이 얼마나 힘든 일인지 초요갱은 조금씩 배워가고 있었다. 아주 오래 전 초요갱이 아이였을 때,

스승인 유어당이 대청마루에서 부채를 부치며 넋두리처럼 말했던 것이 떠올랐다. '기녀에게 있어 여인으로서의 삶이란 한낱 미명에 지나지 않는다.' 지금에 와서야 그녀는 유어당의 넋두리와 같은 말이 무슨 뜻이었는지 조금은 알 것도 같았다.

"계양군 저 위인은 성품이 포악하여 지금처럼 계속 참지만은 않을 것이다. 그러니 항시 조심 또 조심하여라. 알겠느냐?"

유어당은 마지막까지 당부의 말을 잊지 않았다. 초요갱은 그저 스승에게 미안한 마음뿐이었다.

다음 날 이른 시각부터 초요갱은 마음에도 없는 나들이로 치장을 하느라 여념이 없었다. 계양군이 오랜만에 벗들과 마포나루터에서 뱃놀이를 하며 회포를 푸는 자리에 초요갱과 옥부향 그리고 몇몇의 기녀를 불렀다. 초요갱은 가고 싶지 않았다. 하나 만에 하나 이번 뱃놀이를 자신이 망치기라도 한다면 유어당은 물론 기방까지 계양군의 손에 무사하지 못할 것이 분명했다.

"아씨들! 준비 다 되얏는디 말입니다요."

행랑아범이 기방 앞에 그녀들을 태울 말을 미리 대기시켜놓았다.

"요갱이 너! 오늘은 계양군 나리께 고분고분 잘 좀 해. 괜히 다른 사람들까지 곤란하게 만들지 말고. 알았니?"

먼저 자리에서 일어나는 기녀들이 단장하는 초요갱을 향해 눈을 흘겼다. 그도 그럴 것이 그녀로 말미암아 곤란했던 적이 한두 번이 아니었다. 쌓인 게 많다면 많을지도 몰랐다.

기방에서 제일 나이 어린 머슴인 원탁은 꽃단장한 기녀들을 보며 계속해서 싱글벙글했다. 옆에 있던 행랑아범이 머리를 쥐어박아도 좋다고 웃어대는 꼴이 영락없는 칠푼이 같아 보였다. 초요갱은 일꾼의 도움으로 말 위로 살포시 올라탔다. 그녀를 비스듬하게 태운 말은 덩실덩실 춤을 추듯 앞으로 나아갔다. 내리쬐는 햇볕을 피할 요량으로 쓴 다홍 빛깔의 전모(氈帽 : 여성이 외출용으로 사용하던 쓰개) 덕분에 초요갱의 미모는 더욱 매혹적으로 보였다. 초요갱과 기녀들을 태운 말이 저잣거리를 지날 때 뭇 남정네의 시선이 모두 초요갱에게 향했다. 침을 질질 흘리며 그녀를 바라보는 사내의 옆구리를 꼬집는 아낙마저 넋을 잃고 바라볼 지경이었다.

기녀들을 태운 말은 어느새 마포나루터에 도착하였다. 마포나루는 일찍부터 많은 상인으로 발 디딜 틈이 없었다. 새우젓의 비릿한 냄새와 짠 내가 그녀들의 코를 자극했다. 마포나루에 모인 상인들 역시 아름다운 초요갱을 쳐다보느라 하던 일에 지장이 있을 정도였다.

"기다리고 계십니다."

미리 나와 있던 계양군의 호위 무사 령이 가까이 다가왔다. 령은 마포나루터의 중심을 조금 벗어나 하류 쪽으로 길을 잡았다. 하류는 상류와 또 다르게 끝도 보이지 않을 만큼 이어진 모래밭이 장관이었다. 초요갱은 모래밭을 보자 갑작스레 그리움이 밀려왔다.

"어머머! 모래밭 좀 봐봐. 곱다. 고와! 내 살결 같지 않니?"

말에서 먼저 내린 기녀들은 계양군에게 잘 보이기 위해 앞다투어 목소리를 높였다. 초요갱은 원탁과 일꾼들의 도움을 받아 말 아래로 살포시 내렸다. 부드러운 모래가 그녀의 신발을 곱게 감싸는 것만 같았다. 큰 천막이 쳐져 있었고, 천막들 옆에는 깃발이 바람에 나부꼈다. 강 한가운데 있는 거룻배는 물의 흐름에 따라 잔잔히 떠다녔다. 아리따운 여인의 목소리에, 강 쪽을 바라보고 있던 계양군의 시선이 그녀들을 향했다. 기녀들은 저마다 아름다운 표정을 지으며 계양군의 시선을 받기 위해 목을 빼다시피 하였다. 그러나 그의 눈길은 기녀들의 틈을 비집고 초요갱에게로 향했다. 눈이 마주치자 그녀는 치맛단을 곱게 들어 올리며 예를 갖추었다. 그 모습은 방금 전 하늘에서 내려온 선녀라 하여도 믿고 남을 만큼 완벽했다. 하지만 계양군은 매정히 고개를 돌렸다.

"초요갱은 어디 있느냐?"

계양군의 좌측에 앉아 있던 사내가 서둘러 초요갱을 찾았다. 열 일을 제쳐두고 조선 팔도의 최고 미녀를 보기 위해 왔다며 호들갑을 떨었다.

"어찌하여 옆에 꽃을 두시고 다른 꽃을 찾으시나이까?"

"에끼, 요 맹랑한 년! 꽃이면 다 같은 꽃인 줄 아느냐? 하하."

양반은 기녀의 콧등을 살짝 꼬집었다. 기녀는 꼬집힌 코를 문지르며 입술을 삐쭉 내밀었다. 양반과 여인의 웃음소리는 한데 뒤섞였다.

"초요갱이라 하옵니다."

가야금을 든 초요갱이 앞에 서서 예를 갖추자 천막 안에 모여 있던 사람들의 시선이 모두 그녀에게로 향했다. 시끌벅적한 소리는 일순간 바람에 묻힌 듯 조용해졌다.

"과연 듣던 대로 조선 최고의 꽃이로구나!"

구씨 성을 가진 양반 하나가 자신도 모르게 손뼉을 쳤다. 금색 저고리에 붉은 모란꽃이 탐스럽게 피어 있는 짙은 회색의 치마는 초요갱을 더욱 돋보이게 했다. 무엇보다 짧은 저고리와 치마 사이로 보일 듯 말 듯한 허연 속적삼이 더욱더 사내의 마음을 설레게 했다. 가체 위에 꽂혀 있는 갖은 모양의 떨잠 또한 마치 살아 있는 나비가 살포시 날아와 앉아 있는 듯한 착각마저 불러일으켰다.

"계양군! 고맙네, 고마워! 자네 덕분에 조선 팔도 제일의 기녀를 직접 볼 수도 있고. 이거야 참! 이리 좋을 데가 있나. 허허!"

구씨 성을 가진 양반의 말에 계양군은 난이 그려진 부채를 확 펴서는 표정을 감추었다. 계양군 역시 평소와 달리 화려한 의복이었다. 연한 분홍빛이 도는 두루마기에 대나무 그림이 수놓아져 있어 부드러우면서도 강인한 모습이 엿보였다.

"자, 그럼 조선 최고의 기녀가 내는 음률을 한번 들어봅시다. 박수!"

계양군의 우측에 있는 또 다른 사내가 흥을 띄우기 위해 손뼉을 쳤다. 박수 소리 뒤로 가야금 소리가 강물처럼 조용히 흘렀다. 가야금 음에 물소리가 흘러가는 것인지 아니면 물소리에 가야금 음이 흘러가는 것인지 구분이 안 되었다. 느릿하여 더욱 아름다운 곡조들이 그녀의 손에서 살아 움직여 손가락 사이사이에서 피어났다.

　그렇게 술잔들이 오고 가며 강가에는 웃음이 넘쳐흘렀다. 점점 서산 너머 붉은빛이 강물을 물들일 즈음, 호위 무사 령이 누군가를 데리고 왔다.

　"나리! 데리고 왔사옵니다."

　술기운이 오른 계양군은 령을 바라보았다. 령의 옆에서 고개를 숙이고 있는 사내는 핏자국이 선명한 앞치마를 두르고 있었다. 얼굴은 험한 세월을 견딘 만큼 우락부락하게 생겼고, 수염이 제멋대로 나 있어 흡사 멧돼지를 닮은 듯 보였다. 그를 본 기녀들의 표정이 구겨졌다.

　"계양군 나리!"

　사내는 계양군에게 가까이 다가서서 고개를 깊숙이 숙여 인사를 건넸다.

　"오, 어서 오너라! 때마침 기다리고 있던 참이었다."

　모든 사람의 시선은 계양군의 곁으로 다가서는 사내에게로 쏠렸다. 계양군은 연신 웃으며 그의 넓은 어깨에 팔을 둘렀다.

　"자, 자! 소개하지. 여기는 나의 아주 친한 벗이라네. 소 되야지 잡는 백정이야, 백정."

　계양군의 벗이 다름 아닌 백정이라는 말에 모여 있던 모든 이들의 눈이 커졌다. 계양군은 당황한 그들의 표정에 강가가 떠내려가라 웃어댔다.

　"이놈을 어찌 부르셨습니까요?"

　계양군은 사내의 물음에 그제야 자신의 머리통을 치며 말을 이었다.

"아! 내가 너를 부른 건 말이다, 널 주려고 선물을 하나 샀지. 아마 마음에 들 것이다. 조선 최고의 선물이거든. 내가 다른 벗들과 실컷 가지고 놀았으니, 남은 반나절은 네놈이 가지고 놀다가 내다 버리거라!"

손을 확 휘저으며 계양군의 눈길은 천막 끝에 다소곳이 앉아 있는 초요갱에게로 향했다. 그녀와 눈이 마주치자 계양군의 입꼬리가 살짝 치켜 올라갔다.

"저년이니라, 내가 너에게 주는 선물이. 어떠하냐? 마음에 드느냐? 하하!"

백정은 계양군의 말에 고개를 돌려 초요갱을 보았다. 노을에 젖은 초요갱을 본 백정의 눈이 희번덕거렸다. 백정은 누런 이빨을 드러내며 음흉한 웃음을 보였다.

"이보시게, 계양군. 자네 술에 취한 것인가, 어떻게?"

주변 사람들이 모두 놀라 계양군에게 한마디씩 건넸다. 마구 웃어대던 계양군이 갑자기 구씨 성을 가진 양반의 멱살을 쥐어틀었다. 그는 풀려나려고 발버둥 쳤지만 역부족이었다.

"왜, 왜 이러는가?"

"내 것을 내 마음대로 한다는데, 네놈이 무슨 상관이야! 벗으로 여겨주니 내가 그리 만만하게 보이는가?"

계양군은 잡아먹을 듯한 눈빛으로 한참 동안 노려보다 멱살을 잡고 있던 손을 거칠게 내렸다. 그러자 구씨 성을 가진 양반은 모래밭에 그대로 고꾸라졌다. 그는 일어서서는 비뚤어진 갓을 바로 쓰고 뒤도 돌아보지 않고 내달렸다.

"어, 어! 나도 생각해보니, 일이 있었네. 다음에 또 봅시다."

곁에 있던 다른 양반들도 헛기침을 하며 모두 줄행랑을 쳤다. 기녀들 역시 겁에 질려 강 위쪽으로 걸음을 했다. 모두들 떠나고 허허벌판이 되어버린 강가에서 계양군은 도망치는 그들을 향해 미친 듯이 웃었다. 이런 일이 놀랄 만도 한데 초요갱은 차분하게 앉아 그런 계양군을 안쓰럽게 바라보았다. 계양군은 웃음을 멈추고 초요갱을 노려보았다.

"어차피 너의 화초를 올려준 이가 걸인이 아니더냐? 걸인보다야 백정이 몇 배는 더 사내답지 않느냐?"

계양군은 초요갱의 곁으로 바짝 다가가 앉아 광기 어린 목소리로 말을 내뱉었다. 그의 입에서는 술 삭은 냄새가 목구멍을 타고 올라왔다.

"왜 대답이 없는 것이냐?"

표정도 대답도 그 어떠한 흔들림도 없는 초요갱의 모습에 계양군은 더욱 화가 치밀었다. 차라리 살려달라, 잘못했다, 바짓가랑이라도 붙잡고 빌기라도 한다면 못 이기는 척, 눈감아주려 했는데.

"아무나 갈아타는 나룻배 같은 기녀 팔자, 걸인이면 어떻고 백정이면 또 어떻습니까?"

텅 빈 눈으로 초요갱은 강가에 올라와 있던 한 척의 거룻배를 망연히 내다보았다. 계양군은 어금니를 꽉 깨물더니 곁에서 잠자코 명을 기다리는 령에게 눈짓을 보냈다.

300

한편, 마포나루터에서 돌아온 원탁은 다급히 안채로 뛰어 들어갔다. 원탁의 이야기를 전해 들은 유어당은 얼굴이 하얗게 질려 기방의 머슴들과 함께 나루터로 달렸다.

'조금만 참고 버티어라. 아무 일이 없어야 할 터인데.'

유어당은 자꾸만 불길한 생각이 들었다. 그녀의 애타는 마음과 달리 말이 달리는 속도는 더욱 더디게만 느껴졌다. 붉게 타들어가던 노을은 이제는 검은 재만 남았다. 사방이 깜깜하게 어두워지자 유어당은 더욱 불안해졌다.

강가에 도착한 유어당의 눈에는 너무 어두워 아무것도 보이지 않았다. 그녀는 불안한 마음에 두 손을 꼭 모아 가슴에 얹었다. 쉴 새 없이 두근거리는 심장은 좀체 진정되지 않았다.

"행수 어르신!"

어린 원탁이 뭔가를 보고는 손가락으로 가리켰다. 그곳에는 작은 횃불 하나가 반짝였다. 횃불 너머 사람 서너 명의 그림자가 일렁였다. 유어당은 모래밭으로 뛰어 내려갔다. 가까이 다가서니 그곳에는 웃통을 훌러덩 벗은 백정이 초요갱의 턱을 잡고 입을 맞추려 하고 있었다. 계양군은 그런 그들을 보며 술잔을 털어 넣었다.

"대체 이것이 뭐 하는 짓입니까?"

유어당의 호통에 횃불이 심하게 일렁였다. 술잔을 내려놓은 계양군이 유어당을 쳐다보았다. 그는 입가에 묻은 술을 손등으로 쓱 닦았다.

"아! 행수 아니오. 어서 이리 앉으시오! 재미있는 것을 혼자

보려니 적적하던 참인데, 때마침 잘 왔소이다."

유어당은 그런 계양군의 옆을 지나 초요갱의 곁으로 다가갔다.

"그만 가자꾸나!"

유어당은 초요갱의 손목을 잡아 이끌었다. 그런 모습을 보자 계양군의 눈썹이 심하게 일그러졌다.

"내가 초요갱 저년의 하루를 샀다는 것을 잊은 것인가? 명줄을 보존코자 한다면 그 손목을 놓아라, 어서!"

초요갱은 젖은 눈동자로 스승 유어당을 바라보며 고개를 끄덕였다. 잘못하다가는 유어당 역시 목숨을 내놓아야 될지도 모른다. 열이 받을 대로 받은 계양군은 일어나 유어당이 잡고 있는 초요갱의 손목을 낚아챘다. 유어당은 그런 그의 가슴을 세차게 밀쳤다. 술에 취한 계양군은 힘없이 모래밭에 쓰러졌다. 령이 재빠르게 달려왔으나 그는 손을 들어 령을 멈추게 했다.

"네년이 죽고자 마음을 먹었음이야. 왕족을 능멸하면 어찌 되는지 정녕 모르는 것이냐? 사지가 갈기갈기 찢겨나간다는 것을."

모래를 털며 일어서는 계양군에게 초요갱이 무릎을 꿇었다. 그녀는 바닥에 엎드려 울먹였다.

"나리, 계양군 나리! 이년을 보아서라도 스승의 무례를 용서하여주시옵소서. 앞으로 나리께서 시키시는 일은 무엇이든 다 하겠사옵니다. 그러니 제발 스승님을 용서해주십시오."

"시끄럽다. 나를 짐승만도 못하게 취급하더니. 네년도 별수가 없는 모양이구나."

계양군이 주먹을 들어 초요갱을 향해 내리치려는 순간 유어 당이 몸을 날려 그녀를 감싸 안았다. 머리를 가격당한 유어당은 밀려오는 고통을 참으며 말을 내뱉었다.

"이런 못난 위인이 있나? 왕실의 자손이면 왕실의 자손답게 행동해야 하는 것을. 어찌하여 돌아가신 평원대군 나리나 살아 계신 화의군 나리의 반의반도 닮지 못하는 것이야. 부끄러운 줄 알거라. 여기 있는 이 아이는 몸을 파는 창기가 아니라 조선의 예인이니라. 알아들었느냐?"

취기가 남아 있던 계양군은 유어당의 천둥과도 같은 꾸지람 에 정신이 번쩍 들었다. 일렁이는 횃불에 비친 그녀의 얼굴 위 로 승하하신 부왕의 얼굴이 겹쳐 흘렀다.

"이, 이, 이 늙은 년이 미쳐도 단단히 미쳤구나!"

초요갱은 고개를 들어 유어당을 보며 계속해서 고개를 내저 었다. 그곳에 있던 기방 머슴들조차 너무 놀라 오금이 저려오는 것을 느꼈다.

"령이는 뭐 하는 것이야? 이년을 어서 잡아다 옥사에 가두지 않고서."

계양군의 명을 받은 령은 고개를 숙이고는 유어당의 팔을 낚아챘다. 초요갱은 끌려가는 유어당의 치맛자락을 꼭 붙잡았 다. 유어당은 평소와 다름없는 표정으로 그녀를 지그시 바라 보았다.

"괜찮다. 어서 기방으로 돌아가 있거라. 내 곧 뒤따라가마!"

점점 멀어지는 유어당을 계양군이 큰 소리로 불렀다. 령과 유어당은 잠시 걸음을 멈추었다. 계양군은 유어당이 있는 곳으로 다가가 그녀에게 소곤소곤 말을 건넸다.

"내 가만히 생각해보니, 네년을 죽일 것이 아니다. 네가 아끼는 저 아이의 손목을 잘라 예인으로서든 기녀로서든 여인으로서든 그 무엇이든 될 수 없게 만들 것이야. 어떠한가? 이 정도면 살아가는 내내 죽는 것보다 더한 고통을 맛보지 않겠는가? 지켜보는 이도 살아가는 이도."

편안하게 보였던 유어당의 얼굴이 점차 굳어졌다. 계양군의 말이 끝나자 유어당은 핏대가 올라온 눈동자로 그를 죽일 듯 노려보았다. 계양군은 유어당의 눈동자를 뚫어지게 응시하며 우롱 섞인 웃음을 지었다.

잠시 후, 햇불이 완전히 어둠 속으로 파묻힐 때까지 모래밭에 엎드린 초요갱은 일어나지 않았다. 그녀는 자신에게 닥친 일을 어찌 풀어가야 할지 막막하기만 했다. 이대로 날이 밝아온다면 유어당은 계양군의 말처럼 사지가 갈기갈기 찢겨 목숨을 잃게 될지도 모른다. 계양군 그자라면 분명 그리하고도 남을 사람이었다. 초요갱은 눈물이 솟구쳐 올랐다. 이럴 때, 평원대군이 곁에 있어주었더라면. 그녀는 가만히 있을 수만은 없었다. 일꾼을 시켜 화의군을 찾아 도움을 청하라고 말한 후 자신은 서둘러 계양군의 사저로 향했다. 쉬지 않고 한달음에 도착한 그녀는 대문을 두드렸지만, 끝끝내 문은 열리지 않았다. 하는 수 없이 그녀는 바닥에 주저앉았다. 습기가 밴 바닥에서는 차디찬 기운이 올라왔다.

"나리! 계양군 나리! 모두 다 부족한 저의 잘못이옵니다. 살려주십시오. 제발 목숨만은 살려주시옵소서."

초요갱의 울부짖음은 담장을 넘어 사랑채까지 깊숙이 들어왔다. 여인의 울음소리에 가장 먼저 달려 나온 머슴은 초요갱에게 경을 치기 전에 물러가라며 험한 말을 입에 담았다.

"나리께서 시키는 일은 뭐든지 다 하겠사옵니다. 제 목숨을 원하시면 기꺼이 드리겠사옵니다. 그러니 제발 스승님만은 살려주십시오."

머슴은 초요갱을 끌어내기 위해 팔을 붙잡아보기도 하고, 다리를 끌어당겨보았지만 요지부동이었다. 그녀의 우악스러운 고집에 머슴은 정말이지 두 손 두 발을 들고 말았다. 머슴은 하는 수 없이 일꾼들을 더 불러올 참으로 대문을 열었다. 대문이 열리자 때마침 안에서 누군가가 걸어 나왔다. 그는 다름 아닌 계양군의 호위 무사 령이었다.

"나리께서 그만 물러가라 명하셨사옵니다."

얼음보다 더욱 차가운 령의 목소리가 초요갱의 가슴에 비수처럼 내리꽂혔다. 그녀는 령을 올려다보았다. 올려다본 눈동자에는 눈물이 그렁그렁 맺혔다.

"부탁이네. 나리를 한 번만 뵙게 해주시게. 제발!"

령은 아무 말 없이 초요갱을 향해 고개 숙여 인사를 건네고는 대문을 닫고 안으로 발걸음을 옮겼다. 두 눈에서 굵직한 눈물방울이 뚝뚝 떨어졌다. 그녀는 스승을 위해 아무것도 할 수 없는 자신이 죽을 만큼 미웠다. 하늘마저도 억울함과 슬픔을 알기라도 하는 듯, 빗방울이 떨어졌다. 방울졌던 비는 시간이 흐름에 따라 굵은 소낙비가 되어 퍼부어댔다. 어느 것이 눈물이고 또 어느 것이 빗물인지 구분이 가지 않았다.

비가 내리는 소리에 계양군은 창을 열어젖혔다. 굵은 비 때문에 마당 어귀에는 이미 많은 물이 차올랐다. 차오른 물은 낮은 곳으로 흘러가며 뜰 이곳저곳에 핀 꽃대들과 자갈들을 훑고 지나갔다. 쏴아 내리는 비에 계양군은 조금 전까지의 분노가 조금이나마 사그라지는 것 같았다.

"아직도 대문 밖에서 그러고 있더냐?"

사랑채로 연결된 문으로 들어서는 령을 향해 계양군이 물었다. 령은 창 가까이 다가서서 대답 대신 가볍게 고개를 끄덕였다. 계양군의 목소리에서는 이미 술기운이 사라져 있었다. 그는 내리는 비를 하염없이 바라보며 한숨을 내뱉었다.

'비가 이렇게 많이 오는데. 고뿔이라도 걸리면 어찌하려고. 미련한 것 같으니.'

계양군은 지금이라도 당장 달려 나가 초요갱을 번쩍 안아 사랑채로 들이고 싶었다. 미치도록 걱정하고 있는 자신의 마음을 도무지 설명할 길이 없었다. 하지만 그동안 당한 모욕 때문에 초요갱을 향한 원망이 쉽게 풀리지 않았다.

"그만 들어가 쉬어라."

마당에서 비를 맞고 서 있는 령을 향해 계양군이 손짓을 보냈다.

"소인, 그럼 이만 물러가겠사옵니다."

령은 대문을 빠져나갔다. 계양군은 그런 그의 뒷모습을 물끄러미 바라보았다. 그칠 생각이 없는지 비는 계속해서 굵어졌다.

"나리! 큰일이 났습니다요, 큰일이."

머슴의 고함 소리에 놀라 계양군은 잠에서 깨었다. 잠깐 눈을 붙인다는 것이 아침까지 잠이 든 모양이었다. 편하게 잠자리를 하지 못해서인지 정신이 몽롱했다. 정신을 차리기 위해 계양군은 고개를 서너 차례 흔들며 눈자위를 눌렀다.

"이른 시각부터 이 무슨 소란이냐?"

계양군은 그 순간, 대문 앞에 꿇어앉아 있을 초요갱이 떠올랐다. 하늘을 보니 언제 비가 왔냐는 듯, 햇살까지 내리쬐고 있었다. 푸른 잎에 맺혀 있는 빗방울로 인해 뜰에 핀 꽃들은 더욱 싱싱해 보였다.

"대문 앞에 일이 생긴 것이냐?"

계양군은 머슴을 향해 대문 밖 초요갱의 안부부터 물었다.

"그, 그것이 아니오라."

더듬거리며 말을 내뱉던 머슴이 바닥을 내려다보며 숨을 길게 내쉬었다.

"한데 뭐가 그리 숨이 넘어가는 것이냐? 내가 들어보고 별것이 아닌 일로 이리 호들갑을 떨었다면 넌 오늘 경을 칠 것이다."

고개를 든 머슴이 말을 내뱉으려는 순간, 령이 그를 밀치고 손바닥 크기의 헝겊 조각을 계양군에게 들이밀었다. 천 조각에는 핏자국이 군데군데 묻어 있었다. 순간 그 어떤 불길함에 머리카락이 쭈뼛 섰다.

"이것이 무엇이냐?"

"유어당이 나리께 남긴 유언이옵니다."

"유언이라니? 그럼 죽었단 말이냐?"

령의 말에 계양군은 믿을 수 없다는 표정으로 서둘러 천 위에 쓰인 글을 읽었다. 피로 쓴 글씨였지만 유어당의 성품만큼이나 흐트러짐 없이 가지런히 씌어 있었다. 계양군의 손이 요동치듯 떨렸다.

그 아이의 손목 대신 이 늙은 년의 명줄을 드리옵니다.

계양군의 얼굴이 심하게 일그러졌다. 그는 천 조각을 바닥으로 팽개쳤다. 그러고는 떨리는 두 손을 꽉 말아 쥐었다.

"이, 이, 이년이 끝까지 나를……."

술김에, 분한 마음에 갈가리 찢어 죽이겠다고 큰소리쳤으나 갑작스러운 유어당의 죽음은 계양군에게도 큰 충격이었다.

빈자리

기방은 온통 울음바다로 변했다. 유어당은 기녀이기 이전에 조선 최고의 예인이었다. 고려 때부터 내려오던 궁중 악무를 완벽하게 재현할 수 있는 여악 행수 유어당. 그녀의 인품은 양반가의 규수 못지않게 반듯했으며 고매했다. 화려함 속에 살았지만 그 누구보다 소박한 삶을 추구했던 여인이었기에 유어당의 죽음은 모두의 슬픔이고, 아픔이었다.

"스승님!"

기방 대문을 박차고 초요갱이 들어섰다. 밤새 비를 맞으며 추운 곳에 앉아 있어서인지 그녀의 몰골은 산송장이나 다름없었다.

"왜 인자서야 오는 것이여?"

퉁퉁 부은 눈에서 눈물을 연신 닦아내던 두향이 초요갱의 곁으로 다가왔다. 그녀의 가슴이 쿵 하고 바닥으로 곤두박질쳤다.

텅 빈 눈동자에 눈물이 차올랐다. 마당 중간에 놓여 있는 거적을 보며 초요갱은 무거운 발걸음을 떼었다. 오래전 자신의 어미처럼 다 해지고 낡은 거적에 스승이 잠들어 있었다. 두향은 질질 바닥을 끌며 제대로 걷지 못하는 초요갱의 어깨를 감싸 안았다.

"두향아! 스승님이 왜 저러고 계셔? 바닥이 많이 차가울 텐데. 스승님 춥지 않으시게 군불이라도 좀 넣어야겠어. 탕약은? 의원 나리는 불렀니? 아, 아, 아니다. 스승님부터 안으로 뫼셔. 어서!"

초요갱은 자신을 잡고 있던 두향의 손을 뿌리치고, 유어당의 곁으로 다가가 앉았다.

"스승님! 어서 안으로 드셔요. 왜 이러고 계셔요? 제가 뫼실 터이니, 어서 일어나셔요. 어서요."

부축이라도 하려는 듯 초요갱은 유어당의 손과 팔을 잡아당겼다. 두향은 그런 그녀의 모습을 보며 자신의 가슴을 부서져라 내리쳤다.

"참말로 워째 그라는 것이여? 이것아, 정신 좀 챙겨보드란 말여! 행수 어르신은 돌아가셨당께"

두향의 울부짖음에 초요갱의 움직임이 멈췄다. 그녀는 고개를 내저었다.

"아니야, 아니야. 돌아가시지 않았어. 스승님께서 돌아가셨을 리가 없어. 나보고 먼저 가서 기다리라고 하셨어. 별일 없이 오실 거라고. 분명 그리 말씀하셨어."

초요갱의 얼굴에는 간밤의 빗방울보다 더욱 굵은 눈물이 쉴 새 없이 흘러내렸다. 한참 울먹이던 그녀는 몸이 앞으로 쏠리며 바닥에 고꾸라졌다.

"다래야! 오메 우짜스까? 우째 된 것이, 삭신이 불덩이여. 정신 줄을 놓아뿌랬는갑소. 행랑아재, 퍼뜩 안으로……."

놀라 기겁을 하는 두향의 목소리가 그저 아득하게만 들렸다. 사람들의 웅성거림, 행랑아재의 따뜻한 등, 뒤통수를 내리쬐는 따가운 햇살. 모든 것이 꿈결인 듯 시간이 멈췄다. 한숨 늘어지게 자고 나면 귀 따갑게 잔소리하는 어미와 곁에서 흐뭇한 웃음으로 바라보는 스승 유어당 그리고 평원대군과 홍문 오라비까지 모두 다 만날 수 있을 것만 같았다.

"이제 좀 정신이 드는 게야?"

분주하게 움직이던 누군가의 손길이 멈추었다. 초요갱은 뜨거운 콧속 바람을 들이마시며 내쉬기를 반복했다. 그러자 모든 사물이 천천히 눈동자 안으로 스며들었다. 그녀는 메마른 입술을 겨우 떼었다.

"화의군 나리가 아니십니까?"

초요갱의 목소리에 깜빡 졸고 있던 두향이 무릎걸음으로 빠르게 다가왔다.

"인자 정신이 드는 겨? 괜안은 것이제, 잉?"

두향은 흐르는 눈물과 콧물을 연신 들이마셨다. 초요갱은 그런 그녀를 향해 옅은 미소를 보였다. 그제야 두향은 긴장했던 마음을 내려놓았다.

"괘안타니 다행이여. 이것아, 하루하고 반나절을 꼬박 졸도 해 있었구먼! 나가 어찌 된 줄 알고……."

"두향아! 스승님께서는?"

스승의 안부부터 묻는 초요갱을 피해 두향은 곁에 있던 화의 군을 쳐다보았다. 두향과 눈이 마주친 화의군은 그녀에게 가볍게 눈짓을 보냈다.

"아따! 나가 탕약을 올려놓고 잊아뿌렸당께. 어여 탕약 가지고 올 테이께 말씸들 나누시요."

바닥에 있던 세숫대야를 들고 두향은 서둘러 밖으로 나갔다. 방문을 열자 어둠이 어스름하게 내려앉아 있었다. 기방에서 키우는 고양이 두 마리가 온종일 데워져 있던 초요갱의 신발 위에 살포시 앉아 고개를 파묻었다.

"자네 볼 면목이 없네. 계양군이 행수를……, 이거야 참!"

화의군은 안평대군의 명으로 잠시 도성을 비운 사이 자신의 사저에 기방 일꾼들이 다녀간 것을 알았다. 또한 유어당이 계양 군의 손에 목숨을 잃었다는 사실을 전해 듣고 놀란 걸음에 달려 온 길이었다.

"기운을 좀 차려보게!"

화의군은 힘들어하는 초요갱을 위해 아무것도 해줄 수 없어 그저 답답하기만 했다. 자리에 앉아 내내 한숨만 내쉬는 그에게 초요갱이 물었다.

"스승님의 마지막 모습은 어떠하시었습니까?"

눈물이 차올라 사방이 뿌옇게 바뀌었다. 제자를 살리려 스스로 목숨을 끊은 스승이 고맙기보다는 한없이 원망스러웠다. 그런 스승의 마지막 모습도 보지 못한 심정은 말로 다 표현할 수 없었다.

"모든 짐을 내려놓은 것처럼 편안하게 보였다네."

초요갱은 팔을 올려 두 눈을 가렸다. 화의군은 그런 그녀를 보며 남은 말을 마저 했다.

"참 훌륭한 예인으로 사셨던 여인임은 분명함이야. 사실은 자네의 화초도 행수가 내게 부탁한 것이네. 나도 생각지 못한 일이었는데 말이지. 자네와 돌아가신 평원대군 형님을 아끼는 마음이 어찌나 크던지. 말하지 말라 하여 그저 내가 한 일이다 했건만, 이제라도 알아야 되지 않겠는가?"

초요갱은 심장이 쿵 하고 떨어져 나감을 느꼈다. 아니, 조각조각으로 나눠졌다 해야 맞는 말인지도 모른다. 화초를 올려야 진정한 기녀가 된다며 자신을 몰아세웠던 스승. 그 말이 초요갱에게는 상처로 돌아와 내내 스승을 미워했는데, 오히려 자신을 지켜준 이가 다름 아닌 스승 유어당이었다니. 초요갱의 가슴은 먹먹해지고 머릿속은 먹통이 되었다.

"스승님은 어디에다 뫼시었습니까?"

울음을 겨우 삼킨 초요갱이 띄엄띄엄 화의군을 향해 말했다.

"춘향각이 잘 보이는 곳에다 뫼시었네."

화의군은 한 식경 정도 초요갱의 곁을 지키다 완전히 내려앉은 어둠 속으로 사라졌다. 그런 화의군의 모습을 지붕 위에서 지켜보는 이가 있었으니 바로 령이었다.

성문이 닫히고 통행을 금하는 인정(밤 10시경에 스물여덟 번 치는 종)이 울리자 초요갱은 자리에서 일어났다. 몸은 큰 바위를 묶은 듯 무거웠다. 그녀 옆에는 두향이 곤히 잠들어 있었다. 초요갱은 두향을 깨우지 않기 위해 조심스레 방문을 열고 나왔다. 구름 한 점 없는 맑은 하늘에 보름달이 떠 있었다. 그 달빛을 등불 삼아 기방 뒷동산에 올랐다. 밤바람이 초요갱의 얇은 적삼 사이를 비집고 들어왔다. 동산의 중간쯤에 다다르자 화의군이 말한 봉분 하나가 눈에 들어왔다. 흙더미가 아직 마르지 않은 것으로 보아, 분명 스승의 무덤이었다. 초요갱은 기방 부엌에서 챙겨 온 정종 한 병과 평소 유어당이 좋아했던 곶감을 나란히 놓고서는 절을 올렸다.

"스승님! 이 못난 년을 절대로 용서치 마시옵소서."

가슴을 쥐어짜는 듯한 고통이 밀려왔다. 초요갱은 아랫입술을 피가 날 정도로 꾹 깨물었다. 한참이나 무덤 위에 엎드려 있다가 천천히 일어난 그녀의 얼굴은 전쟁을 앞둔 장군의 얼굴처럼 비장했다. 그녀는 들고 온 스승의 피 묻은 적삼을 하늘로 흩날리며 춤을 추기 시작했다. 마치 죽은 유어당이 흥을 돋우기 위해 장구를 두드려주는 것처럼 장단에 맞춰 하늘로 흩날리는 동작을 되풀이했다. 그러고는 둥근 원을 그리듯이 돌고 또 돌았다. 마치 가슴속 깊이 꼭꼭 묻어둔 희로애락을 모두 풀어내는 것만 같았다. 보름달마저 그녀의 춤사위에 피눈물을 흘리는 듯 붉게 물들어갔다. 이렇게 해서라도 스승님이 가시는 그 길을 편안하게 해드리고 싶은 것이 초요갱의 마음이었다.

"어디메 댕겨온 것이여? 우째 요로코롬 나를 걱정시킨다냐?"

첫닭의 울음소리와 함께 들어오는 초요갱을 향해 두향이 졸린 눈을 비비며 말했다. 졸린 눈은 곧 초요갱의 흙 묻은 치맛단으로 향했다.

"오메! 치마가 우째 요리 됐당가? 간밤에 참말로 뭔 일이 있었던 겨?"

놀라서 되묻는 두향을 향해 초요갱은 버석거리는 입술을 떼었다.

"목욕물을 준비해줘!"

갑자기 사라졌다 나타나, 뜬금없이 목욕물을 준비해달라는 초요갱을 향해 두향은 이해할 수 없다는 표정을 지으며 머리를 긁적였다.

"알았당께."

"두향아!"

"응?"

초요갱은 방문을 열고 나서려는 두향을 불렀다. 두향은 뒤로 돌아 그녀를 바라보았다.

"목욕이 끝나면 나를 도성 안에서 가장 아름다운 여인으로 만들어줘! 오늘 꼭 만나야 되는 사람이 있으니."

"어? 어. 응."

두향은 묻고 싶은 말이 입술까지 다다랐지만, 평소와 다른 초요갱의 모습에 묻고 싶은 말을 다시금 꾹꾹 삼켰다. 방을 나서는 두향을 뒤로하고 초요갱은 유어당이 남긴 무보(舞譜 : 춤의 동작이나 형태를 악보처럼 기호나 그림으로 기록한 것)와 가야금을 매만 졌다. 죽음을 예감이라도 한 것일까? 보름 전 유어당은 초요갱 을 처소로 조용히 불러 무보와 가야금을 건넸다. 놀란 그녀에게 유어당은 기녀가 아닌 예인으로 살아달라며 신신당부를 했다. 사랑은 버리고 살아도 재예는 버리고 못 사는 것이 초요갱 너의 팔자라고 하던 스승의 말이 가슴속에서 새록새록 되살아났다.

'스승님! 계양군을 절대 용서치 않을 것이옵니다.'

떨어지는 눈물 위에 또 눈물 한 방울이 떨어져 가야금과 무보 에 스며들었다.

초요갱은 두향이 준비해둔 목간통에 들어가 자리를 잡았다. 이 목간통을 나가면 여인이 아닌 진짜 기녀로서 살아가리라 굳 게 마음먹었다. 사람이 얼마나 간사하고 또 악독해지는지 보여 주리라.

기방은 아직까지 스승 유어당의 죽음으로 초상집이나 다름 없었다. 기녀들은 씻는 것도 잊고 치장하는 것도 잊은 채 멍하 니 뜰만 바라보았다. 그 와중에 목욕을 끝낸 초요갱은 붉은색 저고리에 짙은 금색 빛이 나는 치마로 마무리하여 화려하게 차 려입었다. 평소보다 더욱 큰 가체를 머리에 얹고 장식품인 떨잠 을 앞 중심과 양옆에 서너 개씩 꽂아 작은 움직임에도 바르르 떨렸다. 그동안은 청순하고 은은하게 치장을 했다면, 지금은 눈 썹과 눈꼬리 쪽으로 갈수록 화장이 더욱 짙어졌다. 입술 또한 붉게 칠해 마당 한편에 열린 오미자의 색깔보다 더욱 붉었다.

"저, 저, 저게 누구냐?"

316

"성님 누구긴요, 요갱이죠! 근데 쟨 왜 저런데요?"

마루에 나와 앉아 있던 기녀들이 초요갱을 보며 모두들 수군 덕댔다. 그녀의 화려한 모습에 기방 기녀들조차 쉽게 눈을 떼지 못했다. 저고리와 치마 사이에 있던 삼작노리개에서 바람이 불 때마다 묘한 향이 풍겨 나왔다.

"저년이 아무래도 미치지 않고서야, 행수 어르신이 누구 때문에 돌아가셨는데. 삼년상을 모셔도 시원찮을 판국에."

"그러게요, 성님. 행수 어르신 가신 지 얼마나 되었다고."

원망과 욕설로 초요갱을 몰아세웠지만, 그 모든 것을 뒤로하고 그녀는 묵묵히 기방 대문을 나섰다. 초요갱은 행랑아범이 미리 준비해놓은 말에 올라타서는 천천히 계양군의 사저 쪽으로 방향을 잡았다. 노란 전모를 쓰고 부채로 얼굴의 반 정도만 가려 햇볕을 피했다. 그녀의 눈부신 모습에 저잣거리를 걷던 사내들이 길을 가다 서로 부딪치는 웃지 못할 일도 생겼다.

"나리! 계양군 나리!"

계양군은 유어당의 갑작스러운 죽음으로 뒷일을 어찌 수습 해야 할지 고민하다 보니 밤잠을 설쳤다. 특히나 앞으로 초요갱 의 얼굴을 어찌 봐야 할지 몰랐다.

"내 조식을 안 들겠다, 그리 일렀거늘. 썩 물러가지 못할까?"

"그것이 아니오라, 나리!"

계양군의 호통에 머슴의 목소리가 기어들어갔다. 하지만 온 신경이 다른 곳에 쏠려 있는 계양군의 귀에는 모기의 날갯짓까 지 크게 들릴 판국이었다. 그는 머슴의 부름에 오만 인상을 찌푸리며 화를 참지 못했다. 욕이라도 시원하게 내뱉을 참으로 계양군은 창을 벌컥 열었다.

"이, 이놈이!"

창을 열던 계양군의 손이 갑자기 꽁꽁 언 것처럼 멈췄다. 머슴의 옆에는 방금 화첩에서 걸어 나온 듯한 여인이 서 있었다. 평소보다 몇 배는 더욱 아름답고 기품 있는 초요갱의 모습에 계양군은 입을 다물지 못했다. 마치 스스로 빛을 내는 것만 같았다.

"이리 계속 세워두실 것이옵니까?"

"아, 그, 그래. 어서 들어오너라."

계양군은 친히 일어나서 사랑채 마루까지 나가 초요갱을 맞이했다. 그러고는 어정쩡하게 서 있던 머슴을 향해 아무도 들이지 말라고 명했다. 계양군은 초요갱의 몸 움직임 하나하나에서 시선을 떼지 못했다. 그가 자리에 앉자 초요갱은 예를 갖추어 절을 올렸다. 그러고는 자리에 앉아 두 손을 곱게 포개었다. 계양군은 그 모습을 물끄러미 바라보고 있다가 멋쩍은 듯 말을 내뱉었다.

"네가 이렇게 이른 시각에 어인 일로 나를 찾아왔더냐?"

초요갱의 시선이 계양군을 향하자 그는 자신도 모르게 눈길을 떨어뜨렸다. 비를 너무 맞아 쓰러졌다는 말을 령에게 전해 들은 참이라 더더욱 그녀를 똑바로 바라볼 수가 없었다.

"몸이 상했다 들었다. 좀 괜찮은 것이냐?"

눈길을 아래로 떨어뜨린 계양군과는 달리 초요갱은 한 치의 흔들림도 없이 뚫어지게 그를 계속 바라보았다. 도톰한 입술과 우수에 젖은 그녀의 눈빛을 마주 대하고 있으니 곧 빨려 들어갈 것만 같았다. 그의 가슴이 심하게 요동쳤다.

"나를 원망하느냐?"

방 안에 들어온 이후로 아무 말도 하지 않는 초요갱을 향해 계양군이 한숨을 내쉬었다. 그는 한숨으로 미안한 마음을 드러내 보였다.

"어찌 원망하는 마음이 없겠사옵니까. 하나 원망하는 마음보다 가여운 마음이 더욱 크옵니다."

스승의 일을 원망하려고 찾아온 것이라 생각한 계양군은 초요갱이 하는 뜻밖의 말에 놀랐다. 그녀의 눈동자는 촉촉하게 젖어 있었다. 처음으로 보여주는 초요갱의 따뜻한 눈길이었다. 늘 자신을 바라보는 그녀의 눈빛에는 경멸 아니면 원망이 가득 담겨 있었다.

"가엽다고? 호호호."

계양군은 다시 고개를 돌려 힘없이 웃음을 흘렸다. 초요갱은 그런 그를 빤히 쳐다보았다.

'내, 네놈을 죽여 스승님과 대군 나리의 억울함을 풀어줄 것이야, 반드시!'

초요갱은 어금니를 꽉 깨물었다. 낯빛을 감춘 그녀는 천천히 남은 말들을 이어가기 위해 입술을 조심스레 떼었다.

"나리께서 지난번 이년에게 송구하다는 뜻을 제대로 알고 있느냐고 물으셨지요?"

계양군은 고개를 들었다. 초요갱은 그의 매서운 눈초리를 피하지 않았다.

"지금 와서 그때 그 일을 끄집어내는 연유가 무엇이냐?"

어느새 심기가 불편해진 계양군의 목소리가 조금 전보다 더욱 굵어졌다.

"기녀에게는 입과 전두, 두 가지밖에 없음을 제대로 알지 못하여 나리께 무례를 범하였나이다. 늦었지만 송구하기 그지없다는 말씀을 드리러 온 것입니다."

초요갱은 잠시 풀어졌던 손을 가지런히 다시 모으고는 깊이 고개를 숙여 절을 하였다. 계양군은 그런 그녀를 의심의 눈초리로 쏘아보았다. 순순히 자세를 낮추고 들어오는 초요갱을 그는 마냥 믿을 수만은 없었다.

"어째서 이러는 것이야? 네 스승이 나 때문에 자결했다 하여 복수라도 할 작정으로 찾아온 게야?"

따뜻했던 초요갱의 눈길에 점점 슬픔이 스며들었다. 촉촉이 젖은 그녀의 눈빛에서 거짓이라고는 전혀 찾아볼 수 없었다.

"이미 정해진 스승님의 운명인 것을 어찌하여 나리께서 이토록 마음을 쓰시는 것이옵니까? 이년을 믿지 않으신다면야 어찌할 방도가 없지만, 그저 그동안 저의 무례함에 다치신 나리의 마음을 지금에 와서야 알았을 뿐이옵니다."

계양군은 당장이라도 두 사람의 앞을 가로막고 있는 경상을 집어 던지고 초요갱을 와락 안고 싶었다. 안고서 왜 이제야 자신의 마음을 알아주는 것이냐며 하소연이라도 하고 싶은 심정이었다. 하지만 계양군은 초요갱의 진짜 마음이 무엇인지 더 알아볼 필요가 있다는 생각에 아랫니를 꽉 깨물었다.

"저는 이만 물러가옵니다."

방 안에 내려앉은 침묵을 먼저 깬 이는 초요갱이었다. 그녀는 예를 갖추고는 총총 걸음으로 방문을 나섰다. 방문 옆에 그림자처럼 붙어 있던 령이 초요갱을 향해 가볍게 고개를 숙였다. 그녀 또한 령을 향해 인사를 건네고는 천천히 대문을 빠져나갔다.

"나리!"

고개를 병풍 쪽으로 돌리고 있던 계양군이 안으로 들어서는 령을 바라보았다. 령은 고개를 숙이고 방금 전 초요갱이 머물던 곳에 무릎을 꿇고 앉았다.

"너는 어찌 생각하느냐?"

밖에서 그들의 이야기를 모두 들었을 령에게 계양군이 물었다. 령은 그의 물음에 잠시 뜸을 들였다.

"부족한 소인 생각으로는 더 지켜보심이 나을 듯하옵니다."

계양군은 령의 대답이 마음에 들었는지 숨을 몰아쉬며 고개를 끄덕였다.

"여인의 마음은 요사스럽고 간사하다 하더니."

계양군 마음속에 있던 허탈감은 곧 웃음으로 바뀌었다. 그러나 한편으로 그는 무엇보다 초요갱이 먼저 찾아준 것에 마음이 설렜다. 다시는 보지 못하리라, 아니 보지 않겠다며 다짐을 했는데, 초요갱을 보자마자 모든 것이 일시에 무너져 내렸다. 잊었던 첫정의 마음이 다시금 되살아났다. 요사스럽고 간사한 것

은 그녀가 아니라 어쩌면 계양군 자신인지도 모른다는 생각이
들었다.

거리로 나온 초요갱은 행랑아범을 기방으로 먼저 보내고 나
서 평원대군과 함께 거닐었던 저잣거리를 걸었다. 거리는 예전
이나 지금이나 변한 것이 하나도 없었다. 변한 것이 있다면 그
것은 초요갱 바로 자신일 것이다. 오랜만에 느끼는 시전의 번잡
함은 그녀를 잠시나마 위로하기에 충분했다.

"아부지, 사당패요, 사당패."

사내아이가 사당패를 가리키며 물건을 고르는 아버지의 팔
을 잡아끌었다. 초요갱 역시 아이가 가리키는 방향으로 고개를
돌렸다. 오래전 기억이 가슴속을 치받고 올라왔다. 사당패의 꽹
과리 소리와 바람에 나부끼는 오색 깃발을 보고 있노라니 마음
이 시렸다. 그녀의 발걸음은 이미 그곳을 향하고 있었다. 사당
패의 공놀이가 끝나고, 아슬아슬한 줄이 공중을 가로질러 일자
로 쳐졌다. 줄이 팽팽하게 다 쳐지자 드디어 초립을 쓰고 붉은
저고리를 입은 어린 계집아이가 줄 위에 올랐다. 박수 소리가
터져 나왔다. 어린 계집아이치고는 입담이 구수했다. 태평소의
높은 음이 시작되었고, 장단에 맞춰 여러 악기들이 신명 나게
울렸다. 떨어질 듯 떨어지지 않는 줄타기가 계속되자 모인 관
객의 박수 소리 또한 높아져만 갔다. 초요갱은 위태롭게 줄을
타고 있는 계집아이가 마치 자신처럼 느껴졌다. 그녀의 눈은
공중에서 점차 내려와 정면으로 향했다. 그곳에는 꿈에서라도
보고 싶었던 평원대군이 처음 만났던 그 모습 그대로 서서 그

녀를 보며 환히 웃고 있었다. 눈물이 차올랐다. 뿌옇게 자꾸만
뿌옇게 대군의 모습이 보여 닦아내고 또 닦아내보았지만, 쉬이
닦이지 않았다.

지켜주고 싶은 사람

　많은 이의 손가락질에도 초요갱은 기방의 문을 열었다. 슬퍼
하며 세월을 보내기에는 자신에게 허락된 시간이 별로 없었다.
기방의 문을 연 지도 사흘이 다 되어가지만, 계양군은 단 한 차
례도 발걸음을 하지 않았다. 초요갱은 그를 치마폭에 담고 쥐락
펴락할 강력한 뭔가가 필요했다.

　기방 문을 연 지 닷새가 되던 날, 흐린 날씨 탓에 대낮임에도
어두컴컴한 것이 밤과 같았다. 화의군이 추적추적 내리는 보슬
비를 맞으며 은밀히 기방을 찾았다. 화의군의 갓과 도포 자락은
비에 흠뻑 젖어 있었다.

　"오시었습니까?"

　자운당 서쪽 쪽문이 비밀스레 열리며 화의군이 들어섰다. 들
어서는 그를 보며 초요갱은 무릎을 사뿐히 굽히고 고개를 숙였
다. 스승 유어당을 잃은 지 얼마 되지 않은 탓에 혹여나 초요갱

의 얼굴이 어두우면 어떻게 해야 할지 화의군은 내심 걱정하고 있던 터였다. 하지만 그의 걱정과는 달리 예전보다 더욱 화사하게 핀 초요갱의 얼굴에 한시름 놓였다.

"몸은 좀 어떠신가?"

"나리께서 염려해주신 덕분에 쾌차하였사옵니다."

두 손을 다소곳이 모으고 인사를 하는 초요갱에게서 화의군은 한시도 눈을 떼지 못했다. 형님의 여인만 아니었다면 당장이라도 품고 싶었다. 염려한 덕분이라는 그녀의 말에 화의군은 피식 웃음을 보였다. 그의 웃음은 유어당을 지켜주지 못한 미안함이었다.

"내가 해준 것이 무에 있다고."

무심결에 내뱉는 말에서는 미안함이 가득 묻어 있었다. 어두운 날씨 때문인지 아니면 행수의 죽음 때문인지, 기방에서는 그 번잡하고 시끄러운 소리를 들을 수 없었다. 그것을 이상하게 여긴 화의군이 다시금 말을 이었다.

"그나저나 기방이 어찌 이리도 조용한 겐가?"

두 귀를 쫑긋 세우는 화의군을 향해 초요갱의 입가에는 쓸쓸한 미소가 잠시 서렸다가 이내 사라졌다.

"기다리고들 계시옵니다. 어서 드시지요! 지켜보는 눈이 있사옵니다."

초요갱은 화의군의 물음에 답을 하는 대신 자운당으로 향하는 길을 텄다. 화의군 또한 그녀로부터 기방의 사정을 듣지 않아도 어림잡아 짐작은 되었다. 행수 유어당을 잃은 슬픔에서 다들 빠져나오지 못하고 있는 이때에, 가장 통곡해야 할 초요갱이 기방의 문을 열어 객들을 맞이했다. 그러니 그녀를 모두 고깝게 보는 것은 당연한 일이었다.

화의군은 초요갱을 따라 미로처럼 구불구불한 복도를 지나 자운당 안쪽에 깊숙이 있는 방으로 들어섰다. 방 안에는 이미 우찬성 이양과 영의정 황보인, 이조판서 조극관이 미리 와서는 그를 반가이 맞이했다. 그들은 미리 준비되어 있는 다과상 앞에 마주 앉았다. 초요갱은 예를 갖추어 인사를 건네고는 밖으로 나갔다. 그녀가 나간 것을 확인한 그들은 찻잔을 나누었다. 모인 네 사람의 얼굴은 시간이 갈수록 더욱 어두워졌다. 그도 그럴 것이 임금의 용태가 바람 앞의 촛불처럼 위태로웠다. 어린 세자가 걱정되었던 임금은 주변을 자기 사람들로 점차 채워나갔다. 이에 수양대군은 계양군을 왼팔로 두고 자신의 뜻과 어긋나는 사람들을 하나둘 쳐내기 시작했다. 계양군은 주변 실세를 수양대군의 사람으로 만드는 중추적인 역할을 담당했다. 묵은 나무를 뿌리째 뽑아내기 위해서는, 뿌리를 지탱하고 있는 지지대부터 치워버려야 한다는 것이 화의군을 제외한 세 사람의 공통된 의견이었다. 화의군은 그들의 의견을 깊이 생각해보았다.

비록 배다른 형제이기는 하나 화의군에게 계양군은 둘도 없는 동갑내기 벗이었기에 마음을 먹기가 쉽지 않았다. 그러나 되돌리기에는 둘이 가는 길이 달라도 너무 달랐다. 종묘사직을 위태롭게 하는 자라면, 그것이 피를 나눈 형제지간이라 하여도 반드시 죽여 없애리라 화의군은 굳게 마음먹었다. 그렇게 그들의 이야기는 서너 식경 계속 이어지다가 각자 자운당을 나와 서둘러 발길을 달리하였다. 모두들 나가고 화의군 홀로 앉아 있는 방 안으로 초요갱이 들어왔다.

"때마침 술이 고팠던 참이었는데, 내 마음을 알아주는 이는 역시 자네뿐이구먼."

화의군은 술상을 들여놓는 초요갱을 향해 환히 웃었다. 그녀는 술병을 들어 비어 있는 술잔에다 술을 따랐다. 술잔이 채워지자 화의군은 목이 탔는지 찬물 들이켜듯, 홀짝 안으로 밀어 넣었다. 술이 들어가자 그는 금세 얼굴이 붉어졌다. 얼굴이 붉어진 것이 술 때문인지, 앞에 앉아 있는 그녀 때문인지 모호했다.

"자네도 한잔하시게!"

화의군은 빈 술잔을 초요갱에게 내밀었다. 그녀는 술잔을 받았다. 그는 술병을 들어 술잔에 술을 가득 부었다. 초요갱은 술잔을 천천히 돌리다가 입술을 가져다 대었다. 화의군은 그녀의 입술에 부딪치는 술잔이라도 된 듯 물끄러미 바라보았다. 그는 술잔이 아니라 요갱의 입술을 들이마시고 싶은 충동에 사로잡혔다. 오래전, 그가 알고 지내던 그녀와는 완전히 다른 여인이 자신의 앞에 앉아 있는 것만 같았다. 화의군은 머릿속이 혼란스러웠다. 천천히 뛰던 심장이 그녀를 처음 보았던 그때처럼 빠르게 뜀박질했다.

"나리! 제가 가야금 한 곡조 뽑아 올려도 될는지요?"

뜨거운 시선을 잠시라도 피할 요량으로 초요갱은 화의군에게 천천히 말을 건넸다. 그제야 화의군은 그녀를 향해 있던 눈길을 거두고 고개를 끄덕이며 미소를 지었다. 방 안 모퉁이에 있던 가야금을 들고 온 초요갱은 자리를 잡고서 음을 고르기 시작했다. 작은 매화 꽃잎을 매만지는 손길처럼 섬세하고 부드러운 음색이었다. 그녀는 그저 화의군의 조급하고 복잡한 마음을 잠시라도 풀어주고 싶었다. 그는 그런 초요갱의 마음을 알기라도 하는 듯, 조용히 눈을 감고 번잡한 심사를 잠시 가야금 선율에 맡겼다. 그녀의 그리움과 슬픔은 알알이 방울이 되어 손끝에서 묻어났다. 가락에서 꽃이 피었다 낙엽이 지고 그리고 눈이 내렸다. 사계절 모두가 가야금을 타고 흘러나왔다. 명주실이 튕겨질 때마다, 수만 번의 전생을 다녀오고 다녀가는 것만 같았다. 잔잔했던 처음과는 달리 뒤로 가면 갈수록 음이 점점 빨라졌다.

"고맙구먼."

연주가 끝나자 화의군은 감았던 눈을 뜨며 초요갱을 바라보았다. 연주가 끝난 그녀의 이마에는 송골송골 땀방울이 맺혔다. 초요갱은 가야금을 옆으로 내려놓고 부채를 집어 들었다.

"나리! 이년은 온 천하를 좁디좁은 치마폭에 구겨 넣고는 제 멋대로 놀아볼 참이옵니다."

들고 있던 부채로 초요갱은 천천히 부채질을 했다. 부채질 사이로 아름다움이 마치 숨바꼭질이라도 하려는 것처럼 사라졌다 나타나기를 반복했다. 새의 깃털보다 더욱 가벼운 그녀의 부채질에서 여인의 향이 묻어났다. 일으키는 바람에 따라 가체 위에 꽂혀 있는 나비 떨잠이 날갯짓을 하며 반짝였다.

"어찌하여 그런 말을 내게 하는 건가?"

"겉만 아닌 안까지 기녀가 되기 위해 버려야 되는 것이 참으로 많지요. 오늘을 마지막으로 마음에 담았던 모든 것을 내려놓을 작정입니다. 혹여 제가 모진 일을 하더라도 한낱 천한 것이라 여기시어, 귀하신 마음 다치는 일이 없었으면 하옵니다."

표정 없이 자신을 바라보는 초요갱이 화의군은 무척 낯설게 느껴졌다. 이 말인즉 자신을 여인으로서 마음에 품어 다치지 말라는 선전포고이며, 한때 평원대군의 여인이었던 사실 또한 잊어달라는 말과도 같았다. 화의군은 되묻고 싶은 말이 가득 있었으나, 어디서부터 어떻게 시작해야 할지 몰라 멍하니 초요갱만 바라보았다.

"저는 이만 물러가옵니다. 손님들이 찾아 계시는지라. 살펴 가시옵소서!"

연신 부채질을 하던 초요갱의 손이 멈추었다. 그녀는 예를 갖추고는 곧 방문을 나섰다. 화의군은 초요갱의 치맛자락이라도 꼭 움켜잡고 싶었다. 지금 잡지 않으면 그녀를 영원히 놓칠 것만 같은 불길한 생각이 들었다. 그는 팔을 힘껏 뻗었으나 결국은 초요갱을 잡지 못했다. 아니, 잡을 수가 없었다. 기다림이 잊는 것보다 쉽다는 걸 그는 잘 알고 있었다.

'나리, 송구하옵니다! 비록 몸은 이곳을 떠나야 하나 이년의 마음만은 두고 가겠습니다.'

방문을 닫는 초요갱의 눈동자가 흔들렸다. 그녀는 조금 전, 화의군과 대소 신료들이 나누던 은밀하고 비밀스러운 이야기를 모두 엿들었다.

스승 유어당의 죽음 때문에 계양군은 초요갱을 믿지 못하고 있었다. 호위 무사 령을 시켜 기방의 안팎을 감시하고 있는 것이라면, 더더욱 그럴 것이다. 무엇보다 화의군이 신료들과의 회합 장소로 기방을 자주 드나들고 있는 이때, 그들과 자주 접촉하고 있는 자신을 경계하는 것은 너무나 당연한 일이었다.

그러나 초요갱은 계양군이 자신을 믿게 할 방편이 필요했다. 그래야만 그의 숨통을 조일 수 있었다. 초요갱은 화의군에게는 늘 한없이 고맙고 미안한 마음이었지만 어쩔 수 없이 이번 한 번만 더 이용하기로 결심했다. 우선 그녀는 화의군의 가장 측근인, 그러니까 예전에 걸인으로 분장해 자신을 찾아온 사내를 은밀히 만났다. 그녀는 사내에게 닷새 뒤에 열리게 될 연회에서 계양군을 향해 쏠 화살을 자신에게 쏘아달라고 부탁했다. 사내는 기겁을 하며 불가하다는 말을 연신 내뱉었다. 초요갱은 화살로 계양군을 암살하려는 것보다 더 나은 방편으로 자신을 이용하라고 말했다. 만약 자기 뜻대로 하지 않는다면 지금이라도 당장 계양군을 찾아가 암살에 가담한 화의군을 비롯한 대소 신료들을 빠짐없이 모두 고하겠다고 협박했다. 그녀는 수단과 방법을 가리지 않고서라도, 반드시 계양군을 치마폭에 담아야 했다. 그러기 위해서는 우선 화의군이 평원대군의 암살에 대해 캐고 다니는 것을 멈추게 해야만 했다. 그가 감당해야 할 위험이 너무나 컸다. 더욱이 계양군의 권력과 세력이 점점 강해지고 있는 이때에 화의군이 자신과 엮이게 된다면 계양군은 분명 다른 뜻을 품고 있는 그의 목숨을 노릴 것이 불 보듯 뻔했다. 계양군 쪽으로 기울어진 자신을 보게 된다면 화의군도 더 이상 평원대군의 암살을 캐고 다니지 않을 것이라 여겼다. 매번 그 어떤 위험을 감수하더라도 그녀를 도와준 사람이었기에 이번만큼은 초요갱 또한 화의군을 지켜주고 싶었다.

해는 점점 기울어 기방 뜰에 어둠이 내렸다. 초요갱은 아직까지 하얀 보름달을 물끄러미 바라보며 씁쓸히 웃었다. 그리움에 하루가 가고, 기다림에 점점 지쳐갈 즈음이면 사랑하는 이들을 잃은 슬픔에 좀 더 의연해질 수 있을까. 무심하게 떠나버린 그들이 못 견디게 그리웠다.

"초요갱을 불러와! 불러오란 말이다."

깊은 생각에 잠겨 있던 초요갱의 귓속으로 시끌시끌한 소리가 들려왔다. 기방이 다 떠내려갈 정도로 큰 목소리였다. 목소리에는 이미 술기운이 들어가 있었다.

"두향아! 무슨 일이니?"

안채 마당으로 급히 뛰어 들어오는 두향을 향해 초요갱이 물었다. 두향은 턱까지 차오른 숨을 간신히 내뱉었다.

"그것이 말이여, 니 델꼬 오라고 저 난리굿이여. 찌질이도 저런 찌질이가 없당께."

두향이 말하는 것을 보니 분명 신자형이었다. 그는 종종 기방에 찾아와 생트집을 부렸으나, 번번이 쫓겨났다. 이번에야말로 다시는 기방에서 큰소리치지 못하도록 수모를 주리라 초요갱은 마음을 단단히 먹었다.

"어찌 이년을 이리도 애타게 찾아 계시옵니까?"

계속해서 고함을 질러대던 신자형이 종달새처럼 아름다운 초요갱의 목소리에 뒤를 돌아보았다. 대낮부터 마신 술이라 그런지, 그의 얼굴은 이미 붉을 대로 붉어져 있었다. 신자형은 가느다란 눈을 치켜뜨며 자신의 앞에 있는 이가 다름 아닌 초요갱이라는 것을 확인하고는 목젖이 보이도록 크게 웃어젖혔다.

"어라! 초요갱이 둘이로구나! 크크크."

신자형은 계속해서 앞뒤로 비틀댔다. 마치 외줄을 타는 듯 위태로워 보이기까지 했다.

"둘이라니요? 어찌 이리 농을 잘하시옵니까?"

초요갱은 금색 저고리 고름 위에 손을 살포시 포개었다. 그녀의 손에서 누런 호박 반지가 달빛을 받아 반짝였다. 호박 반지는 가냘픈 손을 더욱 가늘어 보이게 했다.

"에끼! 어찌 이리도 나를 만나주지 않는 게야. 내 네년 때문에 목 빠지는 줄 알았다. 지난번 그 보드라운 손길을 어찌나 잊을 수 없던지. 뺨에 손을 댄 것이 괘씸하여 내 너를 경을 치려고도 했으나, 가만히 생각해보니 너의 훌륭한 가야금 음률을 몰라본 나의 실수가 더 크더구나."

속에서 올라오는 비웃음을 겨우 참으며 초요갱은 방 안으로 신자형을 이끌었다. 그는 뭔가에 홀리기라도 한 것처럼 초요갱이 이끄는 대로 따랐다. 거하게 차려진 술상이 들어오고 또 다른 기녀들이 들어와 풍악을 울리고 춤을 추었다. 시간이 점점 흐르면서 그 많던 기녀가 모두 빠져나가고 신자형과 초요갱 둘만 마주 앉아 있었다. 그녀는 술잔에 남아 있던 술을 입속으로 털어 넣었다. 그 모습에 신자형의 심장이 사정없이 뜀박질했다. 숨조차 쉬기 어려웠다.

"요갱아! 한번 안아보자꾸나! 이리, 이리 가까이 오너라!"

"이러시면 아니 되옵니다."

신자형은 몸이 달아 있을 대로 달아 있었다. 초요갱은 그런 그의 애간장을 더욱 녹이려는 듯 몸을 뒤로 살짝 뺐다. 신자형은 목이 탔는지 술병을 들어 잔에 가득 따르고 나서는 냉큼 목구멍으로 쏟아부었다. 급하게 쏟아부은 술이 목구멍을 타고 다시금 올라왔다. 취기를 없애기 위해 몇 번이나 들숨과 날숨을 섞어 내뱉었다. 그의 입에서는 푹 삭힌 술 냄새가 올라왔다. 신자형은 술상을 옆으로 살짝 밀고는 초요갱의 곁으로 바짝 다가가 앉았다. 그러고는 왈칵 달려들어 그녀를 세차게 껴안았다.

"어이하여 이렇게 급하시옵니까?"

초요갱은 뒤로 몸을 비틀며 빼내었지만 그럴수록 신자형은 더욱 세차게 그녀를 품었다. 그의 거친 숨이 초요갱의 볼에 와 닿았다.

"내 너를 품고 싶어 미치는 줄 알았느니라."

초요갱은 신자형을 슬며시 밀어내었다. 그는 뒤로 밀려나면서 그녀의 옷고름을 살짝 잡아당겼다. 저고리의 옷고름이 막 풀려날 즈음 그녀는 자신의 옷고름 위에 살포시 두 손을 올렸다.

"나리!"

초요갱의 가냘픈 목소리 뒤로 신자형의 침 넘어가는 소리가 들렸다. 그 소리가 어찌나 컸던지 뜰에서도 다 들릴 정도였다.

"왜 그러느냐? 어서 손을 내리거라! 어서!"

신자형의 안달하는 목소리에 초요갱은 살며시 미소를 띠고 는 고개를 가볍게 흔들었다.

"이년은 계집이 아닌 기녀이옵니다. 전두 없이 옷고름을 풀라는 것은 저를 욕보이는 일이옵니다. 진정 모르시옵니까?"

붉은 입술 사이로 가지런한 이가 보였다. 마치 살짝 열린 석류 열매처럼 매혹적이었다. 그것이 더더욱 신자형을 미치게 만들었다.

"네가 원한다면 얼마든지 주마. 그럼! 네가 기둥뿌리라도 뽑으라 하면, 내 그리해주마. 그러니 제발 옷고름 위 손을 내리거라! 응?"

"참말입니까?"

"그리해준다 하지 않았느냐?"

신자형은 옷고름 위에 가지런히 올린 초요갱의 손만 보며 마른침을 연신 목구멍으로 넘겼다.

"그럼 이년이 보는 앞에서 기둥뿌리를 뽑아주겠다는 서찰 한 장 써주시지요."

"요갱아!"

애가 탈 대로 탄 신자형은 거의 울상이 되었다. 그의 표정에 초요갱은 태연한 척하며 다시 옷고름을 묶고는 문갑을 열어 지필묵을 꺼냈다. 그녀가 화선지를 펼치기가 무섭게 신자형은 일필휘지로 써 내려갔다. 초요갱이 다 써 내려간 서찰을 쭉 훑어

보았다. 그사이 잠깐 멈추었던 신자형의 손이 초요갱의 옷고름을 다시 풀기 시작했다. 그녀는 슬며시 누르고 있던 옷고름 위에서 손을 내려놓았다. 손을 내려놓자마자 초요갱의 옷고름은 스르르 풀렸다. 옷고름이 풀리자 신자형은 재빠르게 겉저고리를 벗겼다. 속저고리와 치마 사이 좁은 틈으로 그녀의 백옥 같은 속살이 비쳤다. 신자형은 자신도 모르게 감탄을 내뱉었다.

"아!"

절로 탄성이 쏟아질 만큼 초요갱의 피부는 닿기만 해도 스르르 녹아버릴 것 같았다. 신자형은 저고리 아래 있는 치맛말기 끈을 낚아채듯 잡았다. 끈이 곧 스르르 풀리는 듯하다가 갑자기 멈췄다. 치맛말기의 끈이 풀리기 직전에 초요갱이 재빨리 끈을 낚아챘다.

"요갱아! 또 왜 이러느냐? 서찰을 써달라 하여 내 써주지 않았느냐."

그녀는 빙그레 웃으며 대답했다.

"이건 또 따로 전두를 주셔야지요."

이미 초요갱에게 미혹되어 있는 신자형은 그녀를 품기 위해서는 간이든 쓸개든 모두 내줄 눈빛이었다. 그는 조급하게 말을 내뱉었다.

"이번엔 무엇을 주면 되겠느냐? 어서 말해보거라."

신자형을 쳐다보는 초요갱의 눈빛이 조금 전과는 확연히 달라졌다. 그것은 은근히 놀리는 눈빛이 아니라 살기와도 같은 눈빛이었다. 하지만 그는 알아채지 못했다.

"이년이 원하는 게 그 어떤 것이라 해도 다 들어주신다 하셨지요!"

"그렇다니깐."

신자형은 이런 사소한 일로 단 일각도 허비하고 싶지 않았다. 빨리 초요갱과 한 몸이 되고 싶었다.

"이년에게 안방마님의 자리를 내주실 수 있는지요?"

침을 삼키던 신자형이 틀어쥐고 있던 치맛말기 끈을 내려놓았다. 그의 돌발 행동에 초요갱은 당황스러웠다. 심각한 얼굴을 하고 있는 신자형을 향해 그녀는 서운한 표정을 지으며 말을 천천히 이었다. 초요갱의 목소리는 애절한 그 어떤 악기보다도 더욱 구슬프게 들렸다.

"아무래도 아니 되겠지요. 기둥뿌리라도 뽑아주신다는 그 말은 아마도 실언이었나 봅니다. 안방마님의 자리를 제게 가지고 오시는 날 나리께서는 이년을 품게 될 것이옵니다. 저는 이만 물러가옵니다!"

초요갱은 고개를 가볍게 숙여 인사를 건네고는 밖으로 나갔다. 신자형은 그런 그녀의 모습을 바라보며 입맛을 다셨다. 다른 기녀 같으면 양반을 농락했다는 이유 하나만으로도 관아에 고발하여 물고를 낼 수 있었다. 하지만 초요갱만은 달랐다. 그녀의 뒷배에는 신자형 같은 자가 감히 감당할 수 없을 만큼 든든한 자들이 있었다. 특히나 계양군 앞에서 신자형은 파리 목숨이나 진배없었다. 초요갱이 그런 계양군의 여인이라는 소문이 도성 안에 쫙 퍼져 있는 판국에 어찌 초요갱을 건들 수 있겠는가.

'내 계집으로 만들고 싶다. 정녕 방도가 없단 말인가.'

신자형의 마음에는 이미 초요갱이 꽉 들어차 있었다. 자신이 가지고 있는 권력과 재력으로도 가질 수 없는 여인이기에 초요 갱을 향한 집착은 날이 갈수록 더욱 커져만 갔다.

빗나간 화살

　그림자 하나가 이른 시각 계양군의 거처로 스며들듯 들어와 서찰을 남겼다. 일꾼이 가져온 서찰을 찬찬히 읽어 내려가던 계양군의 손끝이 떨렸다. 그 내용인즉, 초요갱은 본디 함길도 포도청 포도대장인 윤상필의 여식이라는 것과 자신이 '수지(粹之)'라고 수결된 서찰을 갖고 있다는 것이다.

　'수지'는 바로 수양대군의 어린 시절 별칭이었다. 서찰을 읽고 있노라니 계양군은 며칠 전 수양대군과의 술자리에서 들었던 이야기가 생각났다. 수양대군은 자신이 함평대군이었던 시절 누군가로부터 늘 암살의 위협을 받았으며 죽을 고비도 여러 번 넘겼다고 했다. 그때 자기 목숨을 구해준 어떤 이에게 뭔가를 적어주었다는데, 그것이 지금 세상에 나오기라도 한다면 대업을 이루는 데 있어 큰 걸림돌이 된다고 했다.

　'서찰이라면, 혹시? 그나저나 초요갱이 함길도 포도청 포도

대장의 여식이라?'

　계양군의 머릿속이 복잡해졌다. 함길도 포도청 포도대장이라면 자신의 백부인 양녕대군과 연관되어 길주 호장 지영우와 함께 역모죄로 처형당한 인물이었다. 양녕대군의 든든한 지지를 받고 있는 이때에 역모죄와 관련 있는 자에게서 그 어떤 것이라도 나온다면 수양대군은 큰 타격을 입게 될 것이다. 김종서와 화의군은 어린 왕을 지키기 위해서라면 그 어떠한 일이라도 할 것이 분명했다. 설령 그것이 세상에 나온다 하여도 지금은 때가 아니었다. 서찰의 비밀이 계양군의 목을 조여왔다. 그는 생각이 여기에까지 이르자 급히 령을 찾았다. 방으로 들어온 령은 고개를 조아렸다.

　"반드시 찾아내서 죽여라! 알겠느냐?"

　서찰을 구긴 계양군의 주먹에 힘이 들어갔다. 령 또한 들고 있던 검을 꽉 틀어쥐었다.

　"분부 받잡겠나이다."

　령은 예를 갖추고 밖으로 나섰다. 령의 머릿속에 짐작되는 인물이 떠올랐다. 그놈이 자신이 찾고 있던 서찰을 가지고 있음이 확실했다. 령은 서둘러 말에 올랐다. 말은 내리쬐는 아침 햇볕을 가르며 빠르게 달렸다.

　초요갱은 꿈자리가 유난히 뒤숭숭했다. 꿈속에 슬픈 얼굴을 한 평원대군이 나타나 한참 자신을 바라보다 사라졌다. 대군이 사라진 그 자리에는 홍문이 한동안 서 있었다. 방금 잠에서 깬 그녀의 눈동자에는 슬픔이 담겨 있었다. 하루에 수십 번도 더 잊으려고 애를 써도 잊을 수 없는 그리움. 더욱이 오랜만에 꿈속에 찾아온 사랑하는 사람의 애처로운 얼굴을 마주하자 숨 쉴 수 없을 만큼 가슴이 조여왔다. 모든 것을 다 내려놓고 사랑하는 이들이 있는 곳으로 가고 싶은 마음뿐이었다.

"우째, 일어는 난겨?"

두향이 방문을 밀고 들어섰다. 그녀는 멍하니 앉아 있는 초요갱에게 걱정스러운 얼굴로 말했다.

"와 이라고 앉아 있는 것이여? 오늘 계양군 나리 댁에 기녀들을 보내라는 전갈이 왔단 말이여. 거시기 헌디 니만 쏙 빼버렸다 하더만. 거참! 여튼 시큰둥하던 년들이 지금 분칠한다고들 난리랑께."

"지금 뭐라고 했니? 기녀들을 보내달라고?"

깜짝 놀라 되묻는 초요갱에게 두향은 고개를 끄덕였다. 분명 연회는 닷새 뒤에 열린다고 했는데, 초요갱은 날짜가 앞당겨졌다는 사실에 의아하지 않을 수 없었다. 어쩌면 비밀 회합이 있던 그날 밤, 화의군은 그녀가 엿듣는 것을 눈치채고 있었는지도 모를 일이었다. 화의군, 그분이라면 그러고도 충분히 남았다. 초요갱은 급히 경대 앞에 앉아 머리부터 매만졌다.

오시(오전 11시~오후 1시)를 조금 넘기자 무사들로 보이는 자들이 계양군의 사서로 모여들기 시작했다. 그 뒤로 춘향각의 기녀들이 각자 악기를 들고 들어섰다. 아리따운 기녀들이 등장하자, 그곳에 모인 사내란 사내들은 휘둥글게 뜬 눈으로 그녀들을 바라봤다. 뜰에는 곧 사내와 계집의 웃음소리가 넘쳐났고, 주향(酒香)이 곳곳을 물들였다. 계양군은 과녁을 향해 활을 쏘며 흥을 돋웠다. 하지만 마음은 내내 한 여인에게 꽂혀 있었다.

"나리!"

한창 활을 겨누고 있는 계양군에게 머슴이 급히 다가왔다. 집중이 흐트러진 그는 머슴을 무섭게 노려보았다. 머슴은 고개를 급히 땅으로 떨어뜨려 매서운 눈빛을 피했다.

"연회에 이년이 빠진다면 어디 말이나 되겠사옵니까?"

매서운 계양군의 눈빛은 머슴 뒤로 천천히 걸어 들어오는 한 여인에게 꽂혔다. 그녀는 계양군이 방금 전까지도 마음속으로 그리던 초요갱이었다. 반가운 마음에 당장 달려가 그녀의 손이라도 덥석 잡고 싶은 마음이었지만, 계양군은 마음을 숨긴 채, 퉁명스럽게 말을 내뱉었다.

"너에게 따로 기별을 넣지 않았건만. 어이하여 이곳까지 발걸음을 하였느냐? 돌아가라!"

계양군은 눈살을 찌푸리며 고개를 돌렸다. 그의 말 한마디에 그곳에 모인 이들은 한순간 찬물을 끼얹은 듯 조용해졌다.

"그리는 못 하옵니다. 꽃이 제아무리 아름답다 한들 보아주는 이가 없다면 그것이 어찌 꽃이라 하겠나이까? 길가에 핀 잡초보다 못하지요. 보아주는 이들이 이렇게 많은데 어이하여 이년더러 가라고만 하시옵니까?"

초요갱은 그 어느 때보다도 단호하게 말했다. 뜰에 모인 사내들은 숨 막힐 듯 아름다운 그녀의 미모와 청아한 목소리에 넋을 잃었다. 계양군은 있어도 좋다는 대답 대신 헛기침을 했다. 천지 널린 것이 꽃임에도 초요갱만큼 참하고 곱게 핀 꽃은 그 어디에도 없었다. 그녀의 등장으로 연회는 점점 무르익어갔다. 그의 표정 또한 초요갱이 있어 그지없이 부드러워졌다.

> 한없이 길었으면 하는 밤은 어찌 이리도 짧을까
> 마음에 품은 그대가 혹여라도 떠날까 애쓰는 내 마음
> 몰라주는 해는 어느새 문풍지를 환하게 비추네
> 타오르는 햇살만큼 내 애간장 또한 녹아드는 것을

가야금 선율에 맞춰 초요갱은 자신이 지은 글을 읊었다. 목소리는 원을 그리며 뜰 안에 모인 이들의 가슴속으로 흘러들어가 촉촉이 적셨다. 계양군의 눈에는 가야금을 연주하는 초요갱말고 다른 그 무엇도 보이지 않았다. 계양군은 뭔가에 이끌리듯 곁에 있던 대금을 들어 가야금 소리에 맞추었다. 가야금의 고운음과 묵직한 대금의 소리는 한데 어울려 뜰 안으로 퍼져나갔다. 모두들 하나같이 둘의 모습에 정신이 빼앗겨 있을 때, 무심결에 고개를 든 초요갱은 담장 뒤에 숨어 있던 그림자와 눈이 마주쳤다. 그림자의 눈동자에는 눈물이 차올랐다. 그림자는 얼굴을 가린 검은 천을 아래로 내렸다. 바로 화의군이었다.

'어찌하여 네가……'

화의군은 자기 옆에서 계양군을 향해 활을 겨누던 부하에게 그만둘 것을 명했다. 그러나 부하는 얼마 전 초요갱이 은밀히

만난 그 사내였다. 그는 활시위를 풀지 않고 그대로 쏘았다.

'팅.'

"대체 무슨 짓을 한 것이냐?"

화의군은 사내의 멱살을 부여잡았다. 그의 눈동자는 곧 화살이 날아간 방향을 쳐다보았다. 화살은 날아가 초요갱의 어깻죽지 위에 꽂혔다. 그녀는 계양군 앞에 천천히 쓰러졌다. 별을 따다 박아놓은 듯 반짝이던 그녀의 눈동자가 서서히 빛을 잃어갔다.

"나리! 어서 몸을 피하셔야 합니다. 어서요!"

멍하니 앞을 바라보고 있는 화의군의 옷소매를 또 다른 부하가 잡아당겼다.

"나리!"

뜰에 모인 무사들은 계양군과 초요갱 주위를 빙 둘러 에워쌌다. 놀란 기녀들은 소리를 지르며 흩어졌고, 두향은 초요갱의 상태를 확인하지 못해 구석에서 벌벌 떨며 울음을 토했다.

계양군은 정신을 잃고 뒤로 젖혀지는 초요갱의 허리를 감쌌다. 그녀의 눈에는 눈물이 차츰 차올랐다. 차오르던 눈물이 떨어짐과 동시에 초요갱의 몸이 축 늘어졌다. 화살이 꽂힌 어깻죽지에서는 피가 흘러나와 노란 저고리를 붉게 적셨다.

"요갱아, 정신 좀 차려보아라!"

계양군의 목소리에는 떨림이 섞여 있었다. 모든 시간이 멈춘 것만 같았다. 초요갱의 백옥 같던 피부는 더욱 창백해져 핏기를 전혀 찾아볼 수 없었다. 그녀는 이미 저승 문턱까지 가 있는 듯 보였다.

"어서 의원을 불러라! 어서! 살려야 한다. 반드시 살려야 한단 말이다!"

계양군은 고함을 질렀다. 그의 고함에 무사들이 이리저리 분주히 움직였다. 계양군은 그녀를 조심스레 안아 방 안으로 들였다. 곧 의원이 도착했고, 그는 쇳독이 올라 오늘 밤이 고비라는 말을 남겼다. 계양군은 초요갱 곁을 단 한 식경도 떠나지 않았다. 영영 깨어나지 못할까봐 그의 마음은 그 어느 때보다 초조하고 불안했다.

"나리, 소인 령이옵니다."

사랑채 뜰에서 령의 목소리가 들렸다. 계양군은 조용히 방문을 열고 나갔다. 령은 서찰 주인을 알아보기 위해 잠시 자리를 비운 사이 일어난 불미스러운 일이 모두 자기 탓인 것만 같았다.

"늦어서 송구하옵니다. 담장 뒤에 숨어 있던 놈 중에 하나는 붙잡았으나 곧 혀를 깨물고 자결하였다고 하옵니다."

령의 말에 불끈 쥔 계양군의 두 주먹이 부들부들 떨렸다.

"알았으니, 그만 물러가라."

령은 계양군을 향해 예를 취한 뒤, 걸음을 옮겼다. 어둠이 깊게 내려앉은 뜰이 조금씩 밝아왔다. 계양군은 벽에 기댄 채, 잠이 들었다.

"으, 으."

초요갱의 신음이 들리자 계양군은 놀라 잠에서 깼다. 그는 초요갱의 곁으로 바짝 다가가 앉았다. 세숫대야는 닦아낸 핏물로 가득했다.

"괜찮은 것이냐? 정신이 좀 드는 게야?"

곁에 있는 이가 계양군이라는 사실을 알아차린 초요갱이 자리에서 일어나기 위해 애를 썼다. 그러나 마치 쇳덩이가 짓누르고 있는 것처럼 꼼짝할 수가 없었다.

"움직이지 마라! 그러다 상처가 덧나기라도 한다면……."

계양군은 더 이상 말을 잇지 못하고 초요갱의 손을 덥석 잡았다. 방금 전까지 차가웠던 그녀의 손이 따뜻해져 있었다. 계양군은 자신을 대신해 화살을 맞은 여인을 보고 있자니, 마음이 찢겨나가는 것처럼 아팠다.

"어찌하여 너라는 여인은 늘 나를 이렇게 칠푼이로 만드는 것이냐? 나는 여태껏 살아오면서 단 한 번도 겁이 나거나 두려웠던 적이 없었다. 한데 오늘 처음으로 죽을 만큼 무서웠다. 네가 어찌 되는 줄 알고."

식은땀이 범벅된 초요갱의 얼굴에 계양군이 볼을 가져다 대었다. 까칠까칠한 사내의 수염 사이로 흘러내리는 눈물이 그녀의 입술에 스며들었다. 초요갱은 문득 자신과 눈이 마주친 담벼락 밑의 그림자를 떠올렸다. 선한 눈매에 촉촉한 눈망울을 가진 화의군이 있었다.

'무사하셔야 될 터인데.'

초요갱은 아픈 자신의 몸보다 화의군이 무탈한지가 걱정되었다. 자신이 계획적으로 뛰어든 것인데, 이 사실을 전혀 알지 못하는 화의군이 어떻게 하고 있을지 신경 쓰였다. 하지만 걱정은 잠시뿐, 초요갱은 곧 깊은 잠에 빠져들었다.

계양군 사저에서 도망친 화의군은 어둠을 틈타 기방으로 숨어들었다. 오랜 시간 동안 계양군은 조정 대신들의 눈을 피해가며 숙정문 동쪽 고갯마루에 큰 창고를 지어 사병들을 길러왔다. 병약한 임금이 승하하고 어린 세자가 왕위에 올라서자, 왕실 종친들의 검은 속내가 수면 위로 떠올랐다. 화의군은 그런 역심을 품은 사람들로부터 어린 왕을 지키고 싶었다. 그러기 위해서는 역심을 품은 자가 비록 형제일지라도 반드시 죽여야만 했다.

초요갱은 오래전, 혹여 연통이 닿지 않거나 위험한 일이 생기면 자운당 가장 안쪽에 있는 자신의 또 다른 거처에 숨어들라는 말을 화의군에게 남겼다. 화의군은 맥 빠진 몸을 이끌고 방 안으로 들어와서 바닥에 널브러지듯 주저앉았다. 조정 신료들과 은밀한 대화가 오가던 밤, 화의군은 초요갱이 몰래 엿듣는다는 것을 눈치채고 있었다. 그는 몰래 엿듣던 그녀가 물러간 것을 확인하고는 잘못된 정보를 바로잡았다. 초요갱을 다치게 하고 싶지 않았다. 비록 해줄 수 있는 것이 없지만 평원 형님 대신 자신이 지켜주고 싶은 사람이었다. 아비규환이 된 뜰 중앙에서 사지가 축 늘어져 있던 초요갱의 모습이 자꾸만 떠올랐다.

'자네가, 왜?'

계양군을 향해 쏜 화살이 분명 초요갱의 어깻죽지에 꽂혔는데 살았는지 죽었는지조차 모르고 있으니 환장할 따름이었다. 화의군은 무거워져오는 머리를 두 손으로 받쳤다.

점차 모습을 드러내는 비밀

어느 정도 일어날 수 있는 몸이 되자 초요갱은 서둘러 기방으로 돌아왔다. 단 하루라도 빨리 계양군의 손아귀에서 벗어나고 싶었다. 무엇보다 화의군의 소식이 궁금했다. 그녀는 아픈 몸을 이끌고 자운당 안으로 들어섰다. 방 안에는 채 식지 않은 온기가 그대로 남아 있었다. 방금 전까지 화의군이 이곳에 머물다 간 것이라는 생각을 하니, 불안했던 마음은 차차 안정을 되찾았다.

계양군은 하루가 멀다 하고 도성 안 최고의 의원과 약재를 기방으로 보냈다. 그는 바쁜 용무 중에도 초요갱을 보러 기방으로 걸음을 할 정도로 그녀에게 지극정성이었다. 하지만 그는 언제나처럼 상대편을 배려하기보다는 자신이 내키는 대로 행동하고 말했다.

"이곳에 모두 내려놓거라!"

계양군은 청지기 한 명과 머슴 셋을 대동하고 들어섰다. 머슴들은 하나같이 모두 큰 궤짝을 짊어지고 있었다. 때마침 초요갱은 바람이라도 쐴 겸 밖에 나와 있던 참이었다. 청지기의 명에 머슴들은 큰 궤짝 여섯 개를 마루에 내려놓았다. 꽤나 무거웠던지 그들의 이마에는 어느새 땀방울이 맺혀 흘렀다. 시킨 일을 다 마친 그들은 계양군을 향해 고개를 숙여 예를 갖추고는 서둘러 대문을 빠져나갔다.

"이것들이 다 무엇이옵니까?"

놀란 초요갱은 계양군에게 물었다. 뜰 안에 아무도 없는 것을 확인한 그가 천천히 말을 이었다. 과시와 자만의 기색이 그의 눈동자에 감돌았다.

"네가 보고 싶어 바쁜 시간을 내어 이리 달려왔느니라. 여기 있는 이것들은 너에게 주려고 했던 것들이다. 본디 모두 너의 것이니 받아두어라."

계양군은 초요갱의 손을 잡아 이끌며 마루에 걸터앉았다. 그러고는 풀어보라며 빙그레 웃었다. 그녀는 천천히 궤짝들의 뚜껑을 열었다. 그곳에는 진귀한 보물이 한가득 들어 있었다. 몸에 좋다는 한약재는 스무 가지도 넘게 들어 있었으며, 특히나 구하기 어렵다는 산삼까지 있었다. 크기로 보아 적어도 백 년은 훌쩍 넘어 보였다. 또 다른 궤짝에서도 조선 팔도를 뒤져서는 쉬이 볼 수 없는 최상품의 비단과 노리개, 떨잠, 가락지, 그리고 금은보화까지 가득 넘쳐 났다.

"너무 과하십니다."

많은 재물을 보고 좋아하리라 생각했던 계양군은 초요갱의 한마디에 내심 섭섭했다.

"과하다니? 무엇이 과하단 말이냐? 나의 마음을 어찌 그리 몰라주고."

계양군이 볼멘 표정을 짓자 초요갱은 그의 손 위에 슬그머니 자신의 손을 얹으며 말을 이었다. 보드라운 여인의 손길이 닿자 그의 얼굴이 붉어지며 심장이 빨리 뛰었다. 숱한 여인을 겪었지 만 처음으로 가져보는 설렘이었다.

"너무 기뻐서 눈물이 다 나옵니다. 보잘것없고 천한 것의 마음을 이리도 헤아려주시니, 감읍하고 또 감읍할 따름이옵니다."

초요갱이 환한 웃음을 보였다. 그러면서도 촉촉하게 젖은 그녀의 눈망울을 보며 계양군은 그제야 볼멘 표정을 씻고 크게 웃었다.

"처음이다, 처음이야! 네가 나를 보고 웃어준 것이. 하하하하."

"제가 그리했습니까? 이제 나리께 자주 웃어드리겠사옵니다."

계양군의 호탕한 웃음소리가 기방 구석구석으로 스며들었다. 그의 얼굴은 이미 세상을 다 가진 자의 표정이었다. 권력과 재물, 못 가진 것 하나 없는 사내가 겨우 여인의 미소에 모든 것을 다 얻은 것처럼 굴다니, 사랑이라는 것은 참 부질없다고 초요갱은 생각했다. 계양군은 초요갱에게 다가가 꼭 껴안았다. 그녀는 넓고 넓은 계양군의 품에 쏙 들어가 안겼다. 그는 궤짝 안에서 화려하게 세공된 꽃 떨잠을 꺼내 초요갱의 머리에 꽂아주었다.

"내 너를 세상에서 가장 귀하고 아리따운 꽃으로 만들어줄 것이다. 암만! 그리해줄 것이야."

입궐 시간이 다 되어서야 계양군은 궐로 떠났다. 그가 떠나고 난 자리에는 검은 구름이 몰려왔다. 낮인데도 어두컴컴하여 앞이 분간되지 않을 만큼 어두운 구름이었다. 두향은 기방을 나서는 계양군의 뒷모습을 보고 잽싸게 초요갱이 있는 안채 뜰로 들어섰다.

"한차례 퍼부을 모양이여."

초요갱을 바라보던 두향의 두 눈은 어느새 마루에 있는 궤짝들로 향했다. 두향은 엄청난 재물의 양에 화들짝 놀라며 마루로 날다시피 뛰어갔다.

"오메! 아따! 우와! 요것들이 다 뭐다냐? 요, 요, 요것 좀 보소. 금은보화에 비단에. 나가 살다 살다 요러코롬 가심이 벌러덩거려서리 자빠져보기는 첨이당께!"

두향은 궤짝 안에 있는 물건들을 하나하나 만져보느라 정신이 없었다. 비단을 펴보는가 싶더니, 노리개를 저고리에 대어보고, 떨잠을 머리에 꽂아보느라 분주했다.

"모두 다 너 가져!"

"그랴, 나가 가지믄……."

히죽이며 무심결에 초요갱의 말꼬리를 붙잡던 두향이 콧구멍을 벌렁거리며 그녀를 올려다보았다.

"야가, 야가! 시방 뭔, 구신 씨나락 까먹는 소리당가."

초요갱은 계양군이 꽂아주었던 떨잠을 빼내 마당으로 내던졌다. 두향은 그런 그녀의 행동에 숨이 멎고도 남을 만큼 깜짝 놀랐다. 두향은 간신히 숨을 고르고는 누가 볼세라 떨어진 떨잠을 주워 먼지를 털어냈다. 두향의 목에서는 거친 소리가 터져나왔다.

"다래야! 거기 쪼개 서보더라고."

섬돌 위에 고무신을 가지런히 놓는 초요갱을 두향이 급히 불러 세웠다. 두향의 부름에 그녀는 힘겨운지 마루에 다시 걸터앉았다.

"왜?"

"고것이 말이여, 검은 갓을 쓴 사내가 요것을 니한티 꼭 전해야 한다 하더만."

초요갱 곁에 앉은 두향이 소매 사이로 서찰 한 통을 꺼내 그녀에게 건넸다. 건네받은 서찰을 천천히 읽어 내려가던 그녀의 손이 가늘게 떨렸다. 까막눈인 두향은 점점 얼굴 색깔이 흙빛으로 변하는 초요갱의 얼굴을 보며 그 내용이 나쁜 소식이라는 것을 어림잡아 짐작할 뿐이었다.

"혹시 어찌 생겼던?"

"상판대기를 다 가려서리 자세히는 못 봤당께. 우째야 스까, 나가 또 뭔 실수혔제?"

두향은 받지 말아야 할 것을 받은 것만 같아 괜스레 불안했다. 때마침 검은 구름 사이로 빗방울이 떨어졌다. 처음에는 한 방울씩 떨어지던 비가 급기야 주룩주룩 내렸다. 무슨 생각에 잠겨 있는지 초요갱은 아무 말도 하지 않았다. 두향은 그런 그녀에게 뭔가 말하려다가 그만두었다. 그때였다.

"차라리 비가 이처럼 세차게 내리는 것이 마음을 털어 내놓기에는 더없이 좋구나."

두향은 낯선 사내의 음성에 숙이고 있던 고개를 들어 쪽문 쪽을 바라보았다. 마당으로 들어선 화의군이 비를 맞으며 서 있었다.

"거시기, 화의군 나리가 아니당가요? 고뿔이라도 드시믄 우짤라고 고로코롬 서 계시다요?"

두향은 급히 뛰어 내려가 예를 갖추었다. 화의군은 그런 두향을 바라보며 빙그레 웃었다.

"너두 잘 있은 게야?"

"암요, 얼릉 싸게 올라가시랑께요."

두향이 서둘러 마당으로 내려섰다. 그제야 공허했던 초요갱의 눈동자가 또렷해졌다. 그녀는 손에 들고 있던 서찰을 서둘러 옷깃 속으로 감추었다.

"오시었습니까?"

초요갱은 두 손을 가지런히 모으고 화의군에게 예를 갖추었다. 그의 눈동자는 내리는 비보다 더욱 많은 눈물을 담고 있었다.

"저는 괜찮습니다."

화의군이 초요갱을 물끄러미 바라보았다. 안도와 원망의 눈길이었다. 그는 초요갱의 두 손을 냉큼 잡았다. 두 번 다시는 놓지 않겠다, 마음을 먹은 것처럼.

"정말 괜찮은 것이냐? 미안하다. 참으로 미안하구나."

화의군의 얼굴에서 눈물과 빗물이 섞여 초요갱의 손등에 떨어졌다. 그녀의 눈동자 역시 무탈한 화의군에 대한 고마움과 안타까움이 함께 들어 있었다.

"우선 안으로 드시지요. 혹여 듣는 귀가 있을지 모를 일이옵니다."

누가 들을세라 초요갱은 조용히 말을 내뱉으며 차가운 화의군의 손을 잡아끌었다. 화의군은 그런 그녀가 한없이 고마웠다. 그는 초요갱이 이끄는 대로 방 안으로 들어섰다. 그들이 안으로 들어서자 지붕에 있던 령이 내려왔다. 그는 엿듣기 위해 안으로 들어가려 했으나 여의치가 않았다. 유어당이 자운당을 만들 때 특별히 신경 쓴 것이 바로 마루였다. 자운당 마루는 아무리 조심스레 발을 내디뎌도 삐걱거리는 장치가 되어 있었다. 또한 지붕을 받치고 있는 서까래에 뾰쪽한 못을 군데군데 박아두어 도저히 은밀히 들어갈 수 없는 요새 중의 요새였다. 그렇다 보니, 조정 대소 신료들의 비밀 회합 장소로도 자주 이용되었다. 령은 초요갱과 화의군이 함께 들어간 자운당의 긴 마루를 노려보며 어금니를 깨물었다.

꽤 오랜 시간 동안 자운당 안에서는 은밀한 이야기들이 오갔다. 화의군이 돌아가고 난 다음 초요갱은 옷깃 속에 숨겨두었던 서찰을 꺼냈다. 서찰 내용으로 보아 어쩌면 어미와 홍문의 죽음에 얽힌 비밀을 알아낼 수도 있을 것 같았다. 서찰의 주인은 다음 날 시전 서쪽에 있는 갓바치를 찾아오라고 했다.

'서찰의 내용이 진짜일까? 아니면 누군가가 나를 위험에 빠뜨리게 하려는 것일까?'

초요갱은 많은 생각으로 마음이 혼란스러워 쉽게 잠자리에 들지 못하고 새벽을 맞았다. 그녀는 서찰에서 일러준 시각에 맞춰 나서기 위해 몸을 움직였다. 하지만 화살에 맞은 상처가 아직 아물지 않은 탓에 온몸이 욱신거렸다. 두향은 성치 않은 몸으로 기방을 나서는 초요갱을 말려보았지만, 그녀의 뜻을 꺾지는 못했다. 그렇게 천천히 저잣거리를 돌아 시전으로 들어섰다. 초요갱은 아무도 자기 정체를 알아차리지 못하게 녹색 쓰개치마 속으로 얼굴을 감추었다.

"계담이라는 자를 찾아왔소!"

서찰에 적혀 있는 곳에는 말 그대로 갖바치가 있었다. 갖바치는 쇳덩이를 이용하여 질긴 소가죽을 펴고 있었다. 그의 손은 질기고 단단한 것을 많이 만져서인지 매우 거칠었고, 크고 작은 상처로 빼곡했다.

"음."

갖바치는 고개를 들어 기다리고 있던 여인임을 확인하고는 짧은 헛기침과 함께 자리에서 일어났다. 초요갱은 앞서 걷는 갖바치를 따라 창고 안으로 들어섰다. 어두컴컴한 창고 안에서는 쇠가죽이 물에 불어서 나는 비린내가 역겹게 풍겼다. 초요갱은 무심결에 팔을 들어 코를 막았다.

"어이!"

굵고 탁한 갖바치의 목소리에 줄무늬 고양이 한 마리가 후다닥 뛰쳐나갔다. 그러고는 안쪽에서 사람 형체가 드러났다. 어두워서 잘 보이지 않았지만, 기분 나쁜 웃음을 흘릴 때마다 누런 이빨이 드러났다. 그 형체를 확인한 갖바치는 콧물을 한차례 들이마시고는 밖으로 나갔다.

"조선 팔도 최고 기녀를 요리 요상한 디로 오라고 혀서 미안하구면. 나가 시방 쫓기고 있는 몸이라 그리돼얏소."

사내는 물통들 사이로 걸어 나왔다. 그의 얼굴은 천장 구멍 사이로 새어 들어오는 빛을 받으며 점점 또렷해졌다. 사내의 얼굴을 확인한 초요갱은 충격으로 몸이 휘청거렸다.

"당, 당, 당신은……."

치밀어 오르는 분노와 슬픔으로 초요갱은 차마 말을 내뱉지 못했다. 강릉 관아에서 도성으로 압송될 때, 자신을 겁탈하려 했던 바로 그 사내였다. 그녀는 홍문 생각에 심장이 갈기갈기 찢겨져 나가는 것만 같았다.

"요런 영광이 또 어디메 있당가. 엔간한 재물이나 권력이 있어도 쉬이 못 본다는 여인이 나 같은 호로 잡놈을 다 잊아뿌지 않았응께. 고맙구면. 크크크크크."

안계담은 누런 가래를 바닥으로 내뱉고는 짚신으로 천천히 짓눌렀다. 그 아래에서 모래 밟히는 소리가 귀에 거슬릴 만큼 가깝게 들렸다. 초요갱은 자신의 속마음을 최대한 감추기 위해 목소리를 가다듬었다.

"거래를 하기 위해 이곳에 오라 한 게 아니더냐?"

당찬 초요갱의 목소리에 안계담은 웃음과 함께 손뼉을 쳤다. 높은 천장 탓에 박수 소리는 마치 사방에서 들리는 것처럼 울렸다.

"와따! 샘이 빨라서 마음에 드는구마이. 그카믄 인자부터 차 떼고 포 떼고 말해볼 참인께. 3만 냥만 찔러주믄 나가 아는 건

모조리 다 나불거려볼 탱께. 워쩌?”

“3만 냥을 줄지, 아니면 닷 푼을 줄지 우선은 들어봐야 알 것
이 아니냐?”

조금 전보다 더욱 힘이 들어간 초요갱의 목소리에는 단호함
과 비장함이 함께 서려 있었다. 그동안 그토록 알고 싶었던 비밀
들을 알게 될지도 모른다는 생각에 가슴은 쉴 새 없이 뜀박질했다.

“글체. 음, 인자 야기가 통하는구먼. 나가 원래는 추노꾼이여.
근디 어떤 미친놈 땜시 일이 뒤틀려서리. 여튼 아주 오래전에,
나가 쫄딱 망한 양반 댁 계집년 하나를 잡아가고 있었제. 아니
여, 하나가 아니고 둘이었제. 계집년의 딸까즉. 근디 고년이 도
망을 가뿌렸다, 이 말이여. 고 당시 고년의 목에 자그마치 2만 냥
이 걸렸제이. 나가 고년을 잡으러 조선 팔도는 다 뒤비고 다녔어
야. 근디 도성 안에 떡하니 있었다 요것이지. 쥐새끼맨치로.”

초요갱은 안계담이 하는 이야기가 이해가 되지 않았다. 추노
꾼은 뭐고 도망간 계집은 또 뭐란 말인가? 그가 말을 할 때마다
비밀은 더욱 늪으로 가라앉는 것만 같았다. 그것을 아는지 모르
는지 안계담은 계속해서 말을 이어갔다.

“여튼 고 당시 나의 피 같은 2만 냥, 고것이 바로 네년의 어
미다, 요 말씀이여. 아! 아! 그카고 강릉에서 네년의 목숨 줄을
가져오라고 사주했던 자 또한 나가 누군지 알고 있다 요것이제.
그카고 제생원 박명이라는 의관을 찾고 있다 하던디. 나가 고
위인이 오데메 있는지도 알고 있당께.”

초요갱은 갑작스레 머리가 띵해지고 가슴이 조여왔다. 강릉

에서의 일이라면 홍문 오라비의 죽음이 떠올랐다. 무엇보다 평원대군 암살 사건의 유일한 열쇠인 제생원 박명이라는 자의 행방까지 알다니! 안계담의 입에서는 믿지 못할 말들이 연이어 흘러나왔다. 무엇보다 이 모든 것은 그녀에게는 꼭 들어야 되는 사실들이었다.

"이만하믄 3만 냥은 가뿐히 받을 수 있제잉?"

"네놈의 말을 어찌 믿으란 말인가?"

저고리를 꽉 움켜잡은 초요갱은 흥분된 목소리를 애써 추슬렀다.

"믿고 안 믿고는 네년의 마음이제. 나가 알 바는 아니고. 저짝, 이짝 모두 거래를 안 한다 혀서 나가 요짝으로 넘어왔제이. 저짝에서 알아서 몇 푼 쥐여줬으믄 나가 여끄즉 오지도 않았당께. 그카고 인자 와서리 나가 네년을 노비로 팔아묵을 수도 없당께. 뒤에 무서분 분들이 많잖애. 까딱하다 이놈의 모가지가 달아날 수도 있응께 나가 거래를 하러 온 것이제! 인자서야 좀 알겠는가?"

안계담은 '수지'라고 수결된 서찰을 자신이 가지고 있다는 사실을 계양군에게도 보내고 좌의정 김종서에게도 보냈다. 하지만 큰 재물이 들어오리라 생각했던 것과는 달리 양쪽 다 자신을 죽이려고 혈안이 되었다. 하여, 그는 초요갱에게 서찰을 건네고 재물을 챙겨 멀리 달아날 참이었다. 안계담이 아무 말이 없자 그녀의 목소리가 높아졌다.

"나 말고 또 거래하려 했던 자가 누구냐?"

초요갱은 안계담이 앞서 누군가와 거래하려고 했다는 사실에 놀라 급히 되물었다. 그는 초요갱의 물음에 머리를 긁적이며 어깨를 으쓱했다.

"고것까지 다는 못 갈쳐주제잉. 고것이 제일루 중요한 것인디! 흥흥흥흥."

팔짱을 낀 안계담은 입속으로 웃음을 집어삼켰다. 그런 그를 쏘아보는 초요갱의 눈길에는 조금 전과는 다른 초조함이 묻어 있었다.

"줄 것이다. 네놈의 말이 한 치의 거짓도 없다면 2만 냥을 더 보태 5만 냥을 주지. 어떠냐?"

썩은 동태눈처럼 희미하던 안계담의 눈빛이 반짝였다. 그는 살기가 가득 담긴 눈으로 초요갱을 노려보았다. 지금까지 장난 투였던 안계담의 말투가 한밤중 숫돌에 가는 칼날 소리처럼 으스스하게 바뀌었다.

"그랴! 틀림없이 5만 냥이라고 고놈의 주둥아리로 야기혔어. 만약에 고것이 거짓부렁이믄 네년의 명줄을 나가 기어코 따버리고 말 것잉께."

안계담은 입속 가득 고인 침을 꿀꺽하고 삼켰다. 침은 목구멍을 타고 내려가 오장육부를 훑고 내려갔다.

"빨리 누군지 말해!"

초요갱은 있는 힘껏 고함을 질렀다. 몸 안에 잠자고 있던 모든 불덩어리가 그녀를 치받고 올라왔다. 안계담은 그런 초요갱을 물끄러미 바라보며 웃었다.

"고것이 누군가 하믄 말이시⋯⋯."

그때 창고 문이 활짝 열렸다.

"으악!"

갓바치의 몸이 공중에서 몇 바퀴 돌아 가죽이 가득 들어 있는 물통에 곤두박질쳐졌다. 구정물이 가득 들어 있던 물통에는 흙빛 대신 핏빛이 돌았다. 갓바치의 시신은 등을 보인 채, 둥둥 물 위를 떠다녔다. 안계담은 그것을 보고 뒤쪽에 뚫려 있는 곳으로 냅다 달려 도망쳤다. 그런 그의 뒤를 한 무사가 쫓았다. 너무 놀란 초요갱은 그만 자리에 맥없이 주저앉았다. 당황하여 얼굴은 잘 보지 못했으나, 분명 계양군의 호위 무사 렁이었다. 초요갱은 두려웠다. 꺼내 보지 말아야 할 어떤 것을 꺼내 본 것처럼.

폭풍우 몰아치는 밤

기방으로 돌아온 초요갱은 며칠 동안 안계담을 기다렸다. 하나 일이 잘못되었는지 그에게서는 그 어떤 기별도 없었다. 혹여 죽음을 당한 것은 아닐까 하는 불길한 생각마저 들었다. 5만 냥이라는 거금을 쉽게 포기하지 않을 테니 살아 있다면 반드시 기방으로 찾아올 것이라 믿었다.

"안에 있는 것이냐?"

계양군의 목소리였다. 초요갱이 서둘러 방문을 열어 계양군을 맞았다. 무슨 일이 있는지 그의 얼굴이 심상치 않아 보였다.

"오시었습니까?"

초요갱은 두 손을 가지런히 모으고 계양군에게 예를 갖추었다. 계양군과 그를 따르는 무리 뒤에는 뜻밖의 인물인 신자형이 꿔다 놓은 보릿자루처럼 서 있었다. 뜰로 나간 그녀는 두향에게 술상을 들이고 아무도 이곳에 얼씬하지 못하게 하라는 말을 남긴 후에 다시 방 안으로 들어왔다.

"저 아이도 물려야 되지 않겠습니까?"

다시 방 안으로 들어선 초요갱을 두고 신자형이 말을 내뱉었다. 신자형의 말에 계양군은 그녀를 올려다보았다.

"그럼 저는 이만 물러나겠사옵니다."

"여기 있어라, 내 옆에!"

뒷걸음질하며 방문을 나서려는 초요갱을 향해 계양군이 입을 떼었다. 옆에 있어도 된다는 그의 말에 신자형은 괜한 질투심이 솟아올랐다.

"하지만……."

신자형이 말끝을 잡았지만, 계양군은 손을 들어 단박에 잘랐다. 술상이 들어오고 초요갱은 계양군의 옆자리에 앉았다. 그녀는 계양군의 술잔에 술을 부었다. 신자형은 다른 기녀들을 들어오지 못하게 한 탓에 직접 술잔을 채워야만 했다. 그들은 가득 채워진 술을 한 번에 털어 넣었다.

"내일 술시(오후 7시~9시)가 지나면 세상이 뒤바뀐다. 죽든지 아니면 살든지. 군사들은 다 준비시킨 것이냐?"

계양군의 물음에 건너편 무사 하나가 고개를 숙였다.

"모두 대기시켜놓았습니다. 명만 내리시면 지금이라도 당장 움직일 준비가 되어 있사옵니다. 한데 늙은 호랑이와 늑대를 함께 잡는다는 것이 쉬운 일이 아닐 터인데, 어찌 함께 잡으려 하시옵니까? 늑대는 차후에 잡는 것이 어떠할는지요?"

무사의 말에 계양군은 술잔을 거칠게 내려놓았다. 깨지는 듯

한 소리에 방 안은 한순간 찬물을 끼얹은 듯 조용해졌다. 초요갱은 계양군의 술잔에 다시금 술을 부었다. 그는 천천히 마시며 남은 말을 이었다.

"늑대를 살려두면 후환이 될 것이다. 화의군은 반드시 이번에 제거해야 한다. 결코 살려두어서는 아니 된다."

날카로운 눈빛으로 돌변한 계양군이 신자형을 노려보았다. 핏발이 곤두선 그의 눈동자에 그만 신자형은 돌처럼 단단히 굳었다. 잔에 술을 따르던 초요갱의 손이 가늘게 떨렸다. 머릿속이 하얗게 변하여 그 어떤 생각도 들지 않았다. 그저 술병을 떨어뜨리면 안 된다는 생각밖에는.

그 후로도 살이 떨릴 만큼 무서운 이야기가 오갔지만 아무것도 초요갱의 귀에는 들리지 않았다. 화의군이 누구인가? 자신이 가장 힘들고 어려울 때 위험을 감수하고 도와주었고, 그 때문에 한때 모든 것을 잃었던 사람이다.

'살려야 한다. 화의군 나리만은 살려야 해!'

신자형에게 향했던 계양군의 눈길이 초요갱에게 옮겨졌다. 하지만 그녀는 그의 시선을 눈치채지 못했다.

"뭐 하는 것이냐? 술잔이 비었는데."

"송, 송구하옵니다, 나리!"

그제야 정신이 돌아온 초요갱이 당황하여 말을 더듬었다. 은밀한 이야기가 끝나고 신자형이 먼저 기방을 빠져나갔다. 방 안에 둘만 있게 되자 계양군은 남아 있던 술을 마저 비우고 말했다.

"사내들은 말이다. 원하는 것을 차지하기 위해 서로를 죽여야 될 때가 반드시 오기 마련이다. 그것이 재물이든 계집이든 말이다. 화의군을 멀리하거라. 내가 너에게 하는 마지막 부탁이니라."

그동안 기방에서 몰래 화의군을 만난 것을 모두 알고 있다는 어투였다. 초요갱은 덜컥 겁이 났다. 이것은 그냥 내뱉은 말이 아니라 충고이고 경고였다. 그녀는 두려운 마음을 애써 감추고 계양군을 향해 고개를 숙였다.

"사내들이야 어느 기방에 가서든 회포를 푸는 것이니, 오시는 손님을 그저 돌려보내지 않았을 뿐이옵니다. 다음부터는 받지 않겠나이다."

초요갱은 놀란 가슴을 쓸어내리며 차분하게 말을 건넸다. 그녀의 말을 곱씹으며 술잔을 기울이던 계양군이 술상을 옆으로 치웠다. 그의 시선이 초요갱의 모든 것을 훑었다.

"내 허락 없이 함부로 울지도 웃지도 마라! 나는 네가 다른 사내들에게 웃는 것이 너무나 싫다."

계양군은 천천히 초요갱의 입술로 가까이 다가갔다. 그녀가 잠시 뒤로 물러서는 듯하더니 이내 눈을 감았다. 마음에도 없는 몸을 던지는 것이 기녀 팔자라는 것을 그 누구보다도 잘 알았다. 하지만 계양군에게만큼은 마음이든 몸이든 그 무엇이든 주고 싶지 않았다.

초요갱의 붉디붉은 입술을 모두 삼키고 말 것처럼 기나긴 입맞춤이었다. 계양군의 손은 어느새 그녀의 저고리 고름을 풀었다. 곧 떨어질 듯 위태로운 꽃잎을 쓰다듬는 것처럼 조심조심

속저고리를 벗겼다. 백옥같이 하얀 살갗이 금세 촛불 사이로 드
러났다. 계양군은 초요갱을 돌려 앉혔다. 얼마 전 화살을 맞은
어깻죽지가 드러나 있었다. 계양군은 어깨에 나 있는 상처를 어
루만지더니 이내 입술을 가져다 대었다.

"많이 아팠을 터인데. 살아주어 고맙구나!"

계양군은 초요갱의 등을 세차게 껴안았다. 그녀는 짧은 탄성
을 내뱉었다. 계양군은 옆에 펴놓은 이불 위에다 조심스레 초
요갱을 눕혔다. 촛불의 심지가 점점 약해지더니 스르르 꺼졌다.
불이 꺼져 있음에도 그녀는 눈이 부실 만큼 고왔다. 뚫어지게
초요갱을 바라보던 계양군이 불현듯 풀어 헤친 옷섶을 다시 여
미었다.

"내 오늘은 너를 품지 않을 것이다."

갑작스러운 계양군의 행동에 초요갱은 적잖게 당황했다. 오
늘 밤이 복수를 할 수 있는 좋은 기회였기에 더더욱 당혹스러웠
다. 초요갱은 상반신을 일으켜 앉았다. 그 순간 그녀의 목에서
작은 쇳조각이 부딪치는 소리가 들렸다. 그것은 은으로 만든 가
락지였다. 평원대군과 하나씩 나눠 낀 가락지. 계양군이 갑작스
레 찾아오는 바람에 초요갱은 깜빡하고 목에 걸고 있는 가락지
를 빼놓지 않았던 것이다.

"송구하옵니다."

초요갱은 저도 모르게 고개를 돌렸다. 계양군은 자리에서 일
어나 걸음을 옮겼다. 그런 그의 뒷모습에는 여인을 향한 원망이
짙게 배어 있었다.

"예전에는 너의 몸뚱이라도 가질 생각이었다. 하나 지금은 아니다. 내 초요갱, 너의 마음 없이는 결코 품지 않을 것이다."

의관을 차려입은 계양군은 일어서서 뒤도 돌아보지 않고 방을 나갔다. 그가 나간 후 초요갱은 목에 걸려 있던 가락지를 손바닥에 얹었다. 가락지는 금세 하나의 꽃으로 피었다. 그 모습에 초요갱은 그만 소리 내어 울고 말았다.

'대군 나리…….'

그렇게 얼마나 앉아 있었을까. 동이 트는 그때, 초요갱의 머릿속에 얼굴 하나가 빠르게 지나갔다. 그녀는 서둘러 밖으로 나가 원탁을 찾았다. 잠에서 깬 원탁이 눈을 연신 비볐다.

"아씨, 이른 시각에 뭔 일이데유?"

초요갱은 서찰을 원탁에게 건넸다. 원탁은 그녀가 내미는 서찰을 두 손으로 곱게 받아 들었다. 초요갱은 불안한 마음이 고스란히 담긴 눈으로 원탁을 바라보았다. 그녀의 목소리는 그 어느 때보다 절박하고 간절했다.

"탁아! 이것은 누구에게도 보여주거나 들켜서는 아니 된다. 명심해야 한다. 이 길로 너는 좌의정 김종서 대감의 사가로 가거라. 가서 몸을 숨기고 있다가 화의군 나리를 보거든 이 서찰을 반드시 전해야 한다. 서찰이 발각되는 날에는 너와 나는 물론이고 많은 이가 목숨을 잃게 된다는 사실 또한 잊지 말아야 할 것이다. 어린 너에게 이런 일을 시켜 미안하지만, 너밖에 없구나!"

원탁은 초요갱의 명에 잠이 확 달아났다. 입안에 모인 침을 꿀꺽 삼키며 들고 있던 서찰을 서둘러 옷 속에 집어넣었다.

"아씨! 걱정 붙들어 매시고 쪼까 기둘려주시유. 이놈 목심을 걸고서라두, 반드시 화의군 나리께 전하겠구먼유."

원탁은 고개를 숙여 인사를 하고는 은밀히 기방을 빠져나가 날렵하게 저잣거리로 내달렸다. 이른 시간이라 그런지 아무도 없는 거리에는 간혹 관군 서너 명만이 짝을 지어 순찰을 돌고 있었다.

얼마나 시간이 흘렀을까? 햇살이 창호지에 스며들었다. 초요갱은 초조하고 불안하고 두려운 마음에 입술이 더욱 타들어갔다. 그녀가 지금 당장 할 수 있는 일이라고는 방 안을 서성이는 일뿐이었다. 두향은 그런 그녀의 모습을 보자 왠지 모를 불안감을 느꼈다.

오후가 되자 비가 오려는지 금빛이던 하늘에 검은 먹구름이 가득 찼다. 이윽고 밤이 되자 마른하늘에 번개가 쳤다. 사방이 환해졌다 다시 어둠 속으로 사라졌다. 뒤이어 들려온 천둥소리는 세상을 발칵 뒤집고도 남을 만큼 대단했다. 한두 방울 내리던 빗방울은 금세 굵은 빗줄기가 되었다. 기방 마당에는 오늘따라 손님은커녕 개미 새끼 한 마리도 보이지 않았다. 행랑아범은 기방 앞에 걸어놓은 홍등의 불을 일일이 꺼가며 거두어들였다. 기녀들은 제각기 방으로 들어가 창을 열고 마당에 몰아치는 비를 망연히 내다볼 뿐이었다.

'이제 곧 술시일 터인데, 탁이는 나리를 만난 것인가? 아니면

무슨 일이 생긴 것인가?'

초요갱은 팔을 쭉 펴서 처마 끝에서 떨어지는 빗방울을 손바닥 안에 담았다. 빗방울은 평소와 다르게 맑은 색깔이 아니라 탁한 붉은빛이었다. 아니 분명 핏빛이었다. 불길하고 불안한 마음은 차차 현실이 되어가고 있는 듯 보였다.

'크르르르 쿵!'

번개가 먼저 치고 천둥소리가 뒤따르던 방금 전과는 달리 천둥소리와 함께 번개가 내리꽂혔다. 초요갱은 꽤 오랫동안 번쩍이는 번개를 물끄러미 지켜보았다. 번개가 지나간 자리에 거대한 검은 구름 하나가 마치 붉은 피를 뿜듯 두 동강이 나 있었다. 그 구름이 있는 곳은 신기하게도 좌의정 김종서 대감의 사가가 있는 쪽이었다. 핏빛 빗방울은 그 후로도 쉬지 않고 세차게 내렸다. 온 세상을 모두 붉게 물들일 심사인 듯 보였다.

뒤바뀐 세상

원탁과 화의군 모두 돌아오지 않자 불안한 마음은 더욱 커져 갔다. 초요갱은 더 이상 앉아서 기다릴 수 없어 기방 대문을 나 서려 했다. 그녀는 당장이라도 뛰어가 자신의 두 눈으로 확인하 고 싶었다.

"자네, 어찌 이리 비를 맞고 서 있는 겐가?"

어둠 속에서 그리 마음을 졸이며 기다린 화의군의 목소리가 새어 나왔다. 뒤이어 원탁의 목소리가 들렸다. 원탁은 비를 꽤 나 맞아서인지 목청이 갈라져 있었다.

"아씨! 지가 쪼매 늦었지라. 송구하구만유."

원탁의 웃는 표정에 초요갱은 그만 눈물이 고였다. 그녀는 고 개를 흔들며 탁이를 꼭 껴안아주었다. 원탁은 부끄러움에 비시 시 웃으며 안으로 뛰어 들어갔다.

"저 아이가 나를 찾아 김종서 대감의 사저까지 왔더구나. 서찰에는 제생원 박명의 행방을 알고 있는 자가 나를 급히 찾았다고 쓰여 있던데, 그자는 지금 어디 있는 것이냐?"

화의군은 초요갱이 써준 서찰을 꼭 거머쥐었다.

"몰래 지켜보는 눈들이 있사오니, 우선 안으로 드시지요!"

초요갱은 한시라도 바삐 화의군을 좀 더 안전한 곳으로 피신시키고 싶었다. 화의군이 중간에 사라진 것을 계양군이 알기라도 한다면 가장 먼저 그녀를 의심할 터였다.

"아니다. 내 그자를 만나고 급히 좌의정 대감과 의논할 일이 있어서 가봐야 되느니라."

"아니 되십니다."

차분하던 방금 전과 달리 뭔가 조급해 보이는 초요갱이 화의군은 왠지 모르게 걱정되었다. 그녀는 화의군의 소매를 잡아당기며 서둘러 기방 안으로 들어섰다. 그러고는 마당을 구석구석까지 살펴 사람이 없음을 확인하고는 자운당 안으로 발걸음을 옮겼다.

"무슨 일이기에 이토록 초조한 것이냐?"

방 안으로 들어선 화의군은 문 앞에 서 있는 초요갱을 건너다보았다. 그녀는 그런 화의군의 눈길을 피하고자 들고 있던 하얀 비단 천을 내밀며 가까이 다가섰다.

"고뿔 드시옵니다. 먼저 몸부터 닦으시지요."

화의군은 도포와 갓이 비에 젖어 있다는 것을 미처 생각지 못했다. 그는 자신의 의복을 보기 위해 고개를 떨어뜨렸다. 의복에서 빗물이 떨어져 바닥에 물이 고여 있었다. 고인 빗물에 촛불이 반사되어 일렁였다. 그제야 그는 도포와 갓을 차례대로 벗고 건네받은 천으로 얼굴을 닦았다. 그사이 초요갱은 미리 준비해둔 다과상을 가까이 가져왔다.

"이리 오셔서 앉으시지요."

몸에 있는 물기를 다 털어낸 화의군은 다과상 가까이 앉았다. 군불로 데워진 따끈한 바닥에 앉아 이상야릇한 봉숭아 향까지 맡으니 그는 정신이 몽롱해졌다. 더욱이 세상에서 가장 아름다운 여인이 바로 앞에 앉아 시중을 들고 있으니, 천상 낙원이 따로 없었다.

"이것이 무엇이냐? 향이 아주 좋구나!"

찻잔을 건네받은 화의군은 올라오는 김에 코를 가져다 향을 맡았다. 갖은 한약이 한데 어울려 구수한 향이 났다. 향은 맡으면 맡을수록 마음이 편안해지는 것 같았다.

"인삼, 감초, 갈근, 대추, 배 등을 넣고 하루 동안 푹 끓인 차이옵니다. 고뿔에 좋다고 하니 식기 전에 어서 드시옵소서."

"아주 좋구나, 속이 따뜻해지는 것이."

화의군은 고개를 끄덕이며 한 모금 더 마셨다. 잔이 비는가 싶으면 초요갱은 서둘러 차를 채웠다. 차를 따르는 그녀의 손길은 매우 섬세하고 부드러웠다.

"나리! 이제 더는 그분의 죽음을 파헤치지 마시옵소서. 이것은 저의 간절한 부탁이옵니다."

"어찌, 대체……."

화의군은 손끝에 힘이 풀리는가 싶더니, 사방이 모두 빙글빙

글 돌았다. 심지어 앞에 앉아 있는 초요갱의 얼굴마저 서너 개로 겹쳐 보였다. 무슨 말이든 하고 싶었으나, 마음뿐이지 혀가 움직이지 않았다. 그녀의 목소리도 점점 울리면서 웅웅 울음을 토해내는 바람 소리 같았다. 하지만 초요갱은 이야기를 멈추지 않았다.

"무엇보다 이 천것에게 주신 귀하신 마음을 받잡지 못하여 송구하옵니다. 부디 살아남으시어 훗날을 도모하시옵소서."

초요갱은 일어나 화의군을 향해 곱게 절을 올렸다. 그녀의 눈동자에 눈물이 알알이 맺혔다. 마치 다시는 못 볼 사람 같았다.

"이년을 절대 용서치 마십시오. 제가 나리께 해드릴 수 있는 것은 여기까지옵니다."

화의군이 마신 차에는 말하지 않은 한약재 한 가지가 더 다량으로 들어가 있었다. 그것은 길초근으로 불면증에 효과가 있는 약재였다. 어렸을 때, 매일 밤 불안으로 쉽게 잠들지 못하는 어미를 위해 그녀가 뒷산에서 캐어 와 종종 달여준 것이었다.

"다래야! 큰일이 났당께. 퍼뜩 좀 나와봐야 쓰겄는디."

안에서 아무런 답이 없자 두향은 놀란 노루 새끼처럼 방 안으로 뛰어 들어왔다.

"오메! 화의군 나리 아니여?"

"밖에 무슨 일이라도 있는 것이야?"

화의군을 내려다보고 있던 두향은 눈길을 거두고 급히 초요갱을 바라보았다. 두향은 머리를 툭툭 때리며 숨이 넘어갈 정도로 급히 말했다.

"고것이 말이여, 마당에 관군이 쫙 허니 깔렸당께!"

초요갱과 두향은 바닥에 쭉 뻗어 있는 화의군을 서둘러 병풍 뒤 벽장 안으로 숨겼다. 곧이어 계양군의 호위 무사 령을 앞세운 관군이 자운당 안으로 들어섰다. 초요갱은 입고 있던 저고리와 겉치마를 벗고는 이불을 반쯤 덮었다. 관군들의 발소리는 점점 가까워졌다. 그녀는 마른침을 꿀꺽 삼켰다. 령은 방문을 부서져라 열었다. 놀란 듯 눈을 뜬 초요갱이 그런 령을 향해 엄히 꾸짖었다.

"한밤중에 이것이 무슨 짓이냐? 네 주인이 시킨 일이더냐? 아무리 기방이라 하여도 법도가 있는 법."

그럼에도 령의 눈동자는 전혀 흔들림이 없었다. 초요갱은 진노한 표정으로 일어나 벗어놓은 저고리를 걸쳤다. 관군들은 속곳 차림의 초요갱을 본 순간부터 침을 흘리며 넋이 빠져 있었다.

"뒤져라!"

령이 들고 있던 검을 높이 들자 얼빠진 관군이 하나둘 정신을 차리고 방 안으로 들어서려 했다. 초요갱은 더욱 큰 소리로 방 안에 들어서는 관군을 저지했다. 그녀 역시 절대로 물러서지 않을 기세였다.

"감히, 이곳이 어디라고! 내가 천한 기생이라 이리 막 대하는 것이냐?"

초요갱의 하얀 이마에 굵은 핏대가 솟아올랐다. 그녀의 호통에 관군이 멈칫했다. 보다 못한 령이 성큼 방 안으로 들어서서 휙 둘러보았다. 초요갱도 령의 눈길을 따라 방 안을 둘러보는

데, 찻상 위에 놓인 두 개의 잔이 눈에 들어왔다. 그녀는 상 쪽으로 몸을 다급히 움직이며 바닥에 쓰러졌다.

"어찌 이럴 수가 있단 말이냐, 어찌! 내가 이런 모진 꼴을 당하다니. 계양군 나리, 제게 이리하실 순 없사옵니다!"

초요갱은 자리에 주저앉아 대성통곡했다. 그러고는 몸을 재빨리 움직여 상 위에 있던 잔을 들어 문갑 속으로 집어넣었다.

"죽고 싶은 게야? 저년은 천것이다. 양반 댁 여인이 아니고. 정신들 차려! 뒤져라. 샅샅이 뒤져!"

령의 냉혹한 목소리는 밖에 내리치는 번개보다 더욱 크게 방 안을 울렸다. 바짝 긴장한 관군이 초요갱의 방을 모조리 뒤졌다. 령의 손이 병풍으로 갈수록 초요갱과 두향의 애간장은 더욱 타들어갔다. 령은 병풍을 거뒀다. 그러나 생각과 달리 병풍 뒤에는 아무것도 없었다. 령은 병풍 뒤까지 확인하고서야 검을 높이 들어 관군의 행동을 멈추게 했다.

"가자!"

관군에게 가자는 말을 남기고 돌아서는 령의 귀에 두향이 내뱉는 안도의 숨소리가 들려왔다. 령은 발걸음을 멈췄다. 그러고는 다시 병풍이 있던 곳으로 다가섰다. 이제는 정말 들키는 일 밖에는 아무것도 할 수 없게 되었다. 령은 칼등으로 벽면을 두드렸다. 벽면 가장자리의 둔탁한 소리와 달리 중간쯤으로 갈수록 가벼운 소리가 들렸다. 분명 빈 공간이 있었다. 령의 입가에 조용한 웃음이 흘렀다. 초요갱은 그만 고개를 아래로 떨어뜨렸다. 령은 검을 높게 치켜들었다. 촛불이 령의 칼끝에 스며들어 번쩍였다.

"얍!"

칼날이 막 벽면을 향해 내려오던 그때, 어디선가 부채 하나가
날아와 검을 막았다. 둔탁한 소리와 함께 부채가 바닥으로 떨어
졌다.

"뭣들 하는 것이냐? 당장 나가지 못할까! 네놈들이 정녕 죽고
싶은 것이야? 모가지를 모조리 따고 말 것이다."

"나리!"

계양군의 얼굴이 불꽃에 이리저리 흔들렸다. 그는 화난 맹수
의 눈빛으로 령을 죽일 듯 노려보았다. 령은 그에게 다가가 고
개를 숙였다. 계양군은 령의 머리를 향해 주먹을 힘껏 날렸다.
령은 그의 일격을 받아내고 곧 중심을 잡았다.

"그것이 아니오라. 분명 저곳에……."

령의 말이 채 끝나기도 전에 계양군의 주먹이 그의 뺨을 향해
날아왔다. 령의 입술에는 금세 핏방울이 맺혔다.

"시끄럽다. 꼴도 보기 싫으니 당장 나가!"

입술에 흐르는 피를 닦으며 령은 고개를 숙여 예를 갖추고 밖
으로 나갔다. 어느 정도 주변이 조용해지자 계양군은 엉망진창
으로 변해버린 방 안을 둘러보았다. 그러고는 주저앉아 있는 그
녀를 좀 더 가까이 보기 위해 무릎을 꿇었다. 초요갱의 얼굴은
눈물로 범벅이 되어 있었다.

"괜찮은 것이냐? 미안하구나."

계양군은 초요갱의 얼굴을 두 손으로 감쌌다. 그녀는 곧 계양

군의 품에 쓰러지듯이 안겼다. 그는 미안함에 어쩔 줄 몰라 그저 초요갱의 어깨를 토닥이며 쓰다듬었다.

"이년의 속곳까지 모두 벗어 보여야 믿어주시겠사옵니까?"

"아니다. 어찌 그런 말을 하는 것이야. 내가 미안하대도. 오늘밤이 지나면 모두 괜찮아질 것이다."

품 안에 안겨 있던 그녀를 떼어 내며 계양군은 웃음을 보였다. 계양군은 곧 일을 마치고 다시 돌아올 것이라며 속히 자리를 떴다. 멀어져가는 그와 그의 군사들을 보며 초요갱은 그제야 한숨을 길게 내쉬었다. 멈출 것 같지 않던 폭풍은 어느 틈에 자취를 감추고 그 자리에는 보름달이 떠 있었다. 피비린내 묻어 있는 바람이 헝클어진 그녀의 머리카락을 스쳐 지났다.

도성 밖, 외딴 주막에서 정신을 차린 화의군은 마치 어젯밤의 일이 모두 꿈인 것만 같았다. 떠올리려 하면 할수록 두통이 몰려왔다. 자리를 털고 일어나 갓을 낚아채듯 들고는 도성으로 발걸음을 옮겼다. 초요갱을 만나야만 했다. 듣고 싶은 이야기가 많았다. 성문에 도착한 화의군이 막 발걸음을 떼려는 순간, 뒤에서 누군가 그의 어깨를 잡았다. 그는 바로 화의군의 벗인 김우열이었다. 김우열의 입에서는 믿지 못할 이야기들이 폭포처럼 끊임없이 쏟아졌다. 그가 정신을 잃은 사이, 수양대군의 모반으로 많은 충신과 종친이 목숨을 잃었고, 형제들이 귀양길에 올랐다는 것이다. 어젯밤 만나기로 한 좌의정 김종서 대감마저 수양대군의 부하가 휘두른 철퇴에 목숨을 잃었다는 말을 듣고는 화의군의 분노가 폭발했다. 화의군은 초요갱 덕분에 목숨을 건졌으나, 결코 믿고 싶지 않은 이야기들은 그를 절망의 늪에 빠뜨렸다. 하루아침에 세상이 모두 뒤바뀌어버린 것이다. 눈물이 절로 흘렀다. 가만히 있어도 그냥 하염없이 흘러내렸다. 어떻게든 어린 왕을 지키기 위해 노력했건만, 모두 수포로 돌아가고 말았다.

정권을 잡은 수양대군은 계양군을 앞세워 정적들을 하나씩 제거하기 시작했다. 일단 승지 최항을 시켜 공석인 자리에 새로운 관리를 임명하는 것을 어린 왕에게 허락받도록 했다. 어린 왕은 그 어떤 말도 하지 못하고 그저 그들이 가지고 오는 모든 문서에 옥새를 찍고 교지를 내렸다. 조정의 중요한 벼슬자리는 곧 수양대군의 사람들로 채워졌다. 무엇보다 수양대군 자신은 영의정과 이조, 병조 판서도 부족해 경연의 영사까지 겸했다. 정권과 군권을 한꺼번에 거머쥔 것이다. 수양대군의 최측근인 계양군의 위상도 덩달아 높아졌다. 이제 계양군 앞에서 납작 엎드리지 않을 수 있는 자는 극히 적었다.

밝혀지는 비밀

화의군은 졸지에 몸을 숨겨야 하는 신세가 되었다. 계양군은 화의군을 끝까지 잡아 죽일 생각으로 많은 군사를 풀어 그의 행선지를 추적했다. 화의군은 단 한 번만이라도 초요갱을 만나고 싶었지만 여의치 않았다. 도성 안은 수양대군 일파의 세상이라는 소문이 나돌고 있었기에 그 최측근인 계양군의 여인 초요갱을 함부로 만날 수는 없는 일이었다. 계양군은 무소불위에 가까운 권력으로 초요갱이 원하는 모든 것을 다 해주었다. 하지만 그녀는 새장 속에 갇힌 새처럼 답답하기만 할 뿐, 행복하지 않았다. 계양군은 초요갱의 웃음을 되찾아주기 위해 고민을 거듭하다 장악원 여악 행수 자리를 내주어 그녀가 다시 춤을 출 수 있도록 했다. 하나 그녀에게는 그마저도 아무런 의미가 없었다.

"오랜만에 너의 춤사위를 보는구나!"

누각 기둥 사이로 보일 듯 말 듯, 초요갱의 춤사위는 내리쬐는 빛만큼이나 눈부셨다. 그녀의 춤사위는 조선 팔도에서는 찾아볼 수 없을 만큼 짙고 깊었다. 초요갱은 사뿐히 내려앉아 계양군을 향해 절을 올렸다.

"미리 연통이라도 주셨으면 준비하고 있었을 터인데, 송구하옵니다."

계양군은 땀방울이 송골송골 맺힌 채 앉아 있는 초요갱을 한동안 바라보았다. 그는 요즘 처리해야 하는 일이 많아 그녀를 홀로 놔둔 것이 못내 미안했다.

"나는 네가 아주 많이 보고 싶었다. 한데 너는 내가 보고 싶지 않았나 보구나."

초요갱의 메마른 표정을 보며 계양군은 내심 섭섭했다. 뭔지 모르게 채워지지 않는 그녀의 빈자리가 계양군은 내내 신경 쓰였다. 다른 계집들처럼 착 달라붙어 재물을 요구했다면 차라리 마음이 편했을지도 모른다고 생각했다.

몇 번의 피바람이 도성 안을 훑고 지나갔다. 형제들을 제 손으로 베어야 하는 계양군의 마음 또한 그리 편치만은 않았다. 부질없이 갈팡질팡하는 마음을 어디 둘 데가 없어 초요갱에게라도 의지하고 싶었다.

"힘이 드십니까? 아니면 아프신 것이옵니까?"

계양군은 초요갱의 말에 희미하게 웃어 보이더니 술잔을 들어 입술을 축였다. 가득했던 술상의 술과 안주가 비어갈 무렵, 무슨 생각에 잠겨서인지 그의 눈언저리가 서산 너머 지는 노을만큼이나 붉게 물들었다.

"오늘따라 평원 형님이 뵙고 싶구나. 환한 웃음에 나와는 다른 선한 눈매."

초요갱은 계양군의 입에서 사랑하는 지아비의 이야기가 나오자 뜨거운 뭔가가 치받쳐 올라왔다. 당장이라도 그 더러운 입으로 고매한 분을 부르지 말라고 소리라도 치고 싶은 심정이었다.

"어린 시절 부왕께 혼쭐날 일이 생기면 형님이 항상 방패가 되어주었지. 그런 형님에 대한 열등감에 사로잡혀 죽이고 싶을 만큼 미웠던 때도 있었다. 초요갱이라는 여인 때문에 죽이고자 마음먹었던 때도 있었지. 하나 미워했던 만큼 어쩌면 평원 형님을 닮고 싶었는지도 모른다. 그리 허망하게 세상을 떠나시다니……."

계양군은 한숨을 길게 내쉬었다.

'네놈이 죽였잖아! 네, 네놈이, 네놈이 죽였어!'

초요갱은 그런 계양군을 쏘아보며 입술을 꽉 깨물었다.

"내가 취하긴 취했구나! 너에게 헛소리를 다 하고 말이다. 요갱아! 사내란 말이다, 마음에 품지 않은 계집은 결코 거칠게 다루지 않는 법이다. 혹시 나 때문에 마음이 다쳤다면 미안하구나."

계양군은 초요갱의 손목을 잡고 품 안으로 끌어안았다. 그의 심장 소리가 그녀의 심장으로 들어왔다. 초요갱은 설명할 길이 없는 이상한 느낌을 떨쳐버리기 위해 고개를 흔들었다.

한양의 안팎은 온통 피바람이 몰아쳐 하루도 조용한 날이 없었다. 춘향각은 그 어느 곳에서도 위로받을 수 없는 사내들로 넘쳐났다. 조선의 대소사는 궐이 아니라 기방에서 나온다 해도 틀린 말이 아닐 정도로 많은 이들이 오갔다. 그중에서도 가장 중심이 되고 있는 이야기는 며칠 전에 금성대군 사저에서 있었던 무사들의 활쏘기 경연회였다. 계양군은 이번에야말로 금성대군과 화의군을 몰아낼 수 있는 절호의 기회라 생각하여 불시에 급습하였으나 화의군은 이미 도망간 뒤였다. 계양군은 도망친 화의군을 잡기 위해 도성 안에 있는 모든 군사를 풀어 검문 검색을 삼엄하게 했다.

술을 따르던 초요갱의 손이 잠깐 멈추었다. 아직 무사하다는 소문에 불안했던 마음이 조금은 놓였다. 손님들의 이야기가 멈추자 초요갱은 가야금을 뜯었다. 서글프지만 아름다운 음률에 술자리의 흥은 더욱 깊어만 갔다.

"아씨!"

마당으로 들어선 행랑아범이 초요갱을 찾았다. 초요갱은 잠시 술자리에서 물러나 행랑아범에게 귀를 가져다 대었다. 듣고 있는 동안 그녀의 표정은 점차 어두워졌다.

그로부터 두어 식경이 지나고 기방 안이 좀 조용해지자 초요갱은 서둘러 자운당 안으로 발걸음을 했다. 그녀는 몇 번이나 주위를 살피며 안으로 들어섰다. 달마저도 자취를 감춰버린 밤은 그림자들이 움직이기에는 딱 좋은 시간이었다.

"자알 계시었당가?"

앞도 보이지 않을 만큼 어두운 방에서 음침한 목소리가 새어나왔다. 초요갱은 그림자와 대면하기 위해 마음을 진정시켰으나, 목소리 하나만으로도 가슴이 쿵쿵쿵 뛰었다. 그녀는 촛불을 켜기 위해 등잔 곁으로 다가섰다.

"켜들 말더라구."

그림자는 손을 들어 등잔에 불을 붙이려는 초요갱을 말렸다. 어느 정도 어둠이 익숙해지자 앞에 앉아 있는 그림자의 얼굴이 들어왔다. 그림자는 다름 아닌 안계담이었다.

"우째 5만 냥은……."

안계담을 노려보는 초요갱의 눈은 살기로 번뜩였다.

"네놈과의 거래는 없었던 것으로 하마! 나에게는 그 무엇도 이제는 중요치 않다. 지금 자운당 안에는 의금부도사와 그 일행이 와 있다. 내가 소리라도 지르면 네놈은 이곳에서 살아 나가지 못할 것이다. 그러니 썩 물러가라!"

초요갱의 날카로운 목소리가 메아리가 되어 다시금 안계담의 두 귀에 내리꽂혔다. 그녀의 말을 가만히 듣고 있던 안계담이 누런 이빨을 드러내며 웃음을 보였다. 마치 모든 것을 예견이라도 한 듯했다. 초요갱은 그런 안계담을 뒤로하고 방문을 벌컥 열었다. 그녀가 방문 너머로 소리를 막 지르려던 그때였다.

"어이, 보드라고! 이러니깐 계집은 믿을 만한 것이 못 된당께. 요것이 무엇인지 알랑가?"

소매 사이로 무언가를 꺼내 들고는 살짝살짝 앞뒤로 흔들었다. 초요갱은 자세히 살피기 위해 눈을 게슴츠레 떴다. 그녀의 눈동자에 눈물이 차올랐다. 그것은 다름 아닌 그녀가 그토록 찾았던 바로 그 댕기였다. 부모님이 남겨준 유일한 유품, 홍문이 죽는 순간까지 찾던 물건이다. 무엇 때문에 죽는 그 순간까지도 댕기를 찾았을까. 저것이 무엇이라고. 댕기라도 찾아 억울하게 죽은 홍문을 위로하고 싶었다. 그녀는 조용히 몸을 돌려 문갑을 열었다. 문갑이 열리는 소리 역시 초요갱의 몸놀림처럼 나지막하게 들렸다.

"5만 냥은 족히 되고도 남을 것이다. 댕기를 어서 넘기거라!"

문갑에서 막 꺼내 든 궤짝을 안계담에게 내밀었다. 궤짝의 묵직함만큼이나 속에는 엄청난 양의 금덩이가 들어 있었다. 안계담은 금덩이를 보자 입꼬리가 눈에 띄게 올라갔다. 그가 궤짝을 자신 쪽으로 가까이 하려 하자 초요갱은 서둘러 뚜껑을 닫았다.

"어서 넘기래두!"

안계담은 댕기를 건네는 척하다가 초요갱의 손에 닿으려는 순간 재빨리 다시 빼내어 흔들어 보였다.

"나가 요것을 그냥은 못 주제잉. 요 물건이 알믄 알수록 요상허단 말이여. ㅎㅎㅎ."

초요갱은 자기 앞에서 계속해서 딴청을 피우는 안계담을 더 이상 지켜볼 수 없었다. 그녀는 어금니를 꽉 깨물었다.

"나를 계속해서 욕보인다면 더 이상은 참지 않을 것이다. 이곳에 들어올 때는 마음대로 들어왔겠지만 나갈 때는 네놈 마음대로 되지 않을 것이다. 네놈의 명줄을 끊고 댕기를 가져오면 그만이니라."

조금 열려 있던 방문을 초요갱은 활짝 열어젖혔다.

"거기 있으면 들어오너라!"

부름이 끝나기도 전에 초요갱이 미리 불러놓은 기방 호위 무사가 바람처럼 방 안으로 스며들었다. 그는 초요갱에게 고개를 가볍게 숙이고는 검을 뽑아 안계담의 목에 가져다 댔다.

"거참! 성질머리 한번 징글허게 급하당께. 잘 보드란 말여. 이 댕기는 그 짝이 찾는 진짜 댕기가 아니란 말여. 나가 죽으면 댕기를 영영 못 찾는당께. 그카고 아는 동, 모르는 동 몰겠지만, 댕기 안에 중요한 서찰이 들어 있었당께. 긍께, 이 칼 좀 물려보드란 말여."

안계담은 초요갱을 향해 눈을 찡긋 감았다.

'서찰?'

댕기 안에 서찰이 들어 있다는 안계담의 말에 초요갱은 깜짝 놀랐다. 비로소 홍문이 죽어가면서도 댕기를 찾은 이유가 조금은 이해되었다. 도대체 어떤 서찰이 들어 있기에. 초요갱은 선택의 여지가 없었다. 그녀는 손을 들어 무사에게 나갈 것을 명했다. 무사가 방을 나가자 그제야 안계담은 들고 있던 가짜 댕기를 초요갱에게 던졌다. 그녀는 댕기를 확인하기 위해 이리저리 돌려 보았다. 색깔은 분명 맞으나, 있어야 할 하얀 금낭화는 보이지 않았다.

"오메, 나가 명줄은 지랄 맞게도 길당께. 흐흐흐."

안계담은 칼끝에 짓눌린 목을 쓱 쓰다듬었다.

"원하는 것이 무엇이냐?"

지금까지 내내 차분하게 말을 내뱉던 초요갱의 목소리가 조금씩 떨렸다. 안계담은 드디어 올 것이 왔다며 눈을 희번덕거렸다.

"댕기는 잘 있응께 걱정허덜 말드라고. 헌디 서찰 값으로다 5만 냥은 더 내놔야 쓰겄는디. 우쩨? 거래를 할랑가?"

"네놈이 내 댕기를 가지고 있는지 없는지 어찌 알 수 있단 말이냐?"

초요갱의 말을 가만히 듣던 안계담은 자신의 머리를 두어 번 툭툭 내리치며 입을 크게 벌렸다.

"아! 그려, 맞어, 맞구마이! 나가 고것까즘 생각치 못혔어야. 근디 댕기에 하얀 금낭화가 곱게 피어 있더만. 금낭화에 피가 스며들어 쪼까 벌겋게 물들긴 혔어도 말여. 그날 밤, 나가 바닥에 떨어진 것을 주었당께."

그날 밤이라면 홍문이 죽던 밤이다. 무엇보다 안계담이 말하는 댕기는 분명 자신 것임에 틀림없었다. 서늘한 바람 한 줄기가 그녀의 가슴속으로 파고들었다. 안계담은 그 어떤 말도 선뜻 내뱉지 못하는 초요갱을 바라보며 입에 고인 침을 삼켰다.

"나가 고때 쫓기는 바람에 야기는 못 혔는디, 지금부터 허벌나게 해볼 탱께. 나가 요놈의 요상헌 물건 땜시 목이 몇 번 달아날 뻔도 혔고, 또 엄청난 사실도 알아 왔제이."

안계담은 손으로 날을 세워 목을 긋는 시늉을 했다. 그것을 보고 초요갱은 뭔가 결심한 듯 아랫입술을 지그시 깨물었다.

"한 톨이라도 거짓이 있다면 내 너를 용서치 않을 것이야."

"흐흐흐. 암요! 암요! 어디 여부가 있겠능가?"

당찬 초요갱의 말투에 안계담은 연신 웃음을 내보였다. 그는 방금 전보다 날카롭고 또렷한 눈빛으로 은밀하게 말을 내뱉었다.

"나가 살라고 여기 왔제, 죽을라고 온 것은 아녀! 네년은 본디 함길도 포도청 포도대장이었던 윤상필의 여식이여. 양반이었단 말여. 헌디 고때 막 새로 부임한 신임 관찰사 김판돌이라는 자가 네년의 어미한티 뻑 허니 눈깔이 뒤집혔단 말이여."

"김판돌이라면……."

초요갱의 말에 안계담은 무릎을 찰싹 치며 고개를 끄덕였다. 그녀는 이야기를 마저 듣기 위해 온 신경을 곤두세웠다.

"그려, 맞어, 맞구마이! 눈깔을 뒤집히게 혔던 계집을 빼앗을라꼬 네년의 아비에게 없는 죄를 덮어씌워 죽이고는 계집은 노비로 맹글어서리 델꼬 갈라코 혔지. 헌디 고년이 냅다 도망가버렸다, 고 말씸이다, 요것이여."

어린 시절 아버지에 대해 한 번씩 물을 때마다 슬퍼 보이던 어미의 눈동자가 갑작스레 떠올랐다. 혹여 딸이 위험해질까봐 한 번도 아버지에 대해 입에 올리지 않았다. 그것도 모르고 어린 시절의 초요갱은 어미를 원망했다. 안계담은 잠깐 숨을 돌리기 위해 멈추었던 말을 다시 시작했다.

"고다음부텀 나가 말 안 혀도 알 것이고, 네년의 어미가 내원암에서 목심을 잃던 날은 나도 그곳에 있었당께. 근디 나 말고도 또 한 놈이 더 있었어야. 참말로 기맥히게 재미난 것은 말여, 지금부텀이다 고 말씸이여. 요까즉이 3만 냥짜리 야기이고, 인자부텀 7만 냥짜리 야기잉께 귓구녕 활짝이 열어놓고 나가 하는 야기를 잘 들으랑께."

방 안의 공기는 점차 무거워져만 갔다. 초요갱 또한 시간이 지날수록 뭔가가 가슴을 묵직하게 눌러오는 것 같았다. 마치 돌덩어리라도 얹힌 느낌이었다.

　"헛소리 집어치우고 댕기는 어디 있는 것이냐?"

　지금까지 차분하던 초요갱의 목소리가 눈에 띌 만큼 불안정하고 날카로워졌다. 그녀는 알 수 없는 불안함으로 입술이 바짝바짝 타들어갔다. 안계담은 그럴수록 뜸을 들였다. 홍조를 띤 그녀의 얼굴이 더욱 아름답게 보였다. 여인의 향을 더욱 깊게 빨아들일 요량으로 안계담은 숨을 크게 들이마셨다.

　"아따, 참말로 똥줄이 타긴 타는갑네잉. 나가 그것을 캐고 댕기느라 올매나 고상을 혔는디."

　안계담은 그녀의 앞에 놓여 있던 궤짝을 움켜쥐었다. 그 어떤 것에도 담담해지자며 그렇게 스스로 마음을 다잡았건만 이렇게 한꺼번에 와르르 무너질 줄, 초요갱은 미처 몰랐다. 믿을 수 없는, 아니 믿고 싶지 않은 진실 앞에서 복받쳐 올라오는 서러움과 분노에 그녀는 치가 떨렸다. 멍하니 자리에 넋을 잃고 앉아 있는 초요갱을 보며 안계담은 히죽거렸다. 그는 궤짝의 뚜껑을 열어 금괴를 이리저리 쓰다듬고는 자리에서 천천히 일어났다. 안계담이 막 방문을 열려는 그때였다.

　"5만 냥은 내일 신시까지 준비할 터이니, 댕기가 어디에 있는지 말하여라!"

　문고리를 잡고 서 있는 안계담의 얼굴에 웃음기가 돌았다. 웃음을 들키지 않기 위해 그는 어금니를 한차례 질끈 깨물고는 천천히 입술을 떼었다.

"지난번 갓바치가 뒈졌던 창고, 기억은 나는가? 내일 그 창고에서 투전판이 크게 열릴 것이여. 투전꾼 중에 한득이라는 자를 찾으랑께. 코 옆에 주먹만 한 점이 있어 쉽게 눈에 띌 것이여. 나가 그 작자한티 빚진 것이 좀 있어서 댕기를 맡겨놨당께. 반드시 신시까즉이여. 그때까즉 5만 냥이 준비가 되지 않으면 댕기는 영영 찾지 못할 것이여. 그카고 그때 찾아댕겼단 박명이라는 의관은 말이여, 벌썸 누군가한티 칼 맞고 뒈졌다고 하더라고. 그라믄 나는 인자 진짜 간당께."

안계담이 문고리를 잡아당겼다. 어느새 밖은 어둠이 더욱 짙어 있었다. 초요갱은 서찰의 어떤 내용이 그토록 많은 사람들을 죽였으며, 단란했던 한 가족의 삶을 송두리째 망가뜨렸는지 알고 싶었다. 아니 반드시 알아야만 했다.

안계담은 성문이 닫히기 전 도성 밖으로 나가기 위해 서둘러 걸음을 옮겼다. 오늘 밤 안에 떠나지 못하면 어느 쪽이 되었든 죽이러 올 수 있다는 생각에 그의 발걸음은 더욱 빨라졌다. 성문을 빠져나가 막 숲길로 들어서려는 안계담의 앞에 화살 하나가 날아와 박혔다. 그는 검을 뽑아 들고서는 어둠 속으로 스며들었다.

"누구당가?"

안계담은 자신의 뒤를 바짝 따라온 그림자의 목에 칼을 가져다 대었다. 그림자는 그의 칼날을 밀쳐냄과 동시에 등 뒤에 꽂고 있던 검을 뽑아 들었다. 안계담 역시 들고 있던 칼자루를 더욱 세게 틀어쥐었다. 누가 먼저라 할 것도 없이 고함을 지르고 서로를 향해 무자비하게 달려들었다. 부딪는 검에서 불똥이 튀어 올랐다. 하지만 제아무리 검을 잘 다루기로, 안계담의 칼날을 막기에는 역부족이었다.

"이얍!"

안계담은 온 힘을 모아 그림자의 복부를 향해 돌진했다. 미처 피하지 못한 그림자의 옆구리에 검이 꽂혔다. 그림자의 입에서는 검붉은 피가 계속해서 터져 나왔다. 피를 꿀꺽꿀꺽 삼키며 곧 숨이 넘어갈 듯 보였다.

"퍼득 말해보랑께. 대체 언 놈이여?"

피를 머금고 있던 그림자는 컥컥거리며 알아듣지 못할 말을 서너 번 내뱉고는 고개가 아래로 꺾였다. 안계담은 불안한 마음을 뒤로하고 서둘러 궤짝을 챙겨 뛰다시피 걸음을 빨리했다.

그러나 안계담은 몇 발자국 앞으로 가지 못하고 멈춰 섰다. 검을 빼 든 령이 떡하니 길을 막아섰기 때문이다.

"어허! 나가 네놈인 줄 진즉에 알고 있었당께."

안계담은 이마에 맺힌 식은땀을 털어내며 누런 이를 보였다.

"못 보고 가는가 싶어서리 섭섭했던 참이었는디. 허허허."

궤짝을 옆으로 밀어놓은 안계담은 천천히 검을 쥐어틀었다. 칼끝에서는 방금 전에 맺힌 핏방울이 톡톡 떨어졌다. 서늘한 바람 한 줄기가 그들 사이를 훑어 내렸다. 어둠이 내려앉은 숲은 그야말로 정적 그 자체였다.

"요로코롬 서로 피를 봐서리 뭐시 하겠능가? 고짝에서 먼저 몇 푼 쥐여줬으믄 요런 불상사가 없었당께."

입을 굳게 다문 령이 하늘로 날아올라 안계담을 향해 검을 내리꽂았다. 안계담은 다행히 령의 검을 막았다. 그 힘이 어찌나 센지 어깨가 얼얼했다. 그들의 칼끝에서 불꽃이 일렁였다. 검을 다루는 령의 솜씨는 거의 신의 경지에 가까워 보였다. 아마 조선 팔도에서 가장 칼을 잘 쓴다 해도 과언이 아닐 것이다. 몇 번의 경합만으로 안계담은 점차 힘이 소진되어갔다. 그의 얼굴은 땀으로 범벅이 되었고 숨은 턱까지 차올랐다. 령은 그런 안계담에게 그 어떤 틈도 주지 않겠다며 칼을 치켜들었다. 안계담은 가까스로 검을 막아냈지만, 소매 속에 숨겨놓았던 령의 단검은 피하지는 못했다.

"윽!"

단검은 점점 안계담의 심장을 파고들었다. 심장이 고동칠 때마다 피가 뿜어져 나왔다. 기침을 하는 안계담의 입에서도 피가 터졌다.

"오메! 아프당께. 고마 찔러서야."

령은 자리에서 일어났다. 안계담은 바위에 몸을 겨우 기대고 나서는 힘겹게 한숨을 내뱉었다. 그의 눈동자는 이승이 아닌 저승에 머물러 있는 듯했다.

"댕기는 어디 있느냐?"

푸른 달처럼 차갑고 서늘한 령의 목소리가 숲 속을 훑어 내렸다. 식은땀 한 방울이 안계담의 이마에 흘렀다. 이마에 흐르던 땀이 볼을 적실 즈음이었다.

"혹여 계집에게 넘겼을 꺼라 생각했으믄, 걱정 붙들어 매랑께. 안즉 안 넘겼단 말여. 나가 쉽게 내놓을 인간이 아니랑께. 헌디 이러고 있을 시간이 별로 없으야. 잘못허믄 계집의 손에 들어갈 수도……."

령은 안계담의 말이 채 끝나기도 전에 칼날을 세워 다시 한 번 더 그의 가슴에 일직선으로 그었다. 안계담의 고개가 옆으로 힘없이 꺾였다. 그의 입에서 떨어진 피가 궤짝을 적셨다. 령은 안계담의 가슴에 꽂혀 있던 단검을 빼내었다. 검붉은 핏방울이 령의 얼굴에 튀었다. 령은 손등으로 피를 쓸어내렸다.

여인의 마음

　도성으로 돌아온 령은 계양군에게 그동안 있었던 일들을 보고했다. 그 누구보다도 믿고 싶었지만, 계양군은 어쩔 수 없이 초요갱에게 령을 붙였었다. 낮에는 햇살로 위장하고 밤에는 달빛으로 변장하여 령은 은밀히 초요갱 그녀만을 예의 주시했다. 천천히 톡톡거리던 계양군의 손이 경상을 힘껏 내리쳤다. 그의 인상은 심하게 구겨져 있었다.

　"알았으니, 계속해서 지켜봐라! 또 무엇이 있는지."

　허리를 곧추세워 예를 갖춘 령은 바람처럼 일어나 밖으로 빠져나갔다. 령이 머문 자리에는 미처 다 쫓아가지 못한 바람이 낮고 어지럽게 흔들렸다. 그동안 계양군은 초요갱을 위해서라면 어떤 일이든 마다하지 않았다. 심지어 주변의 다른 여인들을 찾아가 사내 체면을 구겨가면서 조언을 구하기까지 했었다. 형제들을 죽이면서까지 권력을 얻으려 했던 것도 따지고 보면 모두 한 여인 때문이었다. 적통의 왕손들보다 뭐든 잘해도 계양군은 결코 그들을 이길 수 없었다. 사랑하는 여인을 마음에 품는 것조차도 그의 몫이 아니었다.

"아직도 너의 마음속에 평원대군이 남아 있는 것이냐? 네 입으로 전생의 사람이라 하지 않았더냐? 어찌하여 너란 아이는 늘 나를 이리 초라하고 모질게 만드는 것이냐, 어찌하여!"

지금이라도 당장 달려가서 따지듯 묻고 싶은 말이었다. 그 누구도 듣지 못할 말들은 공중에서 흩어져 차갑게 흩날렸다. 초요갱의 말이라면 거짓이라도 전부 믿고 싶은 것이 계양군의 마음이었다. 자신이 참을 수 있는 한계가 어디까지인지 모르나 조금 더 초요갱을 지켜보기로 마음을 다잡았다.

그 시각, 초요갱은 안계담이 말한 시간이 가까워지자 마음이 불안했다. 늦지 않기 위해 서둘러 준비를 하고는 그 누구의 눈에도 띄지 않게 조용히 대문을 나섰다. 화려한 옷을 벗고 민촌의 여느 아낙과도 같은 모습으로 거리를 나섰지만, 숨긴다고 숨길 수 있는 아름다움이 아니었다.

창고 안은 여전히 쇠가죽을 물에 불릴 때 나는 비린내로 가득했다. 시간이 지난다고 사라지지 않을 역겨움이었다. 큰 투전판이 열린다 하여 엄청 시끄러울 것이라 짐작했던 것과는 달리 창고 안은 이상하리만큼 조용했다. 사람들, 아니 쥐새끼 한 마리조차 보이지 않았다. 심장이 쿵쾅거리며 요동했다. 초요갱은 사정없이 뛰는 심장을 진정시키려 가슴을 움켜쥐었다. 그녀는 서둘러 밖으로 뛰쳐나왔다. 때마침 소가죽을 어깨에 둘러메고 창고 안으로 들어서려던 노인과 마주쳤다.

"보시오!"

노인은 귀가 멀었는지 초요갱이 부르는 소리를 듣지 못하고 안으로 들어가려 했다.

"노인장!"

초요갱은 다시 한 번 더 노인을 부르며 그의 앞을 가로막았다. 그제야 노인은 고개를 들어 그녀를 바라보았다. 검게 그을린 노인의 얼굴에는 감당할 수 없을 만큼의 세월의 무게가 내려앉아 있었다.

"뉘시우?"

가래 섞인 걸걸한 노인의 목소리가 사방을 조용히 흔들었다. 노인은 두 눈을 껌뻑이며 초요갱을 쳐다보았다. 노인의 입에서는 이른 술 냄새가 시큰하게 올라왔다.

"다름이 아니오라, 한득이라는 자를 아십니까?"

"한득이? 한득이라면……."

초요갱의 물음에 노인은 선뜻 떠오르지 않는지 미간을 찌푸렸다. 그러자 노인의 얼굴에 있던 주름들이 더욱더 깊게 파였다. 그녀는 비단 주머니 속에서 엽전 서너 개를 꺼내어 노인의 손에 건넸다.

"코에 큰 점이 있는 한득이를 말하는 것이우?"

"예, 맞아요."

안계담이 말한 코에 주먹만 한 점이 있다는 자가 틀림없었다. 하지만 어찌 된 영문인지 노인의 눈동자가 조금 흔들렸다.

한참 입맛을 다시던 노인이 툭 말을 내뱉었다.

"한득이 그놈아, 엊저녁에 범사골 아래에 있는 저수지에 빠져 죽었다우. 밖에서 태어났다고 이름을 한득이라 지어줬더만, 뒈질 때도 밖에서. 아휴! 그놈아 팔자도 참 더럽지, 더러워. 그놈아 사는 곳이 여서 멀지 않으니 한번 가보쇼."

초요갱은 노인의 말에 간이 철렁하고 바닥으로 떨어지는 것만 같았다. 노인은 멍하니 서 있는 그녀를 한 번 더 훑어보고는 창고 안으로 들어섰다. 초요갱은 노인이 일러준 곳으로 걸음을 옮겼다. 가보았자 별수 없다는 것을 알고 있었지만, 걸음은 이미 자신의 의지와는 상관없이 움직였다.

그날의 아픔을 사관들은 이렇게 기록하고 있었다. '달이 떨어지고 사방이 컴컴해지자, 화살들이 어디선가 날아왔다'라고.

어린 왕은 내시를 불러 지존의 자리에서 물러난다는 뜻을 밝혔다. 비로소 경복궁 주인이 수양대군으로 바뀌게 된 것이다. 동시에 계양군의 위세는 그야말로 나는 새를 떨어뜨리고도 남게 되었다. 그도 그럴 것이 계양군은 수양대군이 왕위에 오르기 위해 먼저 제거하여야 할 대군과 군을 여러 가지 구실로 트집을 잡아 죽이거나 귀양을 보내는 데 앞장섰다. 수양대군의 입장에서는 가장 번거로운 일을 계양군이 해준 것이나 다름없었다.

계양군의 권세가 높아질수록 초요갱이라는 이름도 함께 세상을 떠들썩하게 했다. 그의 여인이라는 소문과 함께 뇌물 청탁에 벼슬을 구걸하는 자까지 나올 정도였으니, 기방의 곳간은 날이 갈수록 진귀한 재물로 넘쳐 났다.

초요갱은 술에 취한 계양군이 보교에 오르는 것을 물끄러미 바라보았다. 그를 태운 보교가 움직이자 령이 초요갱 곁으로 다가섰다. 령은 초요갱을 향해 가볍게 고개를 숙였다.

"허튼짓은 이제 그만하는 것이 좋을 것이오!"

입술을 굳게 다문 초요갱이 령을 노려보았다. 그러잖아도 령을 볼 때마다 죽이고 싶은 욕구가 목구멍으로 치받고 올라오는 것을 겨우 참아내고 있던 참이었다.

"네놈이 저지른 모든 악행이 곧 네놈의 심장을 노릴 것이다. 반드시 명심하여라!"

거칠게 말을 내뱉은 초요갱은 어금니를 꽉 깨물었다. 이 맞물리는 소리가 서늘하게 들렸다. 령은 그녀에게 희미한 웃음을 건네고는 보교를 따랐다.

그리고 며칠 후, 계양군으로부터 전갈이 왔다. 귀한 손님을 모시고 갈 테니 준비하라는 명이었다. 초요갱은 두향을 불렀다. 오늘 밤, 자신을 세상에서 가장 아름다운 여인으로 만들어달라고 했다. 그 말을 들을 때마다 무슨 일인가 일어났기에, 이상한 낌새를 눈치챈 두향이 이런저런 사정을 물어보았다. 그러나 그녀는 웃음만 흘릴 뿐이었다. 별을 따다 놓은들 어찌 저리 예쁠 수 있겠는가? 초요갱의 두 눈동자는 그 어느 때보다 반짝였다.

두향은 마치 여동생을 시집보내는 것처럼 곱게 화장을 시켰다. 요 며칠 전부터 부쩍 거칠어진 피부 결을 진정시키기 위해

녹두와 쌀을 곱게 다져 얼굴을 씻겼다. 그런 다음 수세미 즙을 짜서 얼굴 전체에 골고루 발라 촉촉하게 스며들게 하고, 버드 나무의 목탄 가루를 붓으로 곱게 찍어 눈썹을 그렸다. 홍화 꽃 잎을 빻아 미리 만들어놓은 한지를 입술로 천천히 깨물자 은은 한 다홍색 꽃이 피었다. 마지막으로 앞머리를 동백기름으로 단 정하게 다듬었다. 이름난 화원이 지금 막 그림을 그렸다고 한들 이렇게 아름답지는 못할 것이다.

"오메! 참말로 눈을 뗄 수가 없당께."

매번 초요갱의 화장을 도맡아 하는 두향이지만, 예전보다 성 숙함마저 물씬 풍기니 초요갱의 아름다움은 그야말로 물이 오 를 대로 올랐다. 옆에 놓여 있던 경대를 물끄러미 바라보던 눈 에서 눈물이 주르륵 흘러내렸다. 초요갱은 손을 들어 거울에 비 친 자신의 눈물을 닦았다. 그것은 마치 거울 반대편에 있는 여 인을 위로하기 위한 손놀림 같아 보였다.

"두향아, 고맙다! 한 번도 너에게 고맙다, 하고 말해본 적이 없는 것 같아. 나를 기녀가 아닌 벗으로 대해준 사람은 너밖에 없어."

뒤에서 가체를 마저 정리하던 두향은 고개를 쑥 빼내어 초요 갱을 물끄러미 보았다. 눈언저리가 벌겋게 변해 있는 그녀가 반 대편 거울에 비쳤다.

"워째, 이런당가? 참말로 뭔 일이 있는 것이여?"

초요갱은 조심스레 몸을 일으켜 건너편에 있는 서랍을 열었 다. 그러고는 두 손 안에 들어갈 수 있는 크기의 작은 함을 꺼내었다. 그녀는 두향이 쪽으로 함을 슬며시 밀었다.

"요것이 뭐다냐?"

함을 받아 든 두향은 뚜껑을 열어보았지만, 재물이 될 만한 것은 없었다. 뭔가가 적혀 있는 한지와 아주 오래된 댕기 하나가 전부였다. 초요갱은 한참을 말없이 댕기만 내려다보았다. 한득이를 만나러 갔던 그날, 자신의 의지와는 상관없이 노인이 가리키는 곳으로 발걸음을 옮겼다. 한득이가 살았다는 그곳에는 마당 중간에 둘둘 싸맨 시신 한 구만이 덩그렇게 놓여 있었다. 그녀는 두 손으로 입을 틀어막고 그곳을 급히 빠져나왔다. 넋을 잃은 채, 저잣거리로 향해 걷던 초요갱의 눈에 낯익은 댕기 하나가 들어왔다. 열 살이 채 안 돼 보이는 계집아이의 머리에 하얀 금낭화가 탐스럽게 피어 있는 것이 아닌가? 방금 전까지도 어두웠던 초요갱의 얼굴에 금낭화만큼이나 고운 미소가 번졌다.

초요갱은 마지막으로 자신의 목에 걸려 있던 가락지를 빼내어 댕기 위에 살포시 올려놓고 뚜껑을 닫았다.

"두향아! 혹여 내게 무슨 일이 생기면, 이것을 기방 뒤뜰에 있는 동백나무 아래 아무도 모르게 묻어줘. 부탁이야."

"싫여. 싫당께!"

두향은 고개를 내저었다. 오늘 필시 좋지 않은 일이 생길 것만 같은 불안감에 몸서리가 쳐졌다. 초요갱은 그런 두향의 손을 꼭 잡았다. 얼굴을 돌리고 있던 두향이 그녀를 바라보았다. 촉촉하게 젖어 있는 초요갱의 눈을 두향은 더 이상 외면하지 못했다.

밤이 되자 계양군은 자신을 도와 대업을 이룬 몇몇 벗과 함께 기방으로 발걸음을 했다. 뜻을 이룬 사내들의 호방한 웃음소리가 기녀들의 간드러지는 비음에 섞여 기방 담장을 넘고 도성의 성벽을 훑어 내렸다. 그들의 웃음은 충신들의 한 맺힌 울음소리였다.

"초요갱은 왜 이리 늦는 것이야?"

계양군은 눈이 빠져라 초요갱을 기다렸다. 마치 어린아이가 제 어미를 기다리는 것처럼.

"아리따운 꽃은 이미 와 있지 않사옵니까?"

기녀 옥부향의 실언에 사내들이 모두 웃음을 터뜨렸다.

"에끼! 봐주는 이가 없다면 어디 꽃이라 할 수 있겠는가."

"그럼, 이년은 꽃이 아니라는 말씀이옵니까?"

부향의 볼멘소리에 곁에 앉아 있던 양반이 그녀의 두 볼을 손으로 감쌌다.

"그럴 리가 있겠느냐? 내가 이리 봐주는데. 하하."

양반은 두 눈을 동그랗게 뜨며 퉁명스럽게 말을 내뱉었다. 그의 농담에 모두들 허허 웃으며 무릎을 쳐대느라 바빴다. 그렇게 술잔이 이쪽에서 저쪽으로, 저쪽에서 이쪽으로 두어 번 왔다 갔다 할 때쯤이었다.

"송구하옵니다. 이년이 많이 늦었사옵니다."

방문이 스르르 열리며 푸른 발이 위로 걷혔다. 술 취한 양반들과 기녀들의 시선이 앞으로 향했다. 천하제일의 명기답게 초요갱의 미색은 한껏 물이 올라 있었다. 양반들은 침을 흘리며 그녀를 바라보았고, 기녀들은 부러움과 투기 어린 눈으로 쳐다보았다.

뒤에 들어오던 두향은 초요갱이 자리에 앉자 가야금을 무릎 위에 올려주었다. 얇고 속이 비치는 붉은 저고리는 마치 벌거벗은 몸에 산천초목을 그려 놓은 것 같은 착각마저 불러일으켰다. 은은한 은색과 검은색이 야릇하게 조화를 이룬 치마는 여인의 몸을 감추기라도 하려는 것처럼 꽃이 만개해 있었다. 계양군은 예전보다 더욱 무르익은 초요갱의 아름다움에 입을 다물 수가 없었다. 그는 아랫도리가 뜨끈해져옴을 느꼈다. 계양군을 잠시 바라보던 초요갱의 눈길은 곧 가야금으로 향했다. 길고 흰 손가락이 가야금 위에 살포시 올려졌다. 곧 손가락 사이사이로 청아한 음이 흘렀다. 그 음률은 사람이라면 가질 수 있는 감정을 모두 가진 소리였다. 방 안에 모인 이들은 하나같이 자신의 귀를 의심할 정도였다. 어떤 이들은 아름다운 선율에 눈물을 흘리고, 또 어떤 이들은 황홀감에 젖었다. 같은 소리를 듣고 있어도 결코 똑같이 들리지 않았다. 가야금 음률은 이미 멈추었는데도 여전히 소리를 듣고 있는 것처럼 방 안에 정적이 흘렀다.

"훌륭하오!"

양반 하나가 반쯤 일어나 박수를 쳤다. 그러자 연이어 박수가 터져 나왔다. 초요갱은 가야금을 옆으로 미루고는 이마에 맺힌 땀방울을 털어낼 심사로 부채를 집어 들었다. 부채를 활짝 펴니 그녀의 아름다운 얼굴이 가려졌다. 한들거리는 부채질은 초요갱을 더욱 요염하게 만들었다. 계양군의 심장은 그런 그녀 때문에 터질 것만 같았다.

"조선 최고의 연주였느니라. 훌륭한 음률에 어찌 값을 매길 수가 있겠느냐만은. 내 너에게 무엇이든 주고 싶으니, 말해보거라!"

말하는 내내 계양군의 눈길은 초요갱의 머리부터 발끝까지 몇 번이고 훑어 내렸다. 부채질을 하던 그녀의 손이 차츰 무뎌지고 느려졌다.

"이년! 나리께 전두를 크게 불러도 되겠나이까?"

초요갱의 반짝이는 눈빛이 우수에 찬 계양군의 두 눈과 마주쳤다. 그는 옅은 미소를 보냈다. 더디고 느리기만 했던 그녀의 부채질이 조금 빨라졌다. 초요갱 또한 계양군을 보고 엷은 웃음을 지어 보였다.

"오늘 밤, 이년의 몸뚱이에다 붉디붉은 홍매화를 그려주시옵소서."

술상에 모여 있던 모든 이가 놀란 눈으로 초요갱을 쳐다보았다. 그중에서도 계양군이 가장 놀라고 당황했다.

"허, 허, 허."

당혹감을 감추기라도 하려는 듯, 계양군은 목젖이 보일 만큼 크게 소리 내어 웃었다. 그는 앉아 있는 내내 초요갱을 품고 싶다는 생각을 하고 있던 참이었다. 하나 마음이 없는 그녀의 몸은 탐하지 않겠다며 내뱉은 말이 있는지라 꾹 참고 있었다.

"아니 되겠사옵니까?"

입가에 머물러 있던 웃음을 거둔 초요갱이 계양군에게 되물었다. 몸에 홍매화를 그려달라는 것은 곧 그에게 몸과 마음을 모두 맡긴다는 은밀한 둘만의 말이기도 했다.

"아니다. 조선 팔도에 있는 홍매화란 홍매화 모두 네가 내주는 화폭에다 담을 것이다. 그러니 먼저 일어나 준비토록 하여라."

그제야 사라졌던 웃음기가 초요갱의 입가에 다시금 나타났다. 두 손을 다리에 곱게 포개어 예를 갖춘 그녀는 천천히 밖으로 나갔다. 초요갱의 갑작스러운 고백에 그 자리에 모인 사내들의 입에서 탄성이 터졌다. 모두 계양군에게 앞다투어 부러운 마음을 표현했다. 신자형 한 사람만 빼고. 신자형은 그녀를 가지기 위해 여러 방면으로 노력을 기울였지만, 도저히 계양군을 이길 수 있는 방법이 없었다. 신자형은 쉬지 않고 연거푸 술을 퍼마시며 부러움을 삼켰다.

안채로 걸음을 하려다 말고, 초요갱은 어느새 중천에 떠 있는 보름달을 망연히 올려다보았다. 참으로 많은 일이 그녀의 곁을 스치고 지나갔다. 마음 없이 껍데기로 사는 삶이 기녀 팔자라고들 하지만, 연인 간의 사랑을 정면으로 바라볼 수 있는 것 또한 기녀인 그녀들의 운명이었다. 초요갱의 볼 위로 눈물 한 방울이 흘러내렸다. 달빛을 벗 삼아 정인인 평원대군과 함께 나누던 그 많은 시심(詩心)은 모두 어디로 사라져버렸을까. 달빛만이 예전이나 지금이나 변함없이 초요갱을 지켜보고 있을 뿐이었다.

"어찌 꿈에서마저 저를 떠나시는 겝니까? 대군 나리, 그립고 또 그립고 그립습니다."

초요갱은 읊조리듯 말을 내뱉었다. 그녀의 한 맺힌 울음에 가슴이 아픈지 처마 끝에 앉아 있던 부엉이가 슬피 울어댔다. 서글픈 부엉이 울음소리 사이로 그림자 하나가 지붕 위에 사뿐히 내려앉았다. 그림자는 미동도 하지 않은 채 그녀를 텅 빈 눈으로 내려다보았다. 초요갱은 한참을 더 멈춰 서서 보름달을 바라보다 안채로 발걸음을 옮겼다. 따뜻함이 느껴지는 바람 한 줄기가 그녀의 가체 위로 내려앉았다.

한 식경쯤 지나 계양군은 초요갱이 있는 안채로 걸음을 했다. 그는 안으로 들어서기에 앞서 두어 번의 헛기침으로 자신이 와 있음을 알렸다.

"음, 음."

"오시었습니까?"

헛기침을 들은 초요갱이 고개를 숙이며 방문을 열었다. 계양군은 방 안으로 들어섰다. 안에는 이미 정갈한 술상이 마련되어 있었다. 수십 번도 더 들어와본 그녀의 방이었지만, 오늘따라 은은한 다홍색의 벽면들이 묘한 분위기를 자아냈다. 계양군의 심장은 곧 터질 것처럼 사정없이 뛰었다. 바닥에 앉기에 앞서 계양군은 초요갱을 뚫어지게 바라보다 점점 가까이 다가가 그녀의 입술에다 자신의 입술을 포개었다. 복숭아의 달콤한 과즙을 오랫동안 음미하는 듯, 기나긴 입맞춤이었다.

"심장이 멈추는 줄 알았다. 네가 내 진정을 알아주다니. 얼마나 기다렸는지 아는 것이냐?"

"우선은 이리로 앉으시지요."

초요갱은 계양군의 소매를 잡아끌고는 술상 가까이에 앉혔다. 두 사람이 일으키는 바람에 촛불이 일렁였다. 일렁이는 촛불은 벽면에 새로운 그림들을 그렸다. 계양군은 반짝이는 초요갱의 눈동자에서 눈을 떼지 못했다.

"그동안 내 마음을 몰라주는 너를 많이 원망하였다. 채울수록 채워지지 않는 너의 빈자리에 바보같이 투기도 했었다."

초요갱은 계양군의 술잔을 채웠다. 어느 정도 채워지자 초요갱은 그에게 자기 술잔을 내밀었다.

"이년도 한 잔 주시어요. 비록 부부의 연을 맺는 밤은 아니지만, 합환주(合歡酒) 한 잔은 나눠 마셔야지요."

초요갱이 내미는 술잔에 계양군은 술을 가득 따라 부었다. 계양군은 오늘따라 술이 달게 느껴졌다.

"나리! 미천한 저 때문에 마음고생을 시켜드려 그저 송구할 따름이옵니다. 사람 마음이라는 것이 마음대로 되지 않나 봅니다. 떠나버린 사람과 형제지간이었던 나리를 마음에 품어서는 아니 된다 생각하였사옵니다. 어쩌면 이런 일로 나리께서 곤혹스러운 일을 겪지 않을까 걱정이 되어……."

말이 채 끝나기도 전에 계양군의 입술이 또다시 초요갱을 덮쳤다. 숨을 몰아쉬는 것조차 힘든 입맞춤이었다.

"미안하다. 나는 그런 줄도 모르고."

입술을 뗀 계양군이 초요갱에게 조용히 속삭였다. 마치지 못한 말을 마저 이으려는 초요갱의 입술에 그는 손가락을 가져다 대었다. 그 때문에 초요갱은 아무 말도 하지 못했다. 그녀는 몸을 던져 계양군의 품에 안겼다. 계양군의 갓이 바닥에 뒹굴었다. 초요갱의 숨소리가 계양군의 귓등을 간지럽게 했다. 품에서 빠져나온 그녀의 이마에 계양군은 입맞춤을 했다. 이마, 눈, 코, 그리고 입술.

"나리!"

계양군의 손은 어느새 꽃 한 송이가 수놓인 저고리 고름에 와 닿았다. 천천히 그녀의 고름이 풀렸고, 저고리는 곧 낙화하는 꽃송이처럼 아래로 떨어졌다. 계양군은 예전에 자신을 구하기 위해 화살에 맞은 초요갱의 어깻죽지를 부드럽게 매만지며 옆에 있던 붓으로 홍매화 한 송이를 그렸다. 홍매화는 진짜로 그녀의 어깨 위에 피어난 듯 보였다. 계양군은 붓을 벼루에다 놓고는 어깨에 입술을 가져다 대었다. 그의 거친 턱 선과 부드러운 입술이 그녀의 어깨에 맞닿자 백옥 같은 피부가 살짝 떨렸다. 비록 방 안은 어두컴컴하였으나, 주위의 모든 빛이 그녀 곁에 모여든 것처럼 빛났다. 가체를 내리자 틀어 올렸던 초요갱의 머리가 어깨선 밑으로 길게 늘어뜨려졌다. 그녀의 모습에 낯빛이 불그스레해지던 계양군이 방 안을 밝히고 있던 두어 개의 초를 마저 껐고 곧 두 사람은 하나가 되었다.

그토록 저주하던 사내의 품에 안겨 밤을 보낸 초요갱은 달빛이 사그라지는 새벽녘에 눈을 떴다. 그녀는 옆에서 코까지 드렁드렁 골며 잠에 빠져 있는 계양군을 노려보았다. 한참을 보던 초요갱은 이부자리 밑에서 뭔가를 꺼내 들었다. 단검이었다. 칼날이 사그라지는 새벽빛을 받아 번쩍였다.

'계양군! 네놈 죽일 생각을 얼마나 많이 한 줄 아는 것이냐?'

그녀는 단검을 두 손으로 꼭 쥐고 높이 치켜들었다. 그러고는 바람을 가르며 칼을 내렸다.

가슴에 묻어둔 그리움

　잠들어 있던 계양군은 무심결에 초요갱을 품에 안으려 이불을 더듬었다. 그러나 따뜻함이 아닌 찬 기운이 느껴지자 눈을 떴다. 그는 어둠 속에서 초요갱을 찾기 위해 고개를 이리저리 돌렸으나, 그 어느 곳에서도 그녀를 찾을 수 없었다.

　"이것이 무엇이란 말이냐?"

　더듬거리던 계양군의 손에 뭔가가 부딪쳤다. 그는 그것을 들어 올렸다.

　"칼이 아니냐?"

　계양군의 얼굴이 노기로 차올랐다. 그는 마른침을 삼키며 령을 찾기 위해 소리를 질렀다.

　"이, 이, 이년이, 내게 어찌……."

　령이 방 안으로 스며들듯 들어와 계양군을 향해 고개를 숙였다. 계양군은 하늘을 찌르고도 남을 만큼 분노하였기에 칼끝에

벤 상처 따위에 전혀 개의치 않았다.

"찾아라! 죽이지 말고 내 앞에 데리고 오너라, 어서!"

벼락과 같은 계양군의 명령에 령은 서둘러 기방 담을 뛰어넘었다. 그는 옆에 있던 술병을 집어 들어 벽면을 향해 내쳤다. 병은 산산조각 나서 깨졌다.

기방을 나온 초요갱은 월릉정 서까래에 밧줄을 걸었다. 탄탄하게 걸린 줄을 몇 번이나 확인한 그녀는 얼음으로 뒤덮인 연못을 멍하게 바라보았다. 경칩이 지났으니, 곧 있으면 연꽃이 피고 개구리가 울며, 반딧불이가 그날처럼 날아다닐 것이다. 올해 피는 연꽃은 그 어느 때보다 더욱 아름답게 피었으면 좋겠다고 초요갱은 생각했다. 영혼이라도 평원대군과 함께 와서 연꽃이 핀 연못을 보는 날을 상상했다.

"자네 아닌가?"

초요갱은 굵직한 사내 목소리에 감았던 눈을 떴다.

"화의군 나리 아니십니까?"

너무나 급히 헤어져 생사 여부조차 몰랐던 화의군이 그녀 앞에 서 있었다. 검은 옷에 검은 삿갓으로 가려져 있어도 화의군의 따뜻한 마음은 가릴 수 없었던 모양이었다.

"잘 지냈는가? 궁금했다네. 보고 싶기도 하고."

"관군들의 눈에 띄기라도 하면 어찌하시려고요. 지금 나리를 잡기 위해……."

화의군은 초요갱을 있는 힘껏 껴안았다. 그녀는 화의군의 품에서 벗어나기 위해 몸부림을 쳤지만, 그러면 그럴수록 꼼짝할 수가 없었다. 초요갱은 알고 있었다. 화의군이 오래전부터 자신을 마음에 두고 있다는 사실을. 형제의 우애를 지키려 연모하는 마음을 드러내지 않았음을. 일 년을 하루같이, 먼발치에서 사시사철 푸른 나무처럼, 말없이 반짝이는 별처럼, 자신을 물끄러미 바라보다 돌아섰다는 것을.

"살아서도 죽어서도 좋으니 그대와 단 하루라도 살고 싶소. 형님의 여인이라 그동안 말하지 못했으나, 이제 내게는 아무것도 남아 있지 않소. 같이 갑시다. 죽기를 각오하고 산다면 우리 둘이 어찌 살아갈 수 없겠소."

화의군의 말투가 바뀌었다. 그것은 자신의 내자에게나 씀 직한 말투였다. 말은 그의 입이 아니라 가슴속 울림이 되어 초요갱에게 전해졌다. 그녀가 화의군의 마음을 알면서도 애써 외면할 수밖에 없었던 것은 벗으로서 그를 곁에 두고 싶은 욕심이었는지도 모른다. 하지만 화의군을 더 이상 위험에 빠뜨리거나 아프게 하고 싶지 않았다. 초요갱은 그의 마음을 끝내 받아줄 수가 없었다. 화의군의 품에서 빠져나온 그녀의 입가에는 서글픈 미소가 번졌다.

"받아들이지 못합니다. 이년 비록 사내들에게 웃음을 팔았사오나, 단 한 번도 첫 정인인 평원대군 나리를 잊어본 적이 없사옵니다. 얼마 남지 않은 이 밤, 그래도 화의군 나리를 뵙게 되어 이년 편히 가옵니다."

초요갱은 뒤로 돌아서서 연못을 바라보며 말을 이었다. 싸한 바람이 그들 사이로 지나갔다. 불끈 거머쥔 화의군의 주먹이 가늘게 떨렸다.

"나에게도 초요갱, 그대는 다시없을 정인이오. 연모해서는 아니 된다, 다가가서도 아니 된다, 그대 마음속에는 평원 형님 밖에 없다, 그리 생각하고 잊으려고도 노력하였소. 귀를 막아도 보고, 눈을 감아도 보고, 하지만……. 안 되는 것이오? 나는 정녕 아니 된다 그 말이오? 아니 된다면, 그래 기어코 아니 된다면, 그대 곁에서 그림자라도 될 수 있도록 허락해주시오!"

화의군의 목소리에는 물기가 가득 들어차 있었다. 그는 천천히 초요갱의 곁으로 다가서서 껴안았다. 그녀의 등을 껴안고 함께 겨울이 채 가시지 않은 연못을 바라보았다. 그들의 눈동자는 먼저 세상을 떠난 평원대군을 기억하고 있었다. 시간이 이대로 멈춰버리기를 화의군은 간절히 바라고 또 바랐다.

계양군은 령의 보고를 듣고 서둘러 말을 몰아 월릉정으로 향했다. 믿고 싶지 않았으나, 정각 위에서 두 남녀가 껴안고 있었다. 그는 자신의 눈을 의심했다. 초요갱이 아닐 것이라 그리 믿었는데. 계양군의 눈에 불꽃이 일었다.

"저것들이……."

뒤이어 온 령과 관군은 놓칠세라 월릉정으로 뛰었다. 갑작스레 몰아친 관군에게 초요갱과 화의군은 꼼짝없이 포위되었다. 빙 둘러선 관군 사이로 계양군이 천천히 모습을 드러냈다.

"계양군, 네 이놈!"

계양군의 모습을 본 화의군이 호통을 쳤다.

"쥐새끼처럼 잘도 빠져나가더니, 이런 곳에서 마주칠 줄이야."

계양군은 들고 있던 검을 빼내어 칼끝을 화의군의 목에 가져다 댔다. 그가 칼날을 세우자 칼끝에서는 피가 배어났다. 그러나 계양군의 눈빛은 화의군이 아닌, 뒤에 있는 초요갱에게 향했다. 그의 눈동자에는 배신감과 분노밖에 들어 있지 않았다.

"이놈과 이 계집을 당장 의금부로 압송하라!"

계양군은 끌려가는 초요갱을 차갑게 외면했다. 보고 싶지 않았다. 그는 자신을 철저하게 속인 초요갱을 더는 용서하고 싶지 않았다.

"잠깐!"

무슨 생각에서인지 계양군은 관군을 급히 불러 세웠다. 가냘픈 초요갱을 보자 계양군은 방금 전까지 느꼈던 분기가 연민의 마음으로 바뀌었다. 그 마음은 지푸라기도 잡고 싶은 심정에 가까웠다. 매달린다면, 단 한 번만 더 자신에게 매달린다면 용서해주리라.

"단 한 번도 내게는 진정이 없었느냐? 나를 농락한 것이냐?"

마음에 품은 여인 앞에만 서면 한없이 흔들리고 무너지는 계양군이었다. 어찌 되었든 그는 초요갱의 마음을 확인하고 싶었다. 어금니를 꽉 깨물고 있던 초요갱이 천천히 입을 열었다.

"없었사옵니다. 단 한 번도 나리께 진정을 드린 적이 없사옵니다! 언제든 다른 사내의 품에 안겨 웃음을 팔 수 있는 물건이 바로 이년이라는 것을, 정녕 모르셨단 말이옵니까?"

독설을 퍼붓는 초요갱의 눈동자에서 흔들림이라고는 찾아볼 수 없었다. 그 어떤 감정조차 들어 있지 않아 보였다. 계양군은 두 눈을 감았다. 주먹을 쥐고 있던 그의 손이 올라갔다. 그는 가장 밑바닥에 있던 뜨거운 뭔가가 올라오는 것을 느꼈다.

"끌고 가라!"

물어볼 말이 많았으나, 마음이 이미 시궁창으로 처박힌 지 오래였다. 계양군은 매몰차게 돌아섰다. 관군은 그의 명에 따라 초요갱을 거칠게 끌고 의금부로 향했다.

오래전, 스승 유어당에게 물었던 질문이 시공을 뛰어넘어 지금 초요갱의 곁으로 다시금 돌아와 있었다. 사랑이 무엇이냐는 어린 계집의 질문에 스승은 빤히 내려다보며 슬픔, 고통 그 뒤에 오는 것이 사랑이라고 대답해주었다. 그 질문의 답이 하필이면 의금부 옥사로 끌려가는 이때에 떠오르는 것인지. 초요갱은 희미하게 미소를 지었다.

'차라리 사랑이라는 것이 무엇인지 알지 말 것을.'

초요갱은 붉어져만 가는 하늘을 쳐다보며 짧은 한숨을 내뱉었다. 어둠은 서서히 물러가고 밝음이 그 뒤를 이었다.

계양군은 흔들리는 마음을 다잡기라도 하려는 듯, 서둘러 왕을 찾아가 화의군의 죄상을 낱낱이 고하였다. 앓던 이인 화의군을 쑥 뽑아버릴 수 있는 절호의 기회였다. 왕은 서둘러 형을 집행하라 명했고, 특별한 심문 없이 곧장 참수형이 결정되었다.

거대한 두 개의 칼날이 공중에서 느릿하게 춤추었다. 칼끝의 방울 소리가 그들의 움직임에 따라 길게도 짧게도 울렸다. 이미 참수를 당한 화의군의 핏자국이 이리저리 어지럽게 널려 있었다.

'대군 나리!'

초요갱은 두 눈을 살포시 감았다. 묵직한 칼은 바람을 세차게 가르며 내려왔다. 때마침 솟아오른 눈바람은 하늘에서 넘실넘실 춤을 추고 있는 칼날 위로 베어져 나갔다. 초승달을 닮은 칼이 막 그녀의 목을 향해 돌진하고, 저잣거리에 모인 사람들의 비명들이 터져 나오던 그때였다.

"멈춰! 멈추라 했다! 멈추란 말이다!"

계양군이 급히 말에서 뛰어내렸다. 망나니는 무거운 칼을 어쩌지 못하고 얼음처럼 굳어 있었다. 그는 그런 망나니에게 주먹을 날렸다. 망나니는 갑작스럽게 날아온 주먹에 어이없다는 듯 웃음을 흘리며 가래를 끌어 모아 눈밭에 내뱉었다. 저잣거리에 모인 사람들 역시 예상치 못한 일에 영문을 몰라 놀라기는 매한가지였다.

"오메! 다래야, 패안은 거여? 오디 다친 데 없냔 말이여!"

두향이가 뛰어와서는 초요갱 앞에 철퍼덕 주저앉았다. 그녀의 눈에서는 눈물이 계속해서 흘러내렸다. 놀란 것은 모인 사람들뿐만 아니라 초요갱도 마찬가지였다.

"두향이 네가 어찌 이곳에 왔어?"

"고것이 말이야……."

차마 말을 내뱉지 못하는 두향을 향해 계양군이 소리쳤다.

"어서 풀어주지 않고 뭐 하는 게냐? 아니다, 내가 풀어주마!"

계양군은 관군들을 밀치고는 힘없이 묶여 있는 초요갱 곁으로 다가갔다. 가냘픈 그녀의 몸이 사시나무 떨듯 미세하게 경련을 일으켰다. 곱디고운 얼굴에는 고신의 흔적으로 피가 덕지덕지 묻어 있었다. 계양군은 마음이 찢어지는 듯 아팠다.

　"비켜라!"

　계양군은 초요갱을 번쩍 안아 올려 말에 태웠다.

　"이것이 도대체 무슨 짓이옵니까? 살려두신 것을 반드시 후회하게 될 것이옵니다."

　초요갱의 말에 계양군은 그저 바라볼 뿐, 그 어떤 말도 하지 않았다. 기방에 도착한 계양군은 령에게 그녀의 곁을 지키라는 명을 남기고 고삐를 돌려 궐로 향했다. 미처 뒤따르지 못한 뽀얀 먼지만이 자리에 남아 길을 잃고 맴돌 뿐이었다.

　"나 들어간당께!"

　한참 뒤에 두향이 방문을 열고 들어섰다. 두향의 얼굴에서 왠지 모를 난처함과 미안함이 묻어났다. 초요갱은 뭔가를 물으려다 한숨으로 대신했다. 눈도 못 마주치고 앉아 있던 두향이 갑작스레 고개를 치켜들었다.

　"그려! 나가 또 실수혔어. 묻어뿌라는 함을 나가 나리께 드렸당께. 니도 생각을 좀 해보란 말여. 나가 워째, 시방 니 모가지 날라가는 꼬라지를 보냐, 고것이여. 나는 못 혀. 뒈지는 한이 있어도 못 본당께."

　초요갱은 두향을 힘없이 바라보다 자리에 누웠다. 그녀의 원망을 들을 것이라 여겼던 두향은 질끈 감았던 눈을 떴다.

"나가 옆에 있을께. 좀 쉬더라고."

초요갱의 눈에서 눈물이 흘렀다. 죽고 싶지만 죽을 수도 없는 팔자가 원통하고 한스러웠다.

계양군은 자신을 농락하고 희롱한 초요갱을 절대로 용서할 수 없었다. 다른 사내의 품에도 언제든 안길 수 있다며 버럭 대들던 그녀의 눈동자가 떠오를 때마다 치가 떨렸다. 그런 계양군에게 두향이 낡은 함을 들고 왔다. 그는 두향에게 건네받은 함을 벽을 향해 집어 던졌다. 부서진 함과 종이, 그리고 댕기가 바닥으로 쏟아졌다. 계양군은 무심결에 손등 위로 떨어진 종이를 폈다. 그곳에는 초상화가 그려져 있었다. 초상화의 주인은 바로 계양군 자신이었다.

계양군, 그 사람을 보고 있노라면 자꾸만 가여운 마음이 든다.

초상화 아래에 적혀 있는 글을 본 그의 손이 심하게 떨렸다. 초요갱의 진짜 마음을 확인한 순간 계양군은 미친 듯이 기방을 뛰쳐나가 말을 몰았다. 그는 일촉즉발의 위기에서 다행히도 초요갱을 구할 수 있었다. 무엇보다 계양군이 그토록 찾고자 했던 서찰을 드디어 찾아낸 것도 요행이었다. 댕기 속에 곱게 접혀 있던 서찰. 수지라는 별칭이 수결된 서찰. 이것만 있으면 초요 갱을 살릴 수 있었다. 그는 급히 령을 불렀다. 분명한 것은 그녀는 살 수 있음에도 죽음을 선택하려 했던 것이다.

궐에 도착한 계양군은 왕에게 처형장에서의 일을 보고하면서 구겨진 서찰을 꺼내 올렸다. 왕은 서찰을 읽어 내려가는 내내 뭔가를 회상하며 표정이 구겨졌다 펴지기를 반복했다.

지금의 왕은 함평대군으로 불리던 시절부터 늘 누군가에게 목숨의 위협을 받았다. 왕위를 찬탈할 관상이라는 이유 때문이었다. 하루는 부왕의 명으로 함길도로 갈 일이 있었다. 산세가 험하여 서둘러 걸음을 했으나, 그만 숲에서 어둠을 만나고 말았다. 어둠이 차츰 내려앉자 도성에서부터 그의 뒤를 밟은 자객들과 맞닥뜨렸다. 데리고 간 무사들이 하나둘 자객들의 칼날에 베어져 목숨을 잃었다. 함평대군은 홀로 남아 자객들과 맞서 싸웠지만, 도저히 그들을 이길 방도가 없었다. 이제 죽는구나 싶은 절체절명의 위기에서 그를 구해준 이가 함길도 포도청 포도대장 윤상필, 바로 초요갱의 아비였다. 이런 인연으로 함평대군은 그와 벗을 맺고 어려운 일이 생기면 도성 안 북촌 수지를 찾아오라며 자신의 별칭을 적은 서찰을 건넸다.

그것은 분명 아주 오래 전 자신이 수결한 서찰이었다. 서찰이 지금 나왔기에 망정이지, 조금만 더 일찍 나왔더라면 어쩌면 왕이 되는 대업을 이루지 못했을 것이다. 병약한 형님과 어린 조카를 보며 자신의 아비인 세종은 늘 걱정이 많았다. 바로 세자인 형님에게 장성한 형제들이 많다는 이유에서였다. 아비인 세종 또한 자신의 형님인 양녕대군을 폐위시키고 왕의 자리에 올랐기에 그런 일은 두 번 다시 일어나지 않기를 바랐는지도 몰랐다. 특히나 어릴 때부터 건강하고 또한 학문과 무예에서 다른 형제들에게 비해 출중했던 자신을 모두가 경계하는 것은 어쩌면 당연한 일이었다. 심지어 함평대군 시절 백부인 폐세자 양녕대군과도 가깝게 지냈으니 아비인 세종과 세자의 측근들은 그 어떤 꼬투리라도 잡기를 바랐을 것이다. 그런 판국에 하필이면 양녕대군의 난언을 퍼트리는 대역죄인의 무리에서 자신이 수결한 서찰이 나오기라도 한다면, 부왕을 폐하고 백부인 양녕대군을 다시 왕좌에 오르게 하는 일에 가담했다는 오해를 사게 될 것은 뻔한 일이었다. 함평대군은 언제가 자신이 왕이 되겠다는 막연한 야망을 천천히 실천에 옮기고 있는 중요한 때에, 서찰이 나온다면 자신을 제거할 수 있는 빌미를 대소 신료들에게 주는 꼴이 될 수도 있다고 생각했다. 함평대군은 고민에 고민을 거듭하다 자신의 호위 무사인 령을 은밀히 불렀다. 령에게 서찰을 불태움과 동시에 윤상필을 죽이라 명했다. 혹여 의금부로 압송되어 추국 도중에 자신을 찾기라도 한다면 여간 곤란한 일이 아니었기에 당시에는 어쩔 수 없는 선택이었다.

왕은 지금이라도 이 서찰이 손아귀에 들어온 것을 다행이라 생각했다. 어린 조카를 폐위시키고 많은 이들을 죽여가면서 얻은 왕의 자리였다. 한데 이렇게 예민한 지금, 오래된 서찰이기는 하나 그 내용이 밖으로 새어 나가기라도 한다면 왕은 함평대군 시절부터 역심을 품고 있었다는 꼴밖에는 되지 않았다. 가뜩이나 어린 조카를 둘러싸고 백성들 사이에서 이런저런 소문이 떠돌고 있는 이때에 이 사실이 알려진다면 민심은 어디로 움직일지 예상할 수 없었다. 그는 자신의 왕권 강화를 위해서라면 그 어떠한 방해의 불씨도 만들고 싶지 않았다. 왕은 한참을 고민했다. 자신의 목숨을 살려준 윤상필의 얼굴이 스쳐 지났다. 비록 어쩔 수 없이 그의 가문을 풍비박산 냈지만, 그의 여식만큼은 살려주리라 마음먹었다.

계양군은 완전한 어둠이 찾아오고 난 다음에야 궐을 빠져나갔다. 그는 곧장 기방으로 향했다. 초요갱을 꼭 안아주고 싶었다. 조급한 그의 마음과 달리 말의 속도는 평소보다 더욱 더디게만 느껴졌다.

"음, 음."

방으로 들어서기 전에 계양군은 기침을 두어 번 했지만, 안에서는 아무런 기척도 느껴지지 않았다. 그는 고개를 숙여 안으로 들어섰다.

"오메, 나리!"

입가에 침을 닦으며 두향은 자리에서 부스스 일어났다.

"조용히 하거라."

계양군은 손가락을 입술로 가져다 대며, 두향에게 나가라는 손짓을 했다. 그는 자리에 앉아 초요갱의 이마 위에 손을 얹었다. 따뜻함이 그대로 전해졌다. 새근새근 숨을 쉴 때마다 초요갱의 입에서 진한 누룩 냄새가 났다.

"힘들면 힘들다 말을 해라! 아프면 아프다 말을 해라! 그래야 내가 알 것이 아니냐? 너 혼자 얼마나 겁이 나고 두려웠느냐?"

계양군은 슬픈 곡조를 읊듯 중얼거렸다. 그러고는 옆에 있던 술병을 집어 들었다. 그는 집어 든 술병에 입을 가져다 대고 벌컥벌컥 마셨다. 긴박했던 하루를 어떻게 보냈는지 그는 입술이 타들어가는 줄도 몰랐다.

정신이 돌아온 초요갱은 부스스 자리에서 일어났다. 아주 소름 끼치고 무서운 꿈을 꾼 것만 같았다. 몸은 그동안 고초를 겪은 탓에 움직이는 것조차 힘들 만큼 버거웠다. 그녀는 뒤로 돌아앉다 말고 멈칫했다. 계양군이 방문 옆에 기대어 곯아떨어져 있었다. 깊은 잠에 빠져 있는 계양군의 얼굴을 초요갱은 뚫어지게 바라보았다. 시원하게 생긴 이마며, 위로 살짝 올라간 눈매와 짙은 속눈썹은 평원대군의 것과 참 많이도 닮아 있었다. 순간 손을 가져다 대어 그림을 그리듯, 잠든 계양군의 얼굴을 훑고 싶었다.

"나리께오서도 참으로 불쌍하시옵니다. 마음에 다른 사내를 품고 있는 여인을 연모하시니 말입니다."

모든 것을 다 가졌으나 동시에 모든 것을 잃어버린 계양군. 초요갱은 벽에 기댄 채, 깊은 잠에 빠져 있는 그를 묵묵히 바라보았다.

예인

계양군은 화의군을 제거한 공으로 좌익공신에 책록되어 세조의 측근에서 서무 출납을 맡았다. 초요갱의 진심을 알고부터 계양군은 마음을 다해 그녀를 사랑했다. 초요갱 또한 예전만큼 그를 밀어내려 하지 않았다. 모든 것을 잃어버리고 나니, 한 사내의 사랑을 받는 여인의 삶이 한낱 춘몽에 불가하다는 것을 비로소 깨달았다.

달마저 자취를 감춘 그믐날 밤, 내금위 소속 부장 하나가 령을 은밀히 찾았다. 령은 자신을 찾아온 부장과 함께 어느 기와집 안으로 스며들듯 들어섰다. 그는 불빛이 새어 나오는 방문 앞에서 걸음을 멈추었다.

"령이옵니다."

"들라!"

령은 천천히 방문을 열고 안으로 들어섰다. 왕은 하던 일을 멈추고 앞을 바라보았다. 령은 두 손을 가지런히 모으고 절을 올린 다음 무릎을 꿇고 앉았다.

"오랜만이구나!"

"전하! 찾아 계셨사옵니까?"

아무리 대업을 함께 도모한 측근이라도 들키고 싶지 않은 부분들이 있기 마련이다. 결코 알아서는 안 되는 비밀. 가뜩이나 심성이 여리고 무딘 위인이라면 더더욱 말이다. 계양군은 한때 왕의 정적이었던 안평대군, 그리고 안평대군의 주요 문신들과 친밀하게 지냈다. 그런 그가 어느 날 자신을 찾아와 뭐든 다 하겠다면서 목숨을 의탁해왔다. 믿을 수 없었으나, 충분히 이용할 만한 가치를 지닌 자라 어쩔 수 없이 계양군을 받아들였다. 그러고는 그의 옆에 자신의 측근인 호위 무사 령을 붙여 늘 감시와 경계를 했다. 한 번 제 주인을 물고 쫓겨난 개는 두말할 것도 없이 새로운 주인도 물기 마련인 것을 왕은 그 누구보다 잘 알고 있었다.

"내 오래전 계양군에게 너를 보낸 것은 아우이긴 하나, 믿지 못해서이다. 권력과 계집에 눈이 멀어 있다는 것을 내 잘 알고 있다. 얼마 전 판사 변대해가 초요갱의 거처에서 머물다 계양군에게 매를 맞아 죽었다고 하더구나. 무엇보다 몇 번이나 도성 안에 떠도는 소문에 대해 계양군을 불러 물었으나 맹세코 하늘을 우러러 헛소문이라 하였다. 한데 나에게 꾸지람을 듣던 그날도 초요갱의 거처에서 함께 잠자리를 했다고 하던데, 그동안 네가 본 모든 것을 내게 낱낱이 고하라!"

령은 왕에게 평원대군과 초요갱의 만남부터, 평원대군의 암살, 그리고 화의군과 초요갱과의 관계까지 모든 사실을 빠짐없이 보고했다. 령의 보고를 잠자코 듣고 있던 왕의 얼굴이 분노로 붉어졌다. 그도 그럴 것이 왕에게 평원대군은 같은 어미의 배에서 태어난 친아우였다. 왕 자신은 비록 친형제들과 조카를 죽여가며 용상의 자리에 오르긴 했지만, 대의를 위해서가 아니라 한낱 천한 계집 때문에 암살을 지시한 계양군을 도저히 받아들일 수 없었다. 더군다나 목숨을 바쳐 충언을 하는 자가 필요한 것이지, 거짓을 고하는 자는 그 누구라 해도 왕은 용서치 않았다. 그러잖아도 많은 이의 피를 묻히며 빼앗은 용상이었다. 이미 옥에 흠집이 나 있는 상태였다. 그러기에 더 이상의 흠집은 용납할 수 없었다. 그것도 최측근인 계양군이 왕의 대업에 티가 된다면, 제거해야 되는 것은 마땅했다.

"령아!"

"하명하소서!"

령은 왕의 명을 받기 위해 고개를 숙였다. 왕의 얼굴에는 짙은 어둠이 드리워졌다. 그는 한참을 침묵하더니 천천히 령을 향해 입술을 떼었다.

"토사구팽이라는 고사성어를 아느냐? 토끼 사냥이 끝나면 쓸모없어진 사냥개는 삶아 먹는다지."

"분부 받잡겠나이다."

왕은 령에게 비단 주머니 하나를 던졌다. 령은 왕에게서 건네받은 주머니를 소매 속에 감추고는 담을 뛰어넘어 저잣거리로 사라졌다.

계양군은 대소 신료들과 거하게 술을 마시고는 초요갱이 있는 곳으로 향했다. 취기가 돌자 계양군은 미치도록 그녀를 품고 싶었다. 그러나 초요갱은 이미 잠들어 있었다. 예전의 계양군이라면 분명 그녀를 깨워 자신의 욕정부터 채우고 남았을 것이다. 하나 지금의 그는 깊이 잠들어 있는 초요갱을 차마 깨우지 못하고 사저로 아쉬운 발걸음을 옮겼다. 그의 손에는 여전히 술병이 들려 있었다. 달을 벗 삼아 마시는 술에 걸음걸이는 점점 무거워졌다. 사저로 향하던 계양군이 길을 다시 잡았다. 그런 그의 뒤를 령이 그림자처럼 조용히 따랐다.

"너는 여기 잠시 기다리고 있어라."

한참을 가던 계양군의 걸음이 멈췄다. 그곳은 평원대군이 묻혀 있는 무덤이었다. 령은 고개를 숙였다. 계양군은 어둠이 내려앉은 으스스한 무덤가에 털썩 하고 주저앉았다.

"형님, 평원 형님! 잘 지내셨소? 이놈은 이제야 제 세상을 만난 것 같습니다. 뭘 해도 형님께 지기만 하던 나, 계양군이 이제는 날아가는 새도 떨어뜨린다오."

계양군은 무덤을 향해 계속해서 소리를 질렀다.

"평원 형님! 형님의 애첩인 여인이 나를 좋아한답니다그려. 하하하. 내가 그 여인의 마음까지도 얻었단 말이오. 아셨습니까? 형님은 지셨소이다. 저와의 내기에서 지셨단 말입니다."

계양군은 남은 술을 목구멍으로 마저 들이부었다. 그는 미친 듯이 웃어댔다. 한참을 큰 소리로 웃던 그가 일어서서는 입속에 모여 있던 술 찌꺼기와 가래를 모아 무덤을 향해 내뱉었다.

'내 여인을 탐한 것이냐?'

뒤돌아서서 언덕을 내려가던 계양군의 걸음이 갑자기 멈췄다. 뒷골이 서늘하고 머리카락이 모두 곤두섰다. 그는 두려운 눈으로 천천히 뒤를 돌아보았다. 무덤 중간에 흰 소복을 입은 자가 계양군을 향해 활을 겨누고 있었다.

"혀, 형, 형님?"

흰 소복을 입은 자는 다름 아닌 평원대군이었다. 오래전 활터에서 자신을 향해 활을 겨누던 그 모습 그대로였다.

'내 여인을 탐한 것이냐고 묻지 않느냐?'

놀란 계양군이 고개를 세차게 흔들며 뒷걸음쳤다. 분노에 찬 평원대군은 한껏 당겨진 시위를 놓았다. 화살은 계양군에게 무서운 속도로 날아들었다. 그는 화살을 피하기 위해 발을 딛다가 언덕 아래로 굴렀다.

"악."

화살촉이 계양군의 심장을 파고들었다. 심장이 갈가리 찢겨 나가는 것처럼 고통스러웠다. 숨이 제대로 쉬어지지 않았다. 숨을 쉴 때마다 목구멍이 활활 타올랐다. 령은 계양군이 쓰러질 때까지 지켜보았다. 가슴을 쥐어뜯으며 그가 쓰러지자 령은 계양군 곁으로 다가섰다. 령이 다가섰을 때, 계양군은 이미 텅 빈 눈동자로 하늘을 바라보고 있었다. 령은 소맷자락에서 왕에게 건네받은 '비소' 가루를 계양군의 입에다 술과 함께 마저 털어넣었다. 입 주변에는 목구멍 사이로 미처 들어가지 못한 술이 넘쳐흘렀다.

령은 마음이 편치만은 않았다. 비록 간자의 신분으로 계양군을 모셔왔지만, 자기 손에 그의 피를 묻히고 싶지는 않았다. 언젠가 진짜 주인으로부터 암살령이 떨어질 것은 분명했다. 그게 자신의 본래 역할이니까. 그래서 계양군이 막판에 명을 거둔 평원대군의 암살을 몰래 실행하였다. 초요갱을 자극해 그 손으로 계양군을 죽이려 했던 것이다. 그러나 그녀가 그를 두고 자결하려 마음먹은 순간, 모든 계획이 뒤틀려버렸다.

"휴."

령은 저도 모르게 깊은 한숨을 내쉬었다. 령의 숨소리에 잠깐 정신을 차린 계양군이 마지막으로 온 힘을 다해 말을 내뱉었다.

"요갱아, 내게도 너는 첫 정인이었다. 만약에 후생이 있다면 그땐 뒤돌아 나를 바라봐주겠느……."

계양군은 피를 토하며 눈을 감았다. 사랑하는 여인이 자신을 바라보며 한 번 더 웃어주면 좋겠다는 마음이 이렇게 큰 욕심인지 몰랐다. 소실의 아들로 태어나 일등공신까지, 그는 파란만장했던 삶을 뒤로한 채, 쓸쓸히 역사의 뒤안길로 사라졌다. 권력을 갖기 위해 죽인 많은 형제처럼.

다음 날 아침, 계양군이 급사했다는 소문은 바람을 타고 도성을 넘어 팔도로 퍼져나갔다. 억울하게 죽은 귀신들이 그를 잡아갔다는 말이 아이에서 노인으로, 사내에게서 여인으로, 입에서 입으로 전해졌다. 초요갱 역시 두향을 통해 계양군의 소식을 들었다. 무덤덤했다. 아무 생각이 없다는 말이 차라리 더 맞는지도 몰랐다. 그저 계양군이 건네준 재물에만 멍하니 눈길을 줄 뿐.

매서운 바람 속에 따스한 온기가 묻어 있던 어느 날, 초요갱의 머리 위로 가뿐히 내려앉아 있던 흰 나비가 천천히 날갯짓을 했다. 마당 어귀 매화나무에 맺힌 꽃봉오리는 계절의 변화를 알려주었다.

"놔! 놓으란 말이다!"

누군가가 안채 뜰로 들어와 초요갱을 찾으며 울부짖었다. 꽃봉오리로 향했던 초요갱의 눈길은 곧 소란을 피우고 있는 사내에게로 쏠렸다.

"찌질이?"

초요갱의 뒤에 있던 두향이 자신도 모르게 툭 튀어나온 말에 놀라 혀를 내밀었다. 비뚤게 갓을 쓰고, 흙투성이인 도포 자락에 고무신을 접어 신고 선 신자형의 몰골은 볼썽사나웠다.

"식전부터 이게 무슨 소란이옵니까? 양반이라는 분이 체통을 생각하셔야지요. 아랫것 보기에 좀 민망하지 않사옵니까?"

신자형은 초요갱의 말에 섭섭하다는 듯 바닥에 철퍼덕 주저앉았다. 기방에 모인 사람들은 눈살을 찌푸리며 하나같이 그를 쏘아보았다.

"내 퉁퉁 부은 눈을 좀 보거라. 너 때문에 매일 밤잠을 설치는 통에……."

신자형은 계양군의 급사 이후 초요갱을 또 누군가에게 빼앗길 것 같은 불안감에 바짝 긴장했다. 이번에야말로 그녀를 자기 것으로 만들 수 있는 절호의 기회라고 생각했다. 그는 몸이 달아오를 대로 달아올라 있었다.

"돌아가시지요."

마루에 서 있던 초요갱이 신자형을 향해 냉정하게 말했다. 그는 다시 자리를 박차고 일어서서는 가슴을 쫙 펴고 말했다.

"네가 지난번 한 말을 기억하고 있느냐?"

신자형의 말에 초요갱은 다시 되돌아 그를 바라보았다. 그녀와 눈이 마주치자 신자형은 의기양양한 태도로 말을 이었다.

"안방! 안방을 내주마!"

잠시 동안 뜰 안에는 찬 기운이 맴돌았다. 초요갱은 큰 소리로 웃었다. 그녀의 웃음은 쉬이 멈추지 않을 것처럼 보였다.

"안방요? 지금 안방이라 하시었습니까? 그래, 마님은 그리하신답니까?"

"쫓아버렸어! 쫓아냈다고! 지난번 네 흉을 보던 것들도 모조리 때려죽였다. 나 잘하지 않았느냐?"

초요갱의 물음에 신자형은 거침없이 말을 내뱉었다. 뜰에 모여 수군덕대던 사람들이 그의 말을 듣고 찬물을 끼얹은 듯 조용해졌다. 그녀는 하도 어이가 없어 숨을 크게 들이마셨다. 여인 하나 때문에 수십 년 함께 살을 맞대고 산 조강지처도 버리고, 그런 일을 가지고 왈가불가하는 여종을 둘씩이나 때려죽인 사내. 사내들이란 참으로 한심스럽다는 생각에 초요갱은 자신도 모르게 콧방귀를 뀌었다.

"죄 없는 사람들을 죽였으니, 나리께서는 기방이 아니라……."

초요갱의 말이 채 끝나기도 전에 사헌부 관군이 마당으로 들이닥쳤다. 신자형은 꼼짝없이 오랏줄에 묶여 압송되었다. 하지만 그는 계유정난의 공신이라는 이유로 직첩만을 빼앗기고 더 이상의 처벌은 받지 않았다.

초요갱은 왕의 부름으로 궁중 여악 행수로서 일을 도맡아 하였다. 많은 소문이 그녀를 괴롭혔지만, 그때마다 초요갱은 더욱 가무에 정진했다. 사랑을 버려도 재예는 버릴 수 없는 것이 그녀가 타고난 운명이었기에.

오늘은 궐에서 연회가 열렸다. 초요갱은 여악 행수로서 마지막이 될지도 모르는 준비로 마음이 분주했다. 그 옛날 사랑하는 평원대군 앞에서 춤을 출 때가 가장 행복했다. 그런 행복한 마음을 그녀는 모든 이에게 나눠주고 싶었다. 곧 박 소리가 한 차례 들리자 악공들의 연주가 다시 시작되었다. 기나긴 장삼을 하늘 높이 날렸다. 그러자 잔뜩 낀 먹구름이 걷히고 찬란한 태양이 구름 사이를 비집고 나왔다. 지금까지 어떻게 살아왔는지, 무엇 때문에 살아왔는지 이 모든 삶이 끝나야만 비로소 알 것 같았다.

"스승님, 어디로 가시는 건지요?"

초요갱은 곁에 있던 계집아이에게 눈길을 돌렸다. 사랑스러운 아이였다. 마치 자신의 어린 시절을 보는 것만 같았다.

"글쎄다."

"스승님! 예인이 무엇인가요? 저도 예인이 되고 싶습니다."

앞서 걸어가던 초요갱이 멈춰 섰다. 그녀는 아이의 눈에 맞춰 무릎을 꿇었다. 그러고는 뚫어지게 아이를 바라보았다. 초요갱의 얼굴은 그 어느 때보다 행복해 보였다.

"태우고 또 태우고. 그렇게 한 줌의 재로 남을지라도 계속해서 태워야 하는 것이 바로 예인의 운명이란다. 비록 그 누구 하나 기억해주는 이가 없더라도 말이야."

쓸쓸한 웃음이 초요갱의 얼굴을 맴돌았다. 그녀는 아이 손을 꼭 잡고 멈추었던 걸음을 다시 옮겼다. 그저 바람이 등을 떠미는 대로.

에필로그

식전부터 불어오던 바람 소리가 예사롭지 않더니 끝끝내 한 차례 비를 뿌리고 말았다. 한여름 소나기가 대개 그렇듯 그 어떤 징조나 예고 없이 갑작스레 찾아왔다. 빗방울은 마치 방문을 두드리기라도 하려는 듯 너덜해진 문풍지를 톡톡 가볍게 치고 떨어져 나갔다. 느릿하게만 들리던 빗방울 소리가 시간의 흐름에 따라 점점 빨라지자 누군가 방문을 열고 힘겹게 걸어 나왔다. 발아래 부딪치는 마룻바닥 소리가 세월의 무게를 대신해 오래된 트림을 사정없이 내뱉었다. 한겨울 파뿌리처럼 말라비틀어진 백발의 여인이 마루에 어렵사리 걸터앉아 초가집 처마 끝에서 떨어지는 빗방울을 하염없이 바라보았다. 그 여인의 얼굴에는 조선 팔도의 계곡을 빼다 박은 듯 깊은 주름이 여러 갈래로 길을 만들고 있었다. 허연 모시 적삼은 왜소한 여인에게는 오히려 수의를 걸친 것처럼 을씨년스러웠다. 처마 끝에 달린 빗방울이 모아지길 여러 차례, 버티고 있던 그 방울들은 바닥 아래 이미 괴어 있는 흙탕물 속으로 떨어졌다. 떨어진 물방울은 맑은 소리와 함께 잔잔한 원을 그리며 이내 사라졌다. 점점 사라져가는 원을 보니 이미 말라도 오래전 말라버렸으리라 믿었던 눈언저리가 뜨끈해졌다. 눈물 한 줄기가 움푹 패인 주름을 타고 흘러내렸다. 그칠 것 같지 않던 소낙비는 어느새 자취를 감추고 서산 너머에는 붉은 기운이 금세 감돌기 시작했다. 그 붉은 기운은 여인의 뜨끈했던 눈언저리를 서서히 물들여갔다. 초요갱은 남은 힘을 다해 힘겹게 일어나 세상에서 가장 아름다운 춤사위로 춤을 추었다.

끝

작가의 말

매화나무에 봄바람이 깃들던 어느 날.

가슴속에 꽉 들어 있던 뭔가를 끄집어내지 않으면 죽을 것만
같았다. 하지만 끄집어내려 하면 할수록 더욱 꼭꼭 숨어버리는
그 숱한 감정들. 그로 인해 점점 지쳐갈 무렵, 기적처럼 한 여인
이 말을 걸어왔다. 그 누구보다 화려한 삶을 살았을 그녀의 눈
동자에서 몸서리치게 지독한 고독과 외로움을 보았다. 나는 끌
리듯 그녀의 이야기에 귀 기울이게 되었다. 그러나 시간이 갈수
록 호기심보다는 두려움이 커졌다. 내가 가진 미약한 재주로는
그 엄청난 이야기들을 풀어낼 자신이 없었다.

열망과 절망의 모호한 경계 사이에서 고민하던 나는 결국 쫓
기듯 도망을 쳤다. 다시는 이야기 속으로 돌아가지 않으리라.
두 번 다시는 그녀를 마주 하지 않으리라. 그렇게 마음을 먹으
며 땅끝에서 통일전망대까지 한 달을 걷고 또 걸었다. 걷다 보

면 그동안 나를 홀리게 했던 이야기로부터 좀 더 자유로워질 수 있을 것만 같았다. 그렇게 그녀가 서서히 잊혀질 무렵, 비로소 알 수 있었다. 많은 시간과 길을 돌고 돌아서 결국 그녀에게로 되돌아갈 수밖에 없는 운명이라는 것을.

그녀는 바로 조선 최고의 기녀 '초요갱'이다. 초요갱은 조선왕조실록에 열여섯 번이나 이름이 오른 여인이며, 궁중 악사(樂事)인 박연의 수제자였다. 무엇보다 궁중악의 유일한 전승자이기도 한 초요갱은 기녀보다 예인에 가까웠다. 결국 그 재능을 인정받아 천민 신분까지 면하게 된다.

사랑 앞에서 그 누구보다 당당할 수 있었던 여인. 기녀보다 예인으로 불리고자 노력했던 여인. 소용돌이치던 역사 속에서 묵묵히 꽃을 피웠던 여인. 그 여인의 이야기를 이제 마친다. 소설이라 드라마적인 요소를 많이 추가하여 구성했다. 글을 쓰는 내내 힘들었다. 하지만 그보다 더 행복했다. 초요갱이 나에게 기적을 선물해준 것처럼. 또 다른 누군가에게 기적으로 다가가길, 바라고 또 바라본다.

책이 나오기까지 참으로 오랜 시간이 걸렸다. 초요갱이 기나긴 잠에서 깰 수 있게 애를 써주신 네오픽션 담당 편집자분들께 마음을 다해 감사 인사를 전한다. 아울러 긴 시간 동안 묵묵히 자식의 등을 바라봐주신 부모님과 동생네, 사랑하는 조카 서현이 예빈이 그리고 든든한 조언자인 사모하샘 그 외 벗님들과 『초요갱』을 기다려주신 모든 분들께 감사의 마음을 전한다.

마지막으로 초요갱, 그녀에게 더는 미안해하지 않기로 했다. 작가의 말을 쓰는 내내 얼굴이 화끈할 정도로 부끄러웠다. 이 부끄러움을 평생 잊지 않는 좋은 소설가가 될 것이다. 이제 제대로 출발선에 선 기분이다. 운동화 끈을 꽉 조여 매고 신나게 달려볼 참이다. 그곳이 어디가 되었든⋯⋯.

박지영

초요갱

© 박지영, 2016

초판 1쇄 인쇄일 | 2016년 6월 17일
초판 1쇄 발행일 | 2016년 6월 24일

지은이 | 박지영
펴낸이 | 정은영
편집국장 | 사태희
책임편집 | 이지웅

펴낸곳 | 네오픽션
출판등록 | 2001년 11월 28일 제2001-000259호
주　소 | (04083) 서울시 마포구 성지길 54
전　화 | 편집부 (02)324-2347, 경영지원부 (02)325-6047
팩　스 | 편집부 (02)324-2348, 경영지원부 (02)2648-1311
E-mail | neofiction@jamobook.com

ISBN 979-11-5740-137-6 (04810)
　　　979-11-5740-121-5 (set)

이 도서의 국립중앙도서관 출판시도서목록(CIP)은 서지정보유통지원시스템 홈페이지
(http://seoji.nl.go.kr)와 국가자료공동목록시스템(http://www.nl.go.kr/kolisnet)에서
이용하실 수 있습니다.(CIP제어번호: CIP2016014754)